FORTERESSE DIGITALE

Fils d'un professeur de mathématiques et d'une musicienne professionnelle, Dan Brown a grandi entouré de philosophies paradoxales, entre sciences et religion. Diplômé du Amherst College et de l'université de Phillips, Exeter, il a enseigné un temps la littérature anglaise avant de se consacrer à l'écriture. En 1996, son intérêt pour le décryptage des codes secrets et le fonctionnement des agences gouvernementales l'amène à rédiger son premier roman, *Forteresse digitale.* Suivra *Deception Point*, qui traite des mêmes thèmes. Son inspiration s'oriente alors vers l'opposition entre science et religion : ce sera *Anges et démons*. Avec sa femme, Blythe, Dan Brown commence ensuite à travailler à une série de thrillers ayant trait à la science des symboles, et mettant à nouveau en scène son célèbre héros Robert Langdon, un professeur de Harvard en iconographie et art religieux. Ainsi sont nés *Da Vinci Code* et *Le Symbole perdu*, qui ont rencontré un triomphe international, puis *Inferno*.

DAN BROWN

Forteresse digitale

ROMAN TRADUIT DE L'ANGLAIS (ÉTATS-UNIS)
PAR DOMINIQUE DEFERT

JC LATTÈS

Titre original :

DIGITAL FORTRESS
Publié par Saint Martin's Press, New York.

À mes parents...
mes mentors et mes héros.

Prologue

C'est dans la mort, paraît-il, que la vérité se fait jour... Ensei Tankado en avait maintenant la confirmation. Au moment où il portait la main à sa poitrine et s'écroulait au sol en se tordant de douleur, il entrevit soudain les conséquences de son acte.

Des gens accouraient pour lui porter secours. Mais c'était trop tard. Tankado n'avait plus besoin d'aide. En tremblant, il leva son bras gauche et déplia ses doigts. Regardez ! Regardez ma main ! Les gens ouvraient de grands yeux, fixaient cet appendice difforme qui s'agitait, mais sans comprendre.

À son doigt, il y avait un anneau d'or gravé. L'espace d'un instant, l'inscription miroita sous le soleil d'Andalousie. Ensei Tankado savait que cette lumière serait la dernière qu'il verrait en ce monde.

1.

Ils se trouvaient dans les Appalaches, dans leur chambre d'hôtel favorite des Smoky Mountains. David lui souriait.

— Qu'est-ce que tu en dis, ma belle ? On se marie ?

Elle savait que c'était lui – le bon, l'unique. Celui pour toujours... Elle se redressa dans le lit à baldaquin, s'abîma dans la contemplation de ses yeux d'un vert profond, quand, soudain, une cloche se mit à sonner. Le bruit entraînait David au loin, inexorablement. Elle tendit les bras vers lui pour le retenir, mais ses mains se refermèrent sur du vide.

C'était la sonnerie du téléphone... Susan Fletcher émergea de son rêve, dans un hoquet de stupeur ; elle s'assit sur le lit, et chercha à tâtons le combiné.

— Allô ?

— Susan ? C'est David. Je te réveille ?

Elle sourit et se rallongea.

— Je rêvais de toi, justement. Viens me rejoindre.

— Il fait nuit noire, lui répondit-il dans un rire.

— Mmm, gémit-elle avec sensualité. Alors viens encore plus vite. On aura même le temps de dormir un peu avant de partir.

David eut un soupir de regret.

— C'est justement pour ça que je t'appelle. Il va falloir reporter notre voyage.

En une seconde, Susan fut tout à fait réveillée.

— Quoi ?

— Je suis désolé. Je suis obligé de quitter la ville. Je serai de retour demain. On pourra partir tôt dans la matinée. Il nous restera quand même deux jours.

— Mais j'ai réservé au Stone Manor, rétorqua Susan, blessée. J'ai même réussi à avoir notre chambre favorite.

— Je sais mais...

— C'était censé être notre soirée. Pour fêter nos six mois de fiançailles. Tu te souviens au moins qu'on est fiancés ?

— Susan, soupira-t-il. Je t'en prie, ce n'est pas le moment... une voiture m'attend devant la maison. Je t'appellerai dans l'avion pour tout t'expliquer.

— Dans l'avion ? répéta-t-elle. Qu'est-ce qui se passe ? Pourquoi est-ce que l'université... ?

— Ce n'est pas l'université, Susan... Je t'expliquerai. Il faut vraiment que j'y aille, ils s'impatientent en bas... Je te donne des nouvelles très vite. Promis.

— David, cria-t-elle. Qu'est-ce qui... ?

Trop tard. David avait raccroché. Susan Fletcher ne put se rendormir, attendant désespérément son appel. Mais le téléphone resta muet.

Plus tard dans l'après-midi, Susan était dans son bain, abattue. Elle plongeait la tête sous l'eau savonneuse en essayant d'oublier le Stone Manor et les Smoky Mountains. Où pouvait bien être David ? Pourquoi n'avait-il pas encore appelé ?

Le temps s'étira ; l'eau chaude devint tiède, puis

presque froide... Elle allait sortir de la baignoire quand la sonnerie du téléphone retentit. Susan se redressa d'un bond, répandant de l'eau partout sur le sol, et se rua sur le combiné qu'elle avait laissé sur le lavabo, à portée de main.

— David ?

— Non, c'est Strathmore, répondit la voix.

— Oh... (Elle n'arrivait pas à dissimuler sa déception.) Bonjour, commandant, reprit-elle.

— Visiblement, vous n'attendiez pas à avoir en ligne un vieux croûton comme moi, gloussa la voix.

— Non, chef, dit-elle gênée. Ce n'est pas ça....

— Allons, bien sûr que si, l'interrompit-il d'un air amusé. David Becker est quelqu'un de bien. Je comprends que vous y soyez attachée...

— Merci, chef.

La voix du commandant se fit soudain plus autoritaire.

— Susan, si je vous appelle, c'est parce que j'ai besoin de vous ici. Illico.

Elle dut faire un effort pour reprendre ses esprits.

— Mais, chef, nous sommes samedi. D'habitude, on ne...

— Je sais, répondit-il d'un ton monocorde. C'est une urgence.

Susan se redressa. Une urgence ? Elle n'avait encore jamais entendu ces mots dans la bouche du commandant Strathmore. Une urgence ? À la Crypto ? C'était une première...

— B... Bien, chef, bredouilla-t-elle. J'arrive le plus vite possible.

— Et plus vite que ça encore, dit Strathmore en raccrochant.

Susan Fletcher, une serviette autour du corps, regardait les gouttes d'eau tomber sur les habits impeccablement repassés qu'elle avait préparés la veille – un short pour les randonnées, un pull pour les fraîches soirées en montagne, et des dessous sexy pour les nuits. Déprimée, elle alla chercher dans son armoire un chemisier et une jupe. Une urgence à la Crypto ?

Une sale journée en perspective ! songea Susan en sortant de chez elle.

Elle ne croyait pas si bien dire...

2.

À trente mille pieds d'altitude, David Becker, misérable, contemplait une mer d'huile par le petit hublot du Learjet 60. Le téléphone de bord était hors service ; impossible de joindre Susan.

— Qu'est-ce que je fiche ici ? grommelait-il.

La réponse était pourtant toute simple – il y avait des gens à qui l'on ne pouvait dire non.

— Monsieur Becker, crachota le haut-parleur. Nous allons atterrir dans une demi-heure.

Becker jeta un regard noir à l'attention de la voix invisible. Génial ! Il tira le rideau et essaya de dormir. Mais rien à faire. Il ne pensait qu'à elle.

3.

Susan, dans sa Volvo, s'arrêta au poste de garde, au pied d'une clôture barbelée haute de trois mètres. Un jeune soldat posa la main sur le toit de sa voiture.

— Papiers, s'il vous plaît.

Susan s'exécuta et se laissa aller au fond de son siège, sachant que la vérification durerait une bonne trentaine de secondes. La sentinelle disparut dans la guérite pour passer sa carte au scanner.

— Merci, mademoiselle Fletcher, annonça-t-il finalement, en faisant un signe imperceptible, et la porte s'ouvrit.

Un kilomètre plus loin, Susan réitéra la même procédure devant une clôture électrique tout aussi imposante. *Allez, les gars... Ça fait un million de fois que je passe devant vous...*

Au dernier poste de contrôle, un soldat trapu, muni d'une mitrailleuse et flanqué de deux molosses, examina d'un air suspicieux sa plaque minéralogique avant de la laisser passer. Elle suivit l'allée du garde aux toutous sur deux cents mètres et obliqua vers le parking C réservé au personnel. *C'est inconcevable !* pesta-t-elle. *Ils ont vingt-six mille employés, un budget de douze milliards de dollars, et ils ne sont pas fichus de se passer de moi un week-end !*

D'un coup d'accélérateur rageur, elle se gara sur son emplacement privé et coupa le moteur. Après avoir traversé l'esplanade plantée d'arbustes, elle pénétra dans le bâtiment principal et dut franchir encore deux nouveaux postes de contrôle avant de gagner le long couloir aveugle qui menait à la toute nouvelle extension du complexe. Une porte, flanquée d'un scanner vocal, en interdisait l'accès.

NATIONAL SECURITY AGENCY (NSA)
SERVICE DE CRYPTOLOGIE
ACCÈS RÉSERVÉ AU PERSONNEL AUTORISÉ

— Bonjour, mademoiselle Fletcher, lança le garde à son arrivée.

— Salut, John, répondit-elle avec un sourire fatigué.

— Je ne m'attendais pas à vous voir ici aujourd'hui.

— Moi non plus, pour tout vous dire...

Elle se pencha vers le micro du scanner, niché dans sa parabole.

— Susan... Fletcher..., articula-t-elle.

L'ordinateur reconnut instantanément son spectre de fréquences vocales, et la porte s'ouvrit dans un déclic. Elle put enfin entrer dans le sanctuaire.

Le garde contempla Susan qui s'éloignait dans le tunnel de ciment. Ses grands yeux noisette lui avaient, certes, semblé plus froids que de coutume... mais son teint était d'une fraîcheur éclatante et ses cheveux auburn tombaient en cascades lumineuses sur ses épaules, comme si la jeune femme sortait de la douche. Il flottait dans son sillage une subtile odeur de lait d'amande. Le regard du garde s'attarda sur le dos élancé de Susan, dont le chemisier fin et blanc laissait deviner le soutien-gorge, puis courut le long de la jupe kaki jusqu'à la naissance des genoux, pour finalement s'arrêter sur les jambes... Ah, les jambes de Susan Fletcher !

Et ce corps de rêve était doté d'un Q. I. de 170...

Le garde ne pouvait quitter Susan des yeux ; il ne reprit ses esprits que lorsque la jeune femme eut disparu de sa vue.

Au bout du tunnel, une porte d'acier circulaire, épaisse comme celle d'une chambre forte, bloquait le passage. Dessus, une inscription en lettres énormes : SERVICE DE CRYPTOLOGIE.

Avec un soupir de lassitude, Susan glissa sa main dans la niche où se trouvait un clavier et tapa son code secret à cinq chiffres. Quelques secondes plus tard, la porte de douze tonnes pivota sur ses gonds. Elle tentait de se concentrer sur l'instant présent, mais ses pensées revenaient toujours vers David.

David Becker. Le seul homme qu'elle ait jamais aimé. Le plus jeune professeur titulaire de Georgetown et linguiste émérite – quasiment une star dans le petit monde universitaire. Doté dès la naissance d'une mémoire phénoménale, amoureux des langues étrangères, il parlait non seulement l'espagnol, le français et l'italien, mais également six dialectes d'Asie.

Ses cours magistraux à l'université, sur l'étymologie et la linguistique, faisaient toujours salle comble et se prolongeaient très tard le soir, car il devait répondre à un déluge de questions. Becker s'exprimait avec clarté et enthousiasme, sans remarquer, apparemment, les regards pleins d'adoration que lui lançaient les jeunes filles de son fan-club.

Becker avait trente-cinq ans ; il était brun, avec un visage taillé à la serpe, des yeux vert clair, malicieux et pétillants de vitalité. Sa mâchoire carrée et ses traits anguleux rappelaient à Susan ces sculptures de l'Antiquité. Du haut de sa jeunesse et de son mètre quatre-vingts, Becker était plus rapide sur un court de squash que n'importe lequel de ses collègues. Après avoir battu son adversaire à plate couture, il plongeait son épaisse chevelure noire sous l'eau pour se rafraîchir, et puis, tout ruisselant, il offrait à l'infortuné un jus de fruits et un bagel pour se faire pardonner.

Comme tous les jeunes professeurs, David n'avait à l'université qu'un salaire modeste. De temps en temps, quand il devait renouveler sa carte de membre au squash ou changer les boyaux de sa vieille raquette, il arrondissait ses fins de mois en effectuant des travaux de traduction pour des agences fédérales, à Washington ou dans les environs. C'est au cours de l'un de ces extra qu'il avait rencontré Susan.

C'était par un jour frisquet d'automne, après un jogging matinal. En rentrant dans son petit appartement de trois pièces du campus, David découvrit que son répondeur clignotait. Il vida une bouteille de jus d'orange en écoutant le message. Rien de nouveau sous le soleil... une agence gouvernementale avait besoin de ses services pendant quelques heures, cet après-midi. Seul détail étrange, Becker n'avait jamais entendu parler de cet organisme.

— Ça s'appelle la National Security Agency, précisait Becker en téléphonant à ses collègues pour se renseigner.

La réponse était invariable :

— Tu veux dire le National Security Council ?

— Non. Ils disent bien Agency – l'agence ! (Becker avait réécouté le message dix fois.) La NSA.

— Jamais entendu parler.

Il consulta l'annuaire des organismes gouvernementaux, mais il n'y trouva nulle trace de cette agence. Intrigué, Becker joignit un de ses vieux camarades de squash, un ancien analyste politique travaillant désormais à la bibliothèque du Congrès. Il fut abasourdi par les explications fournies par son ami.

Non seulement la NSA existait bel et bien, mais elle était considérée comme l'une des agences de renseignement les plus puissantes du monde ! Elle collectait et analysait toutes les communications et échanges électroniques de la planète et veillait à la protection et à la confidentialité des données classées secret-défense du pays depuis plus d'un demi-siècle ! Et seulement trois pour cent des Américains connaissaient son existence...

— Une grande discrète, notre NSA ! plaisanta son ami. Ses initiales, en fait, c'est pour « Néant Sur l'Agence » !

Avec un mélange d'appréhension et de curiosité, Becker accepta l'offre de ce mystérieux organisme et fit les cinquante kilomètres en voiture pour se rendre à leur quartier général, qui s'étendait sur plus de cinquante hectares dans les collines boisées de Fort Meade, dans le Maryland. Après avoir franchi une kyrielle de postes de contrôle et reçu un passe « invité », valable six heures uniquement, il fut escorté jusqu'à une salle high-tech luxueuse ; il y passerait l'après-midi, lui annonça-t-on, à travailler en « aveugle » pour le service de cryptologie – un groupe de mathématiciens surdoués qui « cassaient du code » à longueur de journée.

Durant la première heure, les cryptologues semblèrent ne pas même remarquer sa présence. Ils étaient tous rassemblés autour d'une grande table et parlaient dans un jargon incompréhensible – chiffrement en continu, générateurs autocadencés, algorithmes à empilement, protocoles à divulgation nulle, points d'unicité. Becker les observait, totalement perdu. Ils griffonnaient des symboles sur du papier millimétré, s'absorbaient dans des listings d'ordinateur, se référant continuellement au charabia diffusé par un vidéo-projecteur au-dessus d'eux.

```
JHDJA3JKHDHMADO/ERTWTJLW + JGJ328
5JHALSFNHKHHHFAF0HHDFGAF/FJ37WE
OHI93450S9DJFD2H/HHRTYFHLF89303
95JSPJF2J0890IHJ98YHFI080EWRT03
JOJR845H0ROQ + JT0EU4TQEFQE//OUJW
08UY0IH0934JTPWFIAJER09QU4JR9GU
IVJP$DUW4H95PE8RTUGVJW3P4E/IKKC
MFFUERHFGV0Q394IKJRMG + UNHVS9OER
IRK/0956Y7U0POIKI0JP9F8760QWERQI
```

Pour finir, l'un d'eux expliqua à Becker ce qu'il avait déjà deviné. Ce texte illisible était un code – un message « chiffré » – une suite de nombres et de lettres représentant des mots cryptés. Le travail des cryptanalystes était d'étudier ce code pour restituer le message original, le texte « en clair ». La NSA avait fait appel à Becker parce qu'ils supposaient que le message original était écrit en mandarin ; il allait devoir traduire les symboles au fur et à mesure que les cryptologues allaient les déchiffrer.

Deux heures durant, Becker traduisit un flot incessant de caractères chinois. Mais chaque fois, les cryptanalystes secouaient la tête d'un air désespéré. Apparemment, ce code n'avait aucun sens. Désireux de les aider, Becker leur fit remarquer que tous les sinogrammes qu'ils lui avaient montrés avaient un point commun – ils appartenaient également aux kanji nippons. Un grand silence tomba dans la salle. Le chef d'équipe, Morante, un homme sec qui fumait cigarette sur cigarette, se tourna vers Becker d'un air incrédule.

— Vous voulez dire que ces symboles peuvent avoir plusieurs significations ?

Becker acquiesça. Il leur expliqua que les kanji étaient un système d'écriture japonais fondé sur des idéogrammes chinois simplifiés. Il leur avait donné la traduction des symboles en mandarin car c'est ce qu'ils lui avaient demandé.

— Nom de Dieu ! laissa échapper Morante entre deux quintes de toux. Essayons en japonais !

Comme par magie, tout devint évident.

Les cryptologues étaient réellement impressionnés, mais ils continuaient, malgré tout, à faire travailler Becker en aveugle sur les signes, non sur les phrases.

— C'est pour votre sécurité, affirmait Morante. De cette façon, vous ignorez ce que vous traduisez.

Becker eut un petit rire moqueur. Mais, autour de lui, personne ne riait. Quand le code fut cassé, Becker n'avait aucune idée des sombres secrets qu'il avait aidé à mettre au jour, mais il était sûr d'une chose : la NSA prenait le décryptage très au sérieux. Il repartit avec en poche un chèque d'un montant supérieur à un mois de son salaire de professeur.

Sur le chemin du retour, alors qu'il repassait, en sens inverse, la série de postes de contrôle, Becker fut arrêté par un garde qui venait de recevoir un appel téléphonique.

— Monsieur Becker, veuillez attendre ici, s'il vous plaît.

— Que se passe-t-il ?

Le jeune homme ne s'attendait pas à rester aussi longtemps à la NSA, et il était maintenant très en retard pour son match de squash, rendez-vous incontournable du samedi après-midi.

— La chef de la Crypto veut vous dire un mot, lâcha le garde en haussant les épaules. Elle arrive.

— Une femme ? gloussa Becker.

Pour l'instant, il n'avait pas croisé une seule représentante de la gent féminine dans ce temple high-tech.

— Ça vous pose un problème ? s'enquit une voix de femme dans son dos.

Becker se retourna et se sentit immédiatement rougir. Il jeta un coup d'œil au badge d'identification accroché au chemisier. La chef du service de cryptologie de la NSA était non seulement de l'autre sexe, indubitablement, mais, en outre, très séduisante.

— Bien sûr que non, bredouilla Becker. C'est juste que...

— Susan Fletcher, annonça-t-elle avec un sourire, en tendant vers lui ses doigts longs et fins.

— David Becker, répondit-il en lui serrant la main.

— Félicitations, monsieur Becker. On m'a raconté vos exploits de la journée. On peut en parler un peu ?

Becker hésita.

— En fait, je suis assez pressé...

Envoyer balader ainsi un haut responsable de l'agence d'espionnage la plus puissante du monde était peut-être une folie, mais son match de squash débutait dans quarante-cinq minutes, et il avait une réputation à défendre : David Becker n'était jamais en retard... À ses cours, peut-être... mais jamais sur les courts !

— Ce ne sera pas long, lui promit Susan Fletcher en souriant. Par ici, s'il vous plaît.

Dix minutes plus tard, Becker était à la cafétéria de la NSA, à boire un jus d'airelle en compagnie de la ravissante chef de la cryptologie. Il comprit très vite que cette femme de trente-huit ans n'avait pas usurpé sa responsabilité au sein de la NSA ; c'était l'une des personnes les plus brillantes et les plus intelligentes qu'il lui ait été donné de rencontrer. Elle lui parlait codes et déchiffrement, comme d'aucunes parlent chiffons, et Becker devait déployer des trésors de concentration pour ne pas être totalement perdu – une première pour lui, et c'était particulièrement excitant...

Une heure plus tard, s'apercevant tous deux que l'un avait définitivement raté son match de squash et l'autre sciemment ignoré trois appels sur son biper, ils éclatèrent de rire. Voilà où ils en étaient... deux grands esprits cartésiens, pourtant, dotés d'une forte puissance analytique et, à n'en pas douter, immunisés contre toutes pulsions irrationnelles... mais lorsqu'ils se retrouvaient assis l'un en face de l'autre, à parler morphologie linguistique et générateurs de nombres pseudo-aléatoires, ils étaient comme deux adolescents sur un petit nuage – s'émerveillant de tout.

Susan n'avoua jamais à David Becker la véritable raison pour laquelle elle avait voulu lui parler : elle comptait lui proposer un poste à l'essai au service de Cryptologie, section Asie. À en juger par la passion avec laquelle il évoquait son métier d'enseignant, il était clair que David Becker n'accepterait jamais de quitter l'université. Susan préféra donc ne pas briser la magie de l'instant et passa sous silence cette offre. Elle était redevenue une petite fille : tout était joie et enchantement, rien ne devait ternir ce miracle. Et son vœu fut exaucé.

Ils se firent la cour longuement, et de manière très romantique : des escapades volées dès que leurs emplois du temps le leur permettaient, de longues promenades sur le campus de Georgetown, des cappuccinos chez Merlutti's tard dans la nuit, parfois des conférences ou des concerts. Susan n'avait jamais imaginé qu'on pouvait s'amuser autant. Pour David, tout était prétexte à plaisanter. Pour elle, ces moments de détente étaient une bénédiction, lui faisant oublier la pression liée à son travail à la NSA.

Par un frais après-midi d'automne, alors qu'ils assistaient, sur les gradins venteux du stade de football, à la débâcle de Georgetown contre les Rutgers, elle le taquina :

— Au moins, ils sont au grand air ! C'est pas comme toi avec ton espèce de tennis miniature !

— Ça s'appelle du squash, gémit David. Et ça n'a rien à voir avec le tennis...

Elle lui jeta un regard malicieux.

— D'accord, concéda-t-il. Il y a aussi des raquettes... mais le court est plus petit.

— Du tennis dans un bocal, c'est bien ce que je dis ! railla-t-elle en lui donnant un coup de coude.

L'ailier droit de Georgetown tira un corner qui sortit du terrain, et les spectateurs sifflèrent à qui mieux mieux. Les défenseurs revinrent à toute vitesse vers leur ligne de but.

— Et toi ? demanda David. Tu fais du sport ?

— Je suis ceinture noire de step.

Becker grimaça.

— Je préfère les sports où l'on peut gagner.

— Monsieur le professeur a la rage de vaincre, à ce que je vois ? dit-elle dans un sourire.

Le défenseur vedette de Georgetown intercepta une passe, ce qui déclencha une vague d'acclamations dans le public. Susan se pencha et murmura à l'oreille de David :

— Docteur !

Il se tourna vers elle avec un regard d'incompréhension.

— Docteur ! répéta-t-elle. Réponds-moi la première chose qui te vient à l'esprit.

— Tu veux jouer aux associations de mots ? demanda Becker, dubitatif.

— C'est la procédure standard à la NSA. J'ai besoin de savoir avec qui je suis. Docteur ! insista-t-elle avec un regard sévère.

— Freud, répondit-il en haussant les épaules.

Susan fronça les sourcils.

— Bon, essayons celui-là... Cuisine !

— Chambre ! lança-t-il sans hésiter.

Susan plissa les yeux d'un air pénétré.

— Bon, un autre... Boyau !

— Naturel !

— Comment ça « naturel » ?

— Ouais. Le boyau naturel, c'est ce qu'il y a de mieux pour les raquettes de squash.

— Au secours ! grogna-t-elle.

— Alors ? Verdict ? s'enquit-il.

Susan réfléchit un peu.

— Je dirais que tu es un obsédé du squash, totalement immature et sexuellement frustré.

Becker hocha la tête.

— Ça m'a l'air correct.

L'enchantement dura ainsi plusieurs semaines. À chaque fin de repas, après le dessert, Becker la submergeait de questions.

Où avait-elle appris les mathématiques ? Comment était-elle arrivée à la NSA ? Quel était son secret pour être si irrésistible ?

Susan rougit et avoua qu'elle s'était « épanouie » sur le tard. À la fin de l'adolescence, elle était une grande bringue maigrichonne et maladroite, affublée d'un vilain appareil dentaire. Un jour, sa tante Clara lui avait expliqué que Dieu, en guise d'excuses, lui avait donné un cerveau exceptionnel pour compenser son physique qu'il avait bâclé. Des excuses prématurées, de toute évidence, songea Becker.

L'intérêt de Susan pour la cryptologie datait de son arrivée au collège. Le président du club informatique, un grand dadais de cinquième dénommé Frank Gutmann, lui avait écrit un poème d'amour, qu'il avait crypté au moyen de suites numériques. Susan le supplia de le lui traduire mais Frank refusa, trop content de susciter ainsi un si bel intérêt. Susan avait alors emporté le code chez elle, et toute la nuit elle avait travaillé, cachée sous les draps avec une lampe torche, jusqu'à ce qu'elle découvre la clé de l'énigme. Chaque nombre représentait une lettre. Elle les déchiffra un à un, et regarda avec émerveillement ce qui ressemblait à une suite de chiffres aléatoires se transformer, comme par magie, en un magnifique poème. Et c'est ainsi qu'elle tomba amoureuse, non pas de Frank Gutmann, mais des codes et de la cryptologie. Ils seraient désormais toute sa vie.

Vingt ans plus tard environ, après avoir obtenu un master de mathématiques à l'université Johns Hopkins et étudié la théorie des nombres au MIT, elle soutint sa thèse de doctorat, *Algorithmes et protocoles crypto-graphiques – méthodes et champs d'application.* Apparemment, son directeur d'études ne fut pas le seul à la lire ; peu après, Susan reçut un appel de la NSA, suivi d'un billet d'avion.

Tous ceux qui pratiquaient la cryptologie connais-saient la NSA ; c'était le fief des plus grands mathé-maticiens de la planète. Chaque printemps, alors que les firmes du secteur privé se battaient bec et ongles pour recruter les élèves les plus brillants des nouvelles promotions, en leur offrant salaires mirobolants et lias-ses de *stock-options*, la NSA se contentait d'observer en coulisse, faisait son choix et puis, au dernier round, approchait la perle rare convoitée et doublait la mise. Ce que la NSA voulait, elle l'achetait. Tout excitée par cette opportunité miraculeuse, Susan prit donc le vol pour Washington ; un chauffeur de la NSA l'atten-dait à sa descente d'avion et l'avait emmenée aussitôt à Fort Meade.

Cette année-là, ils étaient quarante et un à avoir reçu le même appel. Susan, alors âgée de vingt-huit ans, était la plus jeune d'entre eux. Elle était aussi l'unique femme. Son séjour n'eut rien à voir avec une simple visite d'information. Il s'agissait davantage d'une vaste opération de communication, pimentée d'un processus de sélection drastique des prétendants. La semaine suivante, Susan, ainsi que six autres heureux élus, étaient invités à passer le « deuxième tour ».

Après quelques hésitations, elle décida d'y retourner. Dès leur arrivée, les candidats composant l'ultime petit groupe de finalistes furent immédiatement séparés. Ils subirent une batterie de tests individuels : détecteur de mensonges, analyses graphologiques, passage au crible de leur passé, ainsi que des entretiens enregistrés à n'en plus finir, où on leur posa toutes sortes de questions des heures durant, jusqu'à leur demander quels étaient leurs goûts et pratiques sexuelles. Quand l'enquêteur demanda à Susan si elle avait déjà eu des rapports sexuels avec des animaux, elle faillit partir en claquant la porte. Mais, quelque part au fond d'elle, le mystère avait déjà opéré – la perspective de travailler à la pointe du décryptage, d'entrer dans le fameux *Puzzle Palace*[1], d'appartenir au club le plus secret et le plus fermé du monde : la National Security Agency.

Becker écoutait le récit de Susan, bouche bée.

— Ils t'ont vraiment demandé si tu avais eu des relations sexuelles avec des animaux ?

— Vérification de routine, répondit Susan en haussant les épaules.

— Et alors ? questionna Becker en étouffant un fou rire. C'est quoi, la réponse ?

Susan lui lança un coup de pied sous la table.

— Non, bien sûr que non ! Puis elle ajouta, malicieuse : Enfin, c'était le cas... jusqu'à la nuit dernière.

Aux yeux de Susan, David était parfait. Mais il avait tout de même une regrettable qualité : chaque fois qu'ils sortaient, il insistait pour payer la note. Susan

---

1. *The Puzzle Palace : A Report on America's Most Secret Agency*, de James Bamford, Houghton Mifflin, Boston, 1982. *(N.d.T.)*

détestait le voir dépenser des jours entiers de salaire pour un dîner en amoureux, mais il montait sur ses grands chevaux sitôt qu'elle tentait de lui faire entendre raison. Elle n'osait plus protester, mais cela continuait à lui poser problème. Je gagne plus d'argent que je n'arrive à en dépenser, se disait-elle. C'est moi qui devrais payer...

Hormis son sens désuet de la galanterie, David était, pour la jeune femme, l'homme idéal – attentionné, intelligent, drôle et, cerise sur le gâteau, il s'intéressait sincèrement à son travail... Que ce soit lors de visites au Smithsonian, de balades à vélo, ou pendant qu'ils faisaient cuire des spaghettis chez Susan, David manifestait toujours de la curiosité pour son métier. Susan lui répondait du mieux qu'elle le pouvait, l'informant sur le fonctionnement général de l'agence, sur tout ce qui ne relevait pas du secret-défense. Pour David, le monde de Susan était fascinant.

Officiellement fondée par une directive secrète du président Truman, à 0 h 01 le 4 novembre 1952, la NSA était restée la plus secrète des agences de renseignement durant près de cinquante ans. Les sept pages des statuts initiaux définissaient, de manière très précise, sa mission : assurer la confidentialité des communications du gouvernement américain et intercepter celles des puissances étrangères.

Plus de cinq cents antennes recouvraient le toit du quartier général des opérations de la NSA, dont deux énormes radars qui ressemblaient à des balles de golf géantes. Le bâtiment principal était gigantesque, occupant près de deux cent mille mètres carrés – vingt hectares – soit deux fois la taille du QG de la CIA. À l'intérieur, plus de deux mille cinq cents kilomètres de câbles téléphoniques s'étendaient derrière trois mille mètres carrés de fenêtres scellées.

Susan apprit à David l'existence du COMINT, le renseignement des communications à l'échelle planétaire : un réseau inimaginable de systèmes d'écoutes téléphoniques, de satellites espions et d'agents de terrain, couvrant la totalité du globe. Chaque jour, des centaines de conversations et de messages étaient interceptés et retransmis aux analystes de la NSA afin d'être décryptés. Le FBI, la CIA comme le ministère des Affaires étrangères des États-Unis, tous s'appuyaient sur les renseignements de la NSA pour prendre leurs décisions.

— Et le décodage ? demanda Becker, stupéfié par cette révélation. À quel moment est-ce que, toi, tu interviens ?

Susan lui expliqua que les transmissions interceptées provenaient essentiellement d'États belliqueux, de factions hostiles et de groupes terroristes, dont nombre avaient des cellules sur le territoire des États-Unis. En général, leurs communications étaient codées pour le cas où elles viendraient à tomber entre des mains ennemies – ce qui, grâce au COMINT, était souvent le cas. Son travail consistait alors à étudier les codes employés, à les casser, et à transmettre à la NSA les messages en texte clair.

Ce qui n'était pas la stricte vérité...

Susan sentit une pointe de culpabilité la traverser à l'idée de mentir à l'homme de sa vie, mais elle n'avait pas le choix. Ce qu'elle lui avait dit était encore vrai quelques années auparavant, mais beaucoup de choses avaient changé à la NSA. Et aussi dans le monde de la cryptologie. Les nouvelles fonctions de Susan étaient classées top secret, même pour nombre de personnes au plus haut échelon du pouvoir.

— Les codes..., lâcha Becker, fasciné. Comment sais-tu par quel bout commencer ? Comment trouves-tu la faille ?

— S'il y a une personne qui devrait le savoir, c'est bien toi, lui rétorqua Susan dans un sourire. C'est comme chercher à comprendre une langue étrangère. Au début, cela ressemble à du charabia, mais quand tu arrives à identifier les règles qui définissent la structure, tu commences à entrevoir le sens.

Becker approuva, impressionné. Il voulait en savoir plus. Avec la serviette du Merlutti's et le programme du concert en guise de tableau noir, Susan entreprit ce soir-là de donner à son jeune et charmant professeur un petit cours de cryptographie appliquée. Elle commença par Jules César et sa méthode de chiffrement, fondée sur les carrés parfaits.

César, expliqua-t-elle, avait été le premier dans l'histoire à coder ses instructions. Quand il constata que ses messagers tombaient dans des embuscades et que ses communications secrètes étaient interceptées, il inventa un procédé rudimentaire pour crypter ses missives. Il brouilla ses textes de telle sorte qu'ils ne voulaient plus rien dire. Bien sûr, il n'en était rien. Chaque message contenait un nombre de lettres qui formait un carré parfait – seize, vingt-cinq, cent – en fonction de la longueur du texte initial de César. Il avait informé secrètement ses officiers qu'ils devaient, quand un message brouillé leur arrivait, inscrire le texte, lettre par lettre, dans une grille carrée. Une fois cette disposition effectuée, s'ils lisaient les lettres de haut en bas, le sens du message codé leur apparaissait, comme par magie.

Au fil du temps, le concept inventé par César fut repris par d'autres, et les codes évoluèrent pour devenir de plus en plus complexes. Les encodages non informatisés connurent leur heure de gloire pendant la Seconde Guerre mondiale. Les nazis mirent au point une machine incroyable nommée Enigma. Son mécanisme ressemblait à celui d'une vieille machine à écrire, mais avec un système de rotors dentés qui pivotaient de manière savante. La machine transformait n'importe quel texte clair en une succession de groupes de caractères totalement incompréhensibles. Seul le destinataire, qui possédait la même machine, une autre Enigma réglée exactement de la même façon, pouvait décoder le message.

Becker écoutait, envoûté. Le professeur était devenu l'élève...

Un soir, durant une représentation de *Casse-Noisette*, Susan donna à David son premier message codé à décrypter. Becker resta assis pendant tout l'entracte, un stylo à la main, cherchant à percer le mystère des dix-sept lettres du message.

KF TVJT CJFO BWFD UPJ

Finalement, juste au moment où les lumières s'éteignaient, annonçant le début du second acte, il trouva la solution. Comme principe d'encodage, Susan s'était contentée de remplacer chaque lettre par la lettre de l'alphabet suivante. Pour décrypter le message, David devait tout simplement décaler chaque lettre d'un cran dans l'autre sens – « B » devenait « A », « C » devenait « B », et ainsi de suite. Il remplaça rapidement toutes les lettres. Jamais il n'avait imaginé que six petites syllabes pourraient le rendre aussi heureux :

JE SUIS BIEN AVEC TOI

Il griffonna rapidement sa réponse et lui tendit le papier.

NPJ BVTTJ

Susan le lut et son visage s'illumina.

Becker ne pouvait s'empêcher de rire de lui-même. À trente-cinq ans, voilà que son cœur battait la chamade comme celui d'un jeune adolescent. Jamais une femme ne l'avait autant attiré. Ses traits caucasiens, si délicats, et ses doux yeux noisette lui rappelaient une publicité pour Estée Lauder... Si, à treize ans, Susan était une grande tige un peu gauche, ce n'était plus le cas à présent. Quelque part en chemin, elle avait développé une véritable grâce – svelte, élancée, avec une poitrine ample et ferme et un ventre parfaitement plat. David plaisantait souvent sur le fait qu'elle était le premier top model qu'il rencontrait ayant un doctorat en mathématiques appliquées et en théorie des nombres ! Plus les mois passaient, plus il devint évident qu'ils vivaient tous les deux quelque chose d'unique qui pourrait bien durer toute une vie.

Ils étaient ensemble depuis près de deux ans lorsque, à brûle-pourpoint, David lui fit sa demande. C'était pendant un week-end dans les Smoky Mountains. Ils étaient étendus sur le grand lit à baldaquin de leur chambre du Stone Manor. Il n'avait pas prévu de bague – un détail protocolaire qui lui avait totalement échappé. C'est ce qui plaisait tant à Susan... David, et son incroyable spontanéité. Elle lui donna un long baiser langoureux. Il la prit dans ses bras et lui retira sa chemise de nuit.

— Je vais prendre ça pour un oui, déclara-t-il.

Et ils firent l'amour toute la nuit, à la lueur de la cheminée.

Ce soir magique datait maintenant de six mois – juste avant la promotion inattendue de David au poste de directeur du Département de langues modernes de Georgetown. Depuis ce moment, leur relation était sur une pente descendante.

4.

La porte de la Crypto émit un nouveau bip, et Susan émergea de sa douloureuse rêverie. Le panneau d'acier avait tourné sur lui-même jusqu'à atteindre la position d'ouverture totale. Il se refermerait cinq secondes plus tard, après avoir effectué un tour complet. Susan reprit ses esprits et pénétra au sein du temple. Un ordinateur consigna son passage.

Même si elle avait quasiment passé toutes ses journées à la Crypto depuis sa mise en service, trois ans plus tôt, ce lieu continuait à l'impressionner. La salle principale, immense et circulaire, était haute comme un immeuble de cinq étages. À son point central, le dôme transparent qui servait de toit culminait à quarante mètres de haut. La coupole était faite de plexiglas mêlé à une armature en polycarbonate – une sorte de filet protecteur capable de résister à une déflagration de deux mégatonnes. Les mailles filtraient le soleil, dessinant sur les murs une dentelle délicate. De minuscules particules de poussière s'élevaient dans l'air, décrivant de larges volutes évoluant vers le sommet de la coupole, piégées par le puissant système de désionisation du dôme.

La paroi transparente de la coupole, quasiment horizontale au sommet, s'incurvait en pente douce, pour finir quasi verticale à hauteur d'homme. Elle devenait alors peu à peu translucide, puis opaque, jusqu'à occultation totale au niveau du sol, pavé de carreaux noirs, si lustrés et miroitants, qu'ils en paraissaient transparents, comme une étendue de glace noire.

Jaillissant du sol, telle la tête d'une torpille géante, se dressait la machine pour laquelle le dôme avait été conçu. Le cône oblong, lisse et noir, s'élevait au centre de la salle à près de dix mètres de hauteur, comme une orque gigantesque arrêtée dans son bond, prisonnière d'une mer de glace.

C'était TRANSLTR, un modèle unique, la machine informatique la plus chère du monde – dont la NSA niait avec véhémence l'existence.

Tel un iceberg, quatre-vingt-dix pour cent de sa masse étaient enfouis sous la surface. Son cœur secret était enchâssé dans un silo de céramique, situé six niveaux plus bas – une fusée, entourée d'un labyrinthe sinueux de passerelles, de câbles, de tuyaux et de buses où chuintait le fréon du système de refroidissement. Les générateurs situés au fond de la fosse émettaient des basses fréquences, un bourdonnement perpétuel qui donnait à la Crypto une ambiance étrange et surnaturelle.

Comme toute avancée technologique, TRANSLTR était née de la nécessité. Au cours des années quatre-vingt, la NSA connut une révolution en matière de communications qui bouleversa à tout jamais le monde de l'espionnage – l'accès d'Internet au grand public. Et, plus particulièrement, l'arrivée des e-mails.

Les criminels, les terroristes et les espions, lassés de voir leurs lignes téléphoniques sur écoute, adoptèrent immédiatement ce mode de communication planétaire. Aussi sûrs que le courrier traditionnel et aussi rapides que les appels téléphoniques, les e-mails avaient toutes les qualités. Comme les transferts se faisaient *via* des lignes en fibre optique souterraines, et non par les airs, il était impossible de les intercepter – du moins, c'est ce qu'on croyait.

En réalité, intercepter les mails voyageant aussi vite que la lumière sur le réseau Internet était un jeu d'enfant pour les gourous de la technologie de la NSA. L'Internet, contrairement à ce que beaucoup pensaient, n'était pas une nouveauté dans le monde de l'informatique. Ce système avait été créé par le département de la Défense, trente ans plus tôt – un réseau gigantesque destiné à garantir la sécurité des communications gouvernementales en cas de guerre nucléaire. Les oreilles et les yeux des professionnels de la NSA étaient aguerris à cette technique. Tous ceux qui pensaient pouvoir se servir des e-mails à des fins illégales s'aperçurent, à leurs dépens, que leurs secrets n'étaient pas si bien gardés. Le FBI, la DEA, le fisc et autres organismes chargés de faire respecter les lois aux États-Unis – avec l'aide des techno-magiciens de la NSA – purent procéder à des arrestations en masse ; un véritable raz de marée.

Quand les utilisateurs d'e-mails du monde entier découvrirent que le gouvernement des États-Unis pouvait avoir accès à leurs courriers, il y eut, bien entendu, un tonnerre de protestations. Même les particuliers, qui n'utilisaient les mails que pour des échanges amicaux et anecdotiques, furent choqués par cette atteinte à leur vie privée. Dans le monde entier, des sociétés privées cherchèrent les moyens de rendre les communications Internet plus sûres. Ils en trouvèrent rapidement un, et c'est ainsi que naquit le chiffrement à clé publique.

La clé publique était une idée aussi simple que brillante. C'était un programme, simple d'utilisation, conçu pour les ordinateurs personnels, qui brouillait les mails, les rendant totalement illisibles. Pour l'utilisateur il suffisait d'écrire un courrier et de le passer ensuite par son petit logiciel de codage, pour que le texte arrive à destination sous forme d'un charabia inintelligible – autrement dit crypté. Quiconque cherchait à intercepter le message voyait s'afficher sur son écran une suite de signes incompréhensibles.

La seule façon de récupérer le message en clair était de connaître la « clé secrète » de l'expéditeur – une série de caractères qui fonctionnait un peu comme les codes secrets que l'on compose aux guichets automatiques. Les clés secrètes étaient généralement longues et complexes ; elles contenaient toutes les instructions nécessaires à l'algorithme de codage afin de pouvoir retrouver les opérations mathématiques utilisées pour chiffrer le message original. Il était désormais possible d'envoyer des e-mails en toute confiance. Même en cas d'interception, seul celui qui possédait la clé secrète pouvait déchiffrer son courrier.

La NSA reçut le choc de plein fouet. Les codes auxquels ils avaient désormais affaire n'avaient plus rien à voir avec de simples substitutions de signes, interprétables avec un crayon et une feuille de papier quadrillé – ils provenaient d'ordinateurs munis de fonctions de hachage élaborées, faisant appel à la théorie du chaos et à de multiples symboles pour brouiller les messages en des suites d'apparence aléatoire.

Dans un premier temps, les clés secrètes des utilisateurs étaient suffisamment courtes pour être « devinées » par les ordinateurs de la NSA. Pour décrypter une clé secrète à dix chiffres, il suffisait de programmer la machine pour qu'elle essaie toutes les combinaisons possibles entre 0000000000 et 9999999999. Tôt ou tard, l'ordinateur tombait sur la bonne séquence. Cette façon de procéder par élimination était surnommée « l'attaque de force brute ». Cela prenait parfois beaucoup de temps, mais le résultat était garanti.

Quand le monde eut vent de l'existence du décryptage par la force brute, les mots de passe devinrent de plus en plus lourds. Le temps nécessaire aux ordinateurs pour « deviner » les combinaisons se chiffra en semaines, puis en mois, puis en années.

Dans les années quatre-vingt-dix, les clés dépassaient les cinquante caractères et pouvaient utiliser au choix les deux cent cinquante-six lettres, chiffres et symboles de l'« alphabet » ASCII. Le nombre des possibilités avoisinait les 10^{120} – un suivi de cent vingt zéros. La probabilité mathématique de tomber sur le code exact revenait à trouver le bon grain de sable sur une plage de plus de quatre kilomètres de long. Pour décoder une telle clé par l'attaque de force brute, on estimait qu'il fallait en moyenne au plus rapide ordinateur de la NSA – le top secret Cray/Josephson II – environ dix-neuf ans. Le temps que la machine devine la clé et casse le code, son contenu n'aurait plus aucun intérêt.

Consciente de l'imminence de son impuissance totale en matière de déchiffrement, la NSA, avec le soutien du président des États-Unis, se lança dans un programme top secret. Jouissant d'un budget illimité et ayant carte blanche pour faire tout ce qui était nécessaire afin de sortir de l'impasse, la NSA entreprit de fabriquer l'impossible : la première machine de décryptage universelle. Malgré les avis de plusieurs ingénieurs qui prétendaient qu'il était impossible de construire une telle machine, la NSA s'accrocha à cette devise : « Rien n'est impossible. Tout est une question de temps. »

Cinq ans plus tard, après cinq cent mille heures de travail humain et près de deux milliards de dollars d'investissement, la NSA prouva qu'elle avait raison. Le dernier des trois millions de processeurs de la taille d'un timbre-poste fut mis en place, les programmes internes finalisés, et l'enveloppe de céramique scellée. TRANSLTR était née.

Le fonctionnement secret de TRANSLTR était fondé sur un amalgame de travaux, eux-mêmes le fruit de plusieurs cerveaux, et ne pouvait être compris dans sa totalité par aucun individu. Son principe de base, pourtant, était enfantin : chaque élément effectuait une petite partie du travail. Les trois millions de processeurs allaient tous travailler en parallèle – par paliers successifs, à une vitesse phénoménale, essayant toutes les permutations. On espérait que la ténacité de TRANSLTR viendrait à bout des codes les plus sophistiqués, quelle que soit la longueur de la clé de cryptage.

Cette machine de deux milliards de dollars utiliserait, pour casser les codes et percer les chiffrements, non seulement la puissance de calcul phénoménale de trois millions de processeurs montés en parallèle, mais aussi les dernières innovations en matière d'analyse de texte clair – une technologie top secret. La force de TRANSLTR viendrait du nombre faramineux de processeurs combiné aux derniers progrès en informatique quantique – une technologie nouvelle qui permettait à l'information d'être stockée non pas sous forme binaire mais quantique.

Le moment de vérité arriva un jeudi matin d'octobre, un jour où il y avait un vent à décorner les bœufs – le premier test en situation réelle ! Malgré les incertitudes sur la rapidité effective de la machine, les ingénieurs s'accordaient tous sur un point : si les processeurs travaillaient tous en simultané, TRANSLTR devait être sacrément puissante. Restait à savoir à quel point.

La réponse tomba douze minutes plus tard. Un silence de plomb régnait parmi la poignée de personnes suspendues dans l'attente, quand l'imprimante se mit en marche et délivra le texte en clair – le code décrypté. TRANSLTR venait d'identifier une clé de chiffrement moderne en un peu plus de dix minutes. Un million de fois plus vite que les vingt années de calcul qu'il aurait fallu à l'ex-plus puissant ordinateur de la NSA.

Cette dernière, sous la conduite du directeur adjoint des opérations, le commandant Trevor J. Strathmore, venait de remporter une grande victoire. TRANSLTR était un succès au-delà de toute espérance. Mais pour garder l'avantage, il fallait que cette réussite restât secrète ; Strathmore fit donc immédiatement courir le bruit que le projet avait échoué de façon cuisante. Officiellement, toute l'équipe de la Crypto tâchait de sauver les meubles et de réparer leur fiasco de deux milliards de dollars. Seuls les hauts responsables de la NSA connaissaient la vérité – TRANSLTR était opérationnelle et cassait, chaque jour, des codes par centaines.

La rumeur disant que les chiffrements informatiques étaient inviolables – y compris par la toute-puissante NSA – se répandit comme une traînée de poudre et les messages secrets affluèrent sur le Net. Parrains de la drogue, terroristes et escrocs en tout genre – lassés de voir leurs appels sur téléphones portables systématiquement interceptés – ne jurèrent plus que par cet excitant nouveau média, les e-mails codés, un mode de communication planétaire, instantané et confidentiel. Terminé le temps où ils se retrouvaient dans le box des accusés, face à un jury, à devoir écouter leur propre voix enregistrée lors d'une vieille conversation sur portable qu'un satellite de la NSA avait interceptée !

Pour les agences de renseignement, la moisson n'avait jamais été aussi bonne et facile. Les e-mails récupérés par la NSA, sous forme de signes totalement incompréhensibles, étaient entrés dans TRANSLTR, qui recrachait quelques minutes plus tard les textes en clair, parfaitement lisibles. Plus de confidences, plus de secrets pour personne.

La NSA, pour alimenter jusqu'au bout le canular de son incompétence, s'insurgeait violemment à chaque sortie sur le marché d'un nouveau logiciel de codage. Elle mettait en avant sa prétendue impuissance, arguant que les autorités se retrouvaient paralysées, incapables de confondre les criminels. Les associations de défense des droits civils se réjouissaient à l'idée que la NSA ne puisse plus lire les courriers électroniques des citoyens. Et les ventes de logiciels de chiffrement s'emballèrent ; chaque mois, un nouveau programme sortait. La NSA avait perdu la bataille ! criait-on aux quatre coins de la planète – et c'était exactement l'effet recherché. Toute la communauté des internautes avait été dupée... du moins, c'est ce qu'il semblait.

5.

Où sont-ils tous ? se demanda Susan en découvrant la Crypto déserte. Une urgence, tu parles !

Les départements de la NSA travaillaient, presque tous, sept jours sur sept, mais la Crypto était généralement au repos les samedis. Les mathématiciens cryptologues étaient, par nature, totalement « accros » à leur travail. Une tradition, pour soulager les synapses, les contraignait à lever le pied le samedi, sauf en cas d'urgence. Les casseurs de codes étaient trop précieux à la NSA pour risquer de les perdre pour cause de surmenage.

Susan traversa la salle, la haute silhouette de

TRANSLTR se dressant sur sa droite. Le bourdonnement des générateurs enfouis six étages sous ses pieds lui parut, aujourd'hui, chargé d'une sourde menace. Susan n'avait jamais aimé s'attarder à la Crypto durant les heures de fermeture. C'était comme se retrouver piégée dans une cage aux côtés d'un gigantesque *alien*. Elle accéléra le pas en direction du bureau de Strathmore. La passerelle de commandement, que l'on surnommait « le bocal », à cause de ses parois de verre que l'on apercevait lorsque les rideaux étaient ouverts, se trouvait perchée, au fond de la salle, au sommet d'un escalier métallique. Tandis qu'elle montait les marches grinçantes, Susan fixait du regard l'épaisse porte en chêne de Strathmore. Le sceau de la NSA y était gravé – un aigle tenant dans ses serres une grosse clé. Derrière cette porte il y avait l'un des hommes qu'elle estimait le plus.

Le commandant Strathmore, directeur adjoint des opérations, âgé de cinquante-six ans, était comme un père pour Susan. C'était lui qui l'avait engagée et qui avait fait en sorte que l'agence fût un second foyer pour elle. Dix ans plus tôt, quand Susan avait rejoint l'équipe, Strathmore était à la tête de la Division Développement de la Crypto : le centre de formation pour les nouveaux cryptologues – jusque-là exclusivement masculins. Strathmore n'avait jamais toléré qu'un élève fût bizuté ou malmené par les autres et il se montrait particulièrement protecteur vis-à-vis de la seule femme du groupe. Quand on l'accusa de faire du favoritisme, il se contenta de répondre la vérité : Susan Fletcher était l'une des meilleures recrues de toute sa carrière, et il n'était pas question de la perdre pour harcèlement sexuel. Un cryptologue de la maison eut, un jour, la mauvaise idée de vouloir tester la détermination de Strathmore.

Durant sa première année, Susan, un matin, passa au foyer des cryptologues récupérer des papiers. Au moment de sortir, elle remarqua qu'il y avait une photo d'elle sur le tableau de service. Elle faillit s'évanouir de honte. Elle était là, étendue lascivement sur un lit, avec un string comme seul vêtement. Visiblement, l'un des cryptologues avait scanné une photo de pin-up dans un magazine érotique et ajouté sur ce corps la tête de Susan. L'effet était assez convaincant. Malheureusement pour cet as de la retouche photo, la prouesse ne fut pas du goût du commandant. Deux heures plus tard, il fit passer un mémo qui recadra clairement les limites :

L'EMPLOYÉ CARL AUSTIN A ÉTÉ REMERCIÉ
POUR COMPORTEMENT DÉPLACÉ

À partir de ce jour, plus personne ne s'en prit à elle ; Susan Fletcher était la protégée du Pacha.

Mais Strathmore n'était pas seulement respecté par les membres de son équipe. Dès le début de sa carrière, il s'était fait remarquer de ses supérieurs en mettant sur pied des missions de renseignement peu orthodoxes, qui remportèrent de vifs succès. En grimpant les échelons, il obtint ses lettres de noblesse grâce à ses analyses limpides de situations d'une complexité inextricable. Il avait le talent miraculeux de voir au-delà des questions morales qui plongeaient parfois la NSA dans des abîmes de perplexité, et pouvait ainsi prendre des décisions radicales, sans aucun état d'âme, dans le seul intérêt général.

Personne ne pouvait douter de l'amour que portait Trevor Strathmore à son pays. Aux yeux de ses collègues, c'était un patriote et un visionnaire. Un homme honnête dans un monde de mensonges.

Quelques années après l'entrée de Susan à la NSA, Strathmore avait été catapulté de son poste de chef de développement du service cryptologie à celui de numéro deux de la NSA. Il n'y avait plus, à présent, qu'un seul homme au-dessus de lui : le mythique directeur Leland Fontaine, seigneur et maître du *Puzzle Palace* – l'entité supérieure qu'on ne voyait jamais, que l'on entendait rarement, mais dont l'ombre planait sur tous. Strathmore et lui ne se croisaient qu'exceptionnellement, et quand ces rencontres avaient lieu, c'était le choc des titans. Fontaine était un géant parmi les géants, mais Strathmore ne se laissait pas démonter. Il défendait ses idées avec l'ardeur d'un boxeur sur un ring. Même le président des États-Unis n'osait tenir tête à Fontaine comme le faisait Strathmore. Pour cela, il fallait jouir d'une totale immunité politique, ou, dans le cas de Strathmore, se contreficher des risques et n'avoir aucun plan de carrière.

Susan arrivait en haut des escaliers. Avant même d'avoir pu frapper, elle entendit le bip électronique se déclencher. La porte s'ouvrit, et Strathmore l'invita à entrer.

— Merci d'être venue, Susan. Je vous revaudrai ça.

— Ce n'est rien, dit-elle dans un sourire en s'asseyant en face de lui.

Strathmore était un homme bien en chair, dont le visage rond dissimulait une volonté de fer, une intelligence hors norme et un goût prononcé de la perfection. D'ordinaire, il émanait de ses yeux gris acier la confiance et la sérénité du vieux loup de mer. Mais aujourd'hui, Susan y voyait luire la peur et le tourment.

— Vous n'avez pas l'air dans votre assiette.

— J'ai connu des jours meilleurs, confirma Strathmore.

Vu votre tête, celui-là doit être le pire de tous ! répliqua Susan en pensée. Jamais elle n'avait vu Strathmore dans cet état. Les quelques cheveux gris qui lui restaient étaient en bataille et, malgré la fraîcheur de l'air conditionné, de la sueur perlait à son front. On avait l'impression qu'il avait passé la nuit ici. Il était assis derrière son bureau ultramoderne, équipé de deux claviers encastrés et d'un moniteur. Le plateau croulait sous les listings. On aurait dit le poste de pilotage d'un vaisseau extraterrestre, téléporté par erreur au milieu de cette salle vitrée.

— Semaine difficile ? s'enquit-elle.

— Comme d'habitude, répondit-il en haussant les épaules. L'EFF m'a encore accusé de violer les droits du citoyen.

Susan gloussa. L'EFF, ou l'Electronics Frontier Foundation, était une coalition mondiale d'utilisateurs d'ordinateurs qui avaient fondé une puissante société de défense des libertés civiles, en vue de promouvoir la confidentialité des échanges on-line et d'informer son prochain sur les réalités et les dangers du monde électronique. Ils menaient un combat perpétuel contre ce qu'ils appelaient « la dictature orwellienne des agences gouvernementales » – et en particulier contre la NSA. L'EFF était une épine tenace dans le pied de Strathmore.

— La routine, donc, lança-t-elle. Alors ? Quelle est cette affaire urgente pour laquelle vous m'avez tirée de mon bain ?

Strathmore, pendant un long moment, ne réagit pas. D'un air absent, il tripota la track-ball enchâssée dans son bureau. Puis il riva ses yeux dans ceux de Susan.

— Quel est, à votre connaissance, le temps maximum qu'a pris TRANSLTR pour casser un code ?

Cette question fit retomber la tension de Susan. Elle semblait si anecdotique. C'est pour ça que vous m'avez fait venir ? pensa-t-elle avant de répondre :

— Eh bien..., commença-t-elle en fouillant sa mémoire, il y a quelques mois, il lui a fallu environ une heure pour décoder un message intercepté par le COMINT. Mais la clé était incroyablement longue – dix mille bits, quelque chose de cet ordre.

— Une heure..., marmonna Strathmore en poussant un grognement. Et les tests que nous lui avons fait subir ?

Susan haussa les épaules.

— Si on inclut les diagnostics internes, ça peut prendre beaucoup plus de temps.

— Combien de temps ?

Où voulait en venir Strathmore ?

— En mars, j'ai essayé un algorithme avec une clé segmentée d'un million de bits. Avec fonctions de boucles interdites, automate cellulaire, le grand jeu, quoi ! TRANSLTR a quand même réussi à le casser.

— En combien de temps ?

— En trois heures.

— Trois heures ? répéta Strathmore en haussant les sourcils, comme s'il trouvait ça long.

Susan se renfrogna, légèrement vexée. Durant les

trois dernières années, l'essentiel de son travail avait consisté à peaufiner l'ordinateur le plus secret du monde ; la plupart des améliorations internes qui rendaient TRANSLTR si rapide étaient de son fait. Une clé de codage d'un million de bits représentait un scénario quasi improbable.

— D'accord, reprit Strathmore. Donc, même dans les pires conditions, TRANSLTR met au maximum trois heures pour casser un code ?

— Oui, environ.

Strathmore resta silencieux, comme s'il hésitait à aller plus loin. Au bout d'un moment, il releva enfin la tête.

— TRANSLTR est tombée sur un os, déclara-t-il.

Il se tut de nouveau.

— Un code qui aurait résisté plus de trois heures ? demanda-t-elle.

Strathmore acquiesça en silence. Susan semblait prendre la nouvelle avec sérénité.

— C'est un nouveau diagnostic interne ? Ça vient de la Sys-Sec ?

— Non. De l'extérieur.

Susan n'y croyait pas. C'était une mauvaise blague, dont la chute tardait à venir...

— De l'extérieur ? répéta-t-elle. Vous plaisantez, chef ?

— J'aimerais bien. J'ai entré le fichier hier soir vers onze heures et demie. Et il n'est toujours pas déchiffré.

Susan resta bouche bée. Elle jeta un regard à sa montre avant de revenir sur Strathmore.

— Toujours pas ? Après quinze heures de calcul ?

Strathmore se pencha et fit pivoter son moniteur

vers Susan. L'écran était noir, à l'exception d'une petite fenêtre jaune qui clignotait au centre.

TEMPS ÉCOULÉ : 15 H 09 MIN 33 S

CLÉ EN ATTENTE :————————————

Susan était stupéfaite. Les processeurs de TRANSLTR testaient trente millions de clés par seconde – cent milliards par heure. Si TRANSLTR tournait toujours, la clé devait dépasser les dix milliards de signes. De la folie...

— C'est impossible ! Avez-vous consulté le journal d'erreurs ? TRANSLTR a peut-être un petit problème et...

— Non, tout est correct.

— Alors la clé doit être immense !

— C'est un algorithme destiné au grand public, répondit-il en secouant la tête. À mon avis, la clé est parfaitement standard.

Incrédule, Susan jeta un regard vers TRANSLTR, de l'autre côté des vitres. D'ordinaire, la machine décryptait ces chiffrements en moins de dix minutes.

— Il doit y avoir une explication, affirma-t-elle.

— Oui, il y en a une, acquiesça Strathmore. Mais elle ne va pas vous plaire.

L'inquiétude gagnait Susan.

— TRANSLTR a un dysfonctionnement ?

— Non, tout tourne bien.

— Alors quoi, un virus ?

— Non, aucun virus.

Susan était sidérée. TRANSLTR n'avait jamais mis plus d'une heure à casser un code, si complexe fût-il. D'habitude, le texte clair arrivait chez Strathmore au bout de quelques minutes. Elle lança un coup d'œil à l'imprimante située derrière le bureau. Le bac était vide.

— Je vais vous expliquer la situation, reprit Strathmore calmement. Je sais que cela va être dur à admettre, mais laissez-moi aller jusqu'au bout sans m'interrompre. (Il se mordit la lèvre avant de se lancer :) Ce code sur lequel TRANSLTR travaille... il est unique. Totalement nouveau.

Il marqua un nouveau temps d'arrêt, comme s'il lui fallait rassembler ses forces.

— Et il est... incassable.

Susan le regarda fixement. Elle faillit éclater de rire. Incassable ? Ça n'avait pas de sens ! Aucun code n'était inviolable – certains nécessitaient plus de temps de calcul, mais on finissait toujours par en venir à bout. Tôt ou tard, TRANSLTR tombait sur la bonne combinaison, c'était mathématiquement garanti.

— Je vous demande pardon ? bredouilla-t-elle.

— Ce code est incassable, répéta-t-il.

Incassable ? Comment un homme ayant vingt-sept ans de cryptanalyse derrière lui pouvait-il prononcer un tel mot ?

— Vous croyez vraiment, chef ? dit-elle mal à l'aise. Que faites-vous du principe de Bergofsky ?

Susan avait entendu parler du principe de Bergofsky dès le début de sa carrière. C'était la pierre angulaire du système de l'attaque de force brute. C'était aussi cette théorie qui avait inspiré Strathmore pour concevoir TRANSLTR. Le principe établissait que, si un ordinateur pouvait essayer suffisamment de clés par minute, il y avait la garantie mathématique qu'il finisse par trouver la bonne en un temps raisonnable.

Ce qui rendait un code sûr, ce n'était pas le caractère inviolable de sa clé, c'était juste que les gens n'avaient ni le temps ni l'équipement *ad hoc* pour essayer toutes les combinaisons possibles.

— Ce code est différent, affirma Strathmore d'un air fataliste.

— Différent ? répéta Susan en lui jetant un regard de travers.

Un code incraquable est une impossibilité mathématique ! Il le sait parfaitement !

— Ce cryptogramme provient d'un tout nouveau type d'algorithme de chiffrement, expliqua Strathmore en passant la main sur son crâne dégarni. Du jamais vu.

Ce début d'explication rendit Susan encore plus dubitative. Les algorithmes de cryptage n'étaient rien d'autre qu'une succession d'opérations mathématiques, une recette de cuisine pour brouiller les textes et les rendre illisibles. Les mathématiciens et les programmeurs en créaient chaque jour de nouveaux. Il en existait des centaines sur le marché – PGP, Diffie-Hellman, ZIP, IDEA, El Gamal. TRANSLTR les cassait tous, sans difficulté. Aucun chiffrement ne lui posait problème, quel que soit le système utilisé.

— Je ne comprends pas, insista-t-elle. Il ne s'agit pas de décompresser des programmes informatiques complexes, mais d'une attaque de force brute ! PGP, Lucifer, DSA – peu importe l'algorithme. Le logiciel génère une clé censée sécuriser les envois, et TRANSLTR essaie toutes les combinaisons jusqu'à trouver la bonne.

— Oui, Susan, je sais, lui répondit Strathmore en s'efforçant de garder le ton patient du bon professeur.

TRANSLTR finit toujours par trouver la clé – même si elle est démesurée. (Après une longue pause, il ajouta :) Sauf...

Susan brûlait de l'interrompre, mais ce n'était pas le moment. Sauf si quoi ? pensa-t-elle très fort.

— Sauf si l'ordinateur ne sait pas quand il casse le code.

Susan faillit tomber de sa chaise.

— Comment ça ?

— Sauf si l'ordinateur tombe sur la bonne clé mais continue à chercher parce qu'il ne réalise pas qu'il l'a trouvée, ajouta Strathmore, lugubre. Je crois, cette fois, qu'on a affaire à un algorithme à déchiffrement tournant.

Susan resta clouée sur place.

La notion de déchiffrement tournant fut posée en 1987, dans un obscur article signé d'un mathématicien hongrois, Josef Harne. Puisque les ordinateurs utilisant l'attaque de force brute établissaient la validité d'un déchiffrement en cherchant dans le texte décrypté des groupes de mots identifiables, Harne proposait un algorithme de codage qui, en plus de chiffrer le texte, assujettissait son déchiffrement à une variable temporelle. En théorie, cette altération continue du texte devait empêcher les ordinateurs de tomber sur des modèles de mots identifiables, et donc de savoir quand ils devinaient la bonne clé. Un tel concept était un peu comme l'idée de coloniser Mars – aussi passionnante qu'irréalisable en l'état actuel des connaissances humaines.

— D'où vient ce truc ? demanda-t-elle.

— D'un programmeur du privé.

— Quoi ? lança-t-elle en s'effondrant au fond de

son siège. Nous avons ici la crème des cryptographes !
À nous tous, nous n'avons jamais trouvé le moyen,
pas même un embryon de piste, pour concevoir un
logiciel à déchiffrement tournant. Et vous voulez me
faire croire qu'un rigolo a fait ça tout seul avec son
petit PC !

— C'est loin d'être un rigolo, répondit Strathmore
à voix basse dans l'espoir de la calmer.

Mais Susan ne l'écoutait plus. Elle était persuadée
qu'il devait exister une autre explication – un bug du
système, un virus, n'importe quoi, mais pas un code
incassable !

Strathmore lui lança un regard sévère.

— L'auteur de cet algorithme est l'un des plus
grands génies de la cryptographie moderne.

Susan n'en croyait pas un traître mot ; tous les
génies de l'informatique travaillaient avec elle à la
Crypto ! Et si quelqu'un avait sorti un tel algorithme,
elle en aurait forcément entendu parler...

— Et qui est ce grand homme ? demanda-t-elle.

— Vous allez le deviner toute seule. Il ne tient pas
la NSA dans son cœur.

— Vous parlez d'un indice ! lâcha-t-elle avec sarcasme.

— Il a travaillé sur TRANSLTR. Mais il a enfreint
les règles. Et failli foutre un beau bordel dans le
monde du renseignement. Je l'ai viré.

Susan eut un instant d'hésitation, puis elle pâlit
d'effroi.

— Oh Seigneur...

Strathmore hocha la tête.

— Lui-même... Toute l'année, il s'est vanté d'être

en passe d'inventer un algorithme pouvant damer le pion à l'attaque de force brute...

— Mais je..., bredouilla-t-elle, je croyais qu'il bluffait... Il aurait réussi ?

— Oui. Il a trouvé l'algorithme de chiffrement absolu.

— Alors..., reprit Susan après un long moment de silence. Cela signifie que...

— Oui, Susan, l'interrompit Strathmore en la regardant droit dans les yeux. Ensei Tankado vient de rendre TRANSLTR totalement obsolète.

6.

Certes, Ensei Tankado n'était pas né au moment de la Seconde Guerre mondiale, mais il avait étudié assidûment cette période – en particulier son événement le plus marquant, celui qui avait tué cent mille de ses compatriotes en une fraction de seconde : l'explosion de la première bombe atomique.

Hiroshima, 8 h 15, le 6 août 1945 – un acte de barbarie. Une destruction abominable. Une démonstration de force inutile de la part d'un pays qui avait déjà gagné la guerre... Tankado pouvait accepter tout ça. Mais l'inacceptable, l'insupportable, c'était que la bombe lui avait pris sa mère ; il ne l'avait jamais connue. Elle était morte en le mettant au monde – à la suite de complications dues aux radiations auxquelles elle avait été exposée plusieurs années auparavant.

En 1945, bien avant la naissance de Tankado, sa

mère, comme bon nombre de ses amis, s'était rendue à Hiroshima, afin de proposer ses services dans un centre pour grands brûlés. C'est là qu'elle devint elle-même une *hibakusha* – une irradiée. Dix-neuf ans plus tard, à trente-six ans, allongée en salle de travail, elle faisait une hémorragie interne... elle savait qu'elle allait mourir. Ce qu'elle ignorait, en revanche, c'est que sa mort lui épargnerait la pire des souffrances – voir que son unique enfant allait naître difforme.

Le père d'Ensei, non plus, ne vit jamais son fils. À l'annonce de la mort imminente de sa femme, il se sentit perdu. Quand les infirmières lui apprirent que son enfant était anormal et qu'il ne passerait sûrement pas la nuit, il quitta l'hôpital, empli de honte, et ne revint jamais. C'est ainsi qu'Ensei Tankado fut placé dans une famille d'accueil.

Toutes les nuits, le jeune Tankado regardait ses doigts tordus qui étreignaient sa poupée Daruma porte-bonheur en rêvant de vengeance... il prendrait sa revanche contre ce pays qui lui avait volé sa mère et avait infligé à son père l'infamie de l'abandon. Il ne se doutait pas, alors, que le destin allait lui venir en aide. L'année de ses douze ans, en février, une fabrique d'ordinateurs de Tokyo appela sa famille d'accueil. Ils développaient un nouveau clavier pour enfants handicapés et proposaient qu'Ensei fasse partie du groupe d'essai. Les parents adoptifs acceptèrent. Ensei Tankado n'avait jamais vu d'ordinateur, mais il sut tout de suite s'en servir, comme par instinct. L'informatique lui ouvrait les portes de mondes insoupçonnés. Rapidement, cet univers devint toute sa vie. En grandissant, il donna des cours, gagna de l'argent, et obtint finalement une bourse d'études à l'université de Doshisha. Ensei Tankado fut bientôt connu dans tout Tokyo comme le *fuguu na kisai* – le génie meurtri.

Tankado découvrit l'infamie de l'attaque de Pearl Harbor ainsi que les crimes de guerre perpétrés par le Japon. Avec le temps, sa haine pour l'Amérique s'estompa. Il devint un bouddhiste convaincu. Ses anciens désirs de vengeance avaient disparu ; le pardon était le seul chemin vers la lumière.

À vingt ans, Ensei Tankado était devenu une star dans le petit monde des programmeurs. IBM lui offrit un permis de travail et un poste au Texas. Tankado sauta sur l'occasion. Trois ans plus tard, il avait quitté IBM, vivait à New York et mettait au point ses propres logiciels. Il surfa sur la vague des systèmes de chiffrement à clé publique. Il écrivit des algorithmes et gagna des fortunes.

Comme nombre de créateurs de cryptosystèmes, Tankado fut approché par la NSA. Il mesura alors toute l'ironie de la situation : on lui proposait, à présent, de travailler au cœur même de l'État qu'il s'était jadis juré de haïr. Il décida, néanmoins, de se rendre à l'entretien. Toutes ses réserves s'effacèrent lorsqu'il rencontra le commandant Strathmore. Ils parlèrent, sans faux-semblants, du passé de Tankado, de la rancœur légitime qu'il pouvait éprouver envers les États-Unis et de ses projets pour l'avenir. Tankado eut droit au détecteur de mensonges ainsi qu'à cinq semaines intensives de tests psychologiques. Il passa toutes les épreuves avec succès. Sa dévotion pour Bouddha avait remplacé sa haine. Quatre mois plus tard, Ensei Tankado intégrait le service de Cryptologie de la National Security Agency.

Malgré son salaire élevé, Tankado se déplaçait sur

une vieille mobylette et se préparait des gamelles qu'il mangeait seul dans son bureau, plutôt que de se joindre au reste de l'équipe pour déguster une côte de bœuf et une vichyssoise à la cafétéria. Ses collègues l'admiraient. Tankado était réellement un génie de l'informatique – le plus créatif de tous. Un homme aimable, honnête, posé et d'une éthique irréprochable. L'intégrité morale était, pour lui, la première des vertus ; le traumatisme fut d'autant plus grand lorsqu'il fut renvoyé de la NSA et expulsé des États-Unis.

Comme tous les employés de la Crypto qui travaillaient à la mise au point de TRANSLTR, Tankado avait cru comprendre qu'en cas de réussite la machine servirait à déchiffrer uniquement les mails pour lesquels le ministère de la Justice donnerait son feu vert. L'usage de TRANSLTR par la NSA serait réglementé, de la même manière que le FBI avait besoin de l'accord d'une cour fédérale pour mettre en place une écoute téléphonique. TRANSLTR devait être équipée d'un portail de sécurité, afin que son accès soit limité. Pour décoder un fichier, le programme demanderait un mot de passe, détenu par la Réserve fédérale et le ministère de la Justice. Cela afin d'empêcher la NSA d'accéder impunément aux communications personnelles des citoyens honnêtes de la planète.

Toutefois, quand vint le moment d'inclure cette sécurité dans TRANSLTR, on fit savoir à l'équipe des programmeurs qu'il y avait un changement de plan. Dans la lutte contre le terrorisme, déjouer un attentat était bien souvent une course contre la montre. Pour cette raison, l'accès à TRANSLTR ne serait pas verrouillé et son utilisation ne serait subordonnée à aucun autre organisme que la NSA.

Ensei Tankado fut indigné. Cela signifiait que l'agence pourrait consulter les mails de n'importe qui, sans que la personne concernée en sache jamais rien. C'était comme si chaque téléphone dans le monde contenait un mouchard. Strathmore tenta de convaincre le Japonais que TRANSLTR avait pour unique vocation de combattre le mal, mais en vain. Tankado n'en démordait pas : c'était une violation fondamentale des droits civils. Il démissionna sur-le-champ. Quelques heures plus tard, il violait son serment de confidentialité en tentant d'alerter l'Electronic Frontier Foundation. Tankado était décidé à provoquer un choc mondial, en dévoilant l'existence d'une machine secrète qui exposait les utilisateurs de mails du monde entier à l'inqualifiable perfidie du gouvernement américain. La NSA n'avait plus le choix. Il fallait agir.

Tankado, dont l'arrestation et l'expulsion furent largement commentées sur les forums de discussion du Web, fit l'objet d'un lynchage médiatique éhonté. Contre l'avis de Strathmore, les analystes de la NSA – effrayés à l'idée que Tankado révèle l'existence de TRANSLTR – firent courir des rumeurs qui décrédibilisèrent totalement le mathématicien. Après cela, plus aucune société d'informatique ne voulut avoir affaire à lui. Comment faire confiance à un infirme japonais accusé d'espionnage qui, pour sa défense, propageait des allégations absurdes sur la mise au point par le gouvernement américain d'un super-ordinateur de décryptage ?

Le plus curieux dans toute cette histoire, c'est que Tankado semblait accepter la situation ; fausses rumeurs et mensonges étaient les armes préférées du monde du renseignement. Il ne montrait pas de colère, mais une farouche détermination. Au moment de quitter le territoire américain, sous escorte, Tankado adressa ces derniers mots à Strathmore sur un ton glacial : « Tout individu a le droit d'avoir ses secrets. Grâce à moi, un jour, ce sera possible. »

7.

Les pensées se bousculaient dans l'esprit de Susan. Ensei Tankado avait donc inventé un algorithme de chiffrement inviolable ! Elle n'arrivait pas à y croire.

— « Forteresse Digitale », lâcha Strathmore. C'est le nom qu'il lui a donné. L'arme absolue contre l'espionnage. Si ce programme se retrouve sur le marché, n'importe quel gamin muni d'un modem pourra envoyer des messages cryptés que la NSA ne pourra jamais lire. Notre capacité de renseignement sera alors amputée des deux bras.

Mais Susan n'en était pas encore à envisager les implications politiques de Forteresse Digitale. Pour l'heure, elle ne parvenait même pas à en admettre l'existence... Toute sa vie, elle avait cassé des codes, en affirmant qu'aucun d'entre eux n'était inviolable. Il n'existait pas de code tout-puissant – le principe de Bergofsky ! Elle était comme une athée se retrouvant soudain nez à nez avec Dieu.

— Si cet algorithme sort, murmura-t-elle, la cryptologie deviendra une science morte.

— Et c'est là le moindre de nos problèmes.

— On ne peut pas acheter Tankado ? Je sais qu'il

nous déteste, mais si on lui offrait quelques millions de dollars... Ça pourrait peut-être le convaincre ?

— Quelques millions ? gloussa Strathmore. Avez-vous une vague idée de la valeur marchande de son invention ? Toutes les nations seront prêtes à vider leurs réserves d'or pour l'acquérir. Vous me voyez annoncer au Président que nous continuons à intercepter des missives des Irakiens, mais que nous sommes incapables de les décoder ? C'est tout le renseignement qui va en pâtir, pas seulement la NSA. Tout le monde s'appuie sur notre travail – le FBI, la CIA, la DEA... ils vont tous devenir aveugles. Les cartels de la drogue vont pouvoir s'en donner à cœur joie, envoyer leur marchandise où bon leur semble, les multinationales expédier leurs capitaux vers les paradis fiscaux sans payer le moindre impôt, les terroristes chatter sur le net dans la plus stricte intimité – ce sera le chaos !

— Et le jour de gloire de l'EFF..., conclut Susan, pâle.

— L'EFF ne soupçonne pas le travail que nous accomplissons, lâcha Strathmore avec dégoût. S'ils savaient le nombre d'attaques terroristes que nous avons pu déjouer grâce au décryptage, ils changeraient de disque.

Susan était de cet avis. Mais il fallait être réaliste. Jamais l'EFF ne connaîtrait l'importance stratégique de TRANSLTR. Grâce à cette machine, des dizaines d'attaques avaient été contrecarrées, mais toutes ces informations étaient classées secret-défense et ne seraient jamais divulguées. La raison en était simple : éviter la panique de la population. Comment réagirait le citoyen américain s'il apprenait qu'en une seule année il avait échappé de justesse à deux attaques nucléaires que préparaient des groupes extrémistes établis dans le pays ?

Et les bombes atomiques n'étaient pas la seule menace... Quelques mois plus tôt, un attentat terroriste d'une ingéniosité hors pair avait été déjoué *in extremis* par TRANSLTR. Un groupe révolutionnaire avait échafaudé un plan machiavélique, baptisé Forêt de Sherwood. Il s'agissait d'attaquer la Bourse de New York et de « redistribuer les richesses ». Les membres du commando avaient placé vingt-sept charges EMP dans les immeubles situés autour de Wall Street, avec un compte à rebours de six jours. Ces bombes radio, au moment de la détonation, libéreraient un « souffle » électromagnétique. Elles avaient été placées à des endroits stratégiques et devaient toutes être déclenchées en même temps afin de créer un champ électromagnétique si puissant qu'il effacerait tous les supports magnétiques de la Bourse de New York – disques durs, mémoires ROM, sauvegardes sur bandes, jusqu'aux disquettes. Toutes les informations disparaîtraient à jamais. On ne saurait plus à qui appartenait quoi.

Pour assurer la simultanéité des explosions, les charges étaient connectées entre elles *via* Internet. Pendant les deux derniers jours du compte à rebours, les horloges internes des bombes échangeaient constamment des données cryptées, pour assurer la synchronisation. La NSA intercepta ces impulsions en tant qu'anomalie sur le réseau. Ces données semblaient être un charabia sans importance. Mais une fois que TRANSLTR les eut décryptées, les analystes reconnurent immédiatement qu'il s'agissait d'un compte à

rebours multiplex. Les charges furent localisées et dés-
amorcées, trois heures à peine avant l'explosion
prévue.

Susan savait que, sans TRANSLTR, la NSA serait
impuissante face au terrorisme qui utilisait désormais
les nouvelles technologies. Elle jeta un œil sur le
moniteur. La recherche continuait, depuis plus de
quinze heures. Même si le code de Tankado était cassé
à l'instant, la NSA était de toute façon vouée au nau-
frage. La Crypto déchiffrerait moins de deux codes par
jour. Aujourd'hui déjà, malgré un rendement de cent
cinquante codes cassés par jour, il restait toujours une
montagne de fichiers cryptés en attente.

Strathmore interrompit les pensées de Susan.

— Tankado a appelé le mois dernier.

Susan releva la tête.

— Qui ça ? Vous ?

— Pour me mettre en garde, acquiesça-t-il.

— Pourquoi ? Il vous déteste.

— Il m'a annoncé qu'il avait achevé un algorithme
capable de créer des codes incassables et qu'il peaufi-
nait les derniers détails. Je ne l'ai pas cru.

— Mais pourquoi vous le dire ? Il voulait de l'argent ?

— Non. Me proposer un marché.

Le visage de Susan s'éclaira soudain.

— Il vous a demandé de le réhabiliter !

— Pas du tout, répondit Strathmore d'un air renfrogné. Ce qu'il veut, c'est TRANSLTR.

— Comment ça ?

— Il m'a ordonné de révéler son existence. Si nous

déclarons publiquement que nous avons accès à tous les mails de la terre, il détruit Forteresse Digitale.

Susan n'était pas convaincue.

— De toute façon, le marché ne tient plus, poursuivit Strathmore avec un haussement d'épaules fataliste. Il a déposé une copie de son programme sur son site Internet. N'importe qui peut le télécharger...

— Il est fou ! s'écria Susan, livide.

— C'est un gros coup de pub. Rien de dangereux. La copie mise à disposition est cryptée. C'est vraiment très futé. Le code source de Forteresse Digitale est brouillé, verrouillé à double tour.

— Comme ça chacun peut posséder une copie, mais personne ne peut l'utiliser...

— Exactement. Tankado agite une carotte.

— Vous avez vu l'algorithme ?

— Bien sûr que non ! répondit Strathmore, étonné par la question. Je vous ai dit qu'il était crypté.

Susan était troublée à son tour.

— Mais nous avons TRANSLTR. Il suffit de lui donner à déchiffrer...

Au regard de Strathmore, Susan comprit son erreur.

— Oh mon Dieu... Forteresse Digitale est auto-codée...

— Bingo !

Susan était stupéfaite. L'algorithme de Forteresse Digitale avait été codé par Forteresse Digitale. Tankado mettait à disposition une recette mathématique qui n'avait pas de prix, mais la liste des ingrédients était illisible... Et cette liste avait été brouillée, malicieusement, avec ladite recette...

— C'est le coffre-fort de Biggleman ! lâcha Susan avec un mélange d'admiration et de crainte.

Strathmore acquiesça. Le coffre-fort de Biggleman était un cas d'école en cryptographie. Un concepteur de coffres-forts écrit les plans d'un nouveau modèle inviolable. Pour que ces plans restent secrets, il construit ledit coffre-fort et les enferme à l'intérieur de celui-ci. C'est exactement ce qu'avait fait Tankado avec Forteresse Digitale.

— Et le fichier qui est actuellement dans TRANSLTR ?

— Je l'ai téléchargé sur le site de Tankado, comme n'importe quel péquin. La NSA a donc le privilège de posséder le précieux algorithme de la Forteresse Digitale ; sauf qu'on ne peut pas l'ouvrir.

Susan ne pouvait qu'admirer le génie d'Ensei Tankado. Il venait de prouver à la NSA que son algorithme était inviolable, sans même avoir eu besoin d'en dévoiler le contenu...

Strathmore tendit à Susan la traduction d'un article de presse. C'était un encart paru dans le *Nikkei Shimbun*, l'équivalent japonais du *Wall Street Journal*. On pouvait y lire que le programmeur japonais Ensei Tankado avait mis au point un algorithme, capable selon lui de créer des codes incassables, et qu'il était disponible sur Internet, sous le nom de Forteresse Digitale. Le concepteur le mettait en vente aux enchères, et le céderait au plus offrant. Dans la suite de l'article, on apprenait que cette nouvelle suscitait un vif intérêt au Japon, mais qu'en revanche les quelques sociétés américaines d'informatique qui avaient entendu parler de Forteresse Digitale n'apportaient aucun crédit à cette annonce ; selon elles, l'existence de cet algorithme miraculeux était aussi improbable que celle de la pierre philosophale changeant le plomb en or. Un canular qu'il ne fallait pas prendre au sérieux, au risque de se couvrir de ridicule.

— Il vend son algorithme aux enchères ? s'étonna Susan en relevant les yeux.

— En ce moment même, toutes les entreprises de logiciels du Japon ont téléchargé la copie codée de Forteresse Digitale et essaient de la casser. À chaque seconde supplémentaire de résistance du code, les offres grimpent.

— Mais c'est absurde, avança Susan. Les nouveaux cryptogrammes qui se baladent sur Internet sont tous inviolables, à moins de posséder TRANSLTR ! Forteresse Digitale pourrait être, tout aussi bien, un de ces algorithmes de codage qu'on trouve sur le marché, et aucune de ces sociétés n'en trouverait la clé pour autant.

— C'est une stratégie de marketing géniale. Réfléchissez... toutes les vitres blindées peuvent arrêter les balles. Mais si un constructeur, publiquement, met au défi ses concurrents de venir à bout de son dernier modèle, ils vont tous sortir l'artillerie pour tenter leur chance.

— Les Japonais croient donc, dur comme fer, que Forteresse Digitale est différente, meilleure que tout ce qui existe actuellement ?

— Tankado a été répudié, mais tout le monde sait que c'est un génie. C'est quasiment un dieu vivant au panthéon des programmeurs. Si Tankado dit que l'algorithme est inviolable, c'est qu'il l'est.

— Mais, pour le grand public du moins, tous les systèmes de codage le sont !

— C'est vrai, murmura Strathmore. Pour le moment...

— Que voulez-vous dire ?

— Il y a vingt ans, casser une clé de chiffrement par flux de quarante bits paraissait inimaginable. Mais la technologie a progressé. Et elle progresse encore et toujours. Les concepteurs de logiciels savent qu'un jour une machine comme TRANSLTR existera. Les progrès technologiques sont exponentiels, et les algorithmes actuels à clé publique ne resteront pas indéfiniment sûrs. Il faudra en inventer d'autres, plus performants, pour faire face aux ordinateurs de demain.

— Comme Forteresse Digitale ?

— Exactement. Un algorithme qui résiste à l'attaque de force brute ne sera jamais dépassé, quelle que soit la puissance des futurs ordinateurs de décodage. Forteresse Digitale pourrait bien devenir, du jour au lendemain, le nouveau standard mondial de chiffrement.

Susan prit une longue inspiration.

— Seigneur..., murmura-t-elle. Et si on faisait une enchère ?

Strathmore secoua la tête.

— Tankado nous a donné notre chance. Il a été très clair. De toute façon, c'est trop risqué. Faire une offre, c'est admettre que nous avons peur. Autant avouer publiquement non seulement que nous avons TRANSLTR, mais que Forteresse Digitale lui tient la dragée haute !

— Quelle est l'heure de clôture ?

— Tankado a prévu d'annoncer le résultat des enchères demain, à midi.

Susan sentit son estomac se serrer.

— Et ensuite ?

— Il est convenu qu'il donne au gagnant la clé d'accès.

— La clé de la Forteresse Digitale...

— C'est la dernière phase de son plan. Tout le monde possède déjà l'algorithme, Tankado n'a plus qu'à donner le sésame.

— Et le tour est joué, gémit-elle.

C'était un plan parfait. Lumineux de simplicité. Tankado avait verrouillé Forteresse Digitale, et lui seul en possédait la clé. Cela défiait la raison ; quelque part – griffonnés probablement sur un bout de papier au fond de la poche de Tankado – une cinquantaine de caractères alphanumériques pouvaient sonner le glas de tous les services de renseignement des États-Unis...

Le scénario prévu lui donnait le vertige... Tankado donnerait à l'heureuse élue la clé, et la société en question ouvrirait Forteresse Digitale... Ensuite, elle placerait l'algorithme dans une puce électronique. Et, dans moins de cinq ans, tous les ordinateurs du monde sortiraient pré-équipés de la sécurité « Forteresse Digitale ». Jusqu'à maintenant, aucun constructeur n'avait osé rêver d'une puce électronique de codage, parce que, tôt ou tard, tous les algorithmes devenaient obsolètes. Mais Forteresse Digitale résisterait à l'épreuve du temps. Grâce au système de déchiffrement tournant, elle était à l'abri de toute attaque de force brute. Le nouveau standard planétaire de cryptage. À dater d'aujourd'hui et pour toujours. Chaque texte codé rendu inviolable. Banquiers, boursiers, terroristes, espions. Un seul monde pour tous – un seul algorithme pour tous. L'anarchie la plus totale !

— Quelle alternative nous reste-t-il ? avança Susan.

À situation désespérée, mesure désespérée. C'était une loi universelle, elle le savait. Et la NSA n'y échappait pas.

— On ne peut pas le supprimer, si c'est à ça que vous pensez...

C'était exactement ce qu'elle avait en tête. Durant ses années passées à Fort Meade, elle avait entendu des rumeurs sur les liens qu'entretenait la NSA avec des tueurs professionnels – choisis, là aussi, parmi les meilleurs –, de la main-d'œuvre spécialisée engagée pour faire le sale boulot des cols blancs du renseignement.

Strathmore secoua la tête avec regret.

— Tankado est trop intelligent pour nous laisser cette porte de sortie...

Curieusement, Susan se sentit soulagée.

— Il est protégé ?

— Pas exactement.

— Il se planque alors ?

— Tankado a quitté le Japon, répondit Strathmore d'un air embarrassé. Il avait prévu de suivre les enchères par téléphone. Mais nous savons où il est maintenant.

— Et vous ne faites rien ?

— Non. Il a pris ses précautions. Tankado a confié une copie de la clé à quelqu'un... au cas où il lui arriverait quelque chose.

Évidemment, songea Susan avec admiration. Un ange gardien...

— Et je suppose que, si Tankado disparaît, cet inconnu est chargé de vendre la clé ?

— Pire que ça. S'il arrive malheur à Tankado, son complice doit la publier.

— Comment ça ? demanda Susan, perdue.

— Sur Internet, dans les journaux, partout. En fait, il la livre à tout le monde.

Susan écarquilla les yeux.

— Gratuitement ?

— Exactement. Tankado s'est dit qu'une fois mort il n'aurait plus besoin d'argent. Alors pourquoi ne pas offrir à l'humanité un petit cadeau d'adieu ?

Il y eut un long silence. Susan respirait profondément, comme pour faire entrer en elle la terrible réalité : Ensei Tankado a créé un algorithme incassable. Il nous tient à sa merci. Tout à coup, elle se leva. Sa voix était chargée d'une nouvelle détermination.

— Il faut contacter Tankado ! Il existe forcément un moyen de le convaincre ! Offrons-lui le triple de la meilleure offre ! Avec, en sus, blanchiment total de sa réputation ! Donnons-lui tout ce qu'il veut !

— C'est trop tard, Susan. Ensei Tankado a été retrouvé mort ce matin à Séville, en Espagne.

8.

Le bimoteur toucha la piste brûlante. De l'autre côté du hublot, la lande andalouse défila à toute allure. Puis l'image ralentit et se stabilisa.

— Monsieur Becker ? grésilla la voix. Nous sommes arrivés.

Becker se leva et s'étira. Par habitude, il ouvrit le compartiment à bagages au-dessus de sa tête, puis se souvint qu'il n'avait pas emporté de sac. Pas le temps de prendre des affaires de rechange. C'était sans importance – on lui avait promis que le voyage serait bref – un simple aller-retour.

Tandis qu'on coupait les moteurs, l'avion quitta le soleil pour glisser dans un hangar désert en face du terminal principal. Un instant plus tard, le pilote sortit de la cabine et alla ouvrir la porte. Becker vida d'un trait son verre de jus d'airelle, déposa son gobelet sur le bar et saisit son manteau au passage.

— On m'a chargé de vous remettre ceci, annonça le pilote en sortant une enveloppe kraft de sa poche.

Dessus, des mots avaient été griffonnés au stylo bleu :

GARDEZ LA MONNAIE.

Becker feuilleta la grosse liasse de billets rougeâtres.

— Qu'est-ce que... ?

— C'est la monnaie locale, expliqua le pilote.

— Je sais. Mais c'est... beaucoup trop. J'ai seulement besoin d'un peu de liquide pour le taxi.

Becker effectua en pensée la conversion.

— Il y a là-dedans plusieurs milliers de dollars !

— J'exécute les ordres.

Le pilote tourna les talons et regagna le cockpit. La porte se referma derrière lui.

Becker regarda l'avion, puis l'enveloppe dans sa main. Après être resté un moment dans le hangar vide, il rangea l'argent dans sa poche intérieure, mit son manteau sur ses épaules et sortit sur le tarmac. Cela commençait de façon bizarre... Mieux valait ne pas y penser. Avec un peu de chance, il serait de retour suffisamment tôt pour sauver son séjour au Stone Manor avec Susan.

Un simple aller-retour, se rassurait-il. Juste un petit aller-retour.

Il ne pouvait savoir ce qui l'attendait...

9.

Phil Chartrukian, un jeune technicien de la sécurité-systèmes (la Sys-Sec), avait l'intention de passer seulement quelques instants à la Crypto – le temps de récupérer des papiers oubliés la veille. Mais ce ne fut pas le cas.

Sitôt qu'il eut traversé la grande salle et ouvert la porte de la salle de contrôle, il comprit immédiatement qu'il se passait quelque chose d'inhabituel. Il n'y avait personne devant le terminal, poste de vigie de TRANSLTR, et le moniteur n'était pas allumé.

— Il y a quelqu'un ? demanda-t-il.

Pas de réponse. Toutes les lumières étaient éteintes dans la pièce, comme si personne n'y avait mis les pieds depuis des heures.

Chartrukian n'avait que vingt-trois ans et avait intégré l'équipe depuis peu, mais il avait été bien formé et connaissait la consigne : il devait toujours y avoir quelqu'un de la Sys-Sec présent à la Crypto pour veiller au grain... en particulier les samedis, quand les cryptanalystes étaient en congé.

Il alluma le moniteur et alla vérifier le tableau de service accroché au mur.

— Qui donc est de garde ? murmura-t-il, en parcourant du regard la liste des noms.

D'après le planning, une nouvelle recrue du nom de Seidenberg était supposée avoir commencé sa garde à minuit. Chartrukian, les sourcils froncés, contemplait la salle vide. « Mais où diable est-il donc ? »

Il regarda le moniteur s'allumer. Le Pacha savait-il qu'il n'y avait personne à la Sys-Sec ? En chemin, Chartrukian avait remarqué que les rideaux de son bureau étaient tirés, ce qui signifiait qu'il était présent. Rien d'étonnant à cela. Strathmore exigeait que les cryptologues prennent leurs samedis, mais lui semblait travailler trois cent soixante-cinq jours par an.

Une chose était sûre : si le commandant trouvait la Sys-Sec déserte, cela coûterait sa place à la nouvelle recrue. Chartrukian s'arrêta devant le téléphone, se demandant s'il devait appeler son jeune collègue pour lui sauver la mise. Il y avait une règle officieuse à la Sys-Sec : on se couvrait les uns les autres. Au royaume de la Crypto, le personnel de la Sys-Sec était les manants, en conflit perpétuel avec les seigneurs du château. Les cryptologues régnaient en maîtres sur leur joujou de deux milliards de dollars. Ils toléraient les techniciens de la Sys-Sec uniquement parce que ceux-ci en assuraient la maintenance.

Sa décision était prise. Chartrukian décrocha le combiné. Mais il n'eut pas le temps de le porter à son oreille. Il s'arrêta net, les yeux rivés sur le moniteur qui finissait de s'allumer devant lui. Au ralenti, il reposa le téléphone et resta bouche bée. En huit mois passés à la Sys-Sec, Phil Chartrukian n'avait jamais vu, à l'emplacement des heures, d'autres chiffres que des zéros sur le compteur de TRANSLTR. Mais aujourd'hui...

TEMPS ÉCOULÉ : 15 H 17 MIN 21 S

Quinze heures et dix-sept minutes ? se dit-il. C'est impossible ! Il éteignit le moniteur, le ralluma, espérant qu'il s'agissait d'un problème de rafraîchissement d'écran. Mais la même image réapparut. Chartrukian eut un frisson. Les employés de la Sys-Sec n'avaient qu'une seule mission : s'assurer que TRANSLTR n'attrape aucun virus.

Pour Chartrukian, une recherche de plus de quinze heures ne pouvait signifier qu'une seule chose : TRANSLTR était infectée. Une clé contaminée, entrée par erreur, était en train d'altérer le système d'exploitation. Il retrouva instantanément les réflexes dus à sa formation. Peu importait que la salle de contrôle fût déserte et le moniteur éteint. Une seule chose comptait : TRANSLTR. L'instant d'après, il appelait la liste de tous les fichiers entrés dans l'ordinateur depuis quarante-huit heures. Il commença à éplucher chaque élément. Un code infecté serait-il passé au travers des sécurités ? Les filtres auraient-ils raté quelque chose ?

Par précaution, chaque texte crypté introduit dans TRANSLTR devait passer un pare-feu spécial nommé Gauntlet – une série de portails de sécurité, de filtres et de programmes antivirus, qui scannaient les fichiers pour détecter des boucles potentiellement dangereuses. Les cryptogrammes contenant des routines « inconnues » de Gauntlet étaient automatiquement rejetés. Pour qu'elles soient, *ex situ*, analysées « à la main », par un technicien. Parfois, Gauntlet rejetait des codes inoffensifs, parce que certains sous-programmes n'avaient pas été identifiés par les filtres. Dans ce cas, l'équipe de la Sys-Sec les inspectait avec minutie. Une fois certains que les fichiers ne renfermaient aucun piège, les techniciens shuntaient Gauntlet pour les entrer directement dans TRANSLTR.

Les virus informatiques étaient aussi variés que leurs homologues biologiques. Et, comme eux, ils ne visaient qu'un seul but : s'installer dans un organisme et s'y multiplier. Dans le cas présent, l'hôte en question était TRANSLTR.

Chartrukian était étonné que la NSA n'ait jamais eu de problèmes de cette nature auparavant. Gauntlet était une barrière efficace, mais la NSA était boulimique. Elle ramassait tout et n'importe quoi, en quantités phénoménales, et aux quatre coins du monde. L'espionnage des données équivalait à une pratique sexuelle à haut risque – avec ou sans protection, un jour ou l'autre, on finissait par attraper quelque chose.

Chartrukian acheva de contrôler la liste des fichiers. Le résultat le troublait encore plus. Tout était en ordre. Gauntlet n'avait rien trouvé d'anormal. Le crypto-gramme traité en ce moment dans TRANSLTR était donc parfaitement sain.

— Alors pourquoi est-ce si long ? lança-t-il dans le vide.

Chartrukian sentait la panique l'envahir. Devait-il ou non déranger Strathmore ?

— Un programme antivirus, dit-il d'un ton décidé, cherchant à se rassurer. Je vais lancer un désinfectant.

De toute façon, ce serait sans doute la première chose que lui demanderait de faire Strathmore. En regardant du coin de l'œil la Crypto déserte, il chargea le logiciel. Le scannage prendrait environ un quart d'heure.

— Allez, mon petit, murmura-t-il. Dis-moi que ce n'est pas grave. Dis à papa que ce n'est rien.

Mais Chartrukian savait, en son for intérieur, que ce n'était pas « rien ». Le grand dragon de la NSA était malade.

10.

— Ensei Tankado est mort ? répéta Susan, prise de nausées. Vous l'avez tué ? Vous disiez pourtant que...

— Nous n'avons pas touché à un seul de ses cheveux, lui assura Strathmore. Il est mort d'une crise cardiaque. J'ai reçu un appel du COMINT, tôt ce matin. Leur ordinateur a repéré le nom de Tankado dans un fichier de la police de Séville, *via* Interpol.

— Une crise cardiaque ? reprit Susan perplexe. À trente et un ans ?

— Trente-deux, rectifia Strathmore. Il souffrait d'une malformation cardiaque.

— Je n'en ai jamais entendu parler.

— C'est dans son dossier médical de la NSA. Il ne s'en vantait pas.

Susan continuait de trouver la coïncidence troublante.

— Un problème cardiaque qui l'aurait tué ? Comme ça, d'un seul coup ?

— Il avait le cœur fragile, avança Strathmore en haussant les épaules en signe d'impuissance. Et avec la chaleur qui règne à Séville... Plus le stress de faire chanter la NSA...

Susan resta un moment silencieuse. Malgré les circonstances, la perte d'un si brillant cryptographe l'atteignait. Le ton grave de Strathmore interrompit ses pensées.

— La seule note d'espoir dans ce fiasco total, c'est que Tankado voyageait seul. Il y a de fortes chances pour que son acolyte ignore encore sa mort. Les autorités espagnoles vont garder l'information secrète le plus longtemps possible. Si nous sommes au courant, c'est parce qu'on a demandé au COMINT d'être sur le coup.

Strathmore riva ses yeux dans ceux de Susan.

— Je dois retrouver son complice avant qu'il apprenne la mort de Tankado. C'est pour cela que je vous ai appelée. J'ai besoin de votre aide.

Susan ne comprenait pas. Pour elle, le décès accidentel d'Ensei Tankado avait résolu le problème.

— Mais, chef, avança-t-elle, si les autorités déclarent que Tankado est mort d'une crise cardiaque, nous sommes sortis d'affaire. Son complice saura que la NSA n'est pas responsable.

— Vous plaisantez ? s'exclama Strathmore en écarquillant les yeux d'étonnement. Quelqu'un meurt subitement, quelques jours après avoir essayé de faire chanter la NSA – et nous ne serions pas « responsables » ? Je doute que l'ami mystérieux de Tankado soit de cet avis. Peu importe la vérité, nous sommes le coupable idéal. On aurait tout aussi bien pu l'empoisonner, truquer l'autopsie, que sais-je encore, ce ne sont pas les solutions qui manquent...

Strathmore marqua un silence et regarda Susan.

— Quelle a été votre réaction première en apprenant la mort de Tankado ?

— C'est vrai... j'ai pensé que la NSA l'avait tué, avoua Susan d'un air soucieux.

76

— Si la NSA peut se payer cinq satellites Rhyolite en orbite géostationnaire au-dessus du Moyen-Orient, soudoyer quelques policiers espagnols doit être dans ses cordes.

Argument imparable. Susan poussa un long soupir... Ensei Tankado est mort. Tout le monde croira la NSA coupable.

— On a une chance de retrouver son complice à temps ?

— Je crois que oui. Nous avons une piste. Tankado a crié sur tous les toits qu'il n'était pas seul. Histoire de décourager les sociétés d'informatique participant aux enchères de s'en prendre à lui dans l'espoir de lui arracher son secret. Il a prévenu qu'au moindre coup fourré son complice publiait la clé. Et alors adieu la poule aux œufs d'or ! Face à un logiciel gratuit, elles peuvent mettre la clé sous la porte.

— Futé, nota Susan.

— Il y a quelque temps, en public, Tankado a fait référence à son acolyte en citant un nom : North Dakota.

— C'est un pseudo, un nom bidon.

— Oui. Mais, par précaution, j'ai lancé une recherche sur Internet. Je pensais que ça ne servirait à rien, mais j'ai trouvé une adresse e-mail. (Strathmore marqua une pause.) J'ai pensé tout d'abord qu'il n'y avait aucun lien avec le North Dakota que nous cherchions. Mais, par acquit de conscience, j'ai visité sa boîte aux lettres. Vous imaginez ma surprise quand j'y ai découvert des mails adressés par Ensei Tankado ! Et les messages étaient truffés de références à Forteresse Digitale, et à la façon dont Tankado voulait nous mettre la pression.

Susan lança à Strathmore un regard sceptique. Elle était étonnée qu'il puisse se laisser berner si facilement.

— Chef, commença-t-elle. Tankado savait pertinemment que la NSA pouvait intercepter ses mails. Il n'aurait jamais utilisé Internet pour des communications secrètes. C'est une ruse. Ensei Tankado vous a offert North Dakota sur un plateau. Il savait que vous alliez lancer une recherche. Quelles que soient les informations contenues dans cette boîte, il voulait que vous les trouviez – c'est un leurre.

— Bien raisonné, répliqua Strathmore, mais vous ne savez pas tout. Je n'ai, en fait, rien trouvé sous North Dakota, j'ai donc modifié les mots clés dans ma recherche. La boîte que j'ai trouvée était sous NDAKOTA.

Susan secoua la tête.

— Utiliser des abréviations, c'est la procédure habituelle. Tankado s'est dit que vous alliez tenter des variations jusqu'à ce que vous tombiez dessus. NDA-KOTA est une altération bien trop simple.

— Peut-être, rétorqua Strathmore en tendant à Susan un bout de papier sur lequel il venait d'inscrire quelque chose. Jetez pourtant un coup d'œil à ça.

Susan lut l'inscription. Elle comprit soudain où voulait en venir son supérieur. Sur le papier était inscrite l'adresse e-mail de North Dakota.

NDAKOTA@ARA.ANON.ORG

La présence des lettres ARA avait attiré l'attention de Susan. C'était l'abréviation de American Remailers Anonymous, un serveur anonyme bien connu.

Les serveurs anonymes étaient très prisés des utilisateurs d'Internet qui souhaitaient garder leur identité secrète. En l'échange d'une cotisation, ces sociétés protégeaient leurs clients en servant d'intermédiaire dans leurs courriers électroniques. C'était l'équivalent d'une poste restante, avec seulement un numéro – on pouvait envoyer ou recevoir ses messages sans jamais révéler son identité ou son adresse. Les sociétés réceptionnaient les mails à l'intention de pseudonymes, puis les transféraient vers les véritables boîtes aux lettres de leurs clients. Elles s'engageaient par contrat à ne jamais divulguer leurs coordonnées.

— Ce n'est pas une preuve, déclara Strathmore. Mais c'est suffisamment suspect pour qu'on s'y intéresse.

Susan acquiesça, plus convaincue.

— Donc, selon vous, Tankado se fichait qu'on lance une recherche sur North Dakota, puisque son identité est protégée par l'ARA.

— Tout juste.

Susan réfléchit un instant.

— L'ARA gère surtout des comptes aux États-Unis. Vous pensez que North Dakota se trouve quelque part dans le pays ?

— Possible, répondit Strathmore en haussant les épaules. Avec un complice sur le sol américain, la copie de la clé se trouve à l'autre bout de la planète. C'est une précaution qui peut être utile.

Susan songea à cette hypothèse. Tankado ne pouvait partager son secret qu'avec quelqu'un de confiance. Or, à sa connaissance, Ensei Tankado n'avait guère d'amis aux États-Unis.

— North Dakota..., articula-t-elle lentement, son cerveau de cryptanalyste sondant déjà les significations possibles de ce surnom. Quel genre de mails envoyait-il à Tankado ?

— Aucune idée. Tout ce qu'a pu intercepter le COMINT, ce sont les courriers de Tankado. Nous ne savons rien de North Dakota, à part son adresse anonyme.

— Et si c'était un piège ? avança-t-elle.

— Comment ça ?

— Tankado a très bien pu envoyer des mails bidons à une adresse créée par lui-même, dans l'espoir qu'on irait y fourrer notre nez. En agissant ainsi, il nous fait croire qu'il est protégé sans prendre le risque de partager réellement son secret. Il aurait pu faire cavalier seul.

— C'est une bonne idée, reconnut Strathmore. À l'exception d'un petit détail : les messages ne proviennent pas des comptes courants de Tankado, personnels ou professionnels. Il passe par l'université de Doshisha et leur ordinateur central. Apparemment, il a une adresse là-bas, qu'il s'est arrangé pour garder secrète. Elle est très bien dissimulée, et je suis tombé dessus par pur hasard...

Strathmore marqua une pause, avant de poursuivre :

— Si Tankado voulait qu'on fouine dans ses mails, pourquoi aurait-il utilisé une adresse secrète ?

Susan considéra la question.

— Pour vous abuser ? Vous convaincre qu'il ne s'agit pas d'un leurre ? Tankado a pu dissimuler cette adresse spécialement à cet effet, l'enfouir ni trop, ni trop peu, juste de quoi vous persuader de son authenticité.

— Vous feriez un très bon agent de terrain ! lança Strathmore dans un sourire. C'est une supposition sensée. Malheureusement, tous les mails envoyés de cette adresse ont obtenu des réponses. Il y a un réel échange entre Tankado et son compère.

— D'accord, céda Susan en souriant à son tour. North Dakota existe.

— J'en ai bien peur. Maintenant, il va falloir le dénicher. Et discrètement. S'il a le moindre doute, on est fichu.

Voilà donc pourquoi Strathmore l'avait tirée de son bain un samedi...

— Vous voulez que je m'introduise dans les fichiers secrets de l'ARA pour trouver l'identité de North Dakota ?

Le visage de Strathmore s'illumina.

— Vous lisez dans mes pensées, mademoiselle Fletcher.

Quand il s'agissait de recherches discrètes sur Internet, Susan était la femme de la situation. L'année précédente, un haut responsable de la Maison-Blanche avait reçu des menaces par e-mails. L'expéditeur possédait une adresse anonyme. La NSA avait été chargée de localiser l'individu. L'agence aurait pu demander au serveur l'identité de son client, mais elle opta pour une méthode plus subtile – celle du « mouchard ».

Il se trouve que Susan avait créé une balise déguisée en e-mail. Il lui avait suffi de l'envoyer à l'adresse factice de l'utilisateur. Le serveur effectuait alors son travail : il faisait suivre le message à l'adresse réelle. Une fois acheminé, le programme enregistrait sa localisation, et renvoyait l'information à la NSA. Ensuite, il se désintégrait sans laisser de trace. Depuis ce jour, les serveurs anonymes ne représentaient plus pour la NSA un obstacle majeur.

— Vous pensez pouvoir le trouver ? demanda Strathmore.

— Bien sûr. Vous auriez dû m'appeler plus tôt.

— En fait, commença-t-il d'un air embarrassé, je ne comptais pas vous en parler. Je ne voulais mettre personne d'autre dans le coup. J'ai essayé d'envoyer votre mouchard moi-même, mais vous l'avez écrit dans un de vos fichus langages hybrides. Je n'ai pas réussi à le faire marcher. Les données qu'il m'a renvoyées ne tiennent pas debout. Finalement, j'ai baissé les bras et je vous ai appelée à la rescousse.

Susan étouffa un petit rire. Strathmore était un cryptologue brillant, mais le domaine où son esprit excellait était les hauts arcanes des algorithmes. Celui, plus « vulgaire », des langages de programmation lui échappait totalement. De plus, Susan avait rédigé son mouchard dans un nouveau langage hybride, le LIMBO. Rien d'étonnant que Strathmore se soit retrouvé coincé.

— Je vais m'en occuper, sourit-elle en se dirigeant vers la sortie. Si vous avez besoin de moi, je serai devant mon terminal.

— Vous avez une idée du temps que ça va vous prendre ?

— Tout dépend de la rapidité d'ARA à transférer les mails. Si notre homme réside aux États-Unis et qu'il est chez AOL ou Compuserve, j'aurai le numéro de sa carte de crédit et son adresse de facturation dans moins d'une heure. Si le compte est domicilié dans une société ou une faculté, ce sera peut-être un peu plus long. Après, ajouta-t-elle avec un sourire forcé, ce sera à vous de jouer.

Le « jeu » en question consisterait à envoyer sur place une unité de combat, qui couperait le courant dans la maison avant de fracasser les fenêtres pour y pénétrer armée de pistolets paralysants. Pour le commando, il s'agirait d'une opération dans le cadre d'une affaire de stupéfiants. Strathmore se rendrait sans doute lui-même sur place après la bataille pour fouiller les lieux et mettre la main sur la clé. Et la détruire. Forteresse Digitale languirait alors à vie sur Internet, à jamais inaccessible.

— Procédez discrètement pour l'envoi du mouchard, insista Strathmore. Si North Dakota s'aperçoit qu'on est à ses trousses, il va paniquer ; le temps d'envoyer l'unité, il se sera fait la belle avec la clé.

— Ce sera un raid éclair, le rassura Susan. Dès que le mouchard a localisé sa cible, il s'autodétruit. Jamais notre homme ne saura qu'on lui a rendu une petite visite.

Strathmore acquiesça d'un air fatigué.

— Merci, Susan.

La jeune femme lui sourit doucement. Elle était toujours épatée de la sérénité que savait conserver Strathmore, même dans les circonstances les plus périlleuses. C'était, à coup sûr, ce don qui avait été déterminant dans sa carrière et lui avait permis de gravir un à un les échelons du pouvoir.

Tandis qu'elle se dirigeait vers la porte, Susan regarda longuement TRANSLTR. L'existence d'un code incassable restait encore un concept abstrait. Mais, pour l'heure, sa mission, c'était de trouver North Dakota.

— Si vous faites vite, lança Strathmore, vous serez dans les Appalaches ce soir.

Susan s'arrêta net. Elle n'avait pas parlé de son week-end à Strathmore. Elle se retourna, sentant son sang se glacer. La NSA aurait mis son téléphone sur écoute ?

Strathmore lui sourit d'un air coupable.

— David m'a fait part de votre projet ce matin. Il m'a dit que vous alliez être furieuse...

Susan était perplexe.

— Vous avez parlé à David... ce matin ?

— Bien sûr, répondit Strathmore, étonné par la réaction de Susan. Il fallait que je lui fasse un topo.

— Un topo ?

— Pour sa mission. Je l'ai envoyé en Espagne.

11.

« Je l'ai envoyé en Espagne. » Les paroles de Strathmore la piquaient au vif.

— David est en Espagne ? répéta-t-elle, incrédule. Vous l'avez envoyé là-bas ? (Son ton vira soudain à la colère.) Pourquoi ?

Strathmore n'avait pas l'habitude de se faire houspiller ainsi, même par sa cryptologue en chef. Il jeta à Susan un regard ahuri. Tout le corps de la jeune femme était tendu, comme une tigresse prête à défendre sa progéniture.

— Susan..., commença-t-il. Vous lui avez parlé. Il vous a forcément expliqué.

Mais elle était trop secouée pour répondre. Voilà pourquoi David a différé notre séjour ! pensa-t-elle.

— J'ai envoyé quelqu'un le prendre en voiture ce matin. Il m'a dit qu'il vous appellerait avant de partir. Je suis désolé. Je pensais que...

— Pourquoi l'avoir envoyé là-bas ?

Strathmore marqua un temps de pause avant de déclarer d'un air d'évidence :

— À cause de l'autre clé.

— L'autre clé ?

— Celle de Tankado.

— Qu'est-ce que c'est que cette histoire ? demanda-t-elle, perdue.

Strathmore soupira.

— Tankado avait sûrement la clé sur lui quand il est mort. Il n'est pas question que je la laisse traîner à la morgue de Séville.

— Et vous avez désigné David pour aller la récupérer ? rétorqua Susan, sous le choc. C'est de la folie, il n'est même pas de la maison !

Personne n'avait jamais parlé au directeur adjoint de la NSA sur ce ton.

— Susan, commença Strathmore en gardant son calme. C'est justement pour ça. J'avais besoin...

La tigresse bondit.

— Vous aviez deux mille employés sous vos ordres ! Il a fallu que vous choisissiez mon fiancé !

— J'avais besoin d'un civil. Quelqu'un qui n'ait aucun lien avec l'agence. Si j'utilisais les voies habituelles et que quelqu'un ait vent de l'affaire...

— Et vous ne connaissez pas d'autre civil que David ?

— Bien sûr que si. Mais à six heures ce matin, je n'avais pas le temps de tergiverser ! David parle l'espagnol, il est intelligent, j'ai confiance en lui. Et c'était une aubaine pour lui...

— Une aubaine ? L'envoyer en Espagne, à la place de notre week-end, vous appelez ça une aubaine ?

— Oui ! Il va toucher mille dollars pour une seule

journée de travail ! Tout ce qu'il doit faire, c'est récupérer les effets personnels de Tankado et revenir ici. On ne peut pas appeler ça de l'exploitation !

Susan resta songeuse. Encore cette maudite question d'argent... Un souvenir remonta à sa mémoire... un soir, lors d'un dîner, cinq mois plus tôt, le président de l'université de Georgetown avait proposé à David d'être promu à la tête du Département des langues modernes. Le président l'avait prévenu qu'il aurait moins d'heures de cours, et énormément de travail administratif. En contrepartie, son salaire serait substantiellement augmenté. Susan avait eu envie de lui crier : « Ne fais pas ça, David ! Tu vas faire ton malheur. De l'argent, nous en avons... peu importe lequel de nous deux le gagne. » Mais c'eût été déplacé. Finalement, il avait accepté et elle l'avait soutenu dans sa décision. En s'endormant cette nuit-là, elle avait essayé de se convaincre que c'était une bonne nouvelle. Mais quelque chose au fond d'elle lui disait que ce serait un désastre. Le temps lui donna malheureusement raison.

— Mille dollars ? C'est un coup bas...

Strathmore était maintenant sur le point d'exploser.

— Un coup bas ? C'est la meilleure ! Je ne lui ai même pas parlé de sa rétribution. Je lui ai simplement demandé un service... un service à titre personnel. Et il a accepté.

— Il était bien obligé ! Vous êtes mon patron ! On ne refuse rien au directeur adjoint de la NSA !

— Exactement ! lança Strathmore d'un ton cassant. Et c'est pour cela que je l'ai appelé. Je ne pouvais pas m'offrir le luxe de...

— Le directeur sait que vous avez envoyé un civil ?

— Susan, reprit Strathmore, sa patience ne tenant

plus qu'à un fil, le directeur ne suit pas l'affaire. Il n'est au courant de rien.

Susan dévisageait Strathmore, incrédule. C'était comme si elle ne reconnaissait plus l'homme qu'elle avait en face d'elle. Non seulement il avait confié à son fiancé – un enseignant – une mission de la NSA, mais il avait en plus omis d'informer le directeur de la présence de cette épée de Damoclès suspendue au-dessus de l'agence.

— Vous n'avez rien dit à Fontaine ?

C'en était trop. Strathmore explosa :

— Ça suffit, Susan ! Je vous ai fait venir parce que j'avais besoin d'un allié, pas d'un directeur de conscience ! J'ai vécu une matinée d'enfer. J'ai télé-chargé le fichier de Tankado hier soir et je n'ai pas quitté l'imprimante des yeux en priant pour que TRANSLTR parvienne à casser le code. À l'aube, j'ai ravalé ma fierté pour téléphoner au directeur – et croyez-moi, c'est un appel dont je me serais bien passé ! Vous voyez d'ici le tableau : « Bonjour, mon-sieur le directeur. Je suis désolé de vous réveiller... mais il fallait que je vous dise que TRANSLTR est bon à ficher à la poubelle. Tout ça à cause d'un algo-rithme que mes cryptographes d'élite, que l'on paie pourtant une fortune, n'ont jamais été fichus d'écrire ! »

Strathmore écrasa son poing sur son bureau.

Susan ne pipa mot. En dix ans, elle pouvait compter sur les doigts de la main les fois où Strathmore avait perdu son calme. Et jamais son énervement n'avait été dirigé contre elle.

Pendant une dizaine de secondes, il régna un grand silence dans la pièce. Puis Strathmore se rassit dans son fauteuil. Le rythme de sa respiration revint peu à peu à la normale. Quand il reprit la parole, sa voix était de nouveau d'un calme absolu. Une telle maîtrise des émotions faisait froid dans le dos...

— Mais son secrétaire m'a dit que Leland est en Amérique du Sud en négociations avec le président de la Colombie. De là-bas, il ne peut absolument rien faire. Je n'avais donc que deux options – lui demander d'écourter son séjour et de revenir ici, ou régler moi-même le problème.

Il y eut un nouveau silence. Strathmore releva la tête et son regard fatigué rencontra celui de Susan. Son expression se radoucit.

— Excusez-moi, Susan. Je suis à cran. Je vis un véritable cauchemar. Je comprends votre colère à propos de David. Je ne pensais pas que vous l'apprendriez de cette façon. Pour moi, vous étiez au courant.

— Je me suis laissé emporter, déclara-t-elle d'un air coupable. Je suis désolée. David est l'homme parfait pour cette mission.

— Il sera de retour dès ce soir, la rassura Strathmore dans un soupir.

Susan songea à toute la pression que son chef et mentor avait sur les épaules – la gestion de TRANSLTR, les horaires à rallonge, les rendez-vous incessants. Le bruit courait que sa femme le quittait après trente ans de mariage. Et, pour couronner le tout, Forteresse Digitale lui tombait dessus, la plus grande menace dans l'histoire de la NSA ! Et le pauvre homme devait gérer tout cela en solo. Pas étonnant qu'il soit à bout de nerfs.

— Néanmoins, étant donné les circonstances, je pense qu'il vaudrait mieux que vous contactiez le directeur...

Strathmore secoua la tête, une goutte de sueur lui tomba du front.

— Je ne veux pas chambouler le dispositif de sécurité autour du directeur, et il y a les risques de fuites... à quoi bon l'inquiéter de toute façon... dans cette affaire, il est totalement impuissant.

Il avait raison. Même dans les moments critiques, Strathmore savait garder la tête froide.

— Et le Président ? Vous avez envisagé de l'avertir ?

— Oui. Mais j'y ai renoncé.

Cette décision ne la surprit pas. Les dirigeants de la NSA étaient autorisés à gérer les urgences, sans avoir besoin d'en référer à l'exécutif. La NSA était la seule agence de renseignement américaine à jouir d'une immunité totale. Strathmore avait, à maintes reprises, usé de ce privilège. Il préférait toujours faire sa cuisine seul.

— Tout ça est trop lourd pour un seul homme, chef. Vous devriez en référer à quelqu'un.

— L'existence de Forteresse Digitale a des implications majeures, qui peuvent bouleverser l'avenir de l'agence. Il n'est pas question que j'en informe le Président dans le dos du directeur. Il y a avis de tempête, et je suis à la barre.

Il regarda Susan avec intensité.

— Je suis le directeur adjoint des opérations.

Un sourire fatigué se dessina sur son visage.

— Et puis, je ne suis pas tout seul. J'ai Susan Fletcher à mes côtés.

Voilà ce qu'elle admirait tant chez cet homme... Durant ces dix ans, à tous les niveaux, il avait été un modèle pour elle. Un homme sans faille. Un pilier. Un dévouement sans pareil – une allégeance inébranlable à ses principes, à son pays et à ses idéaux. En toutes circonstances, Trevor Strathmore restait un phare dans la nuit, montrant le chemin dans un océan de décisions impossibles.

— Vous êtes bien de mon côté, n'est-ce pas ? demanda-t-il.

Susan lui sourit.

— À cent pour cent, commandant.

— Parfait. Et si on se mettait au travail maintenant ?

12.

David Becker avait déjà assisté à des mises en bière, mais la vue de ce mort le mit mal à l'aise. Il ne s'agissait pas d'un corps embaumé et préparé reposant dans un cercueil garni de soie. Le cadavre avait été déshabillé et abandonné sans cérémonie, sur une table d'aluminium. Le regard n'était pas encore apaisé et, recouvert d'un voile d'absence. Au contraire, il fixait le plafond dans une expression chargée de terreur et de regret.

— *¿ Dónde están sus efectos ?* demanda Becker dans un espagnol parfait. Où sont ses affaires ?

— *Aquí*, répondit le lieutenant aux dents jaunies.

Il désigna un tas d'habits et autres effets personnels.

— *¿ Es todo ?*

— *Sí.*

Becker demanda qu'on lui trouve un carton. Le lieutenant s'exécuta en toute hâte. C'était un samedi soir et, en théorie, la morgue de Séville était fermée. Le jeune lieutenant avait laissé entrer Becker sur ordre direct du chef de la police de Séville. Apparemment, le visiteur américain avait des amis haut placés.

Becker examina la pile de vêtements. Un passeport, un portefeuille, des lunettes glissées dans une chaussure. Il y avait aussi un petit sac de voyage que la police avait récupéré à l'hôtel du mort. Les instructions de Becker étaient claires : ne toucher à rien. Ne rien lire. Se contenter de rapporter. Tout. Sans exception.

Becker observa le tas d'habits, perplexe. Qu'est-ce qui pouvait bien intéresser la NSA dans ces nippes ?

Le lieutenant réapparut avec une boîte à chaussures, et Becker commença à y entasser les effets du mort.

Le policier tapota la jambe du cadavre.

— ¿ Quién es ?

— Aucune idée.

— On dirait un Chinois.

Il est japonais, répondit Becker en pensée.

— Pauvre diable. Une crise cardiaque, hein ?

— C'est ce qu'on m'a dit, acquiesça Becker d'un air absent.

Le lieutenant secoua la tête en signe de compassion.

— Le soleil de Séville peut faire des ravages. Couvrez-vous demain, en sortant.

— Merci, répondit Becker. Mais je rentre chez moi.

— Vous venez tout juste d'arriver !

— Je sais, mais la personne qui m'a payé le voyage attend ces affaires.

Le lieutenant, dans sa fierté de Sévillan, n'en revenait pas.

— Vous n'allez pas visiter notre cité ?

— J'y suis venu, il y a quelques années. C'est une

très belle ville. J'aurais été ravi d'y séjourner de nouveau.

— Alors vous connaissez la Giralda ?

Becker acquiesça. En fait, il n'était pas monté dans l'ancien minaret maure, mais il l'avait vu.

— Et l'Alcazar ?

Becker acquiesça à nouveau. Il se remémora le soir où il était venu écouter Paco de Lucía dans l'une des cours – du flamenco sous les étoiles, dans l'enceinte d'une forteresse du XVe siècle. Dommage qu'il n'ait pas connu Susan à cette époque, il aurait pu partager ce moment magique avec elle...

— Et Christophe Colomb bien sûr ! lança l'officier dans un large sourire. Il repose dans notre cathédrale.

Becker releva la tête.

— Vraiment ? Je croyais que Colomb était enterré en République dominicaine.

— D'où sortez-vous ces sornettes ? Le corps de Cristóbal est bien ici, en Espagne ! Qu'est-ce qu'on vous a appris à l'école ?

— Je devais être absent ce jour-là, plaisanta Becker.

— L'Espagne est très fière de posséder ces reliques.

L'Espagne ? Il est vrai que dans ce pays, se souvint Becker, la séparation de l'Église et de l'État était encore au stade de projet hypothétique. L'Église catholique romaine tenait, ici, plus de place encore que dans la cité du Vatican.

— Bien entendu, nous ne possédons pas tout son corps, précisa le lieutenant. *Sólo el escroto.*

Becker cessa d'empaqueter les affaires et regarda le lieutenant avec de grands yeux. *Sólo el escroto ?* Il réprima une grimace d'amusement. Son scrotum ?

L'officier hocha la tête, fier comme un paon.

— Oui. Quand l'Église se procure les restes d'un grand homme, elle le canonise et disperse les reliques dans plusieurs cathédrales pour que tout le monde puisse profiter de leur splendeur.

— Et vous avez eu le...

Becker se retint d'éclater de rire.

— ¡ *Sí* ! C'est une partie très importante ! Beaucoup plus qu'une simple côte ou qu'une phalange comme on peut en voir en Galice ! Sincèrement, c'est dommage que vous ratiez ça...

Becher hocha la tête poliment.

— J'y ferai peut-être un saut ce soir, avant de quitter la ville.

— *Mala suerte*. Pas de chance. La cathédrale n'ouvre que pour la première messe, au lever du jour.

— Alors une prochaine fois, répondit Becker en saisissant la boîte. Je vais devoir vous quitter. Mon avion m'attend.

Il jeta un dernier coup d'œil dans la pièce.

— Vous voulez que je vous conduise à l'aéroport ? J'ai ma moto Guzzi garée juste devant.

— Non merci. Je vais prendre un taxi.

Becker était monté une fois sur une moto, quand il était à l'université, et avait failli se tuer. Il n'avait aucune envie de réitérer l'expérience, quel que soit le conducteur de ces engins de mort.

— Comme vous voulez, conclut l'officier en allant lui ouvrir la porte. Je vais éteindre derrière vous...

Becker coinça le carton sous son bras, se demandant s'il n'avait rien oublié. Il inspecta une dernière fois le cadavre sur la table. Le corps nu et raide, figé dans la peur sous les tubes fluorescents, ne pouvait plus rien cacher... Le regard de Becker fut attiré une dernière fois par ces mains curieusement déformées. Il plissa soudain les yeux, un détail curieux...

L'officier coupa la lumière, et la pièce plongea dans l'obscurité.

— Attendez... Rallumez un instant s'il vous plaît.

Les tubes fluo clignotèrent à nouveau. Becker posa le carton par terre et se pencha sur le corps.

Il examina la main gauche de l'homme.

L'officier suivit le regard de Becker.

— C'est monstrueux, hein ?

Mais ce n'était pas les doigts difformes qui intriguaient Becker. Il se retourna vers l'officier.

— Vous êtes certain que tout est dans cette boîte ?

— Oui. C'est tout ce qu'il avait.

Dubitatif, Becker se tint un moment immobile, les mains sur les hanches. Puis il renversa le contenu du carton sur le comptoir, tâta avec minutie les poches et les doublures des vêtements, inspecta les chaussures, les tapant au sol pour être certain qu'aucun objet n'y était coincé. Après avoir recommencé une seconde fois toutes ces manœuvres, il recula et fronça les sourcils.

— Un problème ? demanda le policier.

— Oui. Il manque quelque chose.

13.

Tokugen Numataka, du haut de la terrasse de son luxueux bureau, contemplait les gratte-ciel de Tokyo. Ses employés, comme ses concurrents, l'appelaient le *Hitokui zame* – le requin tueur. Depuis trente ans, il avait su, à force de ruse, d'adresse et de coups de marketing, écraser ses rivaux japonais. Aujourd'hui, il s'apprêtait à devenir un géant également sur le marché mondial.

Le plus gros contrat de sa vie – celui qui ferait de sa société, la Numatech Corp., le Microsoft du futur... Son sang bouillonnait sous l'adrénaline. Le monde des affaires était un champ de bataille – et il n'y avait rien de plus excitant que de combattre !

Numataka s'était tout d'abord méfié quand il avait reçu cet appel, trois jours plus tôt. Mais à présent, il avait compris. Il était béni par le *myouri*. Il avait eu la faveur des dieux.

— J'ai la clé de Forteresse Digitale, avait annoncé la voix au fort accent américain. Vous êtes intéressé ?

Numataka avait failli éclater de rire. C'était un piège... Numatech Corp. avait fait une offre généreuse aux enchères pour obtenir le nouvel algorithme d'Ensei Tankado. Et voilà qu'un concurrent usait de ce grossier stratagème pour tenter de connaître le montant de cette offre.

— Vous avez la clé d'accès ? répéta Numataka, en feignant l'intérêt.

— Oui. Je m'appelle North Dakota.

Numataka gloussa. Tout le monde connaissait l'existence de North Dakota. Tankado avait parlé à la presse de son complice secret. C'était d'ailleurs une bonne idée d'avoir un partenaire, une mesure de précaution avisée. Même au Japon, le code de l'honneur n'avait plus droit de cité dans le monde des affaires. La vie d'Ensei Tankado était effectivement en danger. Mais si une société, trop impatiente, commettait le moindre faux pas, la clé serait publiée, et ce serait alors une catastrophe économique pour tous les développeurs de logiciels de la planète.

Numataka aspira une longue bouffée de son cigare Umami, et continua à jouer le jeu de son interlocuteur, pour voir jusqu'où il pousserait son canular pathétique.

— Donc, vous vendez la clé ? C'est très intéressant. Mais qu'en dit Ensei Tankado ?

— Je ne lui ai pas juré allégeance. M. Tankado a eu tort de me faire confiance. La clé vaut cent fois plus que ce qu'il me paie pour la garder.

— Excusez-moi, l'arrêta Numataka, mais votre double n'a aucune valeur. Lorsque Tankado découvrira votre trahison, il lui suffira de publier son exemplaire sur Internet, et le marché sera inondé.

— Vous recevrez les deux clés. La mienne et celle de M. Tankado.

Numataka occulta le micro avec sa main, et éclata de rire. Mais la curiosité le démangeait...

— Combien voulez-vous pour les deux ?

— Vingt millions de dollars américains.

Exactement ce que Numataka avait proposé aux enchères.

— Vingt millions ! s'exclama-t-il en jouant les horrifiés. C'est de la folie !

— J'ai vu l'algorithme, et je vous assure qu'il les vaut bien.

Tu parles ! ricanait Numataka en pensée. Il en vaut dix fois plus ! Ce petit jeu commençait à devenir lassant.

— Mais vous savez, comme moi, annonça Numataka pour conclure, que Tankado portera plainte et exigera réparation. Vous imaginez les poursuites judiciaires, les procès à n'en plus finir...

Il y eut un silence pesant au bout du fil. Puis l'interlocuteur demanda :

— Et si M. Tankado était hors jeu ?

Numataka eut encore envie de ricaner. Mais il y avait une telle détermination dans la voix qu'il se ravisa.

— Tankado hors jeu ? répéta Numataka songeur. Dans ce cas, oui, nous pourrions faire affaire...

— Je vous recontacterai, déclara l'homme.

Et il raccrocha.

14.

Becker observait attentivement le cadavre. Plusieurs heures après la mort, le visage de l'Asiatique portait encore les stigmates d'un récent coup de soleil. Le reste de son corps était jaune pâle, à l'exception d'une contusion violacée située juste à l'endroit du cœur. Sûrement la trace du défibrillateur, songea Becker. Dommage que la réanimation ait échoué.

Il recommença à observer les mains. Becker n'en avait jamais vu de semblables. Chacune d'entre elles n'avait que trois doigts, tous tordus et retournés. Mais ce n'est pas cette difformité qui l'intéressait.

— Mince alors, grommela le lieutenant à l'autre bout de la pièce. Il n'est pas chinois, il est japonais.

Becker releva la tête. L'officier feuilletait le passeport de l'homme.

— Je préférerais que vous ne regardiez pas.

Ne toucher à rien. Ne rien lire. En savoir le moins possible...

— Ensei Tankado... né en janvier...

— S'il vous plaît, l'interrompit Becker poliment. Reposez ça.

Le policier, par bravade, examina encore un petit moment le passeport avant de le jeter sur le sommet de la pile.

— Ce gars a un visa long séjour. Il aurait pu rester ici des années.

— Peut-être vivait-il ici, à Séville ? suggéra Becker tandis qu'il touchait un des doigts difformes du bout de son stylo.

— Non. Son arrivée date de la semaine dernière.

— Peut-être qu'il venait *juste* d'emménager, répliqua Becker d'un ton sec.

— Possible. Une sale semaine pour lui. Insolation et crise cardiaque. Pauvre bougre !

Becker ne prêtait plus attention aux paroles du policier. Il scrutait la main du mort.

— Vous êtes certain qu'il ne portait pas de bijou ?

Le lieutenant releva la tête, surpris.

— Un bijou ?

— Oui. Venez voir ça.

La peau de la main gauche de Tankado portait les traces d'un coup de soleil partout, sauf une étroite bande de chair autour du plus petit doigt.

Becker désigna le petit liséré de chair pâle.

— Vous voyez comme la peau ici est intacte ? On dirait qu'il portait une bague.

— Une bague ? répéta le policier avec un air surpris.

Son expression se fit perplexe. Il observa le doigt attentivement. Puis rougit, l'air embarrassé.

— Nom de Dieu, s'écria-t-il. C'était donc vrai ?

Becker eut soudain un mauvais pressentiment.

— De quoi parlez-vous ?

— Je vous l'aurais dit plus tôt... mais je croyais que le type était dingue.

Becker s'impatientait.

— Quel type ?

— Celui qui a téléphoné aux urgences. Un touriste canadien. Il n'arrêtait pas de parler d'une bague. Je n'avais jamais entendu quelqu'un parler aussi mal l'espagnol. Un vrai baragouinage !

— Il disait que M. Tankado portait une bague ?

Contrit, le policier acquiesça. Il sortit une Ducado de son paquet, jeta un coup d'œil sur le panneau NON FUMEUR et l'alluma quand même.

— J'aurais dû vous en parler bien sûr, mais il avait l'air complètement toqué.

Becker fronça les sourcils. Il lui semblait entendre la voix de Strathmore en écho : « Il me faut tout ce qu'Ensei Tankado avait sur lui. Absolument tout. Ne laissez rien sur place. Pas même un petit bout de papier chiffonné. »

— Où est-elle, cette bague ?

Le lieutenant tira une grande bouffée.

— C'est une longue histoire...

Becker n'aimait pas ça.

— Dites toujours.

15.

Susan Fletcher était installée devant son terminal, dans le Nodal 3 – la bulle insonorisée des cryptologues, située en bordure de la salle principale. Une baie circulaire, à miroir sans tain, offrait aux cryptologues un panorama sur toute la Crypto, tout en leur assurant une intimité totale.

Au fond de la salle, douze ordinateurs étaient disposés en un cercle parfait. Cet agencement était conçu pour favoriser les échanges intellectuels, et rappeler aux mathématiciens qu'ils appartenaient à une confrérie d'élite – à la manière des chevaliers de la Table ronde d'un Camelot high-tech. De tout Fort Meade, le Nodal 3 était le seul lieu où l'on ne cultivait pas l'art du secret.

Surnommé la « salle de jeu », le Nodal 3 n'avait rien de l'aspect aseptisé du reste de la Crypto. L'endroit était aussi chaleureux que possible ; on s'y sentait comme chez soi : moquette épaisse, chaîne hi-fi dernier cri, réfrigérateur bien rempli, cuisinette suréquipée, et même un petit panier de basket pour se détendre les doigts. La NSA avait une théorie à ce propos : puisque l'on donne à nos cryptanalystes un joujou de deux milliards de dollars, autant leur offrir un cadre agréable si on veut qu'ils jouent avec vingt-quatre heures sur vingt-quatre. Simple question de rentabilité !

Susan retira ses Ferragamo et plongea ses orteils nus dans les boucles épaisses du tapis. L'agence demandait à ses employés qui touchaient un salaire élevé de ne pas faire étalage de leurs richesses personnelles. Dans nombre de domaines, cela ne posait aucun problème à Susan – son petit appartement duplex, sa berline Volvo et sa modeste garde-robe la satisfaisaient amplement. Mais depuis l'université les chaussures étaient son péché mignon.

Susan prit le temps de s'étirer longuement avant de s'atteler à son travail. Elle ouvrit son mouchard pour le configurer. Elle jeta un coup d'œil à l'adresse e-mail que lui avait donnée Strathmore :

NDAKOTA@ARA.ANON.ORG

L'homme qui se faisait appeler North Dakota se cachait derrière une adresse anonyme. Plus pour longtemps, pensa Susan. Le programme pisteur transiterait par ARA, serait transféré à North Dakota, et renverrait à Susan les véritables coordonnées Internet de l'inconnu.

Si tout se passait bien, North Dakota allait être rapidement localisé, et Strathmore pourrait récupérer la clé. Il ne resterait plus à David qu'à trouver la copie de Tankado, et les deux exemplaires seraient détruits. La bombe à retardement, que Tankado avait placée sur Internet, serait désormais inoffensive, comme un pain de plastique dépourvu de détonateur.

Susan vérifia deux fois l'adresse avant de l'entrer dans le champ de saisie. Elle sourit en songeant aux soucis de Strathmore avec ce programme. Apparemment, il avait lancé une sonde à deux reprises, et avait chaque fois reçu, en retour, l'adresse de Tankado et non celle de North Dakota. C'était une erreur enfantine. Strathmore avait oublié de spécifier le sens de la recherche et le mouchard avait pisté le compte destinataire !

Susan acheva de configurer son pisteur, et le fit glisser dans la boîte d'expédition. Elle cliqua sur le bouton d'envoi et l'ordinateur émit un bip.

SONDE ENVOYÉE.

Il ne restait plus qu'à attendre.

Susan poussa un long soupir. Elle s'en voulait d'avoir été si dure avec son supérieur. Si quelqu'un était qualifié pour gérer seul cette menace, c'était bien le commandant Strathmore. Il avait un don surnaturel pour tirer le meilleur parti des défis qui se présentaient à lui.

Six mois auparavant, l'EFF avait rapporté qu'un sous-marin de la NSA espionnait les lignes téléphoniques au fond de l'océan. Sans s'affoler, Strathmore fit courir un bruit contradictoire, selon lequel, en fait, le sous-marin enfouissait illégalement des déchets toxiques. L'EFF et les écologistes perdirent tant de temps à se chamailler pour savoir quelle version était la bonne, que les médias se lassèrent et se désintéressèrent de l'affaire.

Strathmore ne laissait jamais rien au hasard. Quand il devait concevoir ou réviser une stratégie, il passait beaucoup de temps derrière son ordinateur à en étudier les moindres détails par simulation. Comme beaucoup d'analystes de la NSA, Strathmore utilisait un logiciel développé par l'agence, nommé BrainStorm – un moyen d'expérimenter tous les scénarios possibles, bien à l'abri derrière son clavier.

BrainStorm était un logiciel expérimental d'intelligence artificielle présenté par ses concepteurs comme un « simulateur de relations de cause à effet ». À l'origine, il devait servir dans les campagnes électorales pour permettre à un candidat d'avoir un modèle en temps réel d'une « situation politique » donnée. Le programme pouvait intégrer une quantité phénoménale de données, qu'il reliait ensuite dans un réseau de causalité afin d'obtenir une simulation dynamique – un schéma d'interaction intégrant différentes variables politiques, dont la personnalité des candidats en lice, les membres de leur équipe, leurs liens d'allégeance, les « affaires » qu'ils traînaient, ainsi que leurs motivations individuelles pondérées par des paramètres tels que inclination sexuelle, origine ethnique, soif d'argent et/ou de pouvoir. L'utilisateur introduisait ensuite dans le modèle n'importe quel événement, et BrainStorm pouvait prédire son effet sur ladite situation politique.

Strathmore était un fervent adepte de BrainStorm – non à des fins d'analyses politiques, mais comme un « superorganiseur » – organigrammes logiques, graphiques dynamiques et projections temporelles étaient des outils puissants pour analyser des stratégies complexes et en prédire les faiblesses. Susan soupçonnait qu'il existait des simulations cachées dans l'ordinateur de Strathmore qui pourraient un jour changer la face du monde.

J'ai vraiment été trop dure avec lui... Le chuintement de la porte rompit le fil de ses pensées. Strathmore fit irruption dans le Nodal 3.

— Susan, David vient d'appeler, annonça-t-il. Il y a un souci...

16.

— Il manque une bague ? s'étonna Susan.

— Oui. Et on a de la chance que David s'en soit aperçu. Un éclair de génie.

— Mais on cherche une clé, pas un bijou.

— Je sais. Cependant quelque chose me dit que les deux ne font qu'un.

Susan était perdue.

— C'est une longue histoire, expliqua-t-il.

Susan désigna l'écran où clignotait la fenêtre de son mouchard.

— J'ai tout mon temps, je ne peux pas bouger de là.

Strathmore lâcha un profond soupir et se mit à faire les cent pas.

— Apparemment, des témoins ont assisté à la mort de Tankado... D'après le policier présent à la morgue, c'est un touriste canadien qui a prévenu la police ce matin... un vieillard totalement affolé, signalant qu'un Japonais était victime d'une crise cardiaque au beau milieu de la place. Quand le policier est arrivé, il a trouvé Tankado mort à côté du vieux. Il a donc appelé par radio une ambulance. Pendant que les secours emmenaient le corps de Tankado à la morgue, l'agent a demandé au Canadien ce qui s'était passé. Le vieux était dans tous ses états. Tout ce qu'il a réussi à bredouiller, c'est un récit confus à propos d'une bague dont Tankado voulait se débarrasser avant de mourir.

— Une bague ? demanda Susan sceptique.

— D'après le Canadien, il lui agitait l'anneau sous le nez, comme pour le supplier de le prendre.

Strathmore cessa d'arpenter la pièce et se retourna vers Susan.

— Il y avait quelque chose de gravé dessus. Une inscription...

— Plus précisément ?

— D'après le Canadien, ce n'était pas de l'anglais...

— Du japonais, alors ?

Strathmore secoua la tête.

— C'est ce que j'ai pensé aussi. Mais le vieux dit que ce qui était écrit n'avait pas de sens... personne ne confondrait des lettres à l'européenne et des caractères asiatiques... Du charabia, il a dit, comme si un chat avait marché sur un clavier...

Susan ne put s'empêcher de sourire.

— Chef, vous ne pensez quand même pas que...

— C'est clair comme de l'eau de roche ! Tankado a fait graver le sésame de Forteresse Digitale sur son anneau. L'or ne s'altère pas. Au lit, sous sa douche, à table – quoi qu'il fasse, la clé serait toujours avec lui, prête à être publiée dans l'instant.

— Sur son doigt ? À la vue de tout le monde ?

— Pourquoi pas ? L'Espagne n'est pas la capitale mondiale du décryptage. Personne ne se doutera de quoi que ce soit. De plus, si c'est une clé standard, personne, même en plein jour, ne pourrait avoir le temps de lire et de mémoriser tous les signes.

— Mais pourquoi Tankado aurait-il donné la bague à un parfait inconnu, juste avant de mourir ? demanda Susan.

Strathmore la fixa du regard en plissant les yeux.

— À votre avis ?

Le déclic se fit aussitôt dans l'esprit de Susan. Son regard s'illumina.

— Exactement... pour la faire disparaître ! confirma Strathmore. Il a dû croire que nous avions décidé de l'éliminer. Quand il a eu sa crise cardiaque, la coïncidence était trop grande. On avait pu lui inoculer un poison à effet lent, par exemple, pour déclencher un arrêt du cœur. Et si on s'en prenait ainsi à lui, c'est que l'on avait mis la main sur North Dakota...

Susan en eut la chair de poule.

— Tankado s'est dit que nous avions neutralisé son « assurance vie », et que son tour était venu...

Tout s'éclairait à présent. Cette crise cardiaque était une telle aubaine pour la NSA. Elle ne pouvait être « naturelle ». Avant de mourir, Tankado avait voulu se venger. Il s'était débarrassé de l'anneau, comme on jette une bouteille à la mer, dans l'espoir qu'un jour on le retrouverait et que le sésame de Forteresse Digitale serait publié. Et maintenant, contre toute attente, un touriste canadien se baladait à Séville avec, dans la poche, la clé du plus puissant algorithme de codage du monde.

Susan prit une profonde inspiration avant de poser la question inévitable :

— Et ce Canadien, on sait où il est ?

— C'est là que le bât blesse.

— Le policier ne lui a pas demandé dans quel hôtel il était descendu ?

— Non. L'histoire du Canadien était tellement absurde que l'agent a pensé que le vieux était sénile, ou encore sous le choc. Il l'a fait monter à l'arrière de sa moto pour le ramener à son hôtel. Mais le vieux ne s'est pas assez cramponné ; ils n'ont pas fait deux mètres qu'il est tombé. Bilan : une grosse bosse à la tête et un poignet cassé.

— Quelle bande de...

— Le policier a voulu le conduire à l'hôpital, mais le Canadien était furieux – il était prêt à marcher jusqu'au Canada plutôt que remonter un seul instant sur la moto... Alors le flic l'a accompagné, à pied, jusqu'à une petite clinique publique de l'autre côté de la place, et l'a laissé là-bas pour qu'il se fasse soigner.

— Inutile de se demander où va aller David..., grommela Susan.

17.

David Becker pressait le pas sur les pavés brûlants de la Plaza de España. Devant lui, un énorme édifice, avec ses tours arabisantes et ses colonnades, s'élevait derrière un canal circulaire et des ponts décorés d'azulejos bleu et blanc. Le bâtiment néo-Renaissance, construit pour l'exposition ibérico-américaine de 1929, abritait aujourd'hui des services administratifs. Les touristes se pressaient en masse sur la place car, dans tous les guides, on lisait que l'endroit avait servi de décor pour le Q. G. de l'armée anglaise dans *Lawrence d'Arabie*. La Columbia, évidemment, préférait tourner en Espagne plutôt qu'en Égypte pour des raisons économiques. L'influence mauresque de l'architecture de Séville avait suffi à convaincre les spectateurs que l'action se déroulait au Caire.

Becker régla sa Seiko à l'heure locale : 21 h 10 – encore l'après-midi pour Séville. Un vrai Espagnol ne dînait jamais avant le crépuscule, et le soleil paresseux d'Andalousie traînait dans les cieux jusqu'à 22 heures.

Malgré la chaleur qui régnait en ce début de soirée, Becker traversa la place à vive allure. Le ton de Strathmore lui avait paru plus pressant que ce matin. Ses nouvelles consignes ne laissaient aucun doute : « Trouvez le Canadien, récupérez la bague. Faites le nécessaire, peu importent les coûts et les moyens, mais rapportez-nous cette bague ! »

Qu'avait donc de si important cet anneau avec son inscription gravée ? Strathmore ne l'avait pas précisé, et Becker n'avait posé aucune question.

NSA. Notre Silence Absolu.

De l'autre côté de l'Avenida Isabella Católica, la clinique était immanquable, grâce à sa grande croix rouge peinte sur le toit. L'officier de police y avait laissé le Canadien plusieurs heures auparavant. Un poignet cassé, une bosse sur la tête... le patient avait dû être soigné et était sans doute loin à présent. Restait à espérer que l'établissement avait pris ses coordonnées – le nom de son hôtel ou un numéro où il était possible de le joindre en cas de besoin... Avec un peu de chance, Becker pourrait joindre l'homme, récupérer la bague et prendre le chemin du retour sans plus de complications.

— Servez-vous des mille dollars pour acheter la bague, avait précisé Strathmore. Je vous rembourserai.

— Inutile de me rembourser, avait-il répondu.

De toute façon, il comptait lui rendre l'argent. Il n'était pas venu en Espagne pour les dollars, mais pour Susan. Trevor Strathmore était à la fois le mentor et le protecteur de la jeune femme. Susan lui devait beaucoup ; David pouvait bien lui rendre un petit service...

Malheureusement, les choses ne s'étaient pas passées ce matin comme prévu. Il aurait voulu appeler Susan de l'avion pour tout lui expliquer, mais le téléphone de bord était en panne. Il avait songé à demander au pilote de contacter Strathmore par radio pour qu'il transmette un message à Susan, mais il avait hésité à mêler le directeur adjoint à ses affaires de cœur.

À trois reprises, Becker avait tenté de la joindre – d'abord de l'avion, puis d'une cabine à l'aéroport, et enfin de la morgue. Mais elle n'était pas chez elle. Il était tombé sur son répondeur ; il n'avait pas laissé de message. Ce qu'il avait à lui dire n'était pas le genre de propos qu'on confie à une machine.

Tandis qu'il approchait de la clinique, il repéra une

cabine téléphonique au coin de la rue. Il y courut, saisit le combiné et introduisit sa carte téléphonique dans la machine. Un long temps s'écoula avant que la connexion ne soit établie. Enfin, il entendit sonner. Après cinq sonneries, il perçut une voix.

— Bonjour, vous êtes bien chez Susan Fletcher. Je ne suis pas là actuellement, mais merci de laisser votre nom...

Becker écoutait l'annonce. Où est-elle ? Elle doit être inquiète à l'heure qu'il est. Peut-être s'est-elle rendue au Stone Manor sans l'attendre ?

Il entendit le bip.

— Salut, c'est moi.

Il marqua un temps, cherchant ses mots. Une des choses qu'il détestait avec les répondeurs, c'est qu'ils coupaient la communication si d'aventure vous vous arrêtiez de parler ne serait-ce qu'une seconde pour réfléchir.

— Désolé de ne pas t'avoir appelée, lança-t-il juste à temps.

Devait-il l'informer de ce qui se passait ? Il opta pour une meilleure solution.

— Téléphone à Strathmore. Il t'expliquera tout. (Son cœur battait la chamade.) Je t'aime, ajouta-t-il rapidement avant de raccrocher.

Tandis qu'il attendait un trou dans la circulation pour traverser l'Avenida Borbolla, il s'inquiétait toujours pour Susan ; elle devait sans doute imaginer le pire... Ne pas donner de nouvelles alors qu'il avait promis d'appeler... il ne l'avait pas habituée à ça.

Becker s'aventura sur le grand boulevard à quatre voies. Un aller-retour, murmurait-il pour lui-même. Un simple aller-retour.

Plongé dans ses préoccupations, il ne remarqua pas un homme avec des lunettes cerclées de métal qui l'observait de l'autre côté de l'avenue.

18.

Numataka, derrière la baie vitrée de son gratte-ciel de Tokyo, tira une longue bouffée sur son cigare Umami, et sourit intérieurement. Avoir autant de chance... c'en était presque inconvenant. L'Américain l'avait rappelé ! Si tout s'était passé comme prévu, Tankado devait être mort à cette heure, et sa clé récupérée.

Une belle ironie du sort... le grand œuvre de Tankado allait atterrir dans ses mains ! Tokugen Numataka avait rencontré Tankado plusieurs années auparavant. Tout frais diplômé, le jeune programmeur, à la recherche d'un emploi, s'était présenté à la Numatech Corp. C'était indiscutablement un garçon brillant, mais d'autres considérations avaient joué en sa défaveur. Le Japon était, certes, en pleine mutation, mais Numataka était de la vieille école. Il vivait selon le *menboku* – honneur et dignité. Aucune imperfection ne pouvait être tolérée. En engageant un infirme, il attirerait la honte sur la Numatech Corp. Le curriculum de Tankado avait atterri dans la poubelle sans qu'il lui eût accordé un regard.

Numataka consulta à nouveau sa montre. North Dakota aurait dû appeler déjà... Fallait-il s'inquiéter ? Pourvu qu'il n'y ait pas eu de problème...

110

Si la clé était valide, elle lui donnerait accès au Saint-Graal de l'ère informatique – un algorithme de cryptage inviolable. Numataka installerait le programme dans des puces VLSI protégées contre les copies, et inonderait le monde des fabricants d'ordinateurs, les administrations, les industries... et pourquoi pas aussi des marchés plus occultes... comme celui du terrorisme ?

Numataka sourit. Encore une fois, il avait eu la faveur des *shichifukujin* – les sept divinités du bonheur. La Numatech Corp. était sur le point d'acquérir l'unique copie opérationnelle de Forteresse Digitale. Vingt millions de dollars, c'était une somme – mais, comparée à la valeur intrinsèque de cette merveille, c'était l'affaire du siècle !

19.

— Et si quelqu'un d'autre recherche la bague ? demanda Susan, d'une voix blanche. David pourrait être en danger.

Strathmore secoua la tête.

— Personne ne sait que l'anneau existe. C'est pour cette raison justement que j'ai choisi David. Je voulais préserver le secret. Les espions n'ont pas l'habitude de filer le train à tous les profs de langues.

— Mais tous n'ont pas une chaire à Georgetown, rectifia Susan d'un air pincé.

Elle regretta dans l'instant sa réaction. De temps en temps, elle croyait percevoir, chez Strathmore, une sorte de mépris à l'égard de David, comme s'il considérait que sa chef de la Crypto méritait mieux qu'un simple enseignant.

— Vous avez joint David, ce matin, avec votre téléphone de voiture, insista-t-elle. Quelqu'un a pu intercepter la communication et...

— Pas une chance sur un million ! la rassura Strathmore. Ce genre d'écoutes se prépare. Il faut être à proximité de l'émetteur et savoir un peu à l'avance ce qu'on cherche...

Il saisit Susan par les épaules.

— Jamais je n'aurais envoyé David là-bas s'il y avait eu le moindre risque. Je vous le jure. Et au premier problème, les pros prendront le relais.

Leur conversation fut interrompue par quelqu'un qui frappait à la vitre du Nodal 3. Susan et Strathmore tournèrent la tête.

Phil Chartrukian, de la Sys-Sec, avait la tête plaquée contre le verre pour tâcher de voir à l'intérieur et toquait avec force. À cause de l'épaisseur de la paroi, on n'entendait pas ce qu'il disait, mais il avait l'air passablement effrayé, comme s'il venait de voir un fantôme.

— Qu'est-ce qu'il fiche ici, celui-là ? grogna Strathmore. Il n'est pas de service aujourd'hui !

— Les ennuis continuent... Il a dû voir le compteur de TRANSLTR.

— Bon sang ! lâcha Strathmore. J'ai appelé hier soir le gars de la Sys-Sec qui était prévu au planning pour lui ordonner de ne pas venir !

Susan ne s'en étonna pas. Même si le règlement interne stipulait qu'un membre de la Sys-Sec devait toujours être de garde à la Crypto, il était normal, étant donné les circonstances, que Strathmore ait voulu être seul dans le temple. Il n'avait nul besoin d'avoir dans les pattes un technicien de maintenance pointilleux et paranoïaque.

— On devrait réinitialiser TRANSLTR, suggéra Susan. Ça remettra le compteur à zéro et on fera croire à Phil qu'il a eu une hallucination.

Strathmore étudia un instant cette proposition. Mais il secoua la tête.

— Pas encore. TRANSLTR travaille sur ce fichier depuis quinze heures. Je voudrais la laisser tourner vingt-quatre heures.

Susan comprenait sa position. Forteresse Digitale était un algorithme révolutionnaire, le premier de sa génération. Tankado avait pu laisser passer une faille... TRANSLTR pouvait peut-être encore casser le code... Même si, au fond d'elle, Susan en doutait.

— Je veux être absolument certain, s'obstina Strathmore

Chartrukian continuait à cogner contre la vitre. Strathmore prit une profonde inspiration et se dirigea vers la porte coulissante.

— Officiellement, il ne se passe rien, annonça-t-il à Susan. Je compte sur vous pour me couvrir.

La dalle sensitive au sol activa l'ouverture, et les battants s'escamotèrent dans un chuintement. Chartrukian manqua de s'écrouler dans la pièce.

— Monsieur... pardon de vous déranger... mais le compteur... J'ai lancé un antivirus et...

— Allons Phil, allons..., l'interrompit Strathmore d'un ton chaleureux en posant une main rassurante sur son épaule. Calmez-vous. Qu'est-ce qui vous met dans cet état ?

Strathmore parlait avec un tel détachement... personne n'aurait pu soupçonner que le sol était en train de s'écrouler sous ses pieds. D'un geste, il invita Chartrukian à pénétrer dans l'enceinte sacrée du Nodal 3. Le technicien franchit le seuil d'un pas hésitant, comme un chien bien dressé à qui l'on n'autorise jamais le salon.

À voir l'expression ébahie du technicien, c'était visiblement une première. Il oublia dans l'instant les raisons de son affolement et parcourut du regard l'intérieur de ce nid high-tech – la moquette douillette, le cercle des ordinateurs, les canapés moelleux, les rayonnages de livres, les éclairages tamisés. Puis il aperçut, en chair et en os, la reine de la Crypto, Susan Fletcher, et il détourna vite la tête. Devant Susan, Chartrukian perdait tous ses moyens. Son esprit habitait des sphères qui lui seraient à jamais inaccessibles. Et elle était si belle... En sa présence, il n'arrivait pas à dire trois mots sans bredouiller comme un benêt. Et la modestie de Susan ne faisait qu'aggraver son trouble.

— Racontez-moi donc vos malheurs, Phil..., badina Strathmore en ouvrant le réfrigérateur. Je vous sers un verre ?

— Non, euh... non, merci, monsieur.

Il avait la gorge nouée et n'était pas sûr d'être vraiment le bienvenu.

— Monsieur... Je crois qu'il y a un problème avec TRANSLTR.

Strathmore referma la porte du réfrigérateur et regarda Chartrukian d'un air bon enfant.

— Vous voulez parler du compteur ?

— Vous êtes au courant ?

— Évidemment. Cela va faire bientôt seize heures qu'il tourne, si je ne me trompe pas.

— Oui. C'est bien ça, répondit Chartrukian. Mais ce n'est pas tout, monsieur. J'ai lancé un antivirus, et il a trouvé une chose très bizarre.

— Vraiment ? demanda Strathmore, l'air absent. Quel genre de chose ?

Susan admirait l'aisance avec laquelle Strathmore jouait la comédie.

— Je ne sais pas ce que c'est, mais TRANSLTR travaille sur quelque chose de très avancé. Les filtres n'ont jamais vu ça. Et j'ai bien peur que TRANSLTR soit infectée.

— Un virus ? gloussa Strathmore avec une petite pointe de condescendance. Phil, j'apprécie l'intérêt que vous portez à TRANSLTR. Vraiment. Mais Mlle Fletcher et moi-même avons lancé un tout nouveau diagnostic, très pointu. J'aurais pu vous prévenir, mais je ne m'attendais pas à vous voir aujourd'hui.

Le technicien essaya de couvrir son collègue tant bien que mal.

— J'ai permuté avec le nouveau. J'ai pris sa garde ce week-end.

Strathmore le fixa du regard, les yeux plissés.

— C'est curieux. Je lui ai parlé hier soir. C'est moi qui lui ai ordonné de ne pas venir. Et il ne m'a pas du tout parlé de votre petit échange...

Chartrukian se sentit pâlir. Un silence pesant s'installa.

— Bon, soupira finalement Strathmore. Tout ça n'est qu'une regrettable confusion. (Il posa sa main sur l'épaule du technicien pour le guider vers la sortie.) La bonne nouvelle, c'est que vous pouvez rentrer chez vous. Mlle Fletcher et moi allons rester ici toute la journée. Nous garderons la maison pour vous. Profitez donc de votre week-end.

— Mais, monsieur..., hésitait Chartrukian, je pense vraiment qu'il faudrait vérifier le...

— Phil, l'interrompit Strathmore d'un ton plus sévère, TRANSLTR va très bien. Cette chose étrange qu'a détectée votre antivirus, c'est *nous* qui l'y avons mise. Maintenant, si ça ne vous ennuie pas...

Strathmore n'eut pas besoin de finir sa phrase ; le technicien avait compris. L'entretien était terminé.

Un nouveau diagnostic, mon cul ! enrageait Chartrukian tandis qu'il regagnait la salle de la Sys-Sec. Quel test pourrait occuper trois millions de processeurs pendant seize heures ? Fallait-il prévenir le grand chef de la Sys-Sec ?

Ces connards de la Crypto se contrefichent des questions de sécurité ! pesta Chartrukian.

Le serment qu'il avait fait à son arrivée à la Sys-Sec lui revenait en mémoire. Il avait juré d'user de toute son habileté, de son expérience et de son instinct pour protéger le bébé à deux milliards de dollars de la NSA.

— Mon instinct... Pas besoin d'être médium pour savoir que ce truc n'a rien à voir avec un foutu diagnostic !

D'un air de défi, Chartrukian se dirigea droit vers le terminal et lança un scannage complet des systèmes et fonctions internes de TRANSLTR.

— Je vous dis que votre bébé est malade, monsieur le directeur adjoint, grommela-t-il. Puisque vous ne

116

voulez pas vous fier à mon instinct, je vais vous mettre le nez dans sa couche !

20.

La *Clínica de Salud Pública* était une ancienne école élémentaire et ne ressemblait pas du tout à une clinique. C'était un long bâtiment d'un seul étage, en brique, avec de très grandes fenêtres. On apercevait, dans la cour derrière, une vieille balançoire rouillée. Becker s'élança sur les marches usées par le temps.

L'intérieur était sombre et bruyant. La salle d'attente se résumait à un alignement de chaises pliantes en métal, disposées dans un long et étroit couloir. Un panneau en carton posé sur un chevalet indiquait OFICINA surmonté d'une flèche dirigée vers le bout du corridor.

Becker s'aventura dans le boyau mal éclairé. Il avait l'impression de se retrouver dans un décor de film d'épouvante. Des relents d'urine flottaient dans l'air. Au bout, les lumières n'éclairaient plus, on ne voyait rien des vingt derniers mètres, sinon des silhouettes noires et silencieuses. Une femme en sang... un jeune couple en larmes... une petite fille en train de prier... Becker atteignit enfin le bout du corridor obscur. À sa gauche, une porte était légèrement entrebâillée, il la poussa. La pièce était entièrement vide, à l'exception d'une vieille dame toute flétrie, nue sur un petit lit pliant, qui se débattait avec son bassin de lit. Charmant ! Becker referma la porte en toute hâte. Où diable était la réception ?

Des éclats de voix lui parvinrent d'un petit coude que décrivait le couloir. Il s'approcha et découvrit une porte vitrée qui laissait passer un vacarme, comme s'il y avait une émeute de l'autre côté. Rassemblant son courage, Becker ouvrit la porte. La réception ? La foire d'empoigne, oui ! Exactement ce qu'il craignait.

Il y avait une file d'attente d'une dizaine de personnes, qui se poussaient et criaient. L'Espagne n'étant pas renommée pour l'efficacité de ses services publics, Becker risquait de passer la nuit ici avant d'avoir des informations sur son Canadien. Une seule secrétaire, derrière son bureau, essuyait les assauts des patients mécontents. Becker hésita sur le seuil... Il y avait sûrement un meilleur moyen.

— *¡ Con permiso !* cria un infirmier.

L'homme tentait de naviguer entre les gens avec un brancard. Becker s'écarta d'un bond pour ne pas se faire renverser et demanda :

— *¿ Dónde está el teléfono ?*

Sans s'arrêter, l'homme pointa du doigt une double porte, avant de disparaître derrière un mur. Becker s'approcha, plein d'espoir, et poussa les battants. La salle, de l'autre côté, était gigantesque – c'était l'ancien gymnase. Le sol vert pâle semblait onduler et passer du flou au net sous le vacillement des lumières fluorescentes. Au mur, un panier de basket pendait mollement sur son socle. Par terre, une douzaine de patients étaient éparpillés sur des lits de camp. Dans un angle, au fond, juste à côté d'un tableau sur les consignes à suivre en cas d'incendie, une vieille cabine à pièces. Becker espérait qu'elle fonctionnait encore.

Tandis qu'il traversait la salle à grandes enjambées, il fouilla dans ses poches à la recherche de monnaie. Il trouva soixante-quinze pesetas – la monnaie du taxi – juste de quoi passer deux appels locaux. Il sourit poliment à une infirmière qui se dirigeait vers la sortie et continua son chemin. Il saisit le combiné et composa le numéro des renseignements. Trente secondes plus tard, il avait en main le numéro de la réception de la clinique.

Dans toutes les administrations du monde, il existait une loi universelle : aucun fonctionnaire ne supportait bien longtemps le son d'un téléphone sonnant dans le vide. Quel que soit le nombre de gens qui faisaient la queue dans le bureau, la secrétaire les laisserait tomber, tôt ou tard, pour décrocher.

Becker appuya sur les six touches du numéro. Bientôt, il serait en relation avec l'employée. Nul doute qu'il n'y aurait qu'un seul Canadien à s'être présenté dans la journée avec un poignet cassé et un traumatisme crânien. Retrouver sa fiche ne serait pas bien compliqué. Becker savait que le secrétariat refuserait de communiquer le nom et l'adresse de facturation à un parfait inconnu, mais il avait un plan...

Le téléphone commença à sonner. Becker avait estimé à cinq sonneries le seuil de tolérance maximum. Mais il en fallut dix-neuf pour que la secrétaire décroche.

— *Clínica de Salud Pública*, aboya la voix excédée.

Becker parla en espagnol avec un léger accent québécois.

— David Becker au téléphone, de l'ambassade

canadienne. Un de nos citoyens a été soigné chez vous aujourd'hui. J'ai besoin d'avoir les informations le concernant pour vous régler la note.

— D'accord. Je vous envoie ça, lundi, à l'ambassade.

— En fait, insista Becker, j'en ai besoin sur-le-champ, c'est important.

— Impossible, lâcha-t-elle d'un ton cassant. Je suis trop occupée.

Becker tâcha de prendre un ton officiel.

— C'est une urgence. L'homme en question avait un poignet cassé et une blessure à la tête. Il s'est présenté chez vous ce matin. Son dossier ne doit pas être bien loin.

Becker avait exagéré un peu plus son accent, de manière, tout en restant compréhensible, à être suffisamment exaspérant pour qu'elle accède à sa requête. Lorsque les gens étaient agacés, ils étaient plus enclins à passer outre les règles...

Mais, contre toute attente, la femme l'envoya sur les roses, en pestant contre l'arrogance des Nord-Américains, et lui raccrocha au nez.

Becker fronça les sourcils et raccrocha à son tour. Raté. L'idée de passer des heures à faire la queue ne l'excitait guère. L'heure tournait – le vieux Canadien pouvait être n'importe où. Peut-être avait-il même décidé de rentrer au pays ? Ou de vendre la bague ? Becker ne pouvait pas perdre de temps. Avec une détermination nouvelle, il décrocha et recomposa le numéro. Il pressa le combiné sur ses oreilles et s'appuya contre le mur. La connexion allait se faire. Becker parcourait la salle du regard. Une sonnerie... Deux sonneries... Trois...

Une brusque giclée d'adrénaline inonda son corps.

Becker raccrocha aussitôt le combiné, fit volte-face et scruta un point de la salle avec stupéfaction. Là-bas, sur un lit de camp, droit devant lui, un vieil homme était allongé, un plâtre tout neuf à son poignet droit.

21.

L'Américain qui parlait avec Tokugen Numataka sur sa ligne privée avait l'air tendu.

— Bonjour, monsieur Numataka. Je n'ai pas beaucoup de temps...

— Très bien. J'imagine que vous avez récupéré les deux clés ?

— Cela risque d'être un peu plus long que prévu.

— C'est inacceptable, lâcha Numataka. Vous deviez me les remettre aujourd'hui !

— Il y a eu un contretemps.

— Tankado n'est pas mort ?

— Si. Mon homme l'a tué, mais il n'a pas pu récupérer la clé. Tankado s'en est débarrassé avant de mourir. Il l'a donnée à un touriste.

— Vous vous fichez de moi ? hurla Numataka. Comment comptez-vous alors me garantir...

— Calmez-vous, l'interrompit l'Américain d'une voix rassurante. Vous aurez l'exclusivité des droits. Je vous le garantis. Dès que nous aurons retrouvé la clé manquante, Forteresse Digitale sera à vous.

— Mais n'importe qui peut la copier !

— Tous ceux qui l'auront vue seront éliminés.

Un long silence suivit. Ce fut finalement le Japonais qui le rompit.

— Où est cette clé à présent ?

— Peu importe. Sachez simplement que nous allons la récupérer.

— Comment pouvez-vous en être aussi certain ?

— Je ne suis pas seul à la chercher. Les services secrets américains ont eu vent de sa disparition. Pour des raisons évidentes, ils veulent éviter la diffusion de Forteresse Digitale. Ils ont envoyé un homme sur place. Un certain David Becker.

— Comment le savez-vous ?

— Peu importe.

Numataka marqua une pause.

— Et si M. Becker la trouve avant vous ?

— Mon homme se chargera de la lui prendre.

— Et ensuite ?

— N'ayez aucune inquiétude. Quand M. Becker aura trouvé la clé, nous saurons le remercier comme il se doit.

22.

David Becker traversa la pièce à grands pas et observa attentivement le vieil homme endormi sur le lit de camp. Son poignet droit était plâtré. L'homme approchait les soixante-dix ans. Ses cheveux, blancs comme neige, avaient une raie impeccable sur le côté. Une trace violacée barrait son front, de la naissance du cuir chevelu à l'œil droit.

Une petite bosse ? Becker se remémorait les paroles du lieutenant. Il porta son regard sur les doigts de l'homme. Aucun anneau. Becker se pencha pour lui toucher l'épaule.

— Monsieur ? dit-il en le secouant délicatement. Excusez-moi...

L'homme ne réagit pas. Becker recommença, en parlant un peu plus fort.

— Monsieur ?

L'homme se mit à bouger.

— *Qu'est-ce que... ? Quelle heure est-il...* [1] *?*

Il ouvrit lentement les yeux et regarda Becker en battant des paupières. Visiblement, il n'appréciait guère d'être réveillé.

— *Qu'est-ce que vous voulez ?*

Un Québécois... Becker lui sourit.

— Je peux vous parler un instant ?

Becker parlait parfaitement français. Mais il choisit de s'exprimer dans la langue où l'homme serait le moins à l'aise : l'anglais. Le convaincre de remettre une bague en or à un parfait inconnu serait sans doute une opération délicate. Le moindre petit avantage était donc le bienvenu...

L'homme recouvra lentement ses esprits. Il jeta un regard circulaire dans la salle et entreprit de lisser sa moustache blanche de ses doigts fins. Enfin, il se décida à parler.

— Que voulez-vous ? demanda-t-il dans un anglais teinté d'une petite intonation nasale.

— Monsieur..., répondit Becker en articulant à outrance, comme s'il parlait à un sourd. J'aimerais... vous... poser... quelques... questions.

---

1. En français dans le texte (*N.d.T.*).

L'homme lui lança un regard perçant.

— Vous avez un problème ?

Becker fronça des sourcils. L'anglais de l'homme était parfait. Vite ! Quitter ce ton condescendant...

— Je suis désolé de vous importuner, monsieur. Mais n'étiez-vous pas, par hasard, Plaza de España aujourd'hui ?

Le vieil homme plissa les yeux.

— Vous êtes de la mairie, c'est ça ?

— Non, en fait...

— De l'office du tourisme, alors ?

— Non, je...

— Allez ça va... je sais parfaitement où vous voulez en venir ! (L'homme fit un grand effort pour se redresser.) Mais je ne me laisserai pas intimider ! Pour la énième fois, je vous le répète : Pierre Clouchard décrit le monde tel qu'il le vit. Nombre de mes collègues d'autres guides touristiques sont prêts à servir la soupe en échange d'une nuit dans un palace, mais le *Montréal Times* n'est pas à vendre ! Ni lui ni moi ! Je refuse de me prostituer !

— Je crains que vous ne vous mépreniez sur...

— *Mon cul, oui !* s'exclama-t-il dans sa langue natale. C'est, au contraire, clair comme de l'eau de roche !

Il agitait son index osseux sous le nez de Becker. Sa voix résonnait dans le gymnase.

— Vous n'êtes pas le premier à essayer ! Ils ont fait pareil au Moulin Rouge, au Brown Palace et au Golfinho à Lagos ! Et qu'est-ce qui est paru dans le journal ? La vérité ! Rien que la vérité ! C'était le plus mauvais bœuf Wellington que j'aie mangé ! La baignoire la plus crasseuse de ma vie ! La plage la plus remplie de caillasse qui puisse exister ! Voilà ce que mes lecteurs attendent de moi ! L'honnêteté !

Les patients allongés sur les lits alentour se redressaient pour assister à la scène. Becker parcourut nerveusement la salle du regard, afin de s'assurer qu'aucune infirmière n'était en vue. Le pire qui pouvait arriver, c'eût été de se faire jeter dehors.

Cloucharde enrageait...

— Et maintenant ce flic, un membre de *votre* police municipale ! Pas même un mot d'excuse de votre part... Il m'a fait monter sur sa moto, bon sang ! Et regardez dans quel état je suis ! (Il tenta de lever son poignet.) Qui va écrire mon article maintenant, hein ?

— Monsieur, je...

— En quarante-trois ans de métier, je n'ai jamais été aussi mal reçu ! Regardez donc ce mouroir ! Vous savez que mon article paraît dans plus de...

— Monsieur ! l'interrompit Becker en levant les deux mains dans un geste d'apaisement. Je ne suis pas ici pour votre article ; j'appartiens au consulat canadien. Je viens simplement m'assurer que vous allez bien !

Un silence de mort retomba soudain dans le gymnase. Le vieil homme dévisagea l'intrus d'un air suspicieux.

Becker rassembla son courage et poursuivit :

— Peut-être puis-je vous aider ? Vous apporter quelque chose ?...

Deux Valium, par exemple, pour vous calmer ! railla-t-il en pensée.

Après un long moment, le Canadien prit la parole, d'un ton beaucoup moins véhément.

— C'est le consulat qui vous envoie ? répéta-t-il.

Becker acquiesça.

— Et ce n'est pas pour mon article que vous venez me trouver ?

— En aucune manière.

Lentement, le vieil homme se rallongea sur les oreillers. Il semblait désemparé.

— Je pensais que vous étiez envoyé par la ville... pour essayer de... (Sa voix s'éteignit, il leva les yeux vers Becker.) Je ne comprends pas... si ce n'est pas mon article qui vous intéresse, qu'est-ce qui me vaut le déplacement ?

C'était une bonne question. La ligne bleutée des Smoky Mountains flotta un instant devant les yeux de Becker.

— Disons qu'il s'agit d'une visite de courtoisie diplomatique, mentit-il.

— De courtoisie diplomatique ?

— Oui, monsieur. Un homme comme vous n'est pas sans savoir que le gouvernement canadien fait tout ce qui est en son pouvoir pour protéger ses concitoyens des outrages et inconforts divers dont ils sont susceptibles d'être victimes dans des pays qui sont... pardonnez-moi l'expression... plus « rustiques » que le nôtre.

Cloucharde esquissa un petit sourire entendu :

— Mais qui possèdent, cela va sans dire, un charme sans pareil.

— Et il se trouve que vous êtes un ressortissant canadien, si je ne m'abuse...

— Bien sûr. Quel idiot je fais. Je vous présente mes excuses. Dans mon métier, je suis si souvent confronté à des... enfin... vous voyez ce que je veux dire.

— Je comprends parfaitement, monsieur Cloucharde. C'est la rançon de la gloire.

— Tout juste.

Le vieil homme laissa échapper un soupir de tragédien. Un martyr involontaire devant se mêler à la plèbe.

— Vous avez vu cet endroit..., souffla-t-il en levant les yeux au ciel. On se croirait au Moyen Âge. C'est insensé. En plus, ils ont décidé de me garder pour la nuit !

Becker jeta un regard alentour.

— Je sais. C'est terrible. Je suis vraiment désolé de venir si tard.

— Personne, de toute façon, ne m'a prévenu de votre visite...

Becker préféra changer de sujet.

— Je vois que vous avez reçu un sale coup à la tête. Vous souffrez beaucoup ?

— Pas vraiment. J'ai fait une chute, ce matin. Voilà ce qui arrive quand on veut jouer les bons Samaritains. C'est mon poignet surtout qui me fait mal. Quel crétin, ce policier. Franchement, faire monter un homme de mon âge sur cet engin ! C'est carrément une faute professionnelle...

— Avez-vous besoin de quelque chose ?

Cloucharde réfléchit, touché par l'attention.

— En fait... (Il souleva la tête, en étirant le cou.)... un oreiller supplémentaire ne serait pas de refus, mais je ne voudrais pas abuser.

— Pas du tout.

Becker récupéra un oreiller sur un matelas voisin et aida Cloucharde à s'installer plus confortablement. Le vieil homme poussa un soupir de contentement.

— Je me sens nettement mieux... merci.

— *De rien*, répondit Becker en français.

— Ah ! s'exclama Cloucharde avec un sourire chaleureux. Vous connaissez la langue des Lumières !

— Mon savoir se limite à peu près à ces seuls mots, répondit Becker d'un air penaud.

— Ce n'est pas un problème, assura Cloucharde avec fierté. Ma rubrique est publiée aux États-Unis. Je maîtrise parfaitement l'anglais.

— Je l'avais remarqué. (Becker sourit et s'assit sur le bord du matelas.) Si je puis me permettre une question, monsieur Cloucharde, qu'est-ce qu'un homme tel que vous fait ici ? Il y a de bien meilleurs hôpitaux à Séville.

— C'est à cause de cet officier de police à la noix !... Après m'avoir éjecté de sa moto, il m'a laissé saigner comme un goret en pleine rue. J'ai dû marcher jusqu'ici.

— Il ne vous a pas proposé de vous emmener dans un meilleur endroit ?

— Sur son engin de malheur ? Merci bien !

— Qu'est-il arrivé au juste ce matin ?

— J'ai tout dit au lieutenant.

— Oui, je lui ai parlé et...

— J'espère que vous lui avez passé un savon !

— J'ai été intraitable, acquiesça Becker. L'affaire ne va pas en rester là.

— J'espère bien.

— Monsieur Cloucharde... (Becker lui sourit, prit un stylo dans la poche de sa veste), je voudrais faire une réclamation officielle à la mairie. Vous voulez bien m'aider ? Je suis certain que le témoignage d'un homme de votre réputation pèsera lourd dans la balance.

Cloucharde parut tout ragaillardi. Il se releva.

— Je comprends... bien sûr. Avec plaisir.

Becker sortit un petit bloc-notes.

— Très bien, commençons par ce matin. Racontez-moi l'accident.

— C'était bien triste ! soupira le vieil homme. Ce pauvre Asiatique s'est effondré d'un coup. J'ai essayé de l'aider, mais je n'ai rien pu faire.

— Vous lui avez fait un massage cardiaque ?

— Je ne sais pas comment m'y prendre, répondit Cloucharde d'un air honteux. J'ai appelé les secours.

Becker se remémora les traces violacées sur la poitrine de Tankado.

— Les ambulanciers ont essayé de le réanimer ?

— Mon Dieu, non ! se moqua Cloucharde. On n'éperonne pas un cheval mort – le type était parti depuis longtemps quand l'ambulance est arrivée. Ils ont tâté son pouls et ils l'ont emporté. Et moi je suis resté avec l'autre crétin !

Bizarre. D'où provenaient donc ces marques rouges sur Tankado ?

Becker remisa cette question dans un coin de son esprit pour se concentrer sur l'enjeu actuel.

— Et la bague ? demanda-t-il d'un ton aussi nonchalant que possible.

Cloucharde parut étonné.

— Le policier vous en a parlé ?

— Oui.

— C'est vrai ? s'étonna Cloucharde. Je pensais qu'il ne m'avait pas cru. Il était si brusque avec moi – comme s'il me prenait pour un illuminé. Alors que, bien entendu, mon récit des faits était la stricte vérité. J'attache toujours une grande importance à la précision, vous savez...

— Où est la bague ? le pressa Becker.

Mais Cloucharde ne sembla pas l'entendre. Son regard se fit vague.

— Quel bijou étrange, avec toutes ces lettres... ça ne ressemblait à aucun langage que je connaisse.

— Du japonais, peut-être ? proposa Becker.

— Rien à voir.

— Vous l'avez donc bien observée ?

— Pour sûr ! Quand je me suis agenouillé pour porter secours à ce malheureux, il a agité ses doigts sous mon nez. Il voulait que je prenne la bague. C'était très bizarre, terrifiant même – ses mains étaient vraiment horribles.

— Et c'est à ce moment-là que vous avez pris la bague ?

Cloucharde écarquilla les yeux.

— C'est ce que l'autre trépané vous a raconté ! Que c'est moi qui ai pris la bague ?

Becker se raidit.

— Je savais bien qu'il ne m'écoutait pas ! pesta Cloucharde. Voilà comment naissent les rumeurs ! Je lui ai dit que le type avait donné la bague – mais pas à moi ! Vous m'imaginez prendre quelque chose à un mourant ? Dieu m'en garde ! Quelle horreur !

Becker sentit les ennuis arriver...

— Vous n'avez donc pas l'anneau ?

— Bien sûr que non !

Une douleur sourde gagna le creux de son estomac.

— Alors qui l'a ?

Cloucharde lança à Becker un regard exaspéré.

— Mais l'Allemand ! C'est lui qui l'a prise !

Becker sentit le sol s'écrouler sous ses pieds.

— Quel Allemand ?

— Celui qui était à côté de moi. Je l'ai dit au flic ! J'ai refusé la bague, mais l'autre gros schleu l'a prise !

Becker abaissa son carnet et son stylo. La comédie était finie. C'était une véritable catastrophe.

— C'est donc un Allemand qui a l'anneau ?

— Tout à fait.

— Où est-il allé ?

— Aucune idée. J'ai couru appeler la police. Quand je suis revenu sur place, il avait disparu.

— Vous savez qui c'est ?

— Un touriste.

— Vous en êtes sûr ?

— Je consacre ma vie aux touristes ! affirma Cloucharde d'un ton sec. Je sais les reconnaître entre mille. Lui et sa demoiselle étaient sortis faire un tour.

Becker était de plus en plus désarçonné.

— Il n'était pas seul ?

Cloucharde acquiesça.

— Une escorte. Une superbe rousse. Nom de Dieu ! Magnifique !

— Une escorte ? répéta Becker, abasourdi. Vous voulez dire... une prostituée ?

Cloucharde grimaça.

— Inutile d'employer de vilains mots...

— Mais... Le policier n'a jamais mentionné...

— Évidemment ! Je n'allais pas lui parler de la fille.

Cloucharde agita sa main valide, d'un air condescendant.

— Ce ne sont pas des criminelles... C'est absurde de les harceler.

Becker était sous le choc.

— Qui d'autre était présent ?

— Personne. Par cette chaleur, il n'y avait que nous trois.

— Et vous êtes sûr qu'il s'agissait d'une prostituée ?

— Certain. Pour qu'une femme aussi belle sorte avec un type pareil, il faut la payer très cher. Nom de Dieu ! Il était gros, mais gros ! Un teuton braillard et obèse, une véritable caricature !

Cloucharde tressaillit de douleur quand il écarta les bras pour montrer la corpulence de l'homme, mais rien ne l'arrêtait...

— Un vrai monstre ! Il devait bien peser dans les cent cinquante kilos. Il s'agrippait à cette pauvre petite comme s'il avait peur qu'elle ne s'enfuie – ce qu'elle aurait dû faire, d'ailleurs ! Il n'arrêtait pas de la tripoter avec ses grosses pattes. Il se vantait de l'avoir louée tout le week-end pour trois cents dollars ! C'est lui que j'aurais voulu voir raide mort, pas ce pauvre Asiatique.

Cloucharde s'arrêta un instant pour reprendre son souffle, et Becker s'engouffra dans la brèche.

— Vous connaissez son nom ?

Le Canadien réfléchit un moment.

— Aucune idée.

Le vieil homme eut un nouveau sursaut de douleur et se rallongea sur les oreillers.

Becker soupira. L'espoir de récupérer l'anneau venait de s'envoler sous ses yeux. Voilà qui n'allait pas plaire du tout à Strathmore.

Cloucharde tâta son front d'une main fébrile. Cet

accès d'énergie avait vidé ses dernières réserves. Il avait l'air complètement sonné.

Becker tenta une nouvelle approche.

— Monsieur Cloucharde, je souhaiterais recueillir la déposition de cet Allemand et de sa jeune escorte. Vous avez peut-être une idée de l'endroit où ils séjournent ?

Le souffle court, Cloucharde ferma les yeux. Toutes ses forces semblaient l'abandonner...

— Vous ne vous souvenez vraiment de rien ? Le nom de la fille peut-être ?

Un long silence. Cloucharde, de plus en plus pâle, frottait sa tempe droite.

— Ah... euh... non. Je ne crois pas..., bredouilla-t-il d'une voix chevrotante.

Becker se pencha vers lui.

— Ça va aller ?

— Oui... je vais bien... juste fatigué... le contrecoup, sans doute...

Sa voix s'éteignait.

— Réfléchissez bien, monsieur Cloucharde, insistait calmement Becker. C'est très important.

Cloucharde grimaça de douleur.

— Je ne sais plus... la fille... le type l'appelait... l'appelait...

Il ferma les yeux et poussa un gémissement.

— Comment l'appelait-il ? Son nom...

— Je ne m'en souviens plus...

Cloucharde était en train de sombrer.

— Réfléchissez, le poussait Becker. Il faut que le dossier du consulat soit le plus complet possible. J'ai besoin d'autres témoignages pour appuyer vos décla-

rations. Tout ce que vous pourrez me dire peut m'aider
à les trouver...

Mais Cloucharde n'écoutait plus. Il essuyait spas-
modiquement son front avec le drap.

— Je suis désolé... demain, peut-être...

Il semblait pris de vertiges.

— Monsieur Cloucharde, pas demain... c'est maintenant qu'il faut vous souvenir. Maintenant !

Becker se rendit compte soudain qu'il parlait trop
fort. Les gens installés sur les lits voisins suivaient la
scène avec intérêt. À l'autre bout de la salle, une infirmière venait d'ouvrir la double porte et se dirigeait
vers eux à grands pas.

— N'importe quoi qui puisse m'aider, le pressa
Becker.

— L'Allemand... il appelait la fille...

Becker secoua doucement Cloucharde, pour tenter
de le réveiller.

Cloucharde battit des paupières.

— Son nom...

Reste avec moi, bonhomme !

— Dew...

Cloucharde ferma à nouveau les yeux. L'infirmière
s'approchait, l'air pas contente du tout.

— Dew ? répéta Becker en secouant le bras de
Cloucharde.

Le vieil homme grogna.

— Il l'appelait...

Cloucharde marmonnait à présent, il était à peine
audible.

L'infirmière était à moins de trois mètres et hous-
pillait Becker en espagnol. Mais Becker ne l'entendait
pas. Toute son attention était concentrée sur les lèvres

du vieil homme. Il secoua Cloucharde une dernière fois alors que l'infirmière se penchait sur lui.

L'infirmière saisit Becker par une épaule. Elle le faisait se relever au moment où les lèvres de Cloucharde s'entrouvraient. Ce qui sortit de sa bouche n'était pas vraiment un mot. Plutôt un souffle, un soupir, comme s'il retrouvait un lointain souvenir chargé de sensualité.

— Dewdrop....

L'infirmière, d'une poigne rageuse, tirait Becker.

Dewdrop ? Qu'est-ce que c'est que ce nom à la noix ?

Il se retourna, prenant de court l'employée, et se pencha une fois encore vers Cloucharde.

— Dewdrop ? Vous êtes sûr ?

Mais Pierre Cloucharde dormait profondément.

23.

Susan était seule dans le cocon douillet du Nodal 3. Elle se préparait une infusion au citron en attendant des nouvelles de son pisteur. En tant que chef du service, elle avait droit au terminal avec la meilleure vue, celui qui faisait face à la grande salle de la Crypto. De cette place, Susan pouvait voir l'ensemble du Nodal 3, et, de l'autre côté du miroir sans tain, TRANSLTR, dressée en plein centre du dôme.

Susan regarda l'horloge. Près d'une heure d'attente... les American Remailers Anonymous n'étaient visiblement pas pressés de transmettre son mail à

North Dakota ! Elle poussa un soupir. Malgré ses efforts pour se concentrer sur son travail, son différend du matin avec David ne cessait de la hanter. Elle avait été injuste. Pourvu que tout se passe bien pour lui en Espagne !

Ses pensées furent interrompues par le chuintement des portes vitrées. Elle leva les yeux et grogna. Greg Hale, un cryptologue de l'équipe, se tenait dans l'embrasure.

Hale était grand et musclé, avec une épaisse chevelure blonde et une large fossette au menton. La discrétion n'était pas son fort – manières vulgaires, grande gueule et tenues vestimentaires criardes. Ses collègues l'avaient surnommé « Halite » – comme le minéral. Hale était convaincu que ce surnom faisait allusion à une pierre précieuse – en référence à l'éclat de son intelligence et à la dureté de ses muscles. Si son ego démesuré ne lui avait pas interdit d'ouvrir un dictionnaire, il aurait découvert que l'halite était un dépôt salin laissé après évaporation des océans, autrement dit, un résidu.

Comme tous les cryptologues de la NSA, Hale gagnait très bien sa vie. Mais il avait beaucoup de mal à le cacher. Sa voiture était une Lotus blanche avec un toit ouvrant et une sono assourdissante. Halite était un accro des gadgets, et sa voiture était son *show-room* ambulant. Il l'avait équipée d'un GPS à couverture mondiale, d'un verrouillage des portes à reconnaissance vocale, d'un détecteur de radar dernier cri et d'un téléphone/fax satellite, pour être joignable et opérationnel partout dans le monde. Sa plaque d'immatriculation personnalisée était entourée d'un néon violet, et on pouvait y lire : MEGABYTE.

Après une enfance de petit délinquant, Greg Hale avait été sauvé en intégrant les marines. C'est là qu'il avait tout appris des ordinateurs. C'était le meilleur programmeur que ce corps de soldats d'élite ait connu, et Hale se préparait à une brillante carrière militaire. Mais son destin bascula... Deux jours avant le renouvellement de son contrat d'engagement, Hale tua accidentellement un autre marine lors d'une bagarre où tout le monde avait trop bu. Le taekwondo, l'art martial d'autodéfense coréen, se révéla entre ses mains une arme mortelle. Hale fut libéré sur-le-champ de ses obligations militaires.

Après un bref séjour en prison, il chercha du travail en tant que programmeur dans le secteur privé. Ses employeurs potentiels, frileux, évoquaient toujours l'incident qui s'était produit chez les marines. Pour les séduire, il leur proposait de travailler gratuitement pendant un mois afin de prouver sa valeur. Cette technique se révéla payante et les offres affluèrent ; une fois que ses patrons découvraient ce que Hale pouvait faire avec un ordinateur, ils ne voulaient plus le laisser partir.

Hale ne cessait d'accroître ses compétences en informatique ; grâce à Internet, il avait des contacts dans le monde entier. Il était un pur produit de la cybergénération, avec des amis sur le Web dans chaque nation, participant à des forums de discussion et collaborant à des revues électroniques sur l'informatique, des plus prestigieuses aux plus minables. Deux fois, il fut licencié pour s'être servi du compte de la société pour télécharger des photos pornographiques.

— Qu'est-ce que tu fiches ici ? demanda Hale, planté sur le seuil, en dévisageant Susan.

Sans doute s'attendait-il à profiter seul du Nodal 3. Susan s'efforça de ne pas s'énerver.

— Greg, nous sommes samedi. Je pourrais te retourner la question...

Mais Susan connaissait la réponse. Les ordinateurs étaient une drogue pour Hale. Malgré la pause institutionnelle du samedi, il passait souvent tout le week-end au Nodal 3, dormant sur place. Aucune installation informatique ne pouvait rivaliser avec celle de la NSA, et il en profitait pour tester ses nouveaux programmes.

— Je voulais juste peaufiner quelques lignes d'instructions et consulter mes mails. Et toi ? Je ne me souviens pas de ce que tu m'as répondu...

— Je ne t'ai rien répondu du tout.

Hale haussa les sourcils.

— Pas la peine de faire ta mijaurée. Pas de secret dans le Nodal 3 ! Tu te souviens de la consigne ? Un pour tous et tous pour un.

Susan choisit le dédain et but une gorgée de son infusion. Hale, dans un nouveau haussement d'épaules, se dirigea vers le coin-cuisine. Le détour par le garde-manger était un rite chez lui. En traversant la pièce, il lorgna ostensiblement les jambes de Susan qui dépassaient sous son poste. Sans un regard, Susan les replia et poursuivit son travail. Hale lâcha un petit rire sardonique. Il passait son temps à draguer Susan. Sa plaisanterie favorite était de lui proposer une connexion haut débit pour voir si leurs disques durs étaient compatibles ! Susan trouvait cela écœurant. Écœurant et consternant. Mais elle était trop fière pour aller se plaindre auprès de Strathmore ; mieux valait jouer l'indifférence.

Hale poussa les portes à claire-voie avec la délicatesse d'un taureau et sortit du réfrigérateur un Tupperware de tofu. Il en mastiqua quelques morceaux, s'adossa contre la cuisinière, et lissa son pantalon et sa chemise amidonnée.

— Tu en as pour longtemps ?

— Toute la nuit, rétorqua-t-elle d'un ton froid.

— Mmm..., roucoula Halite, la bouche pleine. Toute la nuit rien que nous deux dans la salle de jeux....

— Rien que nous trois, précisa-t-elle. Strathmore est en haut. D'ailleurs, tu ferais mieux de disparaître avant qu'il ne te voie.

Hale haussa les épaules.

— Et toi alors ? Ta présence ne le dérange pas ? Décidément, tu es vraiment sa chouchoute !

Susan fit un effort surhumain pour ne pas lui répondre.

Hale rit tout seul de sa plaisanterie et rangea son tofu. Puis il saisit la bouteille d'huile d'olive et en avala quelques lampées. Il était un obsédé de la forme physique et affirmait que l'huile d'olive était excellente pour nettoyer les intestins. Quand il ne forçait pas le reste de l'équipe à boire du jus de carotte, il prônait les vertus des laxatifs.

Après avoir reposé la bouteille d'huile, il vint s'installer à son poste de travail, juste à l'opposé de Susan. En dépit de l'éloignement, Susan percevait son eau de toilette. Elle fronça les narines.

— Sympa, ton eau de Cologne, Greg. Tu as vidé la bouteille ?

Hale alluma son ordinateur.

— C'est pour toi que je me suis parfumé, ma belle.

En le voyant assis là, attendant le démarrage de son ordinateur, Susan sentit l'inquiétude la gagner. Et si Hale ouvrait le compteur de TRANSLTR ? Les probabilités étaient faibles. Mais si, contre toute attente, il le faisait, Hale ne goberait jamais leur histoire mal ficelée de diagnostic. Il voudrait savoir pourquoi TRANSLTR tournait depuis seize heures. Et Susan n'avait aucune intention de lui dire la vérité. Greg Hale ne lui inspirait pas confiance. Il n'avait pas le profil de la maison. Dès le début, Susan s'était opposée à son embauche. Mais la NSA n'avait pas eu le choix. Sa présence était non un souhait, mais une façon de limiter la casse. Celle du scandale de Skipjack.

Quatre ans plus tôt, le Congrès avait chargé les meilleurs mathématiciens américains, c'est-à-dire ceux de la NSA, de mettre au point un nouvel algorithme de cryptage à clé publique ultraperformant. L'objectif était de créer un standard de codage national. Le Congrès devait ratifier une loi dans ce sens. Cette mesure aurait supprimé les incompatibilités dont pâtissent les entreprises utilisant différents logiciels de chiffrement pour protéger leurs données.

Certes, demander à la NSA d'améliorer la sécurité des échanges codés revenait à exiger d'un condamné à mort qu'il tresse sa propre corde pour se pendre. TRANSLTR n'existait pas encore, et imposer un système de cryptage normalisé ne ferait qu'accroître le flux de communications codées. Le travail de la NSA, déjà difficile, allait virer au cauchemar.

L'EFF, consciente de ce conflit d'intérêts, argua

avec véhémence que la NSA se contenterait de créer un algorithme de piètre qualité – afin de pouvoir décrypter aisément les communications. Pour apaiser ces craintes, le Congrès annonça que l'algorithme de la NSA serait envoyé aux cryptanalystes du monde entier afin que ceux-ci puissent évaluer sa fiabilité.

À contrecœur, l'équipe de la Crypto, sous l'égide de Strathmore, créa un algorithme baptisé Skipjack. Il fut soumis à l'approbation du Congrès. Aux quatre coins de la planète, des mathématiciens le testèrent et tous furent unanimes. C'était un algorithme impressionnant, très puissant et sans faille : le standard de codage idéal. Mais, trois jours avant le vote définitif du Congrès, Greg Hale, alors jeune programmeur chez Bell, lança un pavé dans la mare en annonçant qu'il avait trouvé une porte secrète dans Skipjack.

Cet accès caché consistait en quelques lignes de programme insérées par Strathmore à l'intérieur de l'algorithme. Elles avaient été si bien dissimulées que personne, à part Greg Hale, n'avait remarqué leur présence. Avec cet ajout clandestin, chaque cryptogramme écrit par Skipjack pouvait être décodé grâce à une clé d'accès connue seulement par la NSA. Strathmore était passé à deux doigts de faire de la création de ce standard de codage le plus beau coup de la NSA en matière d'espionnage. Grâce à cette porte secrète, l'agence aurait eu libre accès à tous les messages cryptés rédigés aux États-Unis.

Tout le monde poussa les hauts cris. L'EFF fondit sur le scandale tel un vautour sur une carcasse. Elle mit en pièces les membres du Congrès en dénonçant leur naïveté crasse, et proclama que la NSA constituait la plus grande menace que la démocratie ait connue depuis Hitler. La norme de cryptage avait fait long feu.

Personne ne fut surpris d'apprendre, deux jours plus tard, que Greg Hale avait été engagé par la NSA. Strathmore préférait l'avoir comme allié, plutôt que comme ennemi.

Le commandant fit face au scandale de Skipjack la tête haute. Il justifia ses actes avec véhémence devant le Congrès. Le citoyen, certes, tenait beaucoup au respect de sa vie privée, mais, un jour ou l'autre, il s'en mordrait les doigts. Le peuple avait besoin d'une autorité supérieure pour veiller sur lui. Il était vital que la NSA puisse lire les messages codés si on voulait préserver la paix.

Les groupes de défense des droits civils ne partageaient pas cette vision. Et depuis ce jour, c'était la guerre ouverte entre l'EFF et la NSA.

24.

David Becker se trouvait dans une cabine téléphonique, en face de la *Clínica de Salud Pública* ; il venait de se faire jeter dehors, pour avoir importuné le patient numéro 104, M. Cloucharde.

Les choses étaient devenues, soudain, beaucoup plus compliquées. D'un petit service pour Strathmore – récupérer les effets personnels d'un mort –, sa mission s'était transformée en un jeu de piste macabre : retrouver un mystérieux anneau que le moribond, au moment de passer de vie à trépas, avait décidé de confier à son prochain.

Becker venait d'appeler Strathmore pour lui parler du touriste allemand. La nouvelle n'avait pas été bien reçue. Strathmore lui avait demandé tous les détails.

— David, avait-il repris avec gravité après un long silence, vous devez trouver cette bague... C'est une question de sécurité nationale. Je m'en remets à vous. Ne me faites pas faux bond.

Puis la communication s'était interrompue.

David, toujours dans la cabine téléphonique, poussa un grand soupir. Il saisit le *Guía Telefónica* en lambeaux et commença à éplucher les pages jaunes. Tout ça ne me mènera nulle part, murmurait-il pour lui-même.

Il n'y avait, dans le bottin, que trois agences qui proposaient des « services d'escorte ». Becker avait très peu d'éléments. Son seul indice était les cheveux roux de la femme, ce qui, certes, était plutôt rare en Espagne. Cloucharde, dans son délire, disait qu'elle s'appelait Dewdrop. Mais ça évoquait davantage un nom de vache que celui d'une belle Espagnole. En tout cas, ce n'était pas le prénom d'un saint catholique ; Cloucharde avait dû se tromper.

Becker composa le premier numéro.

— Service d'hôtesses de Séville, répondit une charmante voix féminine à l'autre bout du fil.

— *¡ Hola ! ¿ Usted habla alemán ?* demanda Becker avec un fort accent germanique.

— Non. Mais je parle anglais.

Becker continua dans un anglais faussement laborieux.

— Merci. Peut-être vous pouvoir m'aider ?

— En quoi puis-je vous être utile ? (La femme faisait des efforts pour parler lentement, tenant à ménager un futur client potentiel.) Vous cherchez une escorte ?

— Oui, s'il vous plaît. Mon frère, Klaus, aujourd'hui, a eu une fille, très belle. Rousse. Je veux la même. Pour demain. S'il vous plaît.

— Votre frère Klaus a déjà fait appel à nous ? répondit la voix toute guillerette, comme s'il s'agissait d'un vieil ami.

— Oui. Un homme très gros. Vous vous souvenez ?

— Aujourd'hui, vous dites ?

Becker l'entendait vérifier sur les registres. Aucun Klaus n'y figurerait, mais les clients devaient rarement utiliser leurs vrais noms.

— Hmm, désolée, s'excusa-t-elle. Je ne le trouve pas dans nos fichiers. Comment s'appelle l'hôtesse en question ?

— Une rousse, répliqua Becker en évitant la question.

— Rousse ? répéta-t-elle. (Il y eut un temps de pause.) Vous êtes certain que votre frère est passé par notre agence ?

— Bien sûr.

— Señor, nous n'avons pas de rousse chez nous. Que de belles Andalouses pure souche.

— Rousse ! ânonnait Becker.

— Désolé, mais nous n'avons aucune fille rousse, mais si vous...

— Dewdrop ! Elle s'appelle Dewdrop ! lâcha Becker, se sentant de plus en plus idiot.

Ce prénom ridicule n'évoqua visiblement rien à son

interlocutrice. Elle laissa entendre à Becker qu'il devait se tromper d'agence et raccrocha poliment.

Premier coup d'épée dans l'eau.

Becker prit une profonde inspiration et composa le numéro suivant. On décrocha aussitôt.

— *Buenas noches,* Femmes d'Espagne et Cie. Que puis-je faire pour vous ?

Becker joua la même comédie – un touriste allemand prêt à payer une forte somme pour avoir la fille rousse qui avait passé la journée avec son frère. Cette fois, on lui répondit en allemand. Non, pas de fille rousse.

— *Nein, keine rothaariges Mädchen*, je suis désolée, répondit la femme avant de raccrocher.

Deux coups dans l'eau !

Becker regarda l'annuaire. Plus qu'un seul numéro. Sa dernière chance. Il le composa.

— Escortes Belén, répondit une voix masculine d'un ton tout miel.

Becker raconta à nouveau sa petite histoire.

— *Sí, sí, señor.* Je suis señor Roldán. Je serais très heureux de vous satisfaire. Nous avons deux filles rousses. De vraies beautés.

Le cœur de Becker bondit dans sa poitrine.

— Vraiment belles ? répéta-t-il avec son accent germanique. Et rousses ?

— Je vous le confirme. Dites-moi le nom de votre frère. Je vous dirai qui lui a tenu compagnie aujourd'hui. Et je vous l'envoie dès demain.

— Klaus Schmidt, lança Becker en se remémorant un vieux manuel scolaire d'allemand.

Un long silence suivit.

— Je regrette... mais je ne vois aucun Klaus Schmidt sur nos registres, mais peut-être votre frère a-t-il voulu être discret ? Il est marié, n'est-ce pas ? gloussa-t-il de manière déplacée.

— Oui. Mais il est très gros. Sa femme vouloir pas coucher avec lui.

Becker se regarda dans la vitre de la cabine et leva les yeux au ciel. *Si Susan m'entendait !*

— Moi aussi, seul et gros. Je veux coucher avec elle. Moi payer très beaucoup pour ça.

Becker était excellent dans son rôle, mais il venait de pousser le bouchon trop loin. La prostitution était illégale en Espagne et señor Roldán était un homme prudent. Il s'était déjà fait attraper par des enquêteurs de la brigade des mœurs qui s'étaient fait passer pour des touristes. « Je veux coucher avec elle. » C'était un piège. S'il acceptait cette requête, il écoperait d'une amende salée et, comme d'habitude, serait obligé d'envoyer chez le commissaire une de ses plus belles filles gratuitement pendant un week-end entier.

Roldán prit à nouveau la parole, d'un ton nettement moins amical.

— Monsieur, vous appelez l'agence Escortes Belén. Je peux savoir qui vous êtes ?

— Euh... Sigmund Schmidt, inventa Becker sans conviction.

— Qui vous a donné notre numéro ?

— Je l'ai trouvé dans la *Guía Telefónica* – les pages jaunes.

— Bien sûr. Donc vous avez pu constater que notre travail est de fournir à nos clients du personnel d'accompagnement.

— Oui. C'est ça. Je veux de la compagnie, affirma Becker qui sentait que les choses tournaient au vinaigre.

— Monsieur, Escortes Belén fournit des accompagnatrices aux hommes d'affaires pour les déjeuners et les dîners. C'est pourquoi nous sommes dans le bottin. Notre activité est strictement légale. Or, ce que vous recherchez, visiblement, c'est une « prostituée ».

Il prononça ce mot du bout de la langue, comme s'il parlait d'une maladie honteuse.

— Mais mon frère m'a dit...

— Monsieur, si votre frère a passé la journée à embrasser une fille dans un parc, elle ne venait pas de chez nous. Nos règles sont très strictes en ce qui concerne les contacts avec les clients.

— Mais...

— Vous devez vous tromper. Nous n'avons que deux rousses, Inmaculada et Rocío, et aucune d'elles ne coucherait avec un homme pour de l'argent. Cela s'appelle de la prostitution, et c'est illégal en Espagne. Bonsoir, monsieur.

— Mais...

Clic.

Becker marmonna un juron et reposa le combiné sur son socle. Encore raté. Cloucharde avait pourtant bien dit que l'Allemand avait loué les services de la fille pour tout le week-end...

Becker sortit de la cabine, à l'intersection de la Calle Salado et de l'Avenida Asunción. Malgré la circulation, le doux parfum des orangers de Séville lui parvenait. C'était l'heure la plus romantique – le crépuscule. Il pensa à Susan. Les mots de Strathmore l'obsédaient : « Trouvez la bague. » Becker s'assit sur un banc, misérable.

Et maintenant ? Que faire ?

25.

À la *Clínica de Salud Pública*, les visites étaient terminées. Les lumières dans l'ancien gymnase étaient éteintes. Pierre Cloucharde dormait d'un sommeil profond. Il ne vit pas la silhouette penchée au-dessus de lui. Dans la pénombre, l'aiguille d'une seringue, volée sur un plateau, luisait légèrement. Elle s'enfonça dans le tube de la perfusion, juste à l'entrée de la veine du poignet. La seringue hypodermique contenait 30 cc de détergent ammoniaqué provenant d'un bidon trouvé sur un chariot de nettoyage. Le pouce appuya avec force sur le piston pour faire passer le liquide bleuté dans les veines du vieil homme.

Cloucharde s'éveilla quelques instants seulement. Sans doute aurait-il poussé un cri de douleur sans cette main plaquée avec force sur sa bouche. Coincé sur son lit de camp, immobilisé par cette main qui lui paraissait énorme, il ne pouvait rien faire. Il sentait le liquide de feu monter dans son bras. Une douleur déchirante envahit son épaule, sa poitrine, puis atteignit le cerveau, pour y éclater en mille morceaux. Cloucharde fut aveuglé par un flash de lumière... et ce fut fini.

Le visiteur relâcha son étreinte et scruta dans l'obscurité le nom inscrit sur la fiche médicale. Puis il sortit sans bruit du dispensaire.

Une fois dans la rue, l'homme aux lunettes à monture de fer porta la main à un objet accroché à sa ceinture. Un petit appareil rectangulaire, pas plus gros qu'une carte de crédit. C'était un prototype d'ordinateur, la dernière version du Monocle. La Marine américaine l'avait créé pour les techniciens toujours à l'étroit dans les sous-marins. L'unité centrale miniature contenait un modem cellulaire et était à la pointe de la microtechnologie. Son écran transparent à cristaux liquides était intégré au verre gauche d'une paire de lunettes. Le Monocle était une révolution en matière d'ordinateurs personnels. L'utilisateur avait la possibilité de regarder à travers ses données sans quitter des yeux le monde autour de lui.

Mais ce qu'il y avait de plus impressionnant dans le Monocle, ce n'était pas son moniteur, mais plutôt son « clavier ». Les informations étaient entrées dans la machine *via* de minuscules contacts fixés au bout des doigts. Il fallait les faire se toucher entre eux pour créer des séquences d'un langage condensé, ressemblant à de la sténographie. L'ordinateur traduisait ensuite ce langage en anglais.

Le tueur exerça une toute petite pression et l'écran s'alluma dans le verre des lunettes. Discrètement, en gardant ses bras le long du corps, il mit en contact le bout de ses doigts dans une succession rapide. Un message apparut devant ses yeux :

SUJET : PIERRE CLOUCHARDE − ÉLIMINÉ

Il sourit. Notifier que le meurtre avait bien eu lieu était la procédure normale. Mais ajouter le nom de la victime... ça, pour l'homme à la monture de fer, c'était le comble de l'élégance. Il tapota une nouvelle fois le bout de ses doigts, pour activer son modem cellulaire.

MESSAGE ENVOYÉ

26.

Assis sur son banc, face à la clinique, Becker se savait dans une impasse. Ses appels aux différentes agences d'escorte avaient fait chou blanc. Strathmore, qui se méfiait des appels non sécurisés passés de cabines téléphoniques, lui avait demandé de rappeler seulement quand il aurait récupéré la bague. Becker avait envisagé de se rendre au poste de police pour demander de l'aide – peut-être avaient-ils la photo d'une prostituée rousse dans leurs fichiers ? – mais les consignes en ce domaine étaient, là aussi, très claires : « Soyez invisible. Personne ne doit soupçonner l'existence de cette bague. »

Devait-il errer dans les quartiers chauds de Séville, à la recherche de la femme ? Ou faire la tournée de tous les restaurants pour touristes dans l'espoir d'avoir des infos sur l'Allemand obèse ? Tout cela n'était que perte de temps.

Les paroles de Strathmore lui revenaient sans cesse. « Vous devez trouver cette bague... C'est une question de sécurité nationale. » Quelque part au fond de lui, une petite voix lui disait qu'il était passé à côté de quelque chose. Un élément crucial. Mais lequel ? Je suis prof, moi, pas agent secret ! Pourquoi Strathmore n'avait-il pas envoyé un professionnel ?

Le jeune Américain se leva et commença à descendre, sans but précis, la Calle Delicias. Quelles étaient ses options ? Devant lui, les lignes des pavés s'estompaient. La nuit tombait vite.

Dewdrop. Ce prénom absurde le titillait. Dewdrop. La voix sirupeuse de Roldán de l'agence Escortes Belén roucoulait au second plan dans son esprit : « Nous n'avons que deux rousses... Deux filles rousses... Inmaculada et Rocío... Rocío... Rocío... »

Becker s'arrêta net. Il venait de comprendre. *Et je me dis linguiste !* songea-t-il. Comment avait-il pu passer à côté ?

Rocío était un prénom féminin très répandu en Espagne. Il incarnait les qualités idéales que l'on recherche chez une jeune fille catholique – la pureté, la virginité, la beauté naturelle – des qualités induites par la signification même du prénom – Rocío : la « rosée ». Quoi de plus magnifique et immaculé en effet qu'une goutte de rosée ! – *Drop of dew* en anglais. Dewdrop ! Comme en écho, Becker entendit de nouveau la voix murmurante du vieux Canadien...

La fille avait traduit son nom dans la seule langue que le touriste et elle parlaient en commun – l'anglais. Tout excité, Becker accéléra le pas à la recherche d'une cabine.

De l'autre côté de la rue, un homme, avec des lunettes cerclées de métal, le suivait à distance.

27

Les ombres s'étiraient et pâlissaient sur le sol de la Crypto. Au-dessus, l'éclairage automatique s'intensifiait pour compenser la baisse du jour. Susan était toujours derrière son terminal, attendant en silence que sa sonde lui renvoie des infos. Cela prenait plus de temps que prévu.

Elle laissait vaguer ses pensées – David lui manquait et Greg Hale aurait mieux fait de rentrer chez lui. Vain espoir... Il était toujours là, mais, par chance, il était silencieux, absorbé par ses occupations du moment. Susan se fichait royalement de ce qu'il faisait derrière son écran, tant qu'il ne regardait pas le compteur de TRANSLTR. Pour l'instant, ce n'était pas arrivé – sinon, elle l'aurait déjà entendu pousser un cri d'étonnement.

Susan en était à sa troisième infusion quand son ordinateur émit le bip tant attendu. Son cœur s'accéléra. Une petite enveloppe clignotait dans un coin, lui annonçant qu'elle avait reçu un e-mail. Elle jeta un coup d'œil rapide en direction de Hale. Il était plongé dans son travail. Elle retint son souffle et cliqua deux fois sur l'enveloppe.

Voyons donc qui tu es, North Dakota, murmura-t-elle pour elle-même. L'e-mail s'ouvrit, et elle vit qu'il ne contenait qu'une seule ligne. Elle la lut à deux reprises, incrédule.

RDV CHEZ ALFREDO ? 20 H ?

De l'autre côté de la salle, Hale étouffa un petit rire. Susan vérifia l'adresse de l'expéditeur.

de : GHALE@CRYPTO.NSA.GOV

Susan s'efforça de contenir sa colère et effaça le message.

— Très drôle, Greg.

— Leur carpaccio est délicieux. Qu'est-ce que tu en dis ? On pourrait...

— Laisse tomber.

— Ne fais pas ta snobinette...

Hale soupira et replongea le nez dans son écran. C'était sa énième tentative auprès de Susan Fletcher... La jeune et jolie cryptologue le faisait craquer. Ah ! une partie de jambes en l'air avec elle... la plaquer contre la paroi courbe de TRANSLTR, puis la prendre sauvagement, là, sur les carreaux chauds et noirs... Mais il ne se passerait jamais rien entre eux... Le plus humiliant pour Hale, c'est qu'elle lui préférait un obscur professeur d'université, un minable qui travaillait comme un esclave pour gagner des cacahuètes. Quel gâchis ! C'est avec lui qu'elle devrait mêler ses gènes supérieurs et non avec ce ringard. Nos enfants auraient été des demi-dieux, songea-t-il amèrement.

— Tu travailles sur quoi ? demanda-t-il pour tenter une approche différente.

Susan ne lui répondit pas.

— Quel esprit d'équipe ! Je peux jeter un coup d'œil ?

Hale se leva et amorça le tour des ordinateurs pour la rejoindre.

Cette fois, la curiosité de Hale était susceptible de poser de sérieux problèmes.

— C'est un diagnostic, lança-t-elle, reprenant le mensonge de son supérieur.

Hale stoppa net, incrédule.

— Tu veux dire que tu préfères passer ton samedi à lancer un diagnostic plutôt que prendre du bon temps avec ton prof ?

— Il s'appelle David.

— Peu importe.

Susan lui lança un regard furieux.

— Tu n'as rien de mieux à faire ?

— À l'évidence, je ne suis pas le bienvenu aujourd'hui ? dit-il avec une moue feinte de regret.

— Pour être franche, non.

— Oh, Sue, tu me brises le cœur.

Susan plissa les yeux. Elle détestait qu'il l'appelle Sue. Elle n'avait rien contre ce diminutif en soi, mais Hale était le seul à l'utiliser.

— Et si je te donnais un coup de main ? (Il recommença à avancer vers elle.) Je suis hyper doué en diagnostics. En plus, je suis curieux de voir quel type de tests peut bien pousser la grande Susan Fletcher à venir bosser un samedi.

Susan eut une montée d'adrénaline. Elle jeta un regard à la fenêtre de son programme pisteur affichée sur l'écran. Si Hale voyait ça, il poserait trop de questions.

— C'est secret, Greg.

Mais il s'approchait quand même. Susan devait agir, et vite. Il n'était plus qu'à quelques mètres quand elle se leva, pour lui barrer le chemin. L'eau de toilette de Greg empestait. Il avait vraiment vidé le flacon... Il la dépassait bien de deux têtes. Elle le regarda droit dans les yeux.

— J'ai dit « non ».

Hale inclina la tête, intrigué par l'attitude mystérieuse de Susan. Par bravade, il avança encore. Avec détermination, Susan planta la pointe de son index dans la poitrine massive de Hale. L'ex-marine recula d'un pas, sous le coup de la surprise. Susan Fletcher ne plaisantait pas. Jamais elle ne l'avait touché auparavant. Jamais. Ce n'était pas tout à fait ce genre de premier contact que Greg avait imaginé, mais c'était un début. Il la regarda avec perplexité, puis retourna lentement s'asseoir derrière son ordinateur. Une chose était claire : la belle Susan travaillait sur quelque chose d'important, et cela n'avait rien à voir avec un diagnostic.

28.

Roldán, assis derrière son bureau d'Escortes Belén, se félicitait d'avoir aussi habilement déjoué la nouvelle – et pathétique – tentative de la police. Un type avec un faux accent allemand qui demandait une fille pour la nuit – un traquenard grossier. Qu'allaient-ils imaginer la fois suivante ? Sur son bureau, le téléphone sonna. Roldán décrocha, plein d'assurance.

— *Buenas noches*, Escortes Belén.

— *Buenas noches...*

Une voix d'homme qui s'exprimait à toute vitesse

en espagnol, avec une pointe nasale, comme s'il était un peu enrhumé...

— Vous êtes un hôtel ?

— Non, monsieur. Quel numéro demandez-vous ?

Roldán ne se laisserait pas mener en bateau une deuxième fois aujourd'hui.

— Le 34-62-10.

Roldán sourcilla. La voix avait une intonation familière. Un accent du nord... Burgos, peut-être ?

— Vous êtes au bon numéro, répondit-il avec prudence. Mais c'est une agence d'escortes ici.

Un temps de silence suivit.

— Ah... Je vois... Désolé. Quelqu'un a noté ce numéro. Je pensais qu'il s'agissait d'un hôtel. Je suis en visite ici, je viens de Burgos. Excusez-moi de vous avoir dérangé. Bonne soirée...

— *¡ Espere un momento !* Attendez !

C'était plus fort que lui. Roldán avait le commerce dans l'âme. Cet homme était peut-être envoyé par un habitué... Un nouveau client potentiel... Pas question de louper une vente à cause d'une petite paranoïa. Il prit son ton le plus chaleureux.

— J'avais bien reconnu, chez vous, une pointe d'accent castillan. Figurez-vous, cher ami, que, moi-même, je suis de Valence. Qu'est-ce qui vous amène à Séville ?

— Je vends des bijoux. Des perles de Majorque.

— Pas possiiiible ! Vous devez beaucoup voyager, alors...

L'homme eut une petite quinte de toux.

— Oui, pas mal...

— Vous êtes donc ici pour affaires ? le pressa Roldán. (Ce type n'était pas un flic, assurément. C'était

156

un client, avec un grand « C » !) Laissez-moi deviner : c'est un ami qui vous a donné notre numéro ; il vous a dit de nous passer un coup de fil en arrivant ici. C'est ça ?

L'homme, au téléphone, semblait embarrassé.

— Non, en fait, ça n'a rien à voir.

— Ne soyez pas timide, señor. Nous sommes une agence d'escortes, rien de honteux là-dedans. Des jolies filles, des rendez-vous pour des dîners, et voilà tout. Qui vous a donné notre numéro ? C'est peut-être un habitué. Je peux vous faire un tarif spécial.

— Euh... En fait, personne ne m'a, à proprement parler, « donné » ce numéro. Je l'ai trouvé dans un passeport. Je recherche son propriétaire.

Cette nouvelle fendit le cœur de Roldán. Raté. Cet homme n'était pas un client.

— Vous dites avoir trouvé ce numéro ?

— Oui, dans le parc... il était écrit sur un bout de papier à l'intérieur du passeport. Je pensais que c'était le numéro de l'hôtel du propriétaire, et j'espérais pouvoir lui restituer le tout. Je suis désolé de vous avoir dérangé. Je vais le déposer, en chemin, au commissariat...

— *Perdone señor*, l'interrompit Roldán d'un ton nerveux. Mais j'ai peut-être une meilleure idée...

Roldán se vantait de sa discrétion, et envoyer ses clients chercher leurs papiers d'identité à la police était le meilleur moyen de les perdre.

— Si cet homme a notre numéro dans son passeport, c'est sûrement parce qu'il est un de nos clients. Je peux vous éviter un détour au poste de police.

— Je ne sais pas, répondit la voix d'un ton hésitant. Je pense qu'il vaut mieux...

— Réfléchissez, cher ami. La police de Séville n'est pas aussi efficace que celle du nord. C'est malheureux, mais c'est la vérité. Il peut se passer plusieurs jours avant que cet homme ne récupère son passeport. Dites-moi son nom, et je me chargerai de le lui faire porter aujourd'hui même.

— Euh, oui... D'accord... Il n'y a pas de mal à ça, vous avez raison... (Il y eut un bruissement de papier sur la ligne.) C'est un nom allemand. Je ne sais pas comment ça se prononce... Gusta... Gustafson ?

Ce nom n'évoquait rien à Roldán, mais ses clients venaient du monde entier. Ils donnaient toujours une fausse identité.

— De quoi a-t-il l'air... sur la photo ? Je pourrai peut-être le reconnaître.

— Eh bien... Il est gros, très gros.

Roldán sut immédiatement de qui il s'agissait. Il se souvenait du visage obèse. L'homme qui était avec Rocío... C'était le deuxième appel de la soirée à propos de cet Allemand. Bizarre.

Roldán lança un rire forcé.

— M. Gustafson ? Bien sûr ! Je vois très bien qui c'est. Apportez-moi son passeport, et je ferai en sorte qu'il le récupère.

— Je suis en plein centre-ville, et je n'ai pas de voiture. Ne pourriez-vous pas vous déplacer ?

Roldán trouva une excuse :

— Je suis bloqué ici, je dois répondre au téléphone. Mais ce n'est pas si loin...

— Écoutez, il est tard et je n'ai aucune envie d'errer en ville. Il y a un poste de police pas loin d'ici. Je vais y déposer le passeport et vous n'aurez qu'à le dire à M. Gustafson quand vous le verrez.

— Non ! Attendez ! s'écria Roldán. Pas besoin de passer par la police. Vous êtes en centre-ville, c'est ça ? Est-ce que vous connaissez l'Alfonso XIII ? C'est un hôtel célèbre ici...

— Oui, je vois très bien. Je n'en suis pas loin.

— Magnifique ! M. Gustafson est descendu là-bas. Il doit y être actuellement.

La voix marqua un temps d'hésitation.

— Bon, d'accord... faisons comme ça... c'est sans doute plus simple...

— Génial ! En ce moment, il dîne au restaurant de l'hôtel avec l'une de nos hôtesses.

Selon toute vraisemblance, ils devaient plutôt être au lit, mais Roldán ne voulait pas heurter la sensibilité de son interlocuteur.

— Il vous suffira de laisser le passeport au réceptionniste. Il s'appelle Manuel. Dites que vous venez de ma part, et demandez-lui de remettre le passeport à Rocío. C'est avec elle que señor Gustafson dîne ce soir. Elle le lui rendra, soyez-en assuré. Vous devriez glisser votre nom et votre adresse à l'intérieur – señor Gustafson voudra peut-être vous adresser un petit remerciement.

— Bonne idée. Hôtel Alfonso XIII. Très bien. J'y vais de ce pas. Merci pour votre aide.

David Becker raccrocha, le sourire aux lèvres. Il suffisait de demander... Quelques instants plus tard, dans la douceur de la nuit andalouse, une ombre silencieuse filait Becker dans la Calle Delicias.

29

Susan, encore énervée de son échange avec Hale, observait la grande salle derrière les baies. La Crypto était déserte. Hale était à nouveau silencieux, absorbé par son travail. Si seulement il pouvait partir !

Devait-elle appeler Strathmore ? Le directeur adjoint pourrait jeter Hale dehors – après tout, c'était samedi. Mais ça ne manquerait pas d'éveiller ses soupçons. Une fois hors de la Crypto, Hale appellerait ses collègues pour leur signaler l'incident et connaître leur opinion sur ce qui pouvait bien se passer. Non, il valait mieux laisser Hale vaquer à ses occupations. Il finirait bien par rentrer chez lui...

Un algorithme incassable. Elle poussa un soupir... Forteresse Digitale, la place imprenable. Qu'un tel algorithme puisse exister dépassait son entendement. Mais la preuve était là, sous ses yeux : les coups de bélier de TRANSLTR étaient sans effet. Elle pensait aussi à Strathmore, qui portait tout le poids de cette épreuve sur ses épaules, qui faisait l'impossible pour sauver l'agence et qui restait solide comme un roc dans la tourmente. Il y avait du David en lui. Les deux hommes avaient beaucoup de qualités en commun – la ténacité, le dévouement, l'intelligence. Parfois, Susan avait le sentiment d'être la bouffée d'oxygène de Strathmore, que sa passion sans compromis pour la cryptographie aidait le commandant à rester intègre, à nager au-dessus du panier de crabes des politiques, qu'elle lui rappelait sa fougue d'antan, lorsqu'il n'était qu'un jeune casseur de codes impétueux.

Susan aussi avait grand besoin de Strathmore ; il

était son guide et son protecteur dans ce monde d'hommes assoiffés de pouvoir. Il veillait sur elle, s'occupait de sa carrière ; pour reprendre ses mots facétieux : il était le bon génie qui avait exaucé tous ses vœux ! Cette plaisanterie n'était pas dénuée de vérité. Même si Strathmore n'avait pas prévu l'idylle qui allait naître entre David et elle, c'était lui qui avait fait venir son futur fiancé à la NSA. À l'évocation de David, les yeux de Susan allèrent d'instinct se poser sur ses bacs de rangement, à côté de son clavier. Un petit fax y était scotché. Sept mois qu'il était là : le seul code que Susan Fletcher n'avait pas encore cassé – et David en était l'auteur ! Elle le relut, pour la énième fois.

CET HUMBLE FAX POUR TE DIRE :
POUR TOI MON AMOUR EST SANS CIRE

Il lui avait envoyé ce mot après une petite querelle. Depuis des mois, elle le suppliait de lui révéler ce qu'il signifiait, mais en vain. « Sans cire. » C'était une petite vengeance de la part de David. Susan lui avait appris beaucoup sur les codes et, pour qu'il ne perde pas la main, elle avait pris l'habitude de chiffrer, à l'aide de combinaisons simples, tous les messages qu'elle lui adressait – liste de courses, mots d'amour –, tout était crypté. David était devenu plutôt bon à ce petit jeu. Par la suite, il avait décidé de lui retourner la monnaie de sa pièce. Il commença à signer toutes ces lettres « Sans cire, David ». Susan avait reçu une douzaine de mots de lui, et tous finissaient de la même manière. « Sans cire ».

À genoux, elle lui avait demandé de lui dévoiler le

sens caché de ces deux mots, mais David était resté de marbre. Il se contentait de sourire et de répondre : « C'est toi, la casseuse de codes. » La cryptologue en chef de la NSA avait tout essayé – substitutions, boîtes de chiffrement, même les anagrammes. Elle avait entré les lettres « S A N S C I R E » dans son ordinateur en lui demandant de les réorganiser pour trouver d'autres portions de phrase cohérente. Tout ce qui en était ressorti était « RIS EN SAC » pour ne pas parler d'associations encore plus saugrenues telles que « CRI NASSE », « SI CRANES », « NI CRASSE »... De toute évidence, Ensei Tankado n'était pas le seul à pouvoir écrire des codes incassables !

Les pensées de Susan furent interrompues par le son des portes qui coulissaient sur leur rail. C'était le commandant.

— Alors Susan, du nouveau ?

Strathmore s'arrêta net en apercevant Greg Hale :

— Tiens, bonsoir, monsieur Hale, lança-t-il en le fixant du regard. Nous sommes samedi. Que nous vaut cet honneur ?

Hale eut un petit sourire innocent.

— Conscience professionnelle. Histoire de justifier mon salaire...

— Je vois, grogna Strathmore.

Il sembla hésiter un instant. Finalement, il prit, comme Susan, la décision de ne pas ruer dans les brancards.

— Mademoiselle Fletcher, puis-je vous parler un instant – à l'extérieur ?

Susan marqua un temps d'arrêt, regardant tour à tour son écran et Greg Hale, à l'autre bout de la table ronde.

— Euh... oui, bien sûr, commandant. J'arrive tout de suite.

Elle pianota sur son clavier pour lancer ScreenLock. C'était un programme de confidentialité. Tous les terminaux du Nodal 3 en étaient équipés. Comme les ordinateurs restaient allumés nuit et jour, ScreenLock permettait aux cryptologues de quitter leur poste de travail en étant sûrs que personne ne viendrait trifouiller dans leurs fichiers. Susan entra son code personnel à cinq caractères, et son écran devint tout noir. Il resterait ainsi inactif jusqu'à ce qu'elle tape à nouveau son mot de passe.

Une fois la chose faite, elle enfila ses chaussures et sortit avec Strathmore.

— Qu'est-ce qu'il fiche ici ? lui demanda Strathmore dès qu'ils furent à l'extérieur.

— Ça lui arrive souvent. Rien d'inhabituel.

Strathmore avait l'air inquiet.

— Il vous a parlé de TRANSLTR ?

— Non. Mais s'il affiche le compteur et voit qu'il tourne depuis seize heures, il va m'assaillir de questions.

Strathmore réfléchit un moment.

— Il n'a guère de raison d'ouvrir le compteur, mais on ne sait jamais...

Susan guettait sa décision.

— Vous voulez le renvoyer chez lui ?

— Non. Laissons-le tranquille.

Strathmore jeta un coup d'œil vers le bureau de la Sys-Sec :

— Chartrukian est parti ?

— Je ne sais pas. Je ne l'ai pas revu.

— Mon Dieu, soupira-t-il. Quel cirque !

Il passa sa main sur une barbe naissante qui ombrait ses joues après trente-six heures de travail ininterrompu.

— Aucune nouvelle de votre sonde ? Je tourne en rond, là-haut dans mon bureau.

— Rien encore. Et vous ? Des nouvelles de David ?

Strathmore secoua la tête.

— Je lui ai demandé de ne plus m'appeler jusqu'à ce qu'il ait récupéré la bague.

Susan le regarda avec étonnement.

— Mais s'il a besoin d'aide ?

— Je ne peux rien faire pour lui d'ici. Il ne doit compter que sur lui-même. De plus, je préfère éviter de lui parler sur des lignes non sécurisées, au cas où quelqu'un écouterait.

Susan écarquillait les yeux, toute pâle.

— Qu'est-ce que vous voulez dire ?

Strathmore regretta immédiatement ses paroles. Il lui adressa un sourire rassurant.

— David va bien, ne vous inquiétez pas. Je suis juste quelqu'un de prudent.

Dix mètres plus loin, à l'abri des regards derrière les vitres teintées du Nodal 3, Greg Hale se tenait devant le terminal de Susan. L'écran était noir. Il jeta un regard vers Strathmore et Susan. Puis il prit son portefeuille et en sortit une petite carte répertoire qu'il consulta.

Tout en vérifiant que les deux autres continuaient leur conversation, Hale entra, avec précaution, cinq caractères sur le clavier de Susan. Une seconde plus tard, l'écran était réactivé.

— Bingo ! gloussa-t-il.

Cela n'avait pas été bien difficile de voler les codes personnels de l'équipe du Nodal 3. Les claviers des terminaux étaient tous identiques, et détachables. Hale avait emporté le sien chez lui un soir pour y installer une puce qui enregistrait toutes les frappes. Ensuite, il arrivait à la première heure à la Crypto, échangeait son clavier modifié contre celui d'un collègue, et attendait. À la fin de la journée, il procédait à l'opération inverse et récupérait les données stockées dans la puce. Même si des milliers de signes apparaissaient, trouver le code d'accès était élémentaire ; la première chose que tapaient les cryptologues le matin, c'était leur code personnel, pour débloquer leur terminal. Un jeu d'enfant, donc : le code d'accès était les cinq premiers caractères de la liste.

C'était finalement assez comique, songeait Hale en regardant l'écran de Susan. Il avait volé les codes ScreenLock de ses collègues par pure facétie. Mais, à présent, il se félicitait d'avoir eu cette riche idée : car le programme affiché sous ses yeux n'était pas banal !

Hale le parcourut rapidement. Il était écrit en LIMBO, un langage qui ne lui était pas familier. Mais une évidence lui sauta aux yeux : il ne s'agissait pas d'un diagnostic. Trois mots, seulement, étaient compréhensibles – trois mots édifiants :

PISTEUR EN RECHERCHE...

— Un pisteur ? lâcha-t-il à voix haute. Qu'est-ce que Susan peut bien chercher ?

Hale eut un mauvais pressentiment. Il examina un moment l'écran, puis prit sa décision... Malgré ses lacunes, Hale savait que le LIMBO s'inspirait largement de deux autres langages de programmation – le C et le Pascal – qu'il maîtrisait parfaitement. Après avoir vérifié que Strathmore et Susan étaient toujours en pleine conversation au-dehors, Hale improvisa. Il entra quelques commandes en Pascal modifié et enfonça la touche ENTER. À son grand soulagement, la fenêtre d'état du pisteur afficha exactement ce qu'il avait espéré.

SUSPENDRE L'ACTIVITÉ DU PISTEUR ?

À toute vitesse, il pianota : OUI.

SUSPENSION CONFIRMÉE

À nouveau : OUI.
Quelques instants après, l'ordinateur émit un bip.

PISTEUR ANNULÉ

Hale esquissa un sourire de satisfaction. Le terminal de Susan avait envoyé un message au pisteur, pour lui donner l'ordre de s'autodétruire prématurément. Il ignorait ce que pistait au juste Susan, mais une chose était sûre, elle risquait d'attendre longtemps le résultat de sa recherche !

Soucieux de ne laisser aucune trace de sa manœuvre, Hale navigua habilement jusqu'au journal d'activité et effaça toutes les commandes qu'il venait

166

d'effectuer. Puis il entra à nouveau le code personnel de Susan. L'écran redevint noir.

Quand Susan Fletcher retourna dans le Nodal 3, Greg Hale était assis bien sagement derrière son ordinateur.

30.

L'hôtel Alfonso XIII était situé derrière la Puerta de Jerez. C'était un petit hôtel quatre étoiles, entouré d'une imposante clôture en fer forgé recouverte de lilas. David gravit l'escalier en marbre. Quand il arriva près de la porte, elle s'ouvrit comme par magie, et un chasseur l'invita à entrer.

— Bagages, señor ? Puis-je vous aider ?

— Non, merci. Je voudrais simplement voir le réceptionniste.

Le portier semblait chagriné. À l'évidence, leur échange de deux secondes n'avait pas été à la hauteur de ses espérances.

— *Por aquí, señor.*

Il accompagna Becker dans le hall, désigna le bureau de la réception d'un geste, et repartit au petit trot vers sa porte.

Le hall était charmant, petit et élégamment décoré. L'âge d'or de l'Espagne était révolu depuis longtemps, mais au milieu du XVIe siècle, cette petite nation avait dominé le monde. Cette salle témoignait avec fierté de cette époque – armures, gravures militaires et vitrines renfermant des trésors rapportés par les galions du Nouveau Monde.

Derrière le comptoir marqué CONSERJE se tenait un homme tiré à quatre épingles, qui souriait avec une telle sollicitude qu'il semblait vouer sa vie à rendre service à son prochain.

— *¿ En qué puedo servirle, señor ?* demanda-t-il d'une voix affectée en détaillant Becker de la tête aux pieds.

— Je voudrais parler à Manuel, répondit Becker en espagnol.

Le visage bronzé de l'homme s'éclaira d'un sourire encore plus large.

— *Sí, sí, señor.* Je suis Manuel. Que désirez-vous ?

— Señor Roldán, de Escortes Belén, m'a dit que vous...

D'un signe de la main, l'employé fit taire Becker et jeta des regards nerveux dans le hall.

— Venez par ici...

Il entraîna Becker, à l'écart, au bout du comptoir.

— Je vous écoute ? chuchota-t-il, en quoi puis-je vous aider ?

— Je souhaite parler à l'une de ses accompagnatrices, répondit-il en baissant le ton. Elle doit être en train de dîner ici. Elle s'appelle Rocío.

Le réceptionniste laissa échapper un long soupir, mi-figue, mi-raisin.

— Aaaah, Rocío... elle plaît beaucoup...

— J'ai besoin de la voir immédiatement.

— Mais, señor, elle est avec un client.

— C'est très important.

Une question de sécurité nationale ! cria Becker en pensée.

— C'est impossible, répliqua l'employé en secouant la tête. Peut-être pourriez-vous lui laisser un...

— Ce ne sera vraiment pas long. Où est-elle ? Dans la salle du restaurant ?

— Notre restaurant est fermé depuis une heure et demie. J'ai bien peur que Rocío et son hôte ne se soient retirés pour la nuit. Si vous voulez bien laisser un message, je le lui remettrai dès demain matin.

Il désigna les nombreux casiers derrière lui.

— Peut-être pourrait-on l'appeler dans sa chambre et...

— Impossible, l'interrompit l'employé sans plus de politesse. Notre établissement attache une grande importance à la tranquillité de ses clients.

Becker n'avait pas l'intention d'attendre pendant dix heures qu'un gros bonhomme et une prostituée se décident à descendre prendre leur petit déjeuner.

— Je comprends. Désolé de vous avoir importuné.

Il se retourna et marcha à grand pas vers un secrétaire en merisier qu'il avait remarqué en entrant. Dessus, cartes postales, papiers à lettres, stylos et enveloppes étaient généreusement mis à disposition par l'Alfonso XIII. Becker glissa une feuille vierge dans une enveloppe, sur laquelle il écrivit avant de la cacheter : ROCÍO. Puis il revint vers le réceptionniste.

— Excusez-moi de vous déranger à nouveau, dit-il d'un air embarrassé. J'ai dû vous paraître idiot, tout à l'heure, mais j'espérais tant voir Rocío en personne pour lui dire à quel point j'avais apprécié sa compagnie l'autre jour. Je quitte la ville ce soir. Tout bien réfléchi, je vais lui laisser un message. C'est mieux que rien.

Il déposa l'enveloppe sur le comptoir.

L'employé la regarda avec un petit sourire attristé. Encore un hétéro qui en pince pour elle. Quel gâchis ! Il releva les yeux et sourit à Becker.

— Bien sûr, monsieur... ?

— Buisán. Miguel Buisán.

— Entendu. Je me chargerai de lui remettre votre mot dans la matinée.

— Je vous remercie.

Becker lui sourit et s'éloigna.

Le réceptionniste, après avoir jeté un regard discret sur le postérieur de Becker, saisit l'enveloppe sur le comptoir et se tourna vers les rangées de casiers numérotés. Au moment où il glissait l'enveloppe dans l'une des cases, Becker fit volte-face pour poser une dernière question :

— Où puis-je appeler un taxi ?

Le réceptionniste se retourna pour lui répondre. Mais Becker se contrefichait du renseignement. Le timing parfait ! Il s'était retourné pile au moment où la main de l'employé ressortait du casier « 301 ».

Becker le remercia et se dirigea lentement vers la sortie, cherchant à repérer l'ascenseur.

Un simple aller-retour, se répétait-il.

31.

Susan était de retour au Nodal 3. Après sa conversation avec Strathmore, elle s'inquiétait de plus en plus pour David. Elle imaginait les pires scénarios.

— Alors ? lui lança Hale. Que voulait Strathmore ?

Une soirée romantique en tête à tête avec sa cryptologue préférée ?

Susan ignora sa remarque et alla s'installer à son terminal. Elle tapa son code d'accès personnel et son écran se ralluma. Le programme du pisteur s'afficha ; toujours aucune information sur North Dakota. Bon sang. Pourquoi était-ce si long ?

— Tu as l'air tendue, lui dit Hale d'un air innocent. Un problème avec ton diagnostic ?

— Rien de grave.

Mais elle n'en était pas si sûre. Le pisteur aurait dû se manifester depuis longtemps. Peut-être avait-elle commis une erreur de programmation ? Elle commença à éplucher les longues lignes de LIMBO sur son écran, à la recherche de ce qui pourrait justifier un tel retard.

Hale l'observait en catimini.

— Au fait, je voulais te demander... Que penses-tu de l'algo de Tankado, ce truc incassable qu'il prétend avoir écrit ?

L'estomac de Susan se noua d'un coup. Elle leva les yeux vers lui.

— Ah, oui... J'en ai entendu parler.

— C'est plutôt gonflé de sa part d'annoncer ça.

— Ouais.

Pourquoi Hale abordait-il ce sujet ?

— Je n'y crois pas une seconde, lâcha-t-elle. Tout le monde sait que c'est une impossibilité mathématique.

Hale sourit.

— Ah, oui... le principe de Bergofsky.

— Et le bon sens !

— Qui sait..., répondit Hale avec un soupir théâtral.

Il y a plus de choses dans le Ciel et sur la Terre que n'en peut contenir notre philosophie.

— Je te demande pardon ?

— Shakespeare. *Hamlet.*

— Tu as profité de ton séjour en prison pour te cultiver ?

Hale s'esclaffa.

— Sérieusement, Susan, tu ne t'es jamais dit que ça pouvait être possible ? Que Tankado avait peut-être réellement écrit un algorithme incassable ?

Cette conversation mettait Susan au supplice.

— Et pourquoi, nous, nous n'y sommes jamais parvenus ?

— Peut-être parce que Tankado est meilleur que nous ?

— Possible.

Susan haussa les épaules, feignant de se désintéresser de la question.

— On s'est écrit plusieurs fois, lâcha Hale d'un ton détaché. Tankado et moi. Tu le savais ?

Susan releva la tête et tenta de masquer son trouble.

— Non. Je l'ignorais.

— Ouais. Après que j'ai dénoncé la porte cachée dans Skipjack, il m'a écrit... pour me dire qu'on était deux frères d'armes dans le grand combat pour sauvegarder la vie privée du citoyen du nouveau monde numérique.

Susan masquait difficilement son étonnement. Hale connaissait personnellement Tankado !

— Il m'a félicité, poursuivait Hale, pour avoir révélé la supercherie... selon lui, c'était une atteinte directe aux droits fondamentaux des internautes du monde entier. Il faut bien admettre, Susan, que mettre une porte secrète dans Skipjack, c'était un coup bas de la NSA. Pouvoir lire les e-mails de n'importe qui... Si tu veux mon avis, Strathmore a bien mérité d'être pris la main dans le sac.

— Greg, lança Susan d'un ton cassant, en contenant sa colère. Le seul objectif de la NSA, c'était de pouvoir décoder les e-mails menaçant la sécurité nationale.

— Ah bon ? fit Hale d'un air innocent. Pouvoir espionner au passage tous les citoyens du pays, c'était quoi, alors ? Une petite cerise imprévue sur le gâteau ?

— Nous n'espionnons pas les citoyens moyens, tu le sais très bien. Le FBI peut enregistrer les conversations téléphoniques, ça ne veut pas dire qu'ils écoutent *tous* les appels.

— S'ils avaient le personnel, ils le feraient !

Susan ne releva pas.

— Les gouvernements doivent avoir accès aux informations qui mettent en péril le bien commun.

— Mon Dieu ! lâcha Hale dans un soupir. On dirait que Strathmore t'a fait un lavage de cerveau. Tu sais parfaitement que le FBI ne peut pas écouter librement les gens... il leur faut le mandat d'un juge ! Alors que placer une porte secrète dans un standard de codage, cela revient à permettre à la NSA d'espionner n'importe qui, n'importe quand, n'importe où.

— Exactement... et ça devrait être le cas ! s'emporta Susan. Si tu n'avais pas dénoncé l'entrée secrète de Skipjack, nous aurions accès à tous les messages cryptés, tous ! Et pas seulement ceux que TRANSLTR peut prendre en charge.

— Si je n'avais pas révélé l'existence de cette porte, rétorqua Hale, quelqu'un d'autre s'en serait aperçu un jour ou l'autre. J'ai sauvé vos fesses ! Tu imagines le scandale si la nouvelle était tombée alors que Skipjack était déjà en circulation ?

— Ce ne serait pas pire qu'en ce moment, objecta Susan. Avec les paranos de l'EFF qui croient que nous mettons des entrées secrètes dans tous nos algorithmes.

Hale prit un ton hautain.

— Parce que ce n'est pas le cas ?

Susan lui jeta un regard glacial.

— De toute façon, reprit-il en se radoucissant, la question ne se pose plus aujourd'hui. Vous avez construit TRANSLTR. Vous l'avez, votre source d'information intarissable ! Vous pouvez décrypter tout ce que vous voulez – tout – et à votre guise. Et personne ne vient vous demander des comptes. Vous avez gagné.

— *Nous* avons gagné, rectifia Susan. Aux dernières nouvelles, tu travailles toujours pour la NSA.

— Plus pour longtemps..., minauda-t-il.

— Ne me donne pas de fausse joie.

— C'est sérieux, Susan. Bientôt je vais rendre mon tablier.

— Je ne m'en remettrai pas.

À cet instant, Susan brûlait de faire payer à Hale tous ses problèmes du moment. Elle aurait voulu lui cracher à la figure toute sa rancœur – Forteresse Digitale, ses problèmes avec David, son week-end en amoureux gâché... mais son collègue n'avait rien à voir là-dedans. Sa seule faute, c'était d'être horripilant. Susan devait rester forte. En tant que responsable de la Crypto, son rôle était de maintenir la paix dans les rangs, et d'éduquer parfois. Hale était jeune et naïf.

C'était trop bête. Le talent de Hale lui avait permis d'intégrer la Crypto, mais il n'avait toujours pas saisi l'importance de la mission de la NSA.

— Greg, commença-t-elle d'une voix tout à fait calme. Je suis plutôt sous pression aujourd'hui. C'est juste que ça me met hors de moi quand tu parles de la NSA comme d'un Big Brother high-tech. Cette agence a été fondée dans un seul but : assurer la sécurité de la nation. Il faut bien parfois secouer les arbres pour faire tomber les fruits pourris. Je suis persuadée que la plupart des citoyens sacrifieraient avec joie un peu de leur droit à l'intimité s'ils savaient qu'en échange nous pouvons avoir à l'œil les méchants.

Hale ne répondit pas.

— Les gens de ce pays seront bien obligés, un jour ou l'autre, de s'en remettre à quelqu'un, continua-t-elle. Il y aura toujours des individus mal intentionnés qui se glisseront parmi les citoyens honnêtes. Quelqu'un doit pouvoir les surveiller et séparer les bons éléments des mauvais. C'est notre rôle. C'est aussi notre devoir. Que cela nous plaise ou non, la frontière qui sépare la démocratie de l'anarchie est fragile. La NSA est là pour garder cette frontière.

Hale hocha la tête d'un air pensif.

— *Quis custodiet ipsos custodes* ?

Susan le regarda avec de grands yeux.

— C'est tiré des *Satires,* de Juvénal. Ça veut dire : « Qui gardera les gardes ? »

— Comment ça ?

— Si c'est nous les gardiens de la société, alors qui nous surveillera pour s'assurer que nous ne sommes pas dangereux ?

Susan opta pour le silence. Hale souriait.

— C'est comme ça que Tankado terminait tous ses courriers. C'était sa maxime préférée.

32.

David Becker se tenait devant la porte de la suite 301. La bague était là, quelque part derrière ce panneau de bois mouluré. Il entendait des mouvements à l'intérieur de la chambre. Des voix feutrées. Il frappa. Une voix en allemand répondit :

— *Ja ?*

Becker garda le silence.

— *Ja ?*

La porte s'ouvrit brutalement et un visage tout rond le dévisagea.

Becker sourit poliment. Il ignorait le nom de l'homme.

— *Sind Sie Deutscher ?* demanda-t-il. Vous êtes allemand ?

L'homme acquiesça, ne sachant comment réagir. Becker continua dans un allemand parfait.

— Puis-je vous parler un instant ?

L'homme semblait mal à l'aise.

— *Was wollen Sie ?* Que voulez-vous ?

Becker aurait dû s'attendre à cette question avant de frapper effrontément à la porte d'un inconnu. Il chercha la meilleure approche...

— Vous possédez quelque chose dont j'ai besoin.

Mauvais choix ! L'Allemand fronça les sourcils, l'air menaçant.

176

— *Ein ring*, enchaîna Becker. *Sie haben einen Ring*. Vous avez une bague.

— Fichez le camp, grogna l'Allemand en commençant à pousser la porte.

Par réflexe, Becker glissa son pied dans l'interstice pour empêcher la fermeture. Il regretta immédiatement son geste. L'Allemand ouvrit de grands yeux.

— *Was fällt Ihnen ein ?* Qu'est-ce qui vous prend ?

Aïe ! il avait poussé le bouchon trop loin... Il lança un regard inquiet de chaque côté du couloir. Il s'était déjà fait jeter dehors à la clinique... une fois suffisait !

— *Nehmen Sie ihren Fuß weg !* beugla l'Allemand. Enlevez votre pied !

Becker observa les doigts boudinés de l'homme. Aucun anneau.

Je suis si près du but.

— *Ein ring !* répéta-t-il.

Mais l'homme lui claqua la porte au nez.

David Becker fit les cent pas dans le couloir cossu. Une réplique d'un tableau de Dalí était accrochée au mur. C'est de circonstance ! songea Becker avec agacement. La situation est totalement surréaliste !

Ce matin encore, il était bien au chaud dans son lit. Et voilà qu'il se retrouvait, le soir même, en Espagne, cherchant à s'introduire de force dans la chambre d'hôtel d'un inconnu, en quête d'un anneau magique. La voix sévère de Strathmore le ramena à la réalité : « Vous devez trouver cette bague. »

Becker inspira profondément pour reprendre ses esprits. Il voulait rentrer chez lui... À nouveau, il regarda la porte de la suite 301. Son billet retour se trouvait là, à l'intérieur : une bague en or. Tout ce qu'il avait à faire, c'était la récupérer... Il rassembla son courage et revint d'un pas décidé vers la suite 301. Il frappa avec fermeté à la porte. Il était temps de sortir la grosse artillerie...

L'Allemand ouvrit la porte d'un geste brusque, s'apprêtant déjà à protester. Mais Becker ne lui en laissa pas le loisir. En un éclair, il dégaina sa carte de membre du club de squash du Maryland en aboyant : « *Polizei !* » Puis il pénétra dans la chambre et alluma la lumière.

L'Allemand se retourna en plissant les yeux de surprise.

— *Was ? Aber ich...*

— Silence ! l'interrompit Becker d'un ton sec, en anglais. Y a-t-il une prostituée dans cette chambre ?

Becker inspectait la pièce. C'était la chambre d'hôtel la plus luxueuse qu'il ait vue. Roses, champagne, lit à baldaquin géant. Pas trace de Rocío. La porte de la salle de bains était fermée.

— *Eine Prostituierte ?*

L'Allemand lança un regard inquiet vers la porte close. Il était encore plus gros que Becker l'avait imaginé. Son poitrail velu prolongeait directement le triple menton, pour rejoindre en pente douce une bedaine gargantuesque. La ceinture du peignoir en éponge de l'hôtel parvenait tout juste à boucler son tour de taille.

Becker fixa le colosse de son regard le plus intimidant.

— Votre nom ?

La panique déforma brusquement le visage énorme de l'Allemand.

— *Was wollen Sie* ? Que voulez-vous ?

178

— J'appartiens à la section tourisme de la police de Séville. Y a-t-il, oui ou non, une prostituée avec vous dans cette chambre ?

L'Allemand jetait des regards nerveux vers la salle de bains. Il hésitait.

— *Ja...*, finit-il par admettre.

— Vous savez que la prostitution est illégale en Espagne ?

— Non, mentit-il. Je l'ignorais. Je vais la renvoyer sur-le-champ...

— C'est malheureusement un peu tard, répliqua Becker d'un ton sans appel.

Il arpenta tranquillement la pièce.

— J'ai une proposition à vous faire...

— *Ein Vorschlag ?*

— Je peux aussi vous embarquer au poste illico...

Becker prit son temps, théâtralement, et fit craquer les articulations de ses doigts.

— Ou bien... ? demanda l'Allemand, les yeux écarquillés de peur.

— Ou bien, nous passons un marché, vous et moi.

— Quel genre de marché ?

L'Allemand avait entendu parler de la corruption des autorités espagnoles.

— Vous avez quelque chose que je veux.

— Bien sûr ! s'exclama l'Allemand dans un sourire forcé en se précipitant vers son portefeuille. Combien voulez-vous ?

Becker feignit l'indignation et l'outrage :

— Essaieriez-vous de soudoyer un représentant de la loi ?

— Non ! Pas du tout ! Je pensais que... (Il reposa immédiatement son argent.) Je... Je...

L'homme ne savait plus que penser. Il se laissa tomber sur le bord du lit et se mit à se tordre les doigts d'angoisse. Le sommier grinça sous son poids.

— Excusez-moi. Je ne recommencerai pas.

Becker sortit une rose du vase trônant au milieu de la pièce, huma nonchalamment son parfum avant de la laisser tomber sur le sol.

— Qu'avez-vous à me raconter sur le meurtre ? lança-t-il en faisant volte-face.

L'Allemand pâlit.

— *Das Mord ?* Le meurtre ?

— Oui. L'Asiatique, ce matin, dans le parc... C'était un assassinat – *Eine Ermordung !*

Becker adorait ce mot : *Ermordung.* Terrifiant à souhait...

— Il... il a été..., bredouilla l'Allemand.

— Oui.

— Mais... c'est impossible... J'étais présent. C'était une crise cardiaque. Je l'ai vu. Pas de sang. Pas de coup de feu...

Becker lui sourit d'un air condescendant.

— Les choses ne sont pas toujours ce qu'elles paraissent...

L'Allemand était de plus en plus blanc. Becker était satisfait. Son mensonge avait produit l'effet escompté. Le pauvre homme suait désormais à grosses gouttes.

— Qu-qu-que voulez-vous ? bégaya-t-il. Je ne suis au courant de rien.

Becker entra dans le vif du sujet.

— La victime portait un anneau en or. Il me faut cet objet.

— Je... Je ne l'ai pas.

Becker soupira d'un air las ; il désigna la porte de la salle de bains.

— Et Rocío ? Dewdrop ?

L'homme passa du teint d'albâtre au rouge pivoine.

— Vous connaissez Dewdrop ?

L'Allemand s'épongea le front du revers de sa manche. Au moment où il s'apprêtait à parler, la porte de la salle de bains s'ouvrit. Les deux hommes se retournèrent.

Rocío Eva Granada se tenait sur le seuil. Une apparition. De longs cheveux roux soyeux, une peau au hâle parfait, des yeux d'un brun profond, un front haut et lisse. Elle portait un peignoir assorti à celui de l'Allemand. Le cordon était serré, mettant en valeur sa taille de guêpe, et l'encolure s'ouvrait sur la peau dorée de ses seins. Elle avança dans la pièce, avec l'assurance d'une reine.

— En quoi puis-je vous être utile ? demanda-t-elle d'une voix glaciale.

Becker s'efforça de soutenir le regard de cette femme à la beauté saisissante.

— J'ai besoin de la bague, déclara-t-il.

— Qui êtes-vous ?

Becker répondit en espagnol avec un parfait accent andalou :

— Police de Séville.

Elle éclata de rire.

— Impossible !

Becker sentit sa gorge se nouer. Rocío allait lui donner davantage de fil à retordre. Il tâcha de garder son calme.

— Impossible ? Vous voulez peut-être me suivre au poste pour que je vous prouve le contraire ?

181

Rocío eut un petit sourire.

— Je ne voudrais pas vous mettre dans l'embarras en acceptant votre proposition. Alors je vous repose la question : qui êtes-vous ?

Becker ne démordit pas de son histoire.

— J'appartiens à la police de Séville.

Rocío s'avança vers lui d'un air menaçant.

— Je connais chaque policier de cette ville. Ce sont mes meilleurs clients...

Becker se sentait transpercé de part en part par son regard. Il rassembla son courage pour faire front.

— Je fais partie d'une unité spéciale. Je m'occupe des touristes. Donnez-moi la bague, ou je serai dans l'obligation de vous emmener et...

— Et quoi ?

Elle levait les sourcils, comme pour se moquer d'avance de ce qu'il allait dire.

Becker resta silencieux. Il était à bout d'arguments. Il s'était laissé prendre à son propre jeu. Pourquoi ne gobait-elle pas son histoire ?

Rocío se rapprocha de lui.

— Je ne sais pas qui vous êtes ni ce que vous cherchez, mais si vous ne quittez pas cette chambre sur-le-champ, j'appelle la sécurité de l'hôtel. Et la vraie Guardia vous arrêtera... usurper l'identité d'un officier de police peut coûter très cher.

Certes, Strathmore, en un coup de fil, pourrait le faire libérer. Mais il devait remplir cette mission dans la plus grande discrétion. Un séjour au poste de la police locale n'était pas prévu au programme.

Rocío se tenait à quelques pas de lui et le défiait du regard.

— D'accord, soupira Becker, en abandonnant son

accent. Je ne suis pas de la police de Séville. Une agence gouvernementale américaine m'a chargé de récupérer la bague de l'Asiatique. Je ne peux vous en dire plus. Mais je suis prêt à vous l'acheter.

Un long silence suivit.

Rocío laissa l'aveu flotter dans l'air un moment avant d'afficher un sourire de satisfaction.

— C'était donc si difficile que ça ?

Elle s'assit sur une chaise et croisa les jambes.

— Combien êtes-vous prêt à payer ?

Becker masqua son soulagement. Il ne voulait pas perdre de temps à marchander :

— Sept cent cinquante mille pesetas. Cinq mille dollars américains.

C'était la moitié de ce qu'il avait sur lui et, en même temps, dix fois la valeur de cette bague.

Rocío releva un sourcil.

— C'est une jolie somme.

— Alors ? Marché conclu ?

Elle secoua la tête.

— J'aurais aimé pouvoir vous dire oui.

— Un million de pesetas ? lâcha Becker. C'est tout ce que j'ai en ma possession.

— Bigre ! sourit-elle. Vous autres Américains n'êtes pas doués en affaires. Au marché, vous vous feriez plumer en moins de deux !

— Je vous paie cash, tout de suite, annonça Becker en sortant l'enveloppe de sa poche. Je veux rentrer chez moi... la supplia-t-il en pensée. Rocío secoua la tête.

— Je ne peux pas.

— Pourquoi ? s'écria Becker perdant patience.

— Parce que cette bague, je ne l'ai plus, annonça-t-elle avec un sourire désolé. Je l'ai vendue.

33.

Tokugen Numataka regardait par la fenêtre et faisait les cent pas comme un animal en cage. Pas de nouvelles de North Dakota, son contact.

Maudits Américains ! Aucun sens de la ponctualité !

Il l'aurait bien rappelé, mais il n'avait pas son numéro. Numataka détestait les affaires menées de cette façon – quand quelqu'un d'autre que lui était aux manettes.

North Dakota pouvait être un leurre. Cette idée lui avait traversé l'esprit, au début – un concurrent japonais qui aurait, par exemple, décidé de le ridiculiser... Et, à présent, ses premiers doutes refaisaient surface. Il fallait qu'il en sache davantage.

Numataka sortit de son bureau et traversa à pas vifs le grand couloir de la Numatech. Ses employés s'inclinaient respectueusement sur son passage. Numataka n'était pas dupe : il ne s'agissait pas d'une quelconque marque d'affection. Tous les employés japonais saluaient leurs patrons, même les plus tyranniques.

Numataka se rendit au standard téléphonique de la société. Tous les appels étaient gérés par une seule personne sur un Corenco 2000, un standard de douze lignes. La réceptionniste était très occupée mais elle se leva à l'arrivée de Numataka.

— Asseyez-vous ! ordonna-t-il.

Elle obéit.

— J'ai reçu un appel aujourd'hui, à seize heures quarante-cinq, sur ma ligne personnelle. Pouvez-vous me dire d'où il provenait ?

Pourquoi ne s'était-il pas renseigné plus tôt... L'opératrice déglutit d'un air angoissé.

— Cette machine n'enregistre pas les appels entrants, monsieur le président. Mais je peux contacter la compagnie de téléphone. Je suis sûre qu'ils pourront nous aider.

Numataka n'en doutait pas une seconde. Dans cette ère du numérique, l'intimité et l'anonymat appartenaient au passé. Tout était enregistré, consigné quelque part. Les opérateurs téléphoniques vous indiquaient avec exactitude qui avait appelé et combien de temps avait duré votre conversation.

— Faites-le ! Et informez-moi aussitôt du résultat.

34.

Seule dans le Nodal 3, Susan attendait le retour de son pisteur. Hale était sorti prendre l'air... tant mieux. Curieusement, elle ne parvenait pas à savourer pleinement ce moment de solitude tant attendu. Savoir que Tankado et Hale étaient en contact la tracassait.

Qui gardera les gardes ? *Quis custodiet ipsos custodes ?* Ces mots lui revenaient sans cesse à l'esprit. Impossible de les chasser...

Elle songea à David... pourvu que tout aille bien

pour lui là-bas... David, en Espagne – c'était à peine croyable. Plus vite ils retrouveraient les deux clés d'accès, plus vite il serait rentré...

Depuis combien de temps était-elle assise là, à attendre le retour du pisteur ? Deux heures ? Trois ? Elle promenait son regard sur la Crypto déserte, brûlant d'entendre son ordinateur émettre un petit bip joyeux. Seul le silence régnait. Le soleil d'été avait fini par se coucher. L'éclairage fluorescent avait pris le relais. C'était long, trop long... Susan regarda son écran en fronçant les sourcils.

— Allez ! grommela-t-elle. Tu en prends un temps !

Elle positionna sa souris sur la fenêtre d'état du pisteur et cliqua dessus.

— Depuis quand es-tu parti au juste ?

Elle ouvrit l'horloge du pisteur – un compteur, semblable à celui de TRANSLTR, indiquait le temps écoulé depuis le lancement du programme. Susan releva la tête vers l'écran, s'apprêtant à lire un cadran horaire. Mais ce qu'elle vit lui glaça le sang :

PISTEUR ANNULÉ

— Quoi ? ! s'écria-t-elle. C'est impossible !

Dans une soudaine panique, Susan fit défiler les instructions entrées dans le programme, à la recherche d'une commande susceptible d'avoir déclenché l'annulation. Mais en vain. Apparemment, le pisteur s'était arrêté tout seul. Cela ne pouvait signifier qu'une seule chose : il y avait eu un bug.

Les bugs étaient le pire cauchemar des programmeurs. Les ordinateurs suivaient des instructions dans un ordre scrupuleux, et, souvent, une erreur infime de programmation suffisait à les faire planter. Une simple erreur de syntaxe – une virgule entrée involontairement à la place d'un point, par exemple – et tout le système se retrouvait bloqué. L'origine du mot bug avait toujours amusé Susan : elle datait du premier ordinateur du monde – le Mark 1 – un labyrinthe de circuits électromécaniques, de la taille d'une pièce entière, construit en 1944 dans un labo de l'université d'Harvard. Un jour, l'ordinateur eut une panne de fonctionnement. Personne ne parvenait à en trouver l'origine. Après des heures de recherche, un assistant découvrit enfin la source du problème. Un papillon de nuit s'était posé sur la plaque d'un circuit intégré et avait provoqué un court-circuit. Depuis ce temps, tout dysfonctionnement informatique était appelé « bug » – petite bestiole.

— Manquait plus que ça ! pesta Susan.

Repérer un bug dans un programme pouvait prendre des jours. Il fallait éplucher des centaines de lignes d'instructions dans l'espoir de trouver une erreur minuscule. Cela revenait à chercher une petite coquille dans une encyclopédie tout entière !

Susan devait renvoyer son pisteur... Mais aux mêmes causes, les mêmes maux... Si elle ne réglait pas le problème, le programme allait, selon toutes probabilités, planter au même endroit.... Que faire ? Déboguer ? Mais cela prenait toujours beaucoup de temps, or, le temps leur était compté... Elle scrutait la fenêtre d'état, interdite, se demandant déjà quelle faute elle avait pu commettre, lorsque, soudain, elle réalisa qu'il ne pouvait s'agir d'un bug. Elle avait utilisé le même pisteur le mois dernier, sans aucun souci ! Les problèmes ne surgissent pas du néant...

Une remarque de Strathmore lui revint en mémoire : « Susan, j'ai essayé d'envoyer votre mouchard moi-même... mais les données qu'il m'a renvoyées ne tiennent pas debout. » Les mots tournaient en boucle dans sa tête... « Les données qu'il m'a renvoyées... » Des « données »... Cela signifiait que le pisteur avait recueilli des informations... donc, que le programme fonctionnait. Les données étaient incohérentes, parce qu'il avait mal entré les critères de recherche – mais le mouchard avait fait son travail.

Il pouvait exister une autre explication qu'une erreur de programmation... Parfois, les causes étaient *externes* – problèmes d'alimentation, particules de poussière sur un circuit, défaut de connexion. Les machines du Nodal 3 étaient si bien entretenues qu'elle avait totalement occulté cette éventualité.

Susan se leva et traversa la pièce pour se diriger d'un pas rapide vers une étagère volumineuse remplie de manuels techniques. Elle saisit un volume relié intitulé SYS-OP et commença à le feuilleter. Ayant trouvé ce qu'elle cherchait, elle revint avec le manuel devant son terminal et tapa quelques lignes d'instructions. Elle lança une recherche sur les tâches effectuées durant les trois dernières heures. Elle espérait trouver la trace d'une interruption externe – une commande d'annulation générée par un mauvais contact ou une puce électronique défectueuse.

Quelques instants plus tard, son ordinateur émit un signal. Le cœur de Susan s'accéléra. Elle retint son souffle et étudia l'inscription.

ERREUR 22 TROUVÉE

L'espoir revint. Les nouvelles étaient plutôt bonnes. Puisqu'une erreur avait été détectée, le problème ne venait pas de son pisteur. Apparemment, l'opération avait été interrompue suite à une anomalie externe. Par conséquent, il n'y avait guère de chances pour que l'événement se reproduise. À quoi correspondait une erreur 22 ? Les pannes matérielles étaient si rares dans le Nodal 3 qu'elle n'avait plus les numéros en tête. Elle parcourut des yeux le manuel, étudiant la liste des codes d'anomalies.

19 : DISQUE DUR ENDOMMAGÉ
20 : SURTENSION
21 : PANNE MEDIA

Quand elle atteignit le numéro 22, elle s'arrêta net et resta un long moment à fixer la page, incrédule. Déconcertée, elle vérifia une nouvelle fois sur son écran.

ERREUR 22 TROUVÉE

Susan fronça les sourcils et se replongea dans le manuel du système d'exploitation. C'était insensé... L'explication donnée était :

22 : ANNULATION MANUELLE

35

Becker, encore sous le choc, regardait fixement Rocío.

— Vendu ? Vous avez vendu la bague ?

La jeune femme acquiesça, ses cheveux tombant en cascades soyeuses sur ses épaules.

Becker ne voulait pas y croire.

— *Pero...* Mais...

Elle haussa les épaules et précisa, en espagnol :

— À une fille près de la place.

Becker sentait ses jambes se dérober sous lui. Je suis maudit !

Rocío lui adressa un sourire timide et ajouta, en désignant l'Allemand :

— Il voulait la garder, mais je lui ai dit qu'il ne fallait pas. J'ai du sang gitan dans les veines. Nous, les gitanes, en plus d'avoir les cheveux roux, sommes très superstitieuses. Une bague offerte par un mourant porte malheur.

— Vous connaissiez cette fille ? interrogea Becker.

Rocío haussa les sourcils.

— *¡Vaya !* Vous tenez vraiment à cette bague !

Becker hocha la tête avec solennité.

— À qui l'avez-vous vendue ?

L'énorme Allemand était assis sur le lit, hébété. Sa soirée romantique était complètement gâchée et il ne comprenait pas pourquoi.

— *Wovon sprechen Sie ?* demanda-t-il nerveusement. De quoi parlez-vous ?

Becker ne lui prêta aucune attention.

— Je ne l'ai pas vraiment vendue, précisa Rocío.

J'ai essayé, mais c'était une gamine et elle n'avait pas d'argent sur elle. Pour finir, je la lui ai donnée. Si j'avais deviné que vous feriez une offre si généreuse, je vous l'aurais réservée !

— Pourquoi avez-vous quitté la place ? Un homme venait de mourir. Pourquoi ne pas avoir attendu la police ? C'est à elle qu'il aurait fallu remettre la bague !

— Mon travail, c'est d'attirer les hommes, monsieur Becker. Pas les ennuis ! De plus, le vieux semblait maîtriser parfaitement la situation.

— Le Canadien ?

— Oui. Il avait appelé une ambulance. Nous avons préféré partir. Je n'avais aucune raison d'attendre la police et de mêler mon client à cette histoire.

Becker acquiesça d'un air absent. Il ne parvenait pas à accepter ce coup de théâtre. Elle avait donné l'anneau !

— J'ai voulu aider ce malheureux, expliqua Rocío. Mais ce n'est pas sa santé qui l'inquiétait. C'était la bague ! Il nous l'agitait sous le nez, en la tenant avec ses trois petits doigts tordus. Et il tendait son bras dans notre direction, comme s'il voulait absolument qu'on prenne l'anneau. J'ai refusé, mais notre ami, ici présent, a finalement cédé et il a pris la bague. Et puis le type est mort.

— Et vous avez tenté de le réanimer en lui faisant un massage cardiaque ?

— Non. Nous ne l'avons pas touché. Monsieur avait les pétoches. Il est imposant comme ça, mais c'est une poule mouillée, dit-elle à Becker avec un sourire malicieux. Ne vous inquiétez pas – il ne comprend pas un mot d'espagnol.

Becker fronça les sourcils. Encore une fois, il se demandait d'où provenait la marque sur la poitrine de Tankado.

— Les secours ont-ils essayé de le réanimer ?

— Aucune idée. Nous étions déjà partis...

— Partis comme des voleurs, vous voulez dire, lança Becker avec aigreur.

Rocío le regarda droit dans les yeux.

— Nous n'avons pas volé cette bague. L'homme était sur le point de mourir. Ses intentions étaient claires. Nous avons exaucé la dernière volonté d'un mourant.

Becker se radoucit. Rocío avait raison. Sans doute aurait-il réagi pareillement.

— Mais vous avez refilé aussitôt la bague à une gamine ?

— Je vous l'ai dit. Cet anneau ne me disait rien qui vaille. La fille avait plein de bijoux sur elle. Je me suis dit que ça lui plairait.

— Et ça ne lui a pas paru bizarre. Que vous lui donniez, comme ça, une bague ?

— Non. Je lui ai dit que je l'avais trouvée sur la place. Je pensais qu'elle allait me proposer de me l'acheter, mais elle ne l'a pas fait. Au fond, je m'en fichais. Tout ce que je voulais, c'était m'en débarrasser.

— Quand cela s'est-il passé ?

— Cet après-midi. Environ une heure après la mort du type.

Becker regarda sa montre : 23 h 48. Cela faisait huit heures... *Qu'est-ce que je fiche ici ? Je devrais être dans les Smoky Mountains avec Susan...* Il poussa un soupir et posa la seule question qui lui venait encore à l'esprit.

— À quoi ressemblait la fille ?

— *Era una punky*, répondit Rocío.

Becker lui jeta un regard interloqué.

— *Una punky* ?

— *Sí*. Une punk, confirma-t-elle dans un anglais rugueux, avant de revenir à l'espagnol. *Mucha bisutería*. Des breloques partout. Avec une boucle d'oreille bizarre d'un seul côté. Une tête de mort, je crois.

— Il y a des punks à Séville ?

Rocío lui lança un sourire.

— *¡Todo bajo el sol !*

Tout sous le soleil ! C'était la devise de l'office du tourisme de Séville.

— Elle vous a dit son nom ?

— Non.

— Ni où elle allait ?

— Non. Elle parlait mal espagnol.

— Une étrangère ?

— Oui. Anglaise, je pense. Elle avait une coupe hérisson de trois couleurs – rouge, blanc et bleu.

Becker grimaça en songeant à cette image.

— Elle était peut-être américaine, avança-t-il.

— Je ne crois pas. Je crois avoir vu sur son tee-shirt le drapeau anglais.

Becker acquiesça en silence.

— O.K. Des cheveux rouge, blanc et bleu, l'Union Jack sur le tee-shirt et un pendentif d'oreille en forme de crâne. Autre chose ?

— Non. Une punk normale, quoi !

Une punk « normale » ? Becker venait d'un monde où les adolescents portaient des pulls à col en V et des cheveux coupés en brosse – les us et coutumes chez les punks étaient, pour lui, une *terra incognita*.

— Vous ne vous rappelez vraiment rien d'autre ? insista-t-il.

Rocío réfléchit un instant.

— Non, désolée.

À cet instant, le lit émit des craquements. Le client de Rocío déplaçait son poids d'une fesse à l'autre, commençant à avoir des crampes. Becker se tourna vers lui et lui dit dans un allemand irréprochable :

— *Noch was ?* Quelque chose à ajouter ? Un détail qui pourrait m'aider à retrouver cette fille ?

Il y eut un silence pesant, comme si le colosse voulait dire quelque chose, mais ne trouvait pas les mots. Sa lèvre inférieure tremblota un moment, et enfin il se lança – quelques mots prononcés en anglais, mais avec un tel accent guttural qu'ils en étaient à peine compréhensibles :

— *Fock off und die.*

Becker en resta bouche bée.

— Je vous demande pardon ?

— *Fock off und die.*

L'homme avait répété l'injure, en posant sa main gauche autour de son avant-bras droit – une imitation grossière du « *vaffanculo* » italien ?

Becker était trop épuisé pour s'en offenser.

Va te faire foutre et crève ? La poule mouillée aurait-elle des dents ? Becker se retourna vers Rocío et commenta en espagnol.

— J'en conclus que j'ai suffisamment abusé de votre hospitalité.

— Ne vous souciez pas de lui, répondit-elle en

riant. Il est juste un peu frustré. Mais il va bientôt avoir ce qu'il désire.

Elle rejeta ses cheveux en arrière et lui lança un clin d'œil.

— Pour la dernière fois... rien d'autre ne vous vient à l'esprit ? demanda Becker.

Rocío secoua la tête.

— Non, je vous ai tout dit. Mais vous ne la retrouverez jamais. Séville est une grande ville, et pleine de faux-semblants.

— Je dois faire tout mon possible.

Une question de sécurité nationale, a dit Strathmore...

— Si vous en avez assez de chercher, revenez me voir ce soir, dit Rocío en regardant l'enveloppe dans la poche de Becker. Mon ami sera endormi à coup sûr. Frappez tout doucement. Je nous trouverai une autre chambre. Et je vous montrerai un aspect de l'Espagne que vous n'êtes pas près d'oublier, annonça-t-elle, mutine.

Becker lui retourna un sourire poli.

— Je vais vous laisser.

Il présenta ses excuses à l'Allemand pour avoir perturbé sa soirée. Le géant sourit timidement.

— *Keine Ursache.*

Becker se dirigea vers la porte. « Pas de problème » ? Et le « *fuck off and die !* » alors ?

36

« Annulation manuelle » ? Susan regardait son écran, stupéfaite. Elle n'avait tapé aucune commande d'arrêt – du moins pas intentionnellement. Aurait-elle entré une mauvaise instruction par mégarde ?

— Non... impossible, murmura-t-elle.

À en croire le relevé, l'interruption datait d'à peine vingt minutes. Et la seule manip qu'elle avait faite sur son clavier depuis la dernière demi-heure, c'était d'entrer son code pour bloquer l'écran avant de rejoindre le commandant. Le mot de passe ne pouvait pas avoir été interprété comme une demande d'annulation. C'était absurde. Tout en sachant que c'était inutile, Susan consulta l'historique de ScreenLock pour s'assurer qu'elle avait entré le bon code. Ce qui, bien sûr, était le cas.

— Alors *quand ?* demanda-t-elle avec colère. Quand y a-t-il eu une annulation manuelle ?

Susan, en pestant intérieurement, ferma la fenêtre de ScreenLock. Mais un détail attira son regard au moment où l'historique disparut de l'écran. Elle ouvrit à nouveau le dossier et explora les données. Étrange... Il y avait bien une commande de « blocage d'écran » à l'heure où elle avait quitté le Nodal 3, mais celle du « déblocage » était aberrante ; les deux entrées étaient espacées d'à peine une minute. Or, sa conversation avec Strathmore avait duré bien plus longtemps.

Susan fit défiler la page. Ce qu'elle vit la laissa sans voix. Trois minutes plus tard, une seconde fermeture/ouverture apparaissait. Quelqu'un avait donc débloqué son écran pendant son absence.

La seule personne présente était Greg Hale, et elle était certaine de ne lui avoir jamais communiqué son code personnel. Suivant la procédure classique, Susan avait choisi son code de façon purement aléatoire et ne l'avait écrit nulle part. Que Hale ait pu deviner la combinaison alphanumérique à cinq caractères était inconcevable – il y avait trente-six puissance cinq possibilités, c'est-à-dire plus de soixante millions de combinaisons possibles !

Mais l'historique de ScreenLock ne laissait aucun doute. Susan examina de nouveau la liste. Hale était venu utiliser son terminal dans son dos. Et il avait annulé la recherche du pisteur... Après le *comment,* venait le *pourquoi...* Hale n'avait aucune raison de s'introduire dans son ordinateur. Il ignorait que Susan avait envoyé un pisteur. Et quand bien même l'aurait-il su, pourquoi vouloir arrêter la recherche de l'adresse e-mail d'un obscur North Dakota ?

Les questions se bousculaient...

— Une chose après l'autre, se sermonna-t-elle à haute voix.

Elle s'occuperait du cas de Hale plus tard. D'abord relancer le pisteur. Elle réactiva le programme et appuya sur la touche ENTER. Son ordinateur émit un petit bip.

PISTEUR ENVOYÉ

Il y en avait encore pour des heures... Elle maudissait Hale. Comment diable s'était-il procuré son code d'accès ? Et pourquoi s'intéressait-il au pisteur ?

Susan se leva et trotta jusqu'au terminal de Hale. L'écran était noir, mais elle sut tout de suite qu'il n'était pas bloqué : une faible lueur était visible sur le pourtour. Les cryptographes verrouillaient rarement leurs terminaux, sauf le soir, au moment de quitter le Nodal 3. Ils se contentaient de baisser la luminosité de leur écran – le code d'honneur entre cryptographes suffisait, d'ordinaire, à garantir l'intimité de chacun.

Susan s'installa au poste de Hale.

— Au diable l'honneur ! Je veux savoir ce que tu traficotes...

Après s'être assurée que la Crypto était déserte, Susan remonta la luminosité du moniteur. Mais l'écran était totalement vide. Susan hésita un instant devant cette page blanche. De quelle manière procéder ? Elle ouvrit un programme d'exploration de fichiers et tapa :

RECHERCHER : « PISTEUR »

C'était, certes, quelque peu énorme... mais autant savoir tout de suite s'il y avait la moindre référence à la sonde de Susan dans l'ordinateur de Hale. Ce serait un début pour comprendre ses agissements. Quelques secondes plus tard, l'écran afficha :

AUCUN ÉLÉMENT TROUVÉ

Susan réfléchit un moment. Elle ne savait pas même ce qu'elle cherchait au juste. Elle fit une nouvelle tentative.

RECHERCHER : « SCREENLOCK »

Le moniteur afficha toute une série de références banales – aucune allusion au code personnel de Susan.

Elle poussa un profond soupir. Très bien... voyons sur quoi tu as travaillé aujourd'hui... Elle ouvrit le menu « applications récentes ». Le dernier programme à avoir été lancé était sa messagerie e-mail. Susan explora le disque dur et finit par trouver le dossier du programme, savamment dissimulé parmi d'autres fichiers. Elle l'ouvrit, et des boîtes aux lettres apparurent. Apparement, Hale avait plusieurs adresses e-mail sous des identités différentes... L'une d'entre elles se trouvait sur un compte anonyme ; cela titilla sa curiosité. Elle double-cliqua sur un vieux message de la boîte de réception.

Sa respiration fut coupée net.

DE : ET@DOSHISHA.EDU

À : NDAKOTA@ARA.ANON.ORG

ÇA AVANCE BIEN ! FORTERESSE DIGITALE

EST PRESQUE AU POINT.

VOILÀ QUI RAMÈNERA LA NSA À L'ÂGE DE PIERRE !

Susan n'en revenait pas ; elle relut le message à plusieurs reprises. En tremblant, elle en ouvrit un autre.

DE : ET@DOSHISHA.EDU

À : NDAKOTA@ARA.ANON.ORG

LE DÉCHIFFREMENT TOURNANT FONCTIONNE !

LES CODES MUTANTS ÉTAIENT LA SOLUTION !

Incroyable, mais vrai ! Des messages d'Ensei Tankado... Adressés à Greg Hale... Les deux hommes travaillaient ensemble ! Susan sentit son sang se glacer. L'ordinateur venait de lui révéler l'impensable vérité : Greg Hale est NDAKOTA !

Susan ne parvenait pas à détacher son regard de l'écran. Son esprit cherchait désespérément une autre explication, mais en vain. La preuve était sous ses yeux – aussi surprenante qu'inéluctable : Tankado avait utilisé des mutations pour générer des textes clairs variables, et Hale travaillait avec lui à anéantir la NSA !

— Non..., balbutia-t-elle. Non...

Comme une confirmation sinistre, les paroles de Hale lui revinrent en mémoire : « On s'est écrit plusieurs fois, Tankado et moi... Si tu veux mon avis, Strathmore a bien mérité d'être pris la main dans le sac... Bientôt, je vais rendre mon tablier. »

Malgré cela, Susan n'était pas convaincue. Greg Hale était certes désagréable et arrogant, mais ce n'était pas un traître. Il savait le mal que Forteresse Digitale pouvait causer à la NSA et au pays ; comment aurait-il pu être impliqué dans un complot visant à mettre cet algorithme en circulation ?

Et pourtant, sur le papier, c'était parfaitement possible... rien ne l'en empêchait, sinon l'honneur et le sens civique. Susan songea au scandale Skipjack. Greg Hale avait déjà, une fois, fait échouer les plans de la NSA. Il pouvait y avoir pris goût...

— Mais Tankado..., articula Susan, pensant à voix haute. Comment quelqu'un d'aussi paranoïaque que Tankado peut-il avoir confiance en un cabotin comme Greg Hale ?

C'était secondaire. L'important était de prévenir Strathmore. Par une facétie du destin, le complice de Tankado se trouvait ici, juste sous leur nez ! Question subsidiaire dans l'énoncé du problème : Greg Hale savait-il qu'Ensei Tankado était mort ?

À toute vitesse, elle referma les fichiers e-mail de Hale, afin de laisser l'ordinateur exactement dans l'état où elle l'avait trouvé. Hale ne se douterait de rien – du moins pour le moment. Peut-être la clé secrète de Forteresse Digitale se trouvait-elle dans ce même ordinateur, quelque part sur le disque dur... cette pensée lui donnait le vertige.

Elle venait juste de tout remettre en ordre lorsqu'une ombre passa derrière la vitre du Nodal 3. Susan releva les yeux : c'était Hale ! Elle eut une montée d'adréna-line. Il était quasiment à la porte... Elle poussa un juron en voyant la distance qui la séparait de son siège. Jamais elle n'aurait le temps de regagner son poste de travail ! Hale était sur le point d'entrer.

Elle tourna sur elle-même, paniquée, cherchant une idée. Derrière elle, le clic de la porte se fit entendre. Les vitres commençaient à coulisser. L'instinct de pré-servation prit le dessus : elle s'élança vers le coin-cuisine. Au moment où les vitres achevaient de s'esca-moter, elle arrivait, dans une ultime glissade, devant le réfrigérateur ; d'un mouvement de bras, elle ouvrait la porte. Un broc d'eau, posé sur l'appareil, oscilla dangereusement, mais ne versa point.

— Un petit creux, Susan ? lança Hale d'un ton enjôleur, en franchissant le seuil du Nodal 3. Tu veux manger un peu de tofu avec moi, c'est ça ?

Susan, en apnée pour cacher son essoufflement, se tourna vers lui.

— Non, merci. J'avais juste envie de...

Mais les mots s'étouffèrent dans sa gorge. Elle pâlit. Hale lui lança un regard intrigué.

— Quoi ? Qu'est-ce qu'il y a ? Un problème ?

Susan se mordit la lèvre et s'efforça de le regarder droit dans les yeux.

— Non, tout va bien, affirma-t-elle.

Mais, cela allait très mal au contraire... De l'autre côté de la pièce, l'écran de Hale brillait. Elle avait oublié de baisser la luminosité !

37.

Au rez-de-chaussée de l'hôtel Alfonso XIII, Becker se dirigea vers le bar comme une âme en peine. Un serveur haut comme trois pommes posa un sous-verre devant lui.

— *¿Qué bebe usted ?* Qu'est-ce que je vous sers ?

— Rien, merci. Vous connaissez des boîtes de nuit pour punks en ville ?

L'homme lui jeta un regard interloqué.

— Pour punks ?

— Oui. Existe-t-il des endroits particuliers où ils se retrouvent ?

— *No lo sé, señor.* Mais sûrement pas ici ! dit-il dans un sourire. Alors, vous buvez quelque chose ?

Becker avait envie de secouer ce type comme un prunier, pour passer sa rage. Tout allait de travers.

— *¿ Quiere Ud. algo ?* insistait le barman. *¿ Fino ? ¿ Jerez ?*

Des notes de musique flottaient dans la salle. *Les concertos brandebourgeois. Le numéro quatre.* Susan et lui avaient écouté ce morceau, l'année passée, interprété par l'orchestre de St-Martin-in-the-Fields. Susan lui manquait tant à cet instant... Une petite brise fraîche provenant de l'air conditionné lui rappela la touffeur qui régnait dehors. Il s'imagina errant dans les rues sous cette chape, à la recherche d'une punk avec un drapeau anglais sur son tee-shirt. Oh Susan...

— *Zumo de arándano*, s'entendit-il prononcer. Un jus d'airelle.

Le barman lui jeta un regard déconcerté.

— *¿ Solo ?*

Le jus d'airelle était parfaitement courant en Espagne. Mais le boire sans y ajouter d'alcool était une grande première.

— *Sí,* répondit Becker. *Solo.*

— *¿ Echo un poco de Smirnoff ?* insista le serveur. Avec une goutte de vodka ?

— *No, gracias.*

— *¿ Gratis ?* l'encourageait-il.

Becker songeait aux rues crasseuses des bas quartiers, à la chaleur étouffante, à la longue nuit qui l'attendait... Après tout...

— *Sí, vale, póngame un poco de vodka.*

Le barman parut soulagé et partit au petit trot lui préparer la boisson. Becker parcourut du regard le bar surchargé d'ornements en se demandant s'il était en train de rêver. Ce qu'il vivait n'avait aucun sens. Un professeur d'université jouant les James Bond ! Le barman revint et déposa, avec grande cérémonie, la boisson devant Becker.

— *A su gusto, señor.* Un jus d'airelle avec une goutte de vodka !

Becker le remercia. Il but une gorgée et s'étouffa aussitôt. C'était ça, une « goutte » de vodka ?

38

Hale s'arrêta à mi-chemin du coin-cuisine et fixa Susan du regard.

— Que se passe t-il, Sue ? Tu en fais une tête...

La jeune femme s'efforça de masquer sa frayeur. Trois mètres plus loin, l'écran de Hale brillait.

— Je... Je vais bien, affirma-t-elle, son cœur battant la chamade.

Hale l'observait d'un air déconcerté.

— Tu veux boire un peu d'eau ?

Susan ne parvenait pas à lui répondre. Elle se maudissait en son for intérieur. Comment ai-je pu oublier ! Hale allait savoir qu'elle avait fouillé dans son terminal... il saurait alors qu'elle connaissait sa véritable identité : North Dakota... Que ferait-il pour que cette information ne sorte pas du Nodal 3 ? Il risquait d'être prêt à tout...

Que faire ? Foncer vers la porte ? Mais Hale la rattraperait avant. Des coups résonnèrent soudain sur la paroi vitrée. Hale et Susan sursautèrent. C'était Chartrukian, qui tambourinait comme un forcené. Il avait l'air terrorisé, comme s'il entendait sonner derrière lui les trompettes du Jugement dernier. Hale lança un regard noir vers le technicien affolé, puis se retourna vers Susan.

— Je reviens tout de suite. Sers-toi un verre d'eau. Tu es toute pâle.

Hale fit volte-face et quitta la pièce.

Susan reprit ses esprits et se dirigea à grands pas vers le terminal de Hale. Elle baissa la luminosité. L'écran vira au noir.

Le sang martelait sous ses tempes. Elle se retourna et jeta un coup d'œil aux deux hommes en conversation derrière la paroi vitrée. À l'évidence, Chartrukian n'était pas rentré chez lui... Le jeune technicien était en proie à la panique et vidait son sac auprès de Greg Hale. Cela n'avait plus aucune importance – Hale était déjà au courant de tout.

Je dois aller trouver Strathmore. Et vite.

39.

Suite 301. Rocío Eva Granada se tenait nue devant le miroir de la salle de bains. Le moment qu'elle avait redouté toute la journée approchait. L'Allemand était étendu sur le lit et l'attendait. Jamais elle ne l'avait fait avec un homme aussi énorme.

À contrecœur, elle prit un glaçon dans le seau à glace et le passa sur les pointes de ses seins. Rapidement, ses tétons durcirent. C'était son cadeau aux hommes – leur faire croire qu'ils étaient désirés. C'est ce qui leur donnait envie de revenir. Elle passa ses mains sur son corps souple et bronzé, en priant pour qu'il tienne le coup encore quatre ou cinq ans, le temps d'avoir assez d'économies pour raccrocher. Señor Roldán prenait une grande partie de l'argent qu'elle gagnait, mais, sans lui, elle serait comme toutes les autres prostituées, à racoler la viande saoule sur les trottoirs. Au moins, ses clients avaient de l'argent. Ils ne la battaient jamais et étaient faciles à satisfaire.

Elle enfila sa tenue de travail, prit une profonde inspiration, et ouvrit la porte de la salle de bains.

Quand Rocío pénétra dans la chambre, les yeux de l'Allemand faillirent sortir de leurs orbites. Elle portait un déshabillé noir. Sa peau noisette rayonnait dans la lumière tamisée, et le bout de ses seins pointait au travers de la fine dentelle.

— *Komm doch hierher*, dit-il avec impatience, en retirant son peignoir et s'étendant sur le dos. Viens par ici.

Rocío se força à sourire et approcha du lit. Elle regarda l'énorme Allemand. Elle eut un petit rire soulagé : l'organe entre ses jambes était tout petit.

Il la saisit et lui arracha son déshabillé avec impatience. Ses doigts boudinés se promenèrent, avides, sur tout son corps. Elle grimpa sur lui et gémit en se trémoussant, dans une extase feinte. Quand il la fit basculer pour lui monter dessus, elle crut qu'il allait la broyer. Elle hoquetait et étouffait dans les replis de son cou. Elle priait pour qu'il vienne rapidement.

— *¡Sí ! ¡Sí !* haletait-elle entre deux secousses.

Elle plongea ses ongles dans son dos pour l'encourager. Des pensées affluèrent en cascade dans son esprit – les visages de ces hommes innombrables dont elle avait satisfait les désirs, tous ces plafonds qu'elle avait regardés pendant des heures, son rêve d'avoir des enfants...

Soudain, sans prévenir, le corps de l'Allemand se cabra, se raidit, et retomba lourdement sur elle. Déjà ? pensa-t-elle, à la fois surprise et soulagée. Elle essaya de glisser sur le côté pour se dégager.

— Chéri, murmura-t-elle d'une voix étranglée. Laisse-moi me mettre sur toi...

Mais il ne bougea pas d'un poil. Elle s'arc-bouta et poussa de toutes ses forces sur la montagne de chair.

— Chéri, bouge... Je ne peux plus respirer !

Elle se sentait au bord de l'évanouissement. Ses côtes étaient sur le point de casser.

— *¡Despiértate !*

Instinctivement, elle agrippa ses cheveux trempés et tira. Réveille-toi ! C'est alors qu'elle sentit un filet de liquide, chaud et poisseux. C'est ça qui mouillait ses cheveux ; ça coulait sur ses joues à elle, et maintenant dans sa bouche ; le goût était salé. Elle se débattit, en proie à la panique. Au-dessus d'elle, un étrange rayon de lumière éclairait le visage déformé de l'Allemand. La balle était entrée par la tempe, et de l'orifice, le sang s'échappait à gros bouillons, se répandant sur elle. Elle voulut crier, mais elle n'avait plus d'air dans les poumons. Le colosse l'écrasait. Dans ses derniers instants de lucidité, elle tendit un bras implorant en direction du rai de lumière qui venait du couloir. Elle vit une main. Une arme à feu munie d'un silencieux. Un éclair lumineux. Puis plus rien.

40.

Dans la grande salle de la Crypto, Chartrukian était totalement désemparé. Il tentait de convaincre Hale que TRANSLTR avait des problèmes... Susan sortit du Nodal 3 en trombe, avec une seule idée en tête : aller trouver Strathmore. Le technicien désespéré la saisit par le bras à son passage.

— Mademoiselle Fletcher ! Nous avons un virus !
Je suis formel ! Il faut que...

Susan se libéra brutalement et le regarda d'un air
féroce.

— Mais le compteur d'activité ! Cela fait dix-huit
heures qu'il...

— Je croyais que le directeur adjoint vous avait
ordonné de rentrer chez vous !

— Strathmore, je l'emmerde ! cria Chartrukian, ses
mots résonnant sous le dôme.

Une voix retentit au-dessus d'eux.

— Monsieur Chartrukian ?

Les trois employés se figèrent sur place. En entendant son nom, Strathmore était sorti de son bureau et
les regardait du haut de la passerelle.

Pendant un moment, le seul son audible fut le ronronnement des générateurs en sous-sol. Susan essayait
désespérément de capter le regard de Strathmore.
Chef ! Hale est North Dakota ! Mais Strathmore avait
les prunelles rivées sur le jeune technicien de la Sys-
Sec. Il descendit les marches sans un battement de
paupières, ne quittant pas des yeux Chartrukian. Il vint
se planter à dix centimètres du technicien tremblotant.

— Répétez ce que vous venez de dire ?

— Monsieur, hoqueta Chartrukian. TRANSLTR a
des problèmes.

— Commandant ? intervint Susan. Pourrais-je vous...

Strathmore la fit taire d'un geste, ses yeux toujours
vrillés dans ceux du jeune technicien.

— Nous avons un fichier infecté, monsieur, bredouilla Chartrukian. J'en suis certain.

Le teint de Strathmore vira au rouge.

— Monsieur Chartrukian, nous avons déjà abordé

ce problème. Je vous le répète, TRANSLTR n'est pas infectée.

— Si, elle est infectée ! cria-t-il. Et si le virus se répand jusque dans la banque de données principale...

— Et où est-il donc, ce fichier infecté ? Allez-y, montrez-le-moi !

Chartrukian hésita.

— Je ne peux pas.

— Évidemment ! Puisqu'il n'existe pas !

Susan tenta encore sa chance :

— Commandant, je dois absolument vous...

Une nouvelle fois, Strathmore la fit taire avec humeur. Susan observait Hale avec anxiété. Il affichait un détachement hautain. Évidemment ! Cette histoire de virus ne l'affole pas du tout. Il sait pertinemment ce qui ne tourne pas rond dans TRANSLTR...

— Il y a bel et bien un fichier infecté, monsieur, insistait Chartrukian. Mais Gauntlet ne l'a pas repéré.

— Dans ce cas, comment diable pouvez-vous affirmer son existence ?

Chartrukian sembla reprendre soudain confiance.

— Des opérateurs de mutations ! J'ai lancé un scan complet, et c'est ce que j'ai découvert.

Susan comprenait à présent ce qui inquiétait tant le technicien de la Sys-Sec... Les opérateurs de mutations étaient de courtes séquences de programmation qui modifiaient les données de façon extrêmement complexe. Les virus informatiques y avaient souvent recours, en particulier ceux qui altéraient les données par blocs. Mais, comme l'indiquait le mail de Tankado, les codes mutants que Chartrukian avait repérés étaient inoffensifs, ils étaient juste des éléments de Forteresse Digitale.

Le jeune homme continuait.

— J'ai d'abord pensé que les filtres de Gauntlet avaient eu une défaillance. Mais j'ai lancé des tests et je me suis aperçu que... (Il hésita un instant, mal à l'aise.)... que quelqu'un avait shunté Gauntlet... manuellement.

Un silence de plomb suivit. Le visage de Strathmore vira au cramoisi. Inutile de se demander qui était visé : dans toute la Crypto, le terminal du directeur adjoint était le seul point d'entrée du système où l'on pouvait passer outre Gauntlet.

Strathmore s'adressa à lui d'un ton glacial.

— Monsieur Chartrukian, bien que cela ne vous concerne absolument pas, sachez que c'est *moi* qui ai contourné Gauntlet. (Il continua, son visage écarlate semblant atteindre le point d'ébullition.) Comme je vous l'ai déjà signalé, j'ai lancé un diagnostic très avancé. Ces codes mutants que vous voyez tourner dans TRANSLTR font partie de ce diagnostic. S'ils sont là, c'est parce que je les y ai introduits moi-même ! Puisque Gauntlet refusait de charger le fichier, je suis passé au-dessus.

Strathmore lança à Chartrukian un regard noir.

— Ce point étant éclairci, vous pouvez à présent disposer.

Tout s'éclaira pour Susan... Strathmore, après avoir téléchargé l'algorithme de Forteresse Digitale, avait essayé de l'envoyer dans TRANSLTR. Mais les filtres antivirus de Gauntlet avaient détecté les opérateurs de mutations. Strathmore, qui devait à tout prix savoir si Forteresse Digitale était cassable ou non, avait pris la décision de passer outre les filtres de protection. En temps normal, cette manœuvre aurait été suicidaire.

Mais vu la situation présente, introduire l'algorithme en aveugle dans TRANSLTR ne présentait aucun danger. Le directeur adjoint connaissait parfaitement l'origine et la nature du programme.

— Avec tout le respect que je vous dois, insista Chartrukian, je n'ai jamais entendu parler d'un diagnostic qui ait recours à des mutations de...

— Commandant, interrompit Susan, sur des charbons ardents. Vraiment, il faut que je vous...

La sonnerie du téléphone portable de Strathmore lui coupa la parole. Il le saisit d'un geste vif.

— Quoi ! aboya-t-il.

Puis il écouta son interlocuteur en silence.

Susan oublia Hale dans l'instant. Pourvu que ce soit David... Dites-moi que tout va bien. Dites-moi qu'il a trouvé la bague ! Mais Strathmore lui jeta un regard renfrogné, en secouant la tête. Ce n'était pas David.

Susan sentit son cœur se serrer dans sa poitrine. Tout ce qu'elle désirait, c'était savoir l'homme qu'elle aimait en sécurité. Strathmore aussi était impatient d'avoir des nouvelles, mais pour d'autres raisons. Si David tardait, il allait devoir envoyer du renfort – des agents de la NSA. Une prise de risque qu'il préférait encore éviter.

— Monsieur ? pressa Chartrukian. Je pense vraiment que nous devrions vérifier...

— Ne quittez pas..., dit Strathmore à son interlocuteur au téléphone.

Il masqua le micro du combiné et fusilla du regard le jeune technicien.

— Monsieur Chartrukian, grogna-t-il. La discussion est close. Partez d'ici. Sur-le-champ. C'est un ordre.

Chartrukian resta abasourdi.

— Mais les mutations...

— Sur-le-champ, ai-je dit !

Chartrukian le regarda fixement, sans voix. Puis il se dirigea vers les locaux de la Sys-Sec, fulminant de rage.

Strathmore se retourna et regarda Hale d'un drôle d'air. Susan savait ce qui troublait le directeur adjoint. Hale était resté silencieux – trop silencieux. Hale savait qu'il n'existait aucun diagnostic utilisant du code mutant, et aucun test au monde ne pouvait occuper TRANSLTR dix-huit heures durant... Et pourtant, Greg Hale n'avait pas dit un seul mot... Comme si toute cette agitation le laissait parfaitement indifférent. Strathmore s'interrogeait évidemment sur les raisons de ce mutisme. Et Susan connaissait la réponse...

— Commandant, insista-t-elle, si vous pouviez m'accorder juste...

— Plus tard ! l'interrompit-il, en continuant de regarder Hale d'un air intrigué. Je dois prendre cet appel.

Sur ce, Strathmore tourna les talons et remonta dans son bureau.

Susan ouvrit la bouche, avec ces mots qui fourmillaient sur le bout de sa langue : Hale est North Dakota ! Mais elle resta silencieuse, immobile comme une statue. Elle sentait le regard de Hale rivé sur sa nuque. Elle se retourna. L'ex-marine recula d'un pas et, d'une petite révérence malicieuse, il désigna le Nodal 3.

— Après toi, Sue.

41

Dans un réduit destiné à ranger le linge, au troisième étage de l'hôtel Alfonso XIII, une femme de chambre gisait, inconsciente. L'homme à la monture d'acier replaçait dans la poche de l'employée le passe de l'hôtel. Quand il l'avait frappée, la femme, semblait-il, n'avait pas crié. Mais il ne pouvait en être certain – il était sourd depuis l'âge de douze ans.

Il se pencha sur le boîtier à sa ceinture avec une sorte de respect. Cet appareil, cadeau d'un client, avait révolutionné sa vie. À présent, il pouvait recevoir ses contrats où qu'il soit dans le monde. Les communications étaient instantanées et sécurisées.

Tout excité, il appuya sur le bouton. Ses lunettes clignotèrent, prêtes à fonctionner. Une fois de plus, ses doigts cliquèrent entre eux dans l'air. Comme d'habitude, il connaissait le nom de ses victimes – il suffisait de fouiller dans le portefeuille ou le sac à main. Les contacts au bout de ses doigts s'activèrent, et les lettres apparurent sur les lentilles de ses lunettes, tels des fantômes flottant dans l'air.

SUJET : ROCÍO EVA GRANADA – ÉLIMINÉE
SUJET : HANS HUBER – ÉLIMINÉ

Trois étages plus bas, David Becker régla le barman et arpenta le hall, son verre à demi plein dans la main. Il se dirigea vers la terrasse de l'hôtel, à la recherche d'un peu d'air frais. Un simple aller-retour, se lamenta-t-il. Rien ne s'était passé comme prévu... Il fallait prendre une décision. Pouvait-il abandonner sa mission et retourner tranquillement à l'aéroport ? Une question de sécurité nationale ! Becker jura entre ses dents. Dans ce cas, pourquoi diable avaient-ils envoyé un amateur ?

Becker se plaça hors de vue du barman et versa le contenu de son verre dans un pot de jasmin. La vodka lui était montée à la tête. L'homme qui devenait saoul plus vite que son ombre ! se moquait Susan. Becker remplit son verre à une fontaine et but une longue gorgée d'eau. Il fit quelques étirements pour chasser la brume qui s'immisçait dans son esprit. Puis il posa son verre et traversa le hall.

Au moment où il passait devant l'ascenseur, les portes s'ouvrirent. À l'intérieur, un homme. Le détail marquant, c'étaient ses lunettes : des verres épais à la monture d'acier. C'est tout ce qu'il en vit – l'homme tenait un mouchoir sur son nez, comme pour se moucher. Becker lui lança un sourire poli et continua son chemin... dehors, dans la nuit étouffante de Séville.

42.

Dans le Nodal 3, Susan faisait les cent pas. Quand aurait-elle de nouveau l'occasion de dénoncer Hale ?...

— Le stress tue, lança son collègue derrière son écran. Quelque chose te tracasse, Sue ?

Susan s'obligea à s'asseoir. Strathmore devait avoir fini sa conversation au téléphone maintenant. Il aurait dû revenir pour lui parler. Mais aucun signe de lui. Susan tâcha de garder son calme. Elle scruta son écran d'ordinateur. Le pisteur tournait toujours – pour la seconde fois. C'était devenu inutile à présent. Susan savait quelle adresse il lui renverrait : GHALE@CRYPTO.NSA.GOV.

Susan leva les yeux vers le bureau de Strathmore. Impossible d'attendre plus longtemps. Elle devait écourter sa conversation téléphonique. Elle quitta son poste de travail et se dirigea vers la porte. Hale s'affola ; il avait remarqué le comportement bizarre de Susan. Il traversa la pièce à vive allure et arriva avant elle à la porte. Les bras croisés, il lui bloqua la sortie.

— Dis-moi ce qui ne va pas. Il se passe quelque chose de bizarre ici. Je veux savoir !

— Laisse-moi, répondit-elle le plus calmement possible, malgré le danger qu'elle sentait imminent.

— Allez, la pressa Hale. Strathmore a quasiment viré Chartrukian, alors qu'il ne faisait que son boulot. Qu'est-ce qui tourne dans TRANSLTR ? Aucun diagnostic ne dure dix-huit heures. C'est des conneries tout ça, et tu le sais très bien. Dis-moi ce qui se passe.

Les yeux de Susan se plissèrent de colère. Il savait exactement ce qui se passait !

— Pousse-toi, Greg. J'ai besoin d'aller aux toilettes.

Hale lui lança un petit sourire de défi. Il resta planté devant elle un moment, puis fit un pas de côté.

— Excuse-moi, Sue. C'était pour rire...

Susan sortit du Nodal 3, en le bousculant au passage. Elle sentait, derrière les vitres teintées, le regard de Hale vrillé dans son dos. À contrecœur, elle se dirigea vers les toilettes. Mieux valait faire un détour avant d'aller trouver Strathmore. Greg Hale ne devait se douter de rien.

43

La quarantaine sémillante, Chad Brinkerhoff était toujours tiré à quatre épingles, et toujours bien informé. Sa veste d'été, comme sa peau bronzée, n'affichait pas la moindre usure du temps. Ses cheveux étaient épais, d'un blond-roux et – c'était là sa grande fierté – ils étaient d'origine ! Ses yeux étaient d'un bleu lumineux, subtilement mis en valeur par le miracle de lentilles de contact colorées.

Il avait grimpé tous les échelons, songea-t-il en parcourant du regard le luxueux bureau lambrissé où il se trouvait. Impossible pour lui d'aller plus haut à la NSA. Il était au neuvième étage – « le niveau acajou », comme on le surnommait. Bureau 9A197. La suite directoriale.

C'était samedi soir, et le niveau acajou était quasiment désert. Les huiles étaient parties depuis longtemps – pour profiter des loisirs réservés aux grands de ce monde. Brinkerhoff avait toujours rêvé d'un « vrai » poste au sein de l'agence, mais il était devenu un assistant hors pair, un secrétaire particulier – la grande voie de garage sur la route du pouvoir ! Le fait de travailler avec l'homme le plus puissant des services de renseignement américains était une piètre consolation. Brinkerhoff était sorti major de promotion de Andover & Williams. Et pourtant, il en était là, à quarante-cinq ans, sans réel pouvoir, sans titre. Il passait ses journées à organiser l'emploi du temps d'un autre.

Être l'assistant du directeur offrait bien des avantages – Brinkerhoff occupait un bureau confortable dans la suite directoriale, il avait accès à tous les départements de la NSA et bénéficiait d'un certain prestige en égard à la personne qu'il secondait. Il faisait les courses pour les plus hauts échelons du pouvoir. En lui-même, Brinkerhoff savait qu'il était fait pour être un second couteau – assez intelligent pour prendre des notes, suffisamment présentable pour donner des conférences de presse, et juste assez paresseux pour s'en contenter.

Les cinq coups étouffés de l'horloge sonnèrent, marquant la fin d'une nouvelle journée de sa pathétique existence. Merde ! Cinq heures du soir, un samedi. Qu'est-ce que je fous là ?

— Chad ?

Une femme apparut dans le couloir.

Brinkerhoff leva les yeux. C'était Midge Milken, la chargée de la sécurité interne auprès de Fontaine. Elle avait soixante ans, était un peu ronde et – au grand trouble de Brinkerhoff – très attirante. Séductrice avérée, trois fois divorcée, Midge arpentait les six pièces de la suite directoriale avec une sorte d'autorité espiègle. Elle était vive, intuitive, travaillait à toute heure du jour et de la nuit, et le bruit courait qu'elle en savait plus sur le fonctionnement de la NSA que Dieu lui-même.

Bon sang ! songea Brinkerhoff, en la regardant dans sa robe de cachemire grise. Soit c'est moi qui vieillis, soit elle rajeunit de jour en jour...

— Les rapports de la semaine..., lança-t-elle avec un sourire, en agitant la liasse de documents qu'elle avait à la main. Tu dois vérifier ça.

Brinkerhoff dévora Midge des yeux.

— D'ici, tout est parfait, je t'assure.

— Voyons, Chad ! se moqua-t-elle. Je pourrais être ta mère.

Inutile de me le rappeler !

Midge s'approcha de sa démarche chaloupée.

— Je m'en vais, mais le directeur veut avoir ça sur son bureau pour son retour d'Amérique du Sud. Autrement dit : lundi, à la première heure.

Elle lâcha les documents devant lui.

— Tu me prends pour un comptable ?

— Non, mon cœur. Tu es le chef de croisière du navire. Tu le sais bien.

— Pourquoi devrais-je alors me taper ces comptes ?

Elle lui ébouriffa les cheveux.

— Tu voulais plus de responsabilités. En voilà.

Il la regarda d'un air dépité.

— Midge... Je n'ai pas de vie.

Elle tapota le dossier du doigt.

— C'est ça, ta vie, Chad.

Elle ajouta dans un murmure :

— Tu veux quelque chose avant que je parte ?

Il la regarda d'un air suppliant et tira sur son cou douloureux.

— J'ai les épaules toutes raides... Je n'ai pas droit à un petit massage ?

Elle secoua la tête.

— *Cosmopolitan* dit que les deux tiers des massages se terminent en acte sexuel.

Brinkerhoff prit un air indigné.

— Jamais les nôtres !

— Justement, minauda-t-elle. C'est bien là le problème.

— Midge...

— Bonne nuit, Chad.

Elle se dirigeait vers la sortie.

— Tu t'en vas vraiment ?

— Pour tout dire, je serais bien restée, lança Midge, dans l'embrasure de la porte. Mais j'ai ma fierté. Je n'ai aucune envie de jouer les seconds rôles – surtout à côté d'une gamine.

— Ma femme n'a rien d'une gamine, se défendit Brinkerhoff. Même si elle se conduit comme telle.

Midge lui jeta un regard surpris.

— Je ne parlais pas de ta femme. (Elle cligna des yeux d'un air innocent.) Je pensais à Carmen.

Elle avait prononcé le prénom avec un fort accent portoricain. La voix de Brinkerhoff se fissura légèrement.

— Quelle Carmen ?

— Celle de la cafétéria.

Brinkerhoff se sentit rougir. Carmen Huerta, âgée de vingt-sept ans, était la chef pâtissière du restaurant de la NSA. Brinkerhoff avait eu avec elle quelques cinq-à-sept, prétendument secrets, dans la réserve. Midge lui adressa un clin d'œil entendu.

— Souviens-toi, Chad... Big Brother sait tout.

Brinkerhoff déglutit, incrédule. Big Brother surveillait-il aussi la réserve ? Big Brother, ou « Brother », comme l'appelait souvent Midge, était un Centrex 333 installé dans un petit bureau adjacent à la pièce principale de la suite. Le fief de Midge. Brother centralisait les données provenant des cent quarante-huit caméras vidéo, des trois cent quatre-vingt-dix-neuf portes électroniques, des trois cent soixante-dix-sept mouchards téléphoniques et des deux cent douze micros H.F. disséminés un peu partout dans la NSA.

Les dirigeants de l'agence avaient appris à leurs dépens qu'avoir un staff de vingt-six mille employés était autant un avantage qu'un danger. Tous les grands problèmes qu'avait rencontrés la NSA provenaient de brebis galeuses intra-muros. Le travail de Midge, en tant que superviseur de la sécurité interne, consistait à surveiller tout ce qui se passait dans l'enceinte de la NSA... y compris, apparemment, dans la réserve de la cafétéria.

Brinkerhoff se leva pour se justifier, mais Midge était déjà en route.

— Garde tes mains bien sur ton bureau, lança-t-elle par-dessus son épaule. Pas de gâteries perso après mon départ. Les murs ont des yeux.

Brinkerhoff se rassit et écouta le son de ses talons s'évanouir dans le couloir. Au moins, Midge garderait le secret. Elle n'était pas sans tache, non plus, de son côté. Midge s'était laissée aller, avec Brinkerhoff, à quelques confidences – souvent, d'ailleurs, pendant qu'elle lui massait le dos...

Ses pensées se tournèrent vers Carmen. Il songea à son corps agile, ses cuisses ambrées, sa radio, le volume toujours à fond, qui jouait des salsas endiablées. Il sourit. J'irai peut-être faire un saut à la cafétéria quand j'aurai fini...

Il ouvrit le premier document.

CRYPTO – PRODUCTION/DÉPENSES

Son visage s'éclaira dans l'instant. Midge l'avait choyé... Vérifier le bilan comptable de la Crypto était un jeu d'enfant. En théorie, il était censé tout examiner, mais dans les faits, le seul chiffre qui intéressait le directeur était le CMD – le coût moyen par décryptage. Autrement dit, le prix de revient de TRANSLTR par code cassé. Tant que le montant ne dépassait pas mille dollars le déchiffrement, Fontaine ne sourcillait pas. Un grand seigneur ! ricanait Brinkerhoff intérieurement. Surtout avec l'argent du contribuable !

Tandis qu'il examinait le document, vérifiant les CMD quotidiens, il imaginait Carmen Huerta s'enduisant le corps de miel et de confiture...

Trente secondes plus tard, il avait presque terminé. Le bilan de la Crypto était parfait – comme toujours.

Mais juste avant de passer à un nouveau dossier, quelque chose attira son regard. Au bas du dernier feuillet, le montant du CMD était faramineux. Il y avait tant de chiffres qu'ils débordaient sur la colonne suivante. Brinkerhoff regarda la somme, d'un air hébété.

999 999 999 $? Il hoqueta. Un milliard de dollars ? Les images érotiques de la belle Carmen s'évanouirent sur-le-champ. Un code à un milliard de dollars ?

Pendant une minute, Brinkerhoff resta tétanisé sur son siège. Puis, soudain pris de panique, il se précipita dans le couloir.

— Midge ! Reviens !

44

Phil Chartrukian, dans la salle de la Sys-Sec, bouillait de frustration. Les mots de Strathmore le poursuivaient. « Partez d'ici. Sur-le-champ. C'est un ordre ! » Il donna un coup de pied rageur dans la poubelle.

— Diagnostic, mon cul ! Depuis quand le directeur adjoint passe outre Gauntlet ?

Les gars de la Sys-Sec étaient payés pour protéger les systèmes informatiques de la NSA, et Chartrukian avait appris que la fonction exigeait deux qualités essentielles : être intelligent et très paranoïaque.

Ce n'est pas de la paranoïa ! songeait-il. Ce putain de compteur affiche plus de dix-huit heures d'activité ! C'était un virus. Chartrukian le flairait. C'était clair comme de l'eau de roche : Strathmore avait commis l'erreur de shunter Gauntlet et, à présent, il essayait de se couvrir en racontant une histoire de diagnostic à dormir debout.

Chartrukian n'aurait pas été aussi inquiet si TRANSLTR seule avait été en danger. Mais ce n'était pas le cas. Contre toute apparence, la grosse bête à décoder ne fonctionnait pas en circuit fermé. Les gens de la Crypto étaient persuadés que Gauntlet avait pour seul but de protéger leur joujou, mais la Sys-Sec, heureusement, avait une vue d'ensemble. Les filtres antivirus de Gauntlet défendaient une place autrement plus stratégique : la grande banque de données de la NSA.

L'histoire de ce sanctuaire électronique avait toujours fasciné Chartrukian. Malgré tous les efforts du département de la Défense afin de garder Internet pour son seul usage, à la fin des années soixante-dix, la société civile s'y intéressa – les possibilités de l'outil étaient bien trop séduisantes. D'abord ce furent les universités qui s'immiscèrent sur le réseau. Puis ce fut au tour des serveurs commerciaux. Les vannes étaient alors ouvertes, et le grand public s'y engouffra. Au début des années quatre-vingt-dix, le bel Internet du gouvernement, jadis si sûr, était devenu une toile grouillante, croulant sous les e-mails et les sites pornographiques.

Après un certain nombre d'infiltrations au cœur du renseignement de la marine, qui pour n'être pas médiatisées n'en furent pas moins dramatiques, il apparut évident que les secrets d'État n'étaient plus en sécurité dans des ordinateurs connectés à la fourmilière Internet. Le président, en accord avec le département de la Défense, débloqua des fonds secrets pour créer un nouveau réseau, totalement sûr, qui remplacerait Internet, trop infesté, et ferait le lien entre les différentes agences de renseignement américaines. Pour prévenir de nouveaux piratages, toutes les données sensibles furent transférées dans un seul et unique lieu, ultrasécurisé : la grande banque de données, flambant neuve, de la NSA – le Fort Knox électronique des services secrets américains.

Concrètement, les millions de photos, enregistrements, documents et vidéos les plus confidentiels du pays furent numérisés, et conservés dans de vastes unités de stockage, puis toutes les autres copies furent détruites. La banque de données était protégée par un réseau complexe d'alimentation de secours et de systèmes de sauvegarde multiniveaux. De plus, elle était enterrée à soixante-dix mètres de profondeur pour la mettre à l'abri des champs magnétiques et des éventuelles explosions. Toutes les activités dans la salle des commandes étaient classées *Top Secret Umbra*... le plus haut degré de confidentialité du pays.

Les secrets d'État n'avaient jamais été autant en sécurité. Cette place imprenable abritait les plans concernant de nouvelles armes, les listes des témoins sous protection, les fausses identités des agents en mission, les projets de futures opérations d'infiltration, etc. La liste était sans fin. Cette fois, plus personne ne pourrait venir fureter dans les fichiers du renseignement américain.

Certes le stockage de ces informations n'avait d'intérêt que si elles restaient consultables. Le véritable exploit n'était pas de mettre à l'abri toutes les données secrètes, mais de les rendre accessibles aux seules personnes habilitées. Chaque document possédait donc un code de sécurité, et, selon son degré de confidentialité, était accessible à une classe spécifique d'agents gouvernementaux. Un commandant de sous-marin pouvait examiner les plus récentes photos satellites de la NSA concernant les ports de Russie, mais il ne pouvait avoir accès aux plans d'une opération antidrogue en Amérique du Sud. Les analystes de la CIA pouvaient consulter les dossiers des criminels répertoriés mais ne connaîtraient jamais les codes de lancement des missiles nucléaires, réservés au Président.

Les techniciens de la Sys-Sec, évidemment, ne savaient rien des informations contenues dans la banque de données, mais ils étaient responsables de leur pérennité. Toutes les banques de données, depuis celles des compagnies d'assurances jusqu'à celles des universités, subissaient les attaques constantes des hackers

– et la BDD de la NSA ne faisait pas exception. Mais les programmeurs de Fort Meade étaient les meilleurs du monde. Pour l'heure, personne n'avait jamais réussi à s'infiltrer dans le système – et il n'y avait aucune raison de penser que cela puisse arriver un jour.

Dans la salle de la Sys-Sec, Chartrukian ruisselait de sueur, ne pouvant se résoudre à quitter les lieux. Si TRANSLTR avait un problème, la banque de données risquait d'en avoir un aussi. La désinvolture de Strathmore était incompréhensible.

Tout le monde savait que TRANSLTR et la BDD étaient liées de manière inextricable. Chaque nouveau code, une fois cassé à la Crypto, était acheminé, *via* quatre cent cinquante mètres de câbles de fibre optique, jusqu'à la banque de données afin d'être stocké en sécurité. Les portes d'accès à ce sanctuaire électronique étaient rares – et TRANSLTR était l'une d'entre elles. Gauntlet était son gardien, son gardien d'airain. Et Strathmore lui était passé entre les jambes !

Chartrukian entendait son cœur battre la chamade. TRANSLTR était plantée depuis dix-huit heures ! L'idée qu'un virus, une fois pénétré dans TRANSLTR, puisse aller se balader dans les profondeurs de Fort Meade était un scénario par trop crédible.

— Je dois en informer quelqu'un, balbutia-t-il à voix haute.

Dans une situation pareille, la seule personne à appeler était le chef terrible de la Sys-Sec, le grand maître ès ordinateurs, deux cents kilos à la pesée et le père de Gauntlet. On le surnommait Jabba. À la NSA, c'était un demi-dieu – il rôdait dans les salles, éteignait mille départs de feux virtuels en maudissant les faibles d'esprit et les ignorants. Quand Jabba apprendrait que Strathmore avait contourné Gauntlet, les foudres de l'enfer s'abattraient sur la Crypto. Tant pis pour eux... Je n'ai pas le choix. Le jeune homme saisit le combiné et composa le numéro de portable de Jabba, sur lequel il était joignable vingt-quatre heures sur vingt-quatre.

45.

David Becker errait sans but sur l'Avenida del Cid en tâchant de rassembler ses idées. À ses pieds, des ombres molles dansaient sur les cailloux de la chaussée – effet rémanent de la vodka. Il était, au propre comme au figuré, dans le flou le plus total. Ses pensées dérivèrent sur Susan. Avait-elle eu son message ?

Devant lui, un autobus stoppa à un arrêt dans un grincement métallique. Becker leva les yeux. La porte s'ouvrit, mais personne ne descendit. Le moteur diesel rugit pour redémarrer... juste à cet instant, trois adolescents surgirent d'un bar plus haut dans la rue et s'élancèrent dans sa direction, en poussant de grands cris. Le bus ralentit et les jeunes accélérèrent pour le rattraper.

À trente mètres de là, Becker regardait le bus s'éloigner les yeux écarquillés d'incrédulité. Sa vision était soudain nette, mais ce qu'il voyait était inconcevable. Il y avait une chance sur un million pour que cela soit vrai...

Une hallucination ?

Mais quand les portes du bus s'ouvrirent de nouveau et que les adolescents s'agglutinèrent devant le marchepied, Becker eut la même vision. Cette fois, plus aucun doute possible... Clairement éclairée par le halo du réverbère au coin de la rue, elle était là !

Les jeunes montèrent dans le bus, et le moteur s'emballa à nouveau. Becker piqua à son tour un sprint, l'étrange image dansant dans sa tête – du rouge à lèvres noir, les yeux fardés de noir, et ces cheveux... dressés en trois pointes – trois couleurs distinctes : rouge, blanc et bleu !

Quand le bus s'ébranla, Becker courait comme un dératé dans les vapeurs de monoxyde de carbone.

— ¡ *Espere !* criait-il.

Les semelles de ses mocassins martelaient le pavé. Mais il n'avait pas la même agilité que sur les courts de squash. Il se sentait déséquilibré, désuni dans l'effort. Son cerveau avait du mal à synchroniser les mouvements de ses jambes. La main lourde du barman ou le décalage horaire...

Le bus était un vieux diesel et, heureusement pour Becker, la première vitesse était très longue à monter en régime. Becker voyait l'écart se réduire. Il fallait le rattraper avant que le chauffeur ne passe la deuxième. Les deux pots d'échappement crachèrent un épais nuage de fumée quand le machiniste se prépara à passer la seconde. Becker accéléra encore. Alors qu'il arrivait à hauteur du pare-chocs arrière, il fit un écart sur la droite, pour continuer sa course sur le flanc du bus. Les portes arrière étaient à portée de vue et, comme dans tous les bus de Séville, grandes ouvertes : c'était l'air conditionné à bas prix. Becker se concentra sur cette ouverture, faisant fi de la sensation de brûlure dans ses jambes. Les pneus tournoyaient à ses côtés, gigantesques, démesurés, en émettant un chuintement de plus en plus aigu avec la vitesse. Becker bondit vers la porte, rata la poignée et faillit s'étaler de tout son long. Il reprit sa course avec l'énergie du désespoir. Sous le bus, l'embrayage claqua. Le conducteur allait changer de vitesse. Je n'y arriverai pas ! Mais tandis que le moteur était débrayé pour enclencher le rapport suivant, le bus ralentit légèrement. Becker se jeta en avant. La transmission rengréna juste au moment où sa main se refermait sur la rampe. Son épaule faillit se déboîter sous le choc.

David Becker était étalé sur le marchepied. La route défilait à quelques centimètres de son visage. Maintenant, il était totalement dégrisé. Ses jambes et ses épaules étaient en feu. Vacillant, il se releva, et grimpa dans la pénombre du bus. Parmi la foule des silhouettes, quelques rangées de sièges plus loin, les trois pointes de cheveux étaient là.

Rouge, blanc, bleu ! J'ai réussi !

Des images jaillirent dans son esprit : l'anneau, le Learjet 60 qui l'attendait, et le point final de cette histoire – Susan !

Becker s'approchait du fauteuil de la fille, se demandant ce qu'il allait pouvoir lui dire, lorsque le bus passa sous un lampadaire. Le visage de la punk fut éclairé l'espace d'un instant. Becker se figea d'horreur. Son maquillage était barbouillé sur une barbe de plusieurs jours. Il ne s'agissait pas du tout d'une fille ! Le gars portait un clou d'argent planté dans sa lèvre supérieure et un blouson de cuir noir, à même la peau.

— Qu'est-ce que tu me veux ? demanda la voix enrouée, avec un accent new-yorkais.

Avec la sensation de tomber dans le vide, Becker jeta un regard circulaire sur les passagers du bus qui, tous, avaient les yeux braqués sur lui. Des punks ! Des punks partout, dont la moitié, au moins, avait les cheveux tricolores !

— ¡ Siéntese ! cria le chauffeur.

Becker était trop abasourdi pour comprendre qu'on s'adressait à lui.

— ¡ Siéntese ! répéta l'homme. Asseyez-vous !

Becker aperçut, dans le rétroviseur, le visage du machiniste, cramoisi de colère. Il avait trop tardé à réagir...

Pour lui donner une leçon, le chauffeur donna un grand coup de frein. Becker sentit son centre de gravité projeté en avant. Il voulut se retenir à un dossier, mais le manqua. Un instant, il vola... Puis il atterrit lourdement sur le sol.

Sur l'Avenida del Cid, un visage sortit de l'ombre. L'homme ajusta sa monture d'acier, scrutant le bus qui s'éloignait. David Becker lui échappait, mais pas pour longtemps. Parmi tous les bus de Séville, M. Becker venait d'embarquer dans le plus abominable qui fût, le 27.

Et le 27 n'avait qu'une seule destination.

46.

Phil Chartrukian raccrocha d'un geste brusque. Occupé ! Jabba exécrait les boîtes vocales et les mises en attente. C'était pour lui un subterfuge insidieux des télécoms pour engranger toujours plus de profits en donnant une suite à chaque appel. De simples phrases telles que « je suis en ligne, je vous rappellerai » rapportaient chaque année des millions aux compagnies de téléphonie. Jabba refusait d'avoir une messagerie. C'était sa manière de s'insurger en silence contre le fait que la NSA lui demande d'être joignable à toute heure du jour et de la nuit.

Chartrukian se retourna et contempla la Crypto déserte. Le bourdonnement des générateurs au sous-sol semblait enfler à chaque minute. Le temps s'écoulait... On lui avait ordonné de quitter les lieux. Mais il lui semblait entendre, dans ce grondement souterrain, la devise de la Sys-Sec, comme une mélopée impérieuse : « D'abord agir, expliquer ensuite. »

En matière de sécurité informatique, à ce niveau de complexité, perdre ou sauver un système se jouait souvent à quelques minutes près. Le temps de justifier ses actes avant de lancer la riposte, et les jeux étaient faits. Les techniciens de la Sys-Sec étaient, certes, payés pour leur capacité d'expertise technique... Mais aussi pour leur instinct.

D'abord agir, expliquer ensuite. Chartrukian savait ce qu'il avait à faire. Et quand la tempête serait finie, soit il serait le nouveau héros de Fort Meade, soit un chômeur de plus.

Le grand ordinateur casseur de codes avait un virus – lui, Phil Chartrukian, responsable de la sécurité des systèmes, en était certain ! Une solution s'imposait, une seule : éteindre TRANSLTR.

Il n'existait que deux manières de couper l'alimentation de la machine. La première était de passer par le terminal privé du directeur adjoint, lequel se trouvait dans son bureau en passerelle – c'était donc hors de question. La seconde était d'actionner le commutateur manuel, situé dans un des étages du sous-sol de la Crypto.

Chartrukian sentit sa gorge se serrer. Il détestait les sous-sols. Il n'y était allé qu'une seule fois, lors d'un entraînement. C'était comme une autre planète, une *terra incognita* avec son labyrinthe de coursives, ses canalisations de fréon et son abîme vertigineux menant aux groupes électrogènes qui grondaient en bas...

C'était le dernier endroit où il avait envie de mettre les pieds... comme Strathmore était la dernière personne à qui il avait envie de désobéir... mais c'était son devoir. Demain, ils me diront merci, se disait-il. Du moins, c'est ce que le jeune homme espérait.

Chartrukian prit une grande inspiration, et ouvrit l'armoire métallique de Jabba. Sur une étagère remplie de pièces d'ordinateur, caché derrière un concentrateur média et un testeur LAN, se trouvait un mug des anciens élèves de Stanford. En veillant à ne pas toucher le bord, il glissa la main à l'intérieur de la tasse et en sortit une clé Medeco.

— C'est incroyable, grommela-t-il, comme les huiles de la sécurité informatique ne connaissent rien à la sécurité tout court !

47

— Un code à un milliard de dollars ? ricana Midge en revenant avec Brinkerhoff dans le couloir. Elle est bien bonne, celle-là.

— Je te jure que c'est vrai.

Elle lui jeta un regard de travers.

— J'espère pour toi que ce n'est pas un traquenard pour une partie de jambes en l'air.

— Midge, jamais je ne..., commença-t-il d'un air vertueux.

— Ça va, Chad. Ne remue pas le couteau dans la plaie.

Trente secondes plus tard, Midge était assise à la place de Brinkerhoff et étudiait le bilan de la Crypto.

— Tu vois ce CMD ? (Il se pencha au-dessus d'elle en pointant du doigt le chiffre en question.) Un milliard de dollars !

Midge gloussa.

— Ça paraît effectivement battre tous les records.

— Ça les écrase à plate couture, oui !

— Sauf que ça ressemble à une division par zéro.

— Une quoi ?

— Une division par zéro, répéta-t-elle en examinant le reste de la page. Le CMD est une fraction... le coût total divisé par le nombre de codes cassés, d'accord ?

— D'accord.

Brinkerhoff acquiesçait, en se retenant de plonger son regard dans le décolleté de Midge.

— Quand le dénominateur est zéro, expliqua-t-elle, le quotient est infini. Mais comme les ordinateurs ne

supportent pas l'infini, ils inscrivent des lignes de
« 9 ».

Elle désigna du doigt une autre section du document :

— Regarde cette colonne...

— Oui, s'empressa de répondre Brinkerhoff en
tâchant de se concentrer sur la page.

— Ce sont les résultats d'aujourd'hui. Lis le nombre de codes décryptés.

Comme un élève bien sage, Brinkerhoff suivit le
doigt de Midge qui descendait jusqu'au bas de la
colonne.

NOMBRE DE DÉCRYPTAGES : 0

Midge tapota de son ongle le chiffre en question.

— C'est bien ce que je pensais. Une division par
zéro !

— Alors tout va bien ? s'enquit Brinkerhoff.

Midge haussa les épaules.

— Ça veut simplement dire qu'aucun code n'a été
cassé aujourd'hui. TRANSLTR se repose.

— Tu plaisantes ?

Brinkerhoff connaissait suffisamment Fontaine pour
savoir que le mot « repos » ne faisait pas partie de son
dictionnaire du management – en particulier concernant les machines. Fontaine avait dépensé deux milliards de dollars pour sa bête à décoder, et il tenait
à la rentabiliser jusqu'à la dernière soudure. Chaque
seconde où TRANSLTR restait inactive, c'était des
liasses de billets qui partaient par la fenêtre.

— Mais... Midge... TRANSLTR n'est jamais au
repos. Elle tourne nuit et jour. Tu le sais bien.

— Peut-être que Strathmore n'avait pas envie de

traîner là hier soir pour préparer les décryptages du week-end, lâcha Midge avec un mépris évident. Comme Fontaine était absent, il en a profité pour filer à l'anglaise et aller taquiner le gardon.

— Ça va, Midge, répliqua Brinkerhoff en lui lançant un regard réprobateur. Lâche-le un peu.

C'était un secret de polichinelle : Midge Milken ne portait pas Trevor Strathmore dans son cœur. Strathmore avait tenté de modifier Skipjack ; la manœuvre était rusée, mais il s'était fait prendre... Malgré ses bonnes intentions, cette audace avait coûté cher à la NSA. L'EFF avait accru son pouvoir, la crédibilité de Fontaine avait pris du plomb dans l'aile, et, plus grave encore, l'agence était sortie de l'ombre. À présent, même dans le fin fond du Minnesota, des femmes au foyer s'inquiétaient auprès d'AOL et de CompuServe que la NSA puisse lire leurs e-mails – comme si la NSA s'intéressait au secret de la tarte aux patates douces.

La maladresse de Strathmore avait causé beaucoup de torts à la NSA, et Midge se sentait responsable ; certes, il lui était impossible de prévoir les projets de Strathmore, mais il n'en restait pas moins que quelqu'un avait agi dans le dos du directeur, or Midge était justement payée pour protéger les arrières du patron. Fontaine déléguait beaucoup et cela laissait, malheureusement, la porte ouverte à ce genre d'initiative personnelle... La philosophie du directeur avait toujours été de laisser les gens compétents faire leur travail ; voilà pourquoi Trevor Strathmore avait, encore et toujours, carte blanche.

— Midge, tu sais très bien que Strathmore n'est pas

un tire-au-flanc. Il fait tourner TRANSLTR à plein régime.

Midge acquiesça. Accuser Strathmore de laxisme, bien sûr, était absurde. Le directeur adjoint était entièrement dévoué à la NSA – au point, parfois, d'aller trop loin. Éradiquer le mal de la planète était sa croisade. La porte secrète dans Skipjack devait être un grand fait d'armes – une manœuvre héroïque pour rendre le monde meilleur. Malheureusement ce bel espoir, comme tant d'autres causes perdues, s'était terminé, pour son champion, par une mise au pilori.

— Je reconnais que je suis un peu injuste, admit-elle.

— Un peu ? Strathmore a, sur les bras, une pile monumentale de codes à casser. Jamais, il ne laisserait TRANSLTR inactive pendant un week-end entier.

— D'accord, d'accord, soupira-t-elle. Au temps pour moi.

Midge restait néanmoins perplexe. Pourquoi alors TRANSLTR n'avait-elle décrypté aucun code de toute la journée...

— Laisse-moi vérifier quelque chose...

Elle feuilleta les rapports, trouva le document qu'elle cherchait et examina les chiffres. Après un moment, elle secoua la tête.

— Tu as raison, Chad. TRANSLTR a tourné plein pot. La consommation d'électricité est même un peu au-dessus de la moyenne. Un peu plus de cinq cent mille kilowatts-heure depuis hier minuit.

— Alors, qu'est-ce que cela signifie ?

— Je ne sais pas. En tout cas, c'est bizarre.

— Tu es sûre que tes données sont bonnes ?

Elle lui lança un regard noir. Il y avait deux sujets

sensibles chez Midge Milken, deux points à ne jamais remettre en question en sa présence... La fiabilité de ses données était l'un de ces deux-là. Brinkerhoff n'insista donc pas et attendit sagement qu'elle ait fini d'inspecter les chiffres.

Elle poussa un petit grognement.

— Les stat d'hier sont parfaites : deux cent trente-sept codes déchiffrés. Un CMD de huit cent soixante-quatorze dollars. Temps moyen de décryptage par code, un peu plus de six minutes. Consommation d'électricité habituelle. Le dernier code lancé dans TRANSLTR date de...

Elle s'interrompit soudain.

— Qu'est-ce qu'il y a ?

— C'est curieux. La dernière entrée qui figure sur la liste remonte à vingt-trois heures trente-sept.

— Et alors ?

— TRANSLTR casse un code toutes les six minutes environ. Le dernier code de la journée est générale-ment traité plutôt vers minuit. C'est comme s'ils étaient pressés de...

Midge s'arrêta net, sous le choc.

Brinkerhoff bouillait.

— Quoi ! ?

Midge fixait le document du regard, incrédule.

— Ce code... Celui entré dans TRANSLTR hier soir...

— Oui ?

— Il n'est toujours pas cassé. Son entrée est inscrite à vingt-trois heures trente-sept minutes et huit secondes... mais l'heure de fin du décryptage ne figure nulle part...

Midge parcourut nerveusement les feuillets.

— Rien ! Ni hier, ni aujourd'hui !

Brinkerhoff haussa les épaules.

— Peut-être font-ils tourner un gros diagnostic interne ?

Midge secoua la tête.

— Au point d'occuper la bête pendant dix-huit heures ? Ça ne tient pas debout. En plus, il est clairement indiqué qu'il s'agit d'un fichier extérieur. Il faut appeler Strathmore.

— Chez lui, un samedi soir ? bredouilla Brinkerhoff.

— À tous les coups, Strathmore est derrière tout ça. Je te parie qu'il est ici. Je le sens !

L'intuition de Midge était justement l'autre point à ne jamais mettre en doute...

— Suis-moi ! lança-t-elle en se levant. Je vais te prouver que j'ai raison.

Brinkerhoff suivit Midge jusqu'à son bureau ; elle s'installa derrière le clavier de Big Brother et ses doigts voletèrent au-dessus des touches à la manière d'une organiste virtuose.

Brinkerhoff contemplait les rangées d'écrans couvrant le mur, qui portaient tous le sceau de la NSA.

— Tu peux espionner la Crypto ? demanda-t-il nerveusement.

— Non. Ce n'est pas l'envie qui m'en manque, mais la Crypto est en black-out total. Pas de vidéos. Pas d'écoutes. *Nada*. Ordre de Strathmore. J'ai seulement accès aux entrées-sorties et aux relevés d'activité de TRANSLTR. Et encore, il faut s'estimer heureux d'avoir ça. Strathmore souhaitait l'isolement total, mais Fontaine a insisté pour qu'on ait ce minimum.

— Il n'y a vraiment aucune caméra vidéo à la Crypto ?

— Pourquoi ? demanda-t-elle sans détourner les yeux de son moniteur. Tu cherches un coin un peu plus tranquille pour Carmen et toi ?

Brinkerhoff marmonna une parole inaudible.

Midge tapa encore quelques instructions.

— J'ouvre les infos concernant l'ascenseur de Strathmore...

Elle étudia un instant le relevé qui s'affichait à l'écran puis donna une petite tape sur son bureau, d'un air triomphal.

— Qu'est-ce que je disais ! Il est ici. À la Crypto. Regarde. Et ça fait un bout de temps... Il est arrivé hier matin à l'aube, et son ascenseur n'a pas bougé depuis. Aucune trace de sa carte magnétique à la porte principale. Il est toujours dans les murs. CQFD !

Brinkerhoff laissa échapper un bref soupir de soulagement.

— Si Strathmore est là, ça veut dire que tout va bien, hein ?

Midge resta un moment silencieuse.

— Peut-être, concéda-t-elle.

— Comment ça, « peut-être » ?

— Nous devrions l'appeler pour en être tout à fait certains...

Brinkerhoff prit un ton plaintif.

— Midge, c'est le directeur adjoint... Je suis sûr qu'il contrôle parfaitement la situation. Inutile de couper les cheveux en quatre.

— Chad... arrête de te comporter comme un gamin. On fait notre boulot, un point c'est tout. Nous constatons un problème dans les stat, et nous demandons des

238

éclaircissements. De plus, ajouta-t-elle, il est bon de rappeler à Strathmore que Big Brother veille au grain. Je tiens à ce qu'il y regarde à deux fois avant de se lancer dans un nouveau plan farfelu pour sauver le monde.

Midge décrocha le téléphone et commença à composer un numéro.

Brinkerhoff était mal à l'aise.

— Tu vas vraiment le déranger ?

— Moi, sûrement pas ! répliqua-t-elle en lui tendant le combiné. Mais toi, oui.

48.

— Quoi ? s'écria Midge, incrédule. Strathmore prétend que nos données sont fausses ?

Brinkerhoff raccrocha et acquiesça en silence.

— Strathmore nie que TRANSLTR travaille sur le même code depuis dix-huit heures ?

— Il a pris tout cela plutôt avec légèreté, déclara Brinkerhoff dans un sourire, soulagé d'avoir survécu à cette conversation téléphonique. Il m'a assuré que TRANSLTR tournait comme d'habitude. Qu'il cassait un code toutes les six minutes, au moment même où nous parlions. Il m'a remercié de m'être adressé à lui pour vérifier que tout allait bien.

— Il ment ! lâcha-t-elle d'un ton cassant. Cela fait deux ans que je gère les rapports d'activité de la Crypto. Je n'ai jamais vu une erreur de données.

— Il faut bien une première fois...

Elle lui jeta un regard furibond.

— Je refais toujours tous les calculs...

— Tu sais ce qu'on dit à propos des ordinateurs. Quand il s'agit de faire les mêmes erreurs, c'est là qu'ils sont d'une fiabilité à toute épreuve.

Elle se tourna vers lui, agacée.

— Ce n'est pas drôle, Chad ! Le directeur adjoint vient de nous balancer un mensonge gros comme une maison. Je veux savoir pourquoi !

Jamais je n'aurais dû parler du problème à Midge, songea Brinkerhoff avec amertume. La réaction de Strathmore avait fait passer tous ses signaux au rouge ! Depuis l'épisode Skipjack, chaque fois que la douce Midge suspectait quelque chose d'anormal, la biche devenait tigresse. Rien ne pouvait l'arrêter, jusqu'à ce que l'affaire soit résolue.

— Midge, les données sont peut-être erronées. Cela reste une éventualité, insista-t-il. Réfléchis... Comment une clé pourrait-elle occuper TRANSLTR dix-huit heures durant ? Ce serait du jamais vu. Allez, rentre chez toi. Il est tard.

Elle lui lança un regard hautain et fit claquer les documents sur son bureau.

— Mes données sont exactes ! Mon instinct me le dit.

Brinkerhoff fronça les sourcils. Même le directeur ne remettait plus en question l'instinct de Midge Milken – c'était un mystère, mais elle mettait toujours dans le mille.

— Il y a anguille sous roche, déclara-t-elle. Et j'ai bien l'intention de la débusquer.

49.

Becker, affalé de tout son long dans le bus, se releva péniblement et se laissa tomber dans un siège vide.

— Joli vol plané, Dugland ! ricana le jeune aux cheveux tricolores.

Becker plissa les yeux dans la lumière blafarde. C'était celui qu'il avait pris pour sa punkette. Becker considéra d'un air maussade la collection de coiffures bigarrées qui parsemaient les rangées.

— Que se passe-t-il ? gémit-il, en désignant d'un geste les autres passagers. Ils ont tous les cheveux...

— Bleu, blanc, rouge ! termina l'ado.

Becker hocha la tête, en essayant de ne pas trop regarder la perforation infectée sur la lèvre supérieure du garçon.

— C'est pour Judas Taboo, lâcha le gamin d'un air d'évidence.

Becker ne comprenait pas. Le jeune punk cracha dans le couloir central de l'autobus, visiblement dégoûté par l'ignorance de Becker.

— Judas Taboo, quoi ! Le plus grand depuis Sid Vicious. Il s'est fait sauter le caisson ici, il y a un an, jour pour jour. C'est son anniversaire.

Becker acquiesça vaguement. Il ne voyait pas le rapport.

— Taboo avait les cheveux comme ça le jour où il a dégagé. (L'ado cracha à nouveau.) Un vrai punk se doit d'avoir les cheveux bleu blanc rouge, aujourd'hui.

Becker resta un moment silencieux. Au ralenti, comme s'il avait été drogué, il se retourna et regarda les passagers du bus. Tous des punks. Et la plupart le dévisageaient. Tous les fans ont les cheveux bleu blanc rouge, aujourd'hui, se dit-il.

Becker se releva et enfonça le bouton d'appel. Il était temps de sortir de là. Il appuya une nouvelle fois. Aucun effet. Une troisième fois encore, plus énergiquement. Toujours rien.

— Ils ont débranché le système sur le 27, expliqua le jeune en crachant encore. Pour pas qu'on les emmerde avec.

— Ça veut dire que je ne peux pas descendre ?

L'adolescent était hilare.

— Pas avant le terminus !

Cinq minutes plus tard, le bus cahotait le long d'une route de campagne non éclairée. Becker se tourna de nouveau vers le gamin derrière lui.

— Il ne s'arrête donc jamais cet engin ?

— Encore quelques kilomètres.

— Où allons-nous ?

Le visage de l'adolescent se fendit d'un large sourire.

— Tu le sais vraiment pas, Dugland ?

Becker haussa les épaules. L'adolescent partit d'un grand rire hystérique.

— Oh, putain. Tu vas adorer ça !

50.

À quelques mètres de la coque de TRANSLTR, Phil Chartrukian lisait un avertissement, écrit en lettres blanches, sur le sol.

SOUS-SOLS DE LA CRYPTO
ACCÈS STRICTEMENT RÉSERVÉ
AU PERSONNEL AUTORISÉ

Il ne faisait évidemment pas partie du personnel autorisé... Le jeune technicien jeta un coup d'œil en direction du bureau de Strathmore. Les rideaux étaient toujours tirés. Il avait vu Susan se diriger vers les toilettes, donc rien à craindre de ce côté-là. Restait Hale. Chartrukian surveilla le Nodal 3. Hale était-il en train de l'observer derrière les vitres teintées ?

— Et puis merde ! grogna-t-il.

Sous ses pieds, le contour de la trappe, encastrée dans le sol, était bien visible. Chartrukian tripotait la clé qu'il venait de subtiliser dans l'armoire de Jabba.

Il s'agenouilla, inséra la clé dans l'orifice *ad hoc*, et actionna la serrure. De l'autre côté, le pêne se désengagea en émettant un cliquetis. Chartrukian tourna ensuite le gros bouton à ailettes de la fermeture extérieure. Après avoir jeté un dernier regard par-dessus son épaule, il s'accroupit et tira de toutes ses forces sur la poignée. Le panneau était petit, un mètre carré environ, mais pesait très lourd. Quand la plaque pivota enfin, le technicien fut déséquilibré et tomba sur les fesses.

Un souffle d'air chaud le frappa en pleine face. Il reconnut, sur sa peau, le picotement du fréon. Un nuage de vapeur s'échappa de l'ouverture, coloré en rouge par la lumière de service au-dessous. Le bourdonnement des générateurs, d'ordinaire étouffé, se fit grondement. Le jeune homme se pencha au-dessus du trou et scruta l'obscurité. Cela ressemblait davantage à une porte des enfers qu'à la trappe de visite d'un ordinateur. Une échelle étroite menait à une première plate-forme. Au-delà, il y avait des escaliers, mais les volutes cramoisies l'empêchaient d'en voir davantage.

Greg Hale se tenait effectivement derrière la vitre du Nodal 3. Il observait Phil Chartrukian qui se glissait dans l'ouverture menant aux sous-sols. Pendant un moment, la tête du technicien semblait avoir été tranchée et oubliée sur le sol de la Crypto, puis, lentement, elle sombra dans les tourbillons de fumée.

— Voilà une initiative bien téméraire..., murmura Hale.

Il savait ce que fomentait Chartrukian. L'extinction manuelle s'imposait s'il pensait que TRANSLTR était infectée par un virus. Malheureusement, c'était aussi le plus sûr moyen de voir un bataillon de techniciens investir la Crypto dans les dix minutes. Les actions d'urgence déclenchaient l'alerte générale au central. Hale ne pouvait se permettre de voir la Sys-Sec passer au peigne fin la Crypto. Il quitta le Nodal 3 et se dirigea vers la trappe. Il fallait arrêter Chartrukian.

51.

Jabba ressemblait à un têtard géant. Tout comme la créature du film d'où lui venait son surnom, il était chauve, informe et luisant. En sa qualité d'ange gardien des systèmes informatiques de la NSA, Jabba passait de service en service pour bichonner ses machines, une pince et un fer à souder à la main en réaffirmant son credo : mieux valait prévenir que guérir ! Sous le règne de Jabba, aucun ordinateur de la NSA n'avait jamais été infecté ; et il avait la ferme intention de faire perdurer l'état de grâce.

Le repaire de Jabba était un poste de travail enfoui sous terre, qui surplombait la banque de données ultra-secrète de la NSA. Puisque c'était à ce niveau qu'un virus causerait les pires dégâts, Jabba y passait le plus clair de son temps. Toutefois, à ce moment précis, Jabba prenait une pause et dégustait, en surface, une pizza calzone à la cafétéria de la NSA, ouverte vingt-quatre heures sur vingt-quatre. Il s'apprêtait à attaquer sa troisième part quand son portable sonna.

— J'écoute ! dit-il en s'étranglant, la bouche pleine.

— Jabba, roucoula une voix. C'est Midge.

— La reine des statistiques ! s'écria le géant avec chaleur.

Il avait toujours eu un faible pour Midge Milken. Elle était drôle, vive d'esprit, et c'était la seule femme avec qui il avait des rapports de séduction.

— Alors, comment ça va ?

— Ça pourrait être pire.

Jabba s'essuya la bouche.

— T'es encore dans les murs ?

— Bingo !

— Tu viens partager une calzone avec moi ?

— J'adorerais. Mais je surveille mes hanches.

— C'est vrai ? (Il eut un petit rire grivois.) Je peux les surveiller avec toi, si ça te dit.

— Tu es un coquin.

— Encore plus que tu ne crois.

— Je suis contente de t'avoir. J'ai besoin de tes lumières.

Il prit une grande goulée de soda.

— Vas-y. Je suis à toi.

— C'est peut-être rien, mais les chiffres de la Crypto m'indiquent un truc bizarre. Peut-être pourras-tu lever le mystère...

— Dis-moi tout...

Il avala une nouvelle gorgée.

— Selon mes relevés, TRANSLTR tourne sur la même clé depuis dix-huit heures, et le code n'est toujours pas craqué.

Jabba hoqueta et aspergea sa calzone de soda.

— Quoi ?

— Tu as une explication ?

Il tamponna sa calzone avec une serviette.

— De quel relevé s'agit-il ?

— Celui de la production. Les habituelles analyses de coût.

Midge lui résuma rapidement ce que Brinkerhoff et elle avaient découvert.

— Tu as appelé Strathmore ?

— Oui. Il dit que tout va bien à la Crypto. Que TRANSLTR tourne à plein régime. Que nos données sont fausses.

Jabba souleva ses gros sourcils.

— Alors, quel est le problème ? Il y a un bug dans ton relevé, point barre.

Devant le silence de Midge, son front se rida.

— Je vois. Tu penses que ce n'est pas ton rapport qui déconne...

— Bien vu.

— Donc que Strathmore te raconte des salades...

— Ce n'est pas ce que je veux dire..., répondit Midge avec diplomatie, sachant qu'elle avançait en terrain miné. Mais il n'y a encore jamais eu d'erreur dans mes stat. Je me suis dit qu'il valait mieux demander un second avis.

— Tu sais que je suis toujours de ton côté, mais, sur ce coup, tes données puent.

— Tu le penses sincèrement ?

— Je suis prêt à parier ma place.

Jabba mordit à pleines dents dans sa calzone imbibée de soda et poursuivit la bouche pleine :

— Le plus longtemps qu'un programme soit resté dans TRANSLTR, c'est trois heures. Cela inclut les diagnostics et les tests aux conditions limites. Seul un élément viral pourrait la faire tourner pendant dix-huit heures non-stop. Rien d'autre.

— Qu'entends-tu par viral ?

— Un cycle redondant. Un truc qui s'introduit dans les processeurs, crée une boucle infinie et fout le bordel.

— Strathmore n'a pas quitté la Crypto depuis trente-six heures, expliqua-t-elle. Il a peut-être un virus sur les bras ?

Jabba éclata de rire.

— Trente-six heures ? Le pauvre vieux ! Sa femme lui a sans doute interdit son lit. J'ai entendu dire qu'elle lui menait la vie dure.

Midge eut un moment de doute. Elle aussi avait eu vent des problèmes conjugaux de Strathmore. Devenait-elle paranoïaque ?

— Midge...

Jabba poussa un long soupir et but une nouvelle gorgée de soda...

— Si le bébé de Strathmore avait un virus, il m'aurait contacté *illico*. Strathmore est futé, mais il connaît que dalle aux virus. TRANSLTR est toute sa vie. Au moindre problème, il aurait tiré la sonnette d'alarme ; et crois-moi, quand il y a un pépin, c'est chez moi que ça sonne !

Jabba aspira bruyamment un long filament de mozzarella.

— En plus, TRANSLTR ne peut pas choper de virus. Gauntlet est la meilleure défense que j'aie mise au point. Rien ne passe au travers.

Midge resta silencieuse un long moment.

— Aucune autre explication ? demanda-t-elle dans un soupir. (Elle fronça les sourcils.) Pour toi, tout va bien ? Il n'y a pas de rumeur qui court ?... Des bruits de couloir ?... n'importe quoi ?

Jabba partit d'un grand rire.

— Midge... Midge... Skipjack est tombé à l'eau, d'accord. C'est Strathmore qui l'y a poussé. Mais c'est de l'histoire ancienne. Passe à autre chose.

Il y eut un silence de plomb à l'autre bout du fil, et Jabba réalisa qu'il était allé trop loin.

— Excuse-moi, Midge. Je sais que ça a été un beau bordel. Strathmore a vraiment merdé. Et je comprends que tu gardes une dent contre lui.

— Tout ça n'a aucun rapport avec Skipjack, affirmat-elle.

— Écoute, Midge. Je n'ai pas d'*a priori* vis-à-vis de Strathmore, ni dans un sens, ni dans l'autre. Ce mec est un cryptologue, c'est tout... Ces gars-là, fondamentalement, sont des connards qui se la pètent. Il leur faut toujours le travail pour la veille. Et chaque code qu'ils décryptent est celui qui va sauver le monde !

— Où veux-tu en venir ?

Jabba soupira.

— Je veux dire que Strathmore est aussi barré que les autres. Mais je sais aussi qu'il aime TRANSLTR plus que sa propre femme. S'il y avait eu le moindre pépin, il m'aurait appelé à la rescousse.

Midge resta encore une fois silencieuse.

— Mes données puent..., répéta-t-elle d'une voix chargée de regret.

Jabba gloussa.

— Il y a un écho sur la ligne, ou quoi ?

Elle rit.

— Midge... Envoie-moi un ordre de mission. Je monterai lundi, à la première heure, réviser ta machine. En attendant, tire-toi d'ici. C'est samedi soir. Prends du bon temps, envoie-toi en l'air !

Elle soupira.

— Je voudrais bien, Jabba. Crois-moi, je voudrais bien !

52.

Le club l'Embrujo – « Le Maléfice » – était situé dans les faubourgs de Séville, au terminus de la ligne 27. L'établissement ressemblait davantage à un fort militaire qu'à une discothèque ; les lieux étaient clos de murs chapeautés de tessons de canettes de bière – un système de dissuasion simple et efficace contre les resquilleurs qui tenaient à leurs doigts.

Au fil du trajet, Becker s'était peu à peu résolu à regarder la vérité en face : il avait échoué. Le moment était venu d'appeler Strathmore pour lui annoncer la nouvelle. Il avait fait tout son possible, il était temps de jeter l'éponge et de rentrer chez lui...

Mais lorsqu'il vit la foule agglutinée devant les portes du club, sa conscience lui dit qu'il n'avait pas le droit d'abandonner – pas encore. Il y avait là le plus grand rassemblement de punks qu'il ait vu ; partout, des cheveux tricolores. Becker soupira et analysa la situation. En contemplant cette marée humaine, l'évidence s'imposait d'elle-même : où pourrait être sa punkette, un samedi soir, sinon ici ? Il descendit du bus, maudissant sa bonne étoile qui l'avait mené jusque-là.

Pour accéder à l'Embrujo, il fallait emprunter un étroit couloir de pierre. À peine entré, Becker fut happé par le flot des clients impatients.

— Bouge de là, pédé !

Un hérisson humain le doubla et lui donna un coup de coude au passage.

— Alors, on s'est fait belle ? lança un autre en tirant violemment sur sa cravate.

— Tu veux baiser ? lui souffla une adolescente semblant sortir tout droit de *L'Armée des morts*.

L'obscurité du couloir débouchait sur une gigantesque pièce aux murs de ciment, empestant l'alcool et la transpiration. C'était une vision surréaliste – Becker avait l'impression d'arriver dans une grotte cachée au cœur d'une montagne où des centaines d'adorateurs en transe s'adonnaient à quelque sabbat démoniaque. Une masse compacte, traversée d'ondes spasmodiques, chaque adepte sautant sur place, les bras plaqués contre les flancs, la tête se balançant comme un bulbe sans vie... Plus loin, des âmes folles prenaient leur élan sur la scène pour plonger dans cette mer humaine. Les corps étaient emportés par une vague grouillante de mains aux quatre coins de la salle, comme des ballons sur l'eau. Les stroboscopes accrochés au plafond donnaient à la scène des airs de vieux film muet.

Sur le mur du fond, des enceintes de la taille d'une camionnette hurlaient si fort que même les danseurs les plus effrénés ne s'en approchaient pas à moins de dix mètres.

Becker se boucha les oreilles et parcourut des yeux l'assemblée. Où que se pose son regard, il tombait sur des cheveux rouge, blanc et bleu. Les corps étaient tellement serrés qu'il ne parvenait pas à distinguer les habits. Pas l'ombre d'un drapeau anglais. Et impossible de pénétrer cette foule sans se faire piétiner. À côté de lui, quelqu'un se mit à vomir. Charmant ! gémit Becker. Il battit en retraite dans un vestibule décoré de graffs.

La pièce menait à un étroit tunnel tapissé de miroirs qui lui-même débouchait sur un patio extérieur où des tables et des chaises avaient été installées. Le patio était, certes, surpeuplé de punks, mais pour Becker, cet accès à l'air libre était l'entrée du Nirvana – un vrai ciel s'ouvrait au-dessus de sa tête et la musique y était bien moins oppressante.

Sans se soucier des regards curieux, Becker fendit les groupes de jeunes, retira sa cravate et se laissa choir à la première table libre qu'il trouva. Une éternité semblait s'être écoulée depuis le coup de fil de Strathmore aux aurores. Après avoir retiré les bouteilles de bière vides qui encombraient sa table, Becker posa la tête sur ses bras croisés et ferma les yeux. Juste quelques minutes, se dit-il.

À huit kilomètres de là, l'homme à la monture de fer était installé à l'arrière d'un taxi qui roulait à toute allure sur une route de campagne.

— L'Embrujo ! grogna-t-il, pour rappeler au conducteur la destination.

Le chauffeur acquiesça, en surveillant, dans le rétroviseur, son étrange client.

— L'Embrujo, grommela-t-il pour lui-même. C'est la cour des miracles, là-bas...

53.

Tokugen Numataka était nu, étendu sur la table de massage, dans son bureau au sommet de l'immeuble de sa société. Sa masseuse personnelle s'employait à dénouer ses cervicales. Elle enfonçait ses paumes dans la chair entre les épaules, descendant lentement le long de la colonne jusqu'à la serviette-éponge qui recouvrait le bas du dos. Ses mains glissèrent encore plus bas... jusque sous le linge. Numataka le remarqua à peine tant il avait l'esprit ailleurs. Toute la journée, il avait attendu un appel sur sa ligne privée. En vain.

Quelqu'un frappa à la porte.

— Entrez ! grommela Numataka.

La masseuse retira vivement ses mains de dessous la serviette. La standardiste entra dans le bureau et s'inclina respectueusement.

— Honorable président...

— Alors ?

La réceptionniste fit une nouvelle révérence.

— J'ai eu le central de la compagnie du téléphone. L'appel provient de l'étranger, code numéro 1 – les États-Unis.

Numataka hocha la tête. C'était une bonne nouvelle. L'appel provenait d'Amérique. Il sourit. Ce n'était donc pas un canular d'un rival japonais.

— Où exactement ?

— Ils se renseignent, honorable président.

— Parfait. Revenez me voir dès que vous en saurez plus.

L'opératrice s'inclina encore avant de sortir.

Numataka sentit ses muscles se détendre. Le code 1. Vraiment, c'était une bonne nouvelle.

54.

Susan Fletcher, impatiente, faisait les cent pas dans les toilettes de la Crypto en comptant lentement jusqu'à cinquante. Le sang palpitait dans sa tête. Attends encore un peu, se sermonnait-elle. Hale est North Dakota ! Quels étaient les plans de Hale au juste ? Allait-il diffuser la clé d'accès ? Ou, plus gourmand, espérait-il la vendre ? Susan ne tenait plus en place. Prévenir Strathmore. Prévenir Strathmore...

Elle entrouvrit la porte avec précaution et scruta les parois vitrées du Nodal 3 au fond de la Crypto. Aucun moyen de savoir si Hale l'observait. Maintenant, gagner le bureau de Strathmore... mais sans précipitation – Hale ne devait pas suspecter qu'elle l'avait démasqué. Elle s'apprêtait à sortir des toilettes quand elle entendit des voix. Des voix d'hommes...

Le son provenait de la grille de ventilation près du sol. Elle lâcha la poignée de la porte et s'approcha de l'orifice. Les voix étaient étouffées par le bourdonnement sourd des générateurs. La conversation semblait provenir des passerelles du sous-sol. Une voix était stridente, énervée. Apparemment, celle de Phil Chartrukian.

— Vous ne me croyez pas ?

La dispute monta d'un cran.

— Nous avons un virus !

Puis, plus fort encore :

— Il faut prévenir Jabba !

Il y eut des bruits de lutte.

— Laissez-moi !

Le cri qui suivit était à peine humain. Un long vagissement d'horreur, comme un animal agonisant qu'on torture. Susan frissonna. Le bruit cessa aussi brutalement qu'il avait commencé. Et ce fut le silence.

La seconde suivante, comme dans un film d'horreur de série B, la lumière dans les toilettes baissa d'intensité. Les lampes clignotèrent, puis s'éteignirent. Et Susan Fletcher se retrouva plongée dans les ténèbres.

55.

— C'est ma place, connard ! lâcha une voix en anglais.

Becker releva la tête. Personne ne parle donc espagnol dans ce fichu pays ? Un gamin boutonneux, au crâne quasi rasé, se tenait planté devant lui. La moitié de son crâne était peinte en rouge, l'autre en violet. On aurait dit un œuf de Pâques.

— J'ai dit : c'est ma place, connard.

— J'avais bien compris, répliqua Becker en se levant.

Il n'était pas d'humeur à se battre. Il était temps de quitter les lieux.

— Où t'as mis mes bouteilles ?

Le jeune portait une épingle de nourrice dans le nez. Becker désigna les bouteilles de bière qu'il avait posées au sol.

— Elles étaient vides.

— Pourquoi t'as touché à mes bouteilles, putain ?

— Je m'excuse, murmura Becker en tournant le dos pour partir.

Le punk lui barra la route.

— Ramasse-les !

Becker cligna des yeux, pas amusé du tout.

— C'est une blague ?

Il le dépassait d'une bonne tête et pesait vingt-cinq kilos de plus que lui.

— J'ai l'air de plaisanter, connard ?

Becker ne répondit pas.

— Ramasse-les ! aboya le gamin.

Becker tenta de le contourner, mais l'adolescent lui bloqua encore la route.

— J't'ai dit de les ramasser !

Les punks défoncés aux tables voisines commençaient à se retourner pour profiter du spectacle.

— À ta place, je laisserais tomber, mon garçon, lui dit Becker calmement.

— Me cherche pas ! lança le gamin bouillant de colère. C'est ma table ! Je viens là tous les soirs. Alors maintenant, tu ramasses !

Becker perdit patience. À cette heure, il aurait dû être au lit avec Susan dans les Smoky Mountains... Que faisait-il en Espagne, à discuter avec un adolescent ivre et psychotique ?

Sans crier gare, il souleva le gamin sous les aisselles, et l'assit sur la table.

— Écoute-moi bien, espèce de petit morveux, parce que je ne le répéterai pas... Soit tu la boucles illico, soit je t'arrache ton épingle de nourrice et je te la plante en travers de la bouche pour ne plus t'entendre !

Le jeune garçon pâlit.

Becker le tint un moment, puis il le lâcha. Sans quitter des yeux le gamin apeuré, il se baissa, ramassa les bouteilles, et les posa sur la table.

— Qu'est-ce qu'on dit ?

L'adolescent était sans voix.

— Merci ! lâcha Becker d'un ton sec.

C'était à vous dégoûter d'avoir des enfants !

— C'est ça, casse-toi ! lança le gamin, vexé par les rires de ses congénères. Suceur de bites !

Becker resta immobile. Une parole de l'adolescent lui revenait à l'esprit : « Je viens là tous les soirs. » Un coup de pouce du destin ?

— C'est comment ton nom déjà ?

— Deux-Tons, siffla-t-il, comme s'il prononçait une sentence de mort.

— Deux-Tons ? répéta Becker d'un air songeur. C'est à cause de tes cheveux, c'est ça ?

— T'es un futé, toi...

— Ça sonne bien... C'est toi qui as trouvé ce nom ?

— Bingo ! répondit-il fièrement. Je vais d'ailleurs le breveter.

Becker fronça les sourcils.

— Tu veux dire le « déposer » ?

Le gamin était perdu...

— Un nom, ça se dépose. Ça ne se fait pas breveter.

— On s'en branle de tes conneries ! lâcha le petit punk, agacé.

La brochette de viande saoule et shootée aux tables voisines était hilare. Deux-Tons se tenait devant Becker, d'un air de défi.

— Putain, mais qu'est-ce que tu me veux ?

Becker réfléchit un instant. Je veux que tu te laves la tête, que tu apprennes à parler correctement et que tu cherches un boulot ! songea-t-il. Mais c'était sans doute trop demander pour une première rencontre.

— Je cherche des informations.

— Va te faire foutre !

— Je cherche quelqu'un.

— Je connais pas de qui tu parles.

— Je *ne vois pas* de qui tu parles, corrigea Becker en faisant signe à une serveuse qui passait.

Il acheta deux bières Aguila et en tendit une à Deux-Tons. Le garçon accusa le coup. Il avala une grande lampée de bière et regarda Becker avec méfiance.

— Tu me fais un plan, c'est ça ?

Becker sourit.

— Je cherche une fille.

Deux-Tons partit d'un grand rire.

— T'as aucune chance d'emballer, sapé comme ça !

Becker fronça les sourcils.

— Je ne cherche pas à « emballer » qui que ce soit.

Je veux juste parler à cette personne. Peut-être peux-tu m'aider à la trouver.

Deux-Tons reposa sa bière.

— T'es flic ?

Becker secoua la tête. Le gamin plissa les yeux.

— T'as l'air d'un flic.

— Je viens du Maryland. Si j'étais flic, je serais un tantinet hòrs de ma juridiction, tu ne crois pas ?

L'argument sembla le désarmer.

— Je m'appelle David Becker.

Becker sourit et lui tendit la main au-dessus de la table. Le punk recula d'un air dégoûté.

— Me touche pas, pédale !

Becker retira sa main.

— Je veux bien t'aider, mais pas gratuitement, rétorqua le garçon.

Becker entra dans son jeu.

— Combien tu veux ?

— Cent dollars.

Becker sourcilla.

— Je n'ai que des pesetas.

— Très bien ! Ce sera cent pesetas.

Le gamin n'était pas au fait des taux de change. Cent pesetas équivalaient à environ quatre-vingt-sept cents.

— Vendu, déclara Becker en posant d'un coup sec sa bière sur la table.

Pour la première fois, le gamin décrocha un sourire.

— Marché conclu.

— Voilà..., reprit Becker en baissant la voix. Je pense que la fille que je cherche doit traîner ici de temps en temps. Elle a les cheveux bleu, blanc et rouge.

Deux-Tons eut un petit reniflement de dédain.

— C'est l'anniversaire de Judas Taboo. Tout le monde a...

— Elle porte aussi un tee-shirt avec un drapeau anglais et un pendentif à l'oreille en forme de tête de mort.

Le visage de Deux-Tons s'illumina. Becker sentit une bouffée d'espoir l'envahir. Mais, la seconde suivante, l'expression de Deux-Tons se fit lugubre. Il reposa brutalement sa canette et saisit Becker par la chemise.

— C'est la gonzesse d'Eduardo, connard ! Je te préviens, si tu la touches, il te fait la peau !

56.

Midge Milken, furieuse, alla faire les cent pas dans la salle de réunion qui jouxtait son bureau. En plus de la table en acajou mesurant onze mètres de long, marquée du sceau de la NSA marqueté en merisier et noyer, il y avait au mur trois aquarelles de Marion Pike, une grande fougère dans un coin, un bar en marbre et, bien entendu, l'incontournable fontaine Sparklett. Midge se servit un verre d'eau glacée, dans l'espoir de se calmer un peu.

Tout en buvant son eau, elle jeta un coup d'œil par la fenêtre. Les rayons de lune filtraient à travers le store vénitien et venaient se refléter sur la table vernie. Cette pièce aurait fait un bien plus joli bureau de direction que celui qu'occupait Fontaine et qui donnait sur la façade de l'immeuble. Plutôt que d'avoir vue sur le parking de la NSA, on apercevait, d'ici, l'impressionnante succession des bâtiments de Fort Meade – dont le dôme de la Crypto, un îlot de haute technologie émergeant au milieu d'un hectare de sycomores, en retrait du bâtiment principal. Construite intentionnellement dans son écrin de verdure, la Crypto était quasiment invisible de la plupart des fenêtres de la NSA, mais de la salle de réunion, elle s'offrait au regard dans toute sa splendeur. Pour Midge, cette pièce était le poste d'observation idéal d'un roi pour surveiller ses terres. Un jour, elle avait suggéré à Fontaine de s'y installer, mais le directeur s'était contenté de lui répondre : « Jamais côté cour. » Fontaine ne pouvait souffrir d'être dans l'ombre, dans quelque domaine que ce soit.

Midge leva le store. Elle parcourut les collines du regard, puis contempla, avec un soupir de regret, le bois où s'élevait la Crypto. Depuis toujours, la vue du dôme lumineux la réconfortait – comme un phare, répandant immuablement sa lumière dans la nuit. Mais ce soir, le charme n'opéra pas. Au contraire... Elle plaqua son front contre la vitre, sentant une terreur blanche l'envahir, lui rappelant ses cauchemars d'enfant. Devant ses yeux, ce n'étaient que ténèbres. La Crypto avait disparu !

57.

Les toilettes de la Crypto étaient dépourvues de fenêtres, Susan était donc plongée dans une obscurité totale. Elle resta un moment pétrifiée, tentant de se raisonner, de ne pas céder à la panique qui l'envahissait. Il lui semblait que l'horrible cri qui s'était échappé du conduit d'aération flottait encore autour d'elle. Malgré ses efforts pour chasser cette pensée, l'épouvante la pénétrait par tous les pores.

Prise d'une agitation compulsive, elle se mit à tâtonner maladroitement le long des portes, des cabines et des lavabos. Désorientée, elle tournait sur elle-même dans le noir, les mains tendues en avant, essayant de se représenter la pièce. Elle se cogna contre une poubelle et se retrouva face à un mur carrelé. Elle se guida en faisant courir ses mains le long de la paroi et se dirigea tant bien que mal vers la sortie. Arrivée à la porte, elle explora le battant du bout des doigts à la recherche de la poignée. Une fois trouvé le levier, elle ouvrit la porte et put enfin sortir des toilettes.

Sitôt passé le seuil, elle se figea de stupeur...

La Crypto était méconnaissable. TRANSLTR était une masse grise sous la lueur crépusculaire qui tombait du dôme. Aucune lumière ne fonctionnait. Même les claviers électroniques des portes étaient éteints.

Les yeux de Susan s'accoutumèrent peu à peu à l'obscurité et elle constata que la seule source de lumière dans toute la Crypto provenait de la trappe ouverte dans le sol – la faible lueur rouge de l'éclairage de sécurité. Elle s'approcha avec précaution. Une vague odeur d'ozone flottait dans l'air.

Elle se pencha dans l'ouverture et scruta les soussols. Les conduits d'aération du fréon crachaient toujours des volutes de fumée dans le halo cramoisi, et en reconnaissant le bourdonnement aigu des générateurs, Susan comprit que la Crypto fonctionnait sur le circuit de secours. Dans la brume, elle aperçut Strathmore sur la plate-forme. Il était penché sur le garde-fou et fouillait du regard les profondeurs du puits grondant de TRANSLTR.

— Chef !

Aucune réponse.

Susan se faufila sur l'échelle. L'air chaud provenant du sous-sol s'engouffra sous sa jupe. La condensation rendait les barreaux glissants. Elle atteignit finalement le caillebotis grinçant.

— Chef ?

Strathmore ne se retourna pas. D'une pâleur cadavérique, l'air choqué, il continuait à fixer le gouffre, comme tétanisé. Susan suivit son regard. Pendant un moment, elle n'aperçut rien d'autre que les nuages de vapeur. Puis soudain, elle distingua une silhouette. Six niveaux plus bas. Une brève apparition entre deux nappes de brouillard, puis la vision s'évanouit. Une nouvelle trouée... là ! un pantin désarticulé... Trente mètres plus bas, le corps de Phil Chartrukian, étalé sur les ailettes de refroidissement du générateur principal, sa peau noircie et brûlée. Sa chute avait entraîné la coupure de l'alimentation générale.

Mais ce qui glaça Susan d'effroi, c'était moins l'image de Chartrukian gisant en contrebas, que la vue de quelqu'un d'autre, à mi-hauteur dans l'escalier, accroupi, tapi dans l'ombre. Ces épaules musclées étaient identifiables entre mille : Greg Hale !

58

Le punk hurlait sur Becker.

— Megan est la copine de mon pote Eduardo ! Tu t'approches pas d'elle !

— Où est-elle ?

Le cœur de Becker battait la chamade.

— Va te faire foutre !

— C'est très important ! répliqua Becker.

Il agrippa la manche du gamin.

— Elle a un anneau qui m'appartient. Je lui donnerai de l'argent ! Beaucoup d'argent !

Deux-Tons s'arrêta net avant d'éclater d'un rire hystérique.

— Quoi ? Ce machin hyper-ringue est à toi ?

Becker plissa les yeux.

— Tu l'as vu ?

Deux-Tons acquiesça.

— Où est-il ?

— Aucune idée, gloussa Deux-Tons. Megan est passée ici pour essayer de le refourguer.

— Elle voulait le vendre ?

— T'inquiète, mec, elle n'avait aucune chance. T'as vraiment un goût de chiottes pour les bijoux.

— Tu es sûr que personne ne le lui a acheté ?

— Tu déconnes ou quoi ? Quatre cents biftons, pour cette merde... Je lui en ai proposé cinquante, mais c'était pas assez pour elle. Elle veut se payer un billet d'avion en *stand-by*.

Becker se sentit pâlir.

— Quelle destination ?

— Le Connecticut. Eddie voit rouge.

— Quoi ?

— Ouais. Elle veut retourner chez papa et maman. Elle en a marre de sa famille d'accueil en Espagne. Avec ces trois frères espagouins qui n'arrêtent pas de la draguer. Et pas d'eau chaude.

Becker sentit sa gorge se nouer.

— Quand part-elle ?

— Quand ? ricana-t-il Ça fait belle lurette qu'elle est partie maintenant. Elle est à l'aéroport. C'est le meilleur endroit pour troquer la bague... avec tous ces cons de touristes pleins de fric. Elle compte s'envoler dès qu'elle l'aura vendue.

Becker se sentit soudain pris de nausée. Qu'est-ce que j'ai fait pour mériter ça... Il resta un moment abasourdi.

— Quel est son nom de famille ?

Deux-Tons réfléchit à la question mais resta sec.

— Quel avion doit-elle prendre ?

— Elle a parlé du vol Pétard.

— Le quoi ?

— Le vol spécial « yeux rouges », deux jours sans dormir – Séville, Madrid, New York ! C'est comme ça que les étudiants appellent ce tortillard. Tout le monde le prend parce que ce n'est pas cher. Ils doivent tous fumer des pétards au fond de l'avion pour tuer le temps.

Becker poussa un grognement plaintif et se passa la main dans les cheveux.

— Tu connais l'heure du départ ?

— Deux heures du mat pétantes, tous les samedis. À l'heure qu'il est, le zingue est quelque part au-dessus de l'Atlantique.

Becker regarda sa montre. Elle indiquait une heure quarante-cinq. Il se tourna vers Deux-Tons, perplexe.

— Tu dis que l'avion décolle à deux heures ?

Le punk acquiesça en ricanant.

— Ouais mon pote, c'est foutu pour toi.

Becker pointa du doigt sa montre, avec colère.

— Mais il reste encore un quart d'heure !

Deux-Tons observa le cadran, visiblement troublé.

— Ben merde alors. D'habitude, quand je suis fait comme ça, il est quatre heures du mat !

— Quel est le moyen le plus court d'aller à l'aéroport ? le coupa Becker.

— Les taxis devant la boîte.

Becker saisit un billet de mille pesetas dans sa poche et le fourra dans la main de Deux-Tons.

— Merci, mec ! (le punk le héla) Si tu vois Megan, dis-lui salut de ma part !

Mais Becker avait déjà disparu.

Deux-Tons soupira et se dirigea en titubant en direction de la piste de danse. Il était trop ivre pour remarquer l'homme à la monture de fer qui lui emboîtait le pas.

Au-dehors, Becker fouilla du regard le parking. Aucun taxi en vue. Il courut vers un videur.

— Taxi !

L'homme secoua la tête.

— *Demasiado temprano.*

Trop tôt ? Becker lâcha un juron. Mais il est deux heures du matin !

— *¡ Llámeme uno !* Appelez-en un !

L'homme dégaina un talkie-walkie. Il articula quelques mots et se tourna vers Becker :

— *Veinte minutos.*

— Vingt minutes ? Et l'autobus ?

Le videur haussa les épaules.

— Départ dans trois quarts d'heure.

Becker leva les mains au ciel. Je rêve !

Le son d'un petit moteur lui fit tourner la tête. Comme un bruit de tronçonneuse. Un grand gaillard et son amie, vêtue de chaînes, déboulèrent sur le parking sur une vieille Vespa. La jupe de la fille était complètement relevée en haut des cuisses. Elle ne semblait pas s'en apercevoir. Becker se rua sur eux. Je déteste les deux-roues ! Je ne vais quand même pas faire ça... Il héla le conducteur.

— Dix mille pesetas pour me conduire à l'aéroport !

L'adolescent l'ignora et coupa le moteur.

— Vingt mille ! balbutia Becker. Je dois absolument aller à l'aéroport !

Le gamin leva la tête vers lui.

— *Scusi ?*

Un Italien !

— *Aeroporto ! Per favore. Sulla Vespa ! Venti mille pesete !*

L'Italien jeta un œil vers sa vieille bécane et ricana.

— *Venti mille pesete ? La Vespa ?*

— *Cinquanta mille !* surenchérit Becker.

Cela représentait environ quatre cents dollars. L'Italien souriait d'un air perplexe.

— *Dove è il denaro ?* Où est l'argent ?

Becker tira cinq billets de dix mille pesetas de sa poche et les lui tendit. L'Italien regarda l'argent, puis se tourna vers sa petite amie. La fille saisit la liasse et la fourra dans son soutien-gorge.

— *Grazie !* lança l'Italien d'un air rayonnant.

Il jeta à Becker les clefs de la Vespa. Puis il prit sa petite amie par la main, et ils s'éloignèrent en riant vers la discothèque.

— *Aspetta !* cria Becker. Attends ! On ne s'est pas compris ! C'était pour la course !

59.

Trevor Strathmore aida Susan à se hisser hors du trou. L'image de Phil Chartrukian, gisant désarticulé au sous-sol, la hantait. Et Hale, caché dans les entrailles de la Crypto... Tout cela était vertigineux. La vérité était inéluctable : Hale avait poussé Chartrukian.

D'un pas trébuchant, Susan s'éloigna de l'ombre de TRANSLTR et se dirigea vers l'entrée principale de la Crypto – la porte qu'elle avait empruntée quelques heures plus tôt pour entrer. Elle enfonça fébrilement les touches, à présent éteintes, de la serrure électronique. Mais le lourd panneau ne bougea pas. Elle était enfermée ; la Crypto était sa prison. Le dôme était une lune, séparée de sa planète – le bâtiment principal de Fort Meade, par une centaine de mètres, et accessible uniquement par cette porte. Puisque la Crypto fonctionnait sur ses propres groupes électrogènes, le central ignorait sans doute tout de leur situation.

— L'alimentation principale ne fonctionne plus, déclara Strathmore en la rejoignant. Nous sommes passés en mode auxiliaire.

L'alimentation de secours de la Crypto était conçue pour que TRANSLTR et le système de refroidissement soient prioritaires sur tous les autres équipements, y compris l'éclairage et les ouvertures de portes. De cette façon, en cas de coupure de courant inopportune, le travail de TRANSLTR n'était pas interrompu lors d'une session de décodage. Cela garantissait aussi la pérennité de son système de refroidissement au fréon. Sans réfrigération, la chaleur dégagée par les trois millions de processeurs atteindrait des sommets dangereux – capable de faire fondre les puces en silicone, et même de provoquer l'embrasement de toute la machine. Une vision de cauchemar.

Susan luttait pour reprendre ses esprits. Elle ne parvenait pas à chasser de sa mémoire l'image de Chartrukian, le corps brisé sur le générateur. Elle pianota encore une fois sur le clavier du système d'ouverture. Sans résultat.

— Annulez le décryptage ! lâcha-t-elle.

Si une commande d'annulation était transmise à TRANSLTR pour qu'elle interrompe le décodage de Forteresse Digitale, ses circuits seraient coupés, ce qui libérerait assez d'énergie pour que les portes fonctionnent à nouveau.

— Du calme, Susan, dit Strathmore en posant une main rassurante sur son épaule.

Ce geste la fit revenir à la réalité. Dans un éclair, elle se souvint pourquoi elle souhaitait tant lui parler...

— Greg Hale est North Dakota ! lança-t-elle.

Le silence de Strathmore, dans cette obscurité, lui parut interminable. Quand il parla enfin, le directeur adjoint semblait plus perplexe que véritablement surpris.

— Que voulez-vous dire ?

— North Dakota, c'est lui..., murmura Susan. C'est Hale.

Il y eut un nouveau long silence, comme si Strathmore évaluait la fiabilité de cette assertion.

— C'est votre pisteur ? demanda-t-il, troublé. Il a désigné Hale ?

— Je n'ai pas encore de nouvelles du pisteur. Hale l'a annulé !

Susan lui expliqua comment elle avait découvert que Hale avait interrompu la recherche. Elle lui parla aussi des messages de Tankado trouvés sur l'adresse e-mail de son collègue. À nouveau, le silence se fit. Strathmore secouait la tête, incrédule.

— Tankado n'a pas pu choisir Greg Hale comme ange gardien ! Cela ne tient pas debout ! Ce type est une planche pourrie...

— Hale nous a déjà coulés une fois... avec Skipjack. Tankado avait confiance en lui.

Strathmore semblait à court d'argument.

— Désactivez TRANSLTR, le supplia-t-elle. Nous tenons North Dakota. Appelons la sécurité et sortons d'ici.

Strathmore l'arrêta d'un geste, demandant un temps de réflexion. Susan jetait des regards nerveux en direction de la trappe. L'ouverture était cachée derrière TRANSLTR, mais un halo rougeâtre se reflétait sur la paroi noire, comme du feu sur la neige. Allez, Trevor, appelez la sécurité ! le suppliait Susan en pensée. Arrêtez TRANSLTR ! Sortez-nous d'ici ! Soudain, le commandant s'élança.

— Suivez-moi !

Il se dirigea vers la trappe.

— Chef ! Hale est dangereux ! Il...

Mais Strathmore disparaissait dans la pénombre.

Susan se lança à sa poursuite. Le chef de la Crypto contourna TRANSLTR et arriva au-dessus du trou. Il scruta les volutes tourbillonnantes en contrebas, jeta un regard circulaire dans la salle plongée dans le noir, puis s'arc-bouta et souleva le lourd panneau. Quand il laissa retomber la trappe dans son logement, un claquement sourd se perdit en écho dans le dôme. La Crypto redevint une caverne silencieuse et obscure. North Dakota était prisonnier.

Strathmore s'agenouilla, et tourna le bouton à ailettes pour refermer le loquet. La porte des sous-sols était condamnée.

Malheureusement, ni Strathmore ni Susan n'entendirent les pas feutrés, tout proches, qui s'éloignaient en direction du Nodal 3.

60.

Deux-Tons passait dans le couloir couvert de miroirs qui séparait le patio extérieur de la piste de danse. Quand il tourna la tête pour regarder, dans la glace, son épingle de nourrice, il sentit une présence derrière lui. Il voulut faire volte-face, mais c'était trop tard. Deux bras de fer lui plaquèrent le visage contre le verre.

Le gamin tenta de se retourner.

— Eduardo ? Hé, mec, c'est toi ?

Deux-Tons sentit une main lui arracher son portefeuille avant que la silhouette n'appuie de tout son poids sur son dos.

— Eddie ! cria le punk. Arrête tes conneries ! Il y a un mec qui cherchait Megan.

La silhouette le maintenait avec fermeté.

— Eh, Eddie, lâche-moi, arrête !

Mais en levant les yeux vers le miroir, il vit que l'homme qui le tenait n'était nullement son ami. Le visage marqué par la petite vérole était effrayant. Deux yeux noirs, luisant comme deux billes d'obsidienne, le fixaient derrière des lunettes métalliques. L'homme se pencha, approcha sa bouche de l'oreille de Deux-Tons. Une voix étrange murmura dans un souffle rauque :

— ¿ *Adónde ha ido ?* Où est-il allé ?

Le punk resta muet, paralysé de peur.

— ¿ *Adónde ha ido ?* répéta la voix. *El Americano.*

— A... À l'aéroport. *Aeropuerto*, bredouilla Deux-Tons.

— ¿ *El aeropuerto ?* répéta l'homme, ses deux yeux noirs, en reflet, rivés sur les lèvres de Deux-Tons.

Le punk acquiesça.

— ¿ *Tenía el anillo ?*

Deux-Tons secoua la tête, terrifié.

— Non. Il n'avait pas l'anneau.

— ¿ *Has visto el anillo ?* Tu as vu l'anneau ?

Deux-Tons hésita. Que devait-il répondre ?

— ¿ *Has visto el anillo ?* répéta la voix étouffée.

Deux-Tons hocha la tête, espérant que l'honnêteté serait récompensée. Mais ce ne fut pas le cas. Quelques secondes plus tard, il s'effondrait sur le sol, les cervicales brisées.

61

Jabba était couché sur le dos, la moitié de son corps enfoncé sous une unité centrale, une mini-Maglite dans la bouche, un fer à souder à la main et un plan de câblage calé sur le ventre. Il achevait à peine de brancher de nouveaux atténuateurs sur une carte mère, quand son portable sonna.

— Merde ! jura-t-il en cherchant à tâtons l'appareil au milieu d'un fouillis de câbles.

— J'écoute !

— C'est Midge.

Son visage s'illumina.

— Deux appels dans la même nuit ? Ça va faire jaser !

— La Crypto a un problème, dit-elle d'une voix tendue.

Jabba se renfrogna.

— On en a déjà parlé.

— Un problème de courant.

— Je ne suis pas électricien. Appelle la maintenance !

— Le dôme est éteint.

— Tu as des hallus. Rentre chez toi.

Il retourna à son plan.

— C'est le noir total là-bas ! hurla-t-elle.

Jabba soupira et reposa sa lampe.

— Midge. Premièrement, nous avons un circuit auxiliaire d'alimentation. Donc, il ne peut y avoir de noir « total ». Ensuite, Strathmore est un tantinet mieux placé que moi en ce moment pour savoir ce qui se passe à la Crypto. Pourquoi ne t'adresses-tu pas à lui ?

— Parce qu'il est impliqué là-dedans. Il cache quelque chose.

Jabba leva les yeux au ciel.

— Midge, ma chérie. Je suis enfoncé jusqu'au cou dans une montagne de câbles. Si tu me proposes un rancard, je coupe tout et j'arrive. Sinon, appelle les électriciens.

— Jabba, c'est du sérieux. Je le sens.

Elle le sent ? Ça y est, pensa Jabba, c'est reparti pour un tour.

— Si Strathmore n'est pas inquiet, pourquoi le serais-je ?

— La Crypto est plongée dans l'obscurité, nom de Dieu !

— Peut-être Strathmore souhaite-t-il regarder les étoiles ?

— Jabba ! Je ne plaisante pas !

— D'accord, grogna-t-il en se redressant sur un coude. C'est peut-être un générateur qui s'est arrêté. Dès que j'en aurai fini ici, je passerai à la Crypto et...

— Mais le circuit auxiliaire ! Si un générateur est en rideau, pourquoi ne prend-il pas le relais ?

— Je ne sais pas. Peut-être que Strathmore faisait tourner TRANSLTR et qu'elle pompe toute l'énergie.

— Dans ce cas, pourquoi n'annule-t-il pas la commande ? Et si c'était un virus ? Tu as évoqué cette possibilité tout à l'heure.

— Bon sang, Midge ! explosa Jabba. Je te l'ai déjà dit, il n'y a aucun virus à la Crypto ! Arrête tes délires paranoïaques !

Un long silence suivit.

— D'accord, Midge, reprit Jabba sur un ton d'excuse. Je vais te faire un topo : tout d'abord, il y a Gauntlet – aucun virus ne peut passer au travers. Ensuite, s'il y a une coupure de courant, c'est forcément un problème de machine. Les virus ne font pas sauter les plombs, ils s'attaquent aux programmes et aux données. Bilan des courses : je ne sais pas ce qui se passe à la Crypto, mais ça n'a rien à voir avec un virus.

Encore une fois, le silence.

— Midge ? Tu es là ?

Elle lui rétorqua d'un ton glacial :

— Jabba, mon boulot est de veiller au grain. Et je n'ai pas à me faire engueuler quand je fais mon travail. Si j'appelle pour demander pourquoi un équipement de plusieurs millions de dollars est plongé dans le noir, j'entends recevoir une réponse professionnelle.

— Bien, madame.

— Un simple oui ou non suffit. Alors je te repose la question : est-il possible que le problème provienne d'un virus ?

— Midge... Je t'ai expliqué...

— Oui ou non ! TRANSLTR peut-il être infecté par un virus ?

Jabba soupira.

— Non, Midge. C'est impossible.

— Merci.

Il tenta une petite plaisanterie pour détendre l'atmosphère :

— Sauf, bien sûr, si c'est un virus que Strathmore a volontairement introduit dans la machine en désactivant mes filtres.

Un silence de plomb lui répondit. Quand Midge

reprit la parole, sa voix était tranchante comme une lame de rasoir.

— Strathmore peut désactiver Gauntlet ?

Jabba soupira.

— Je plaisantais, Midge.

Mais le mal était fait.

62.

Strathmore et Susan se tenaient devant la trappe verrouillée, et débattaient de la suite des événements.

— Phil Chartrukian est là-dessous, mort, argumentait le commandant. Si nous demandons de l'aide, la Crypto va devenir un vrai cirque.

— Vous avez une autre solution ? demanda Susan, dont le seul désir était de sortir de là.

Strathmore réfléchit un moment.

— Je ne sais pas comment nous avons fait, dit-il en regardant la trappe verrouillée, mais il semble que nous ayons, sans le vouloir, identifié et neutralisé North Dakota. Pour parler cru, je trouve que l'on a une chance de cocu.

Le commandant secouait la tête, ayant encore du mal à croire que Hale puisse être impliqué dans le projet de Tankado.

— Je suppose, reprit-il, que la clé est cachée quelque part dans son ordinateur... peut-être en a-t-il aussi une copie chez lui. De toute façon, Hale ne peut plus s'échapper.

— Alors pourquoi ne pas appeler la sécurité pour qu'ils l'embarquent ?

— Pas tout de suite. Si la Sys-Sec découvre que TRANSLTR a tourné pendant des heures en vain, nous allons avoir de nouveaux problèmes sur les bras. Il faut effacer toute trace de Forteresse Digitale avant d'ouvrir les portes.

Susan acquiesça à contrecœur. C'était une sage précaution. Quand la sécurité sortirait Hale des sous-sols et l'accuserait du meurtre de Chartrukian, il allait sans nul doute menacer de dévoiler au monde l'existence de Forteresse Digitale. Mais les preuves auraient disparu, et Strathmore pourrait jouer les idiots : des heures de décodage sans succès ? Un algorithme incassable ? Mais c'est absurde ! Greg Hale n'a donc jamais entendu parler du principe de Bergofsky ?

— Voilà ce que nous allons faire, annonça calmement le commandant. On efface la correspondance entre Hale et Tankado, les fichiers prouvant que je suis passé outre Gauntlet, les rapports des scans lancés par Chartrukian, comme l'historique du compteur de TRANSLTR. On efface tout. Toutes les traces de Forteresse Digitale. Elle n'est jamais entrée ici. Nous récupérons la clé de codage que détient Hale et on prie pour que David retrouve celle de Tankado.

David... Susan s'efforça de ne pas trop songer à lui et de rester concentrée sur la situation présente.

— Je me charge de l'ordi de la Sys-Sec, annonça Strathmore. Les relevés du compteur de TRANSLTR, le résultat des tests antivirus lancés par Chartrukian et tout le tremblement. De votre côté, occupez-vous du Nodal 3. Effacez les e-mails de Hale. Tout ce qui concerne ses liens avec Tankado ainsi que la moindre allusion à Forteresse Digitale.

— Entendu, répondit-elle avec gravité. Je vais effacer son disque dur et tout reformater.

— Non ! répliqua Strathmore. Surtout pas. Hale y a sans doute caché une copie de la clé. Il me la faut.

Susan resta un instant bouche bée.

— Vous voulez la clé ? Mais je croyais que l'objectif était justement de la détruire ?

— Bien sûr. Mais je veux une copie. Pour craquer ce fichu code et jeter un œil au programme de Tankado.

Susan partageait la curiosité de Strathmore, mais un pressentiment lui disait de ne pas ouvrir Forteresse Digitale, malgré tous les trésors qui pouvaient se trouver dans ses murs. Pour l'instant, l'algorithme était emprisonné dans son caveau de chiffrement – totalement inoffensif. Mais dès qu'il serait décrypté...

— Chef... ne serait-il pas plus prudent de...

— Je veux cette clé, répondit-il.

Susan devait bien admettre que, depuis qu'elle avait entendu parler de Forteresse Digitale, sa curiosité de scientifique avait aussi été piquée au vif. Comment Tankado était-il parvenu à l'écrire ? La simple existence de ce programme de chiffrement remettait en question les règles les plus fondamentales de la cryptographie. Susan regarda Strathmore du coin de l'œil.

— Et vous détruirez l'algorithme immédiatement après ?

— De la première à la dernière ligne.

Susan fronça les sourcils. Récupérer la clé de Hale n'allait pas être une mince affaire. Repérer une suite alphanumérique inconnue sur un des disques durs du

Nodal 3 revenait à retrouver une chaussette perdue dans une chambre de la taille du Texas. Les recherches dans les ordinateurs ne donnaient de bons résultats que lorsqu'on savait précisément ce qu'on cherchait. Or, le détail de cette clé était totalement inconnu. Par chance, la Crypto ayant régulièrement à résoudre ce genre de problèmes, Susan et quelques collègues avaient développé un logiciel particulier de recherche par comparaison. Cela consistait à demander à l'ordinateur d'examiner chaque chaîne de caractères présente sur son disque dur, de les comparer à un énorme dictionnaire, et de signaler chaque groupe qui semblait dénué de sens ou généré de façon aléatoire. C'était un travail délicat, car il fallait sans cesse affiner les paramètres, mais c'était possible.

Susan était la candidate idéale pour ce travail. Elle poussa un long soupir, en se demandant si elle avait pris la bonne décision.

— Si tout se passe bien, j'en ai environ pour une demi-heure.

— Alors, au travail.

Strathmore posa une main sur son épaule et la guida dans l'obscurité jusqu'au Nodal 3. Au-dessus d'eux, un beau ciel étoilé scintillait derrière le dôme. David voyait-il les mêmes étoiles de Séville ?

Arrivés devant la double porte vitrée du Nodal 3, Strathmore poussa un juron. Le clavier d'ouverture était éteint, et les portes closes.

— Pas de courant ! J'avais oublié.

Le commandant examina les panneaux coulissants. Il plaqua ses paumes à plat sur les vitres, puis poussa de chaque côté, en essayant de les écarter. Ses mains moites glissaient sur le verre. Il les essuya sur son pantalon et fit une nouvelle tentative. Cette fois, les portes s'écartèrent un peu et une minuscule fente apparut entre les deux vantaux.

Susan s'approcha et l'aida à tirer. L'écart était maintenant de deux centimètres environ. Pendant un moment, ils tinrent bon, mais la pression du mécanisme était trop forte. Les battants se rejoignirent d'un seul coup.

— Attendez, dit Susan en changeant de position pour venir se placer devant Strathmore. C'est bon, on essaie encore.

À nouveau, ils poussèrent de toutes leurs forces. Mais l'ouverture ne dépassait toujours pas deux centimètres. Un faible rayon de lumière bleutée leur parvenait de l'intérieur du Nodal 3 ; les ordinateurs étaient toujours allumés. Considérés comme des organes vitaux de TRANSLTR, ils bénéficiaient, eux aussi, du courant auxiliaire.

Susan planta ses escarpins Ferragamo dans le coin du chambranle pour avoir un meilleur appui. Les portes commencèrent à bouger. Strathmore changea d'angle d'attaque, il referma les mains sur le panneau gauche, et y concentra toute son énergie tandis que Susan poussait sur le battant opposé. Lentement, avec difficulté, les vantaux commencèrent à s'écarter. L'ouverture mesura bientôt près de trente centimètres.

— Tenez bon ! lâcha Strathmore, haletant sous l'effort. On y est presque.

Susan glissa son épaule dans l'interstice et recommença à pousser, cette fois mieux positionnée. Les portes résistaient néanmoins, comme deux béliers rétifs. Sans attendre, la mince Susan se faufila plus encore dans l'ouverture. Strathmore voulut l'en empêcher, mais elle était décidée. Susan voulait s'échapper de la Crypto et, connaissant le commandant, elle savait qu'ils ne bougeraient pas d'ici tant qu'ils n'auraient pas retrouvé cette satanée clé ! Coincée à mi-corps dans la fente, entre les deux battants, elle s'arc-bouta de toutes ses forces. Les portes s'écartèrent un peu, mais revinrent à la charge, comme si elles refusaient de se laisser faire. Les mains de Susan ripèrent et les panneaux, aussitôt, fondirent sur elle. Strathmore tenta de les retenir, mais il n'était pas de taille. Susan plongea, *in extremis*, avant que les mâchoires de verre ne se referment sur elle ; les portes s'entrechoquèrent dans un claquement ; elle était passée.

Strathmore parvint à écarter un tout petit peu les battants. Son œil apparut dans le minuscule interstice.

— Susan ? Vous allez bien ?

La jeune femme se releva et s'épousseta.

— Ça va.

Elle regarda autour d'elle. Le Nodal 3, éclairé seulement par la lumière des écrans d'ordinateurs, était désert. Les ombres bleutées donnaient au lieu un air fantomatique. Elle se retourna vers Strathmore. Son visage paraissait blafard et maladif sous l'éclairage bleu.

— Susan. Accordez-moi vingt minutes pour effacer toutes les traces à la Sys-Sec. Dès que j'aurai fini, je monterai à mon bureau et je désactiverai TRANSLTR depuis mon ordinateur.

— Je compte sur vous, répondit-elle en regardant les imposantes portes vitrées.

Tant que TRANSLTR monopoliserait l'énergie du circuit auxiliaire, elle serait prisonnière du Nodal 3. Strathmore lâcha les panneaux qui se refermèrent. Par la vitre, Susan regarda le directeur adjoint disparaître dans les ténèbres.

63.

La toute nouvelle Vespa de Becker gravissait péniblement la côte située à l'entrée de l'aéroport de Séville. Durant tout le trajet, David n'avait pas desserré les poings, roulant à tombeau ouvert. Sa montre réglée à l'heure locale indiquait qu'il était tout juste deux heures du matin.

À l'approche du bâtiment principal, il grimpa sur le trottoir et sauta de l'engin en route. Le scooter s'écroula dans un fracas de métal et crachota avant de s'éteindre. Malgré ses jambes en coton, Becker se précipita vers la porte à tambour. Plus jamais ça ! se promit-il.

Le hall était aseptisé, baigné d'une lumière crue. À part un employé qui polissait le sol, le lieu était désert. Au bout de la salle, une hôtesse était en train de fermer le guichet de Air Iberia. C'était mauvais signe.

Il s'élança dans sa direction.

— ¿ *El vuelo para los Estados Unidos ?*

La séduisante Andalouse, derrière le comptoir, releva les yeux et lui sourit d'un air désolé.

— *Acaba de despegar.* Il est en train de décoller.

Ses mots restèrent un long moment suspendus dans l'air.

Je l'ai loupée... Becker sentit ses épaules s'effondrer.

— Y avait-il des places en *stand-by* sur ce vol ?

— Oui, beaucoup, répliqua-t-elle dans un sourire. L'avion était presque vide. Le vol de demain matin, huit heures, est aussi...

— J'ai besoin de savoir si une amie à moi est montée dans l'avion. Elle voyageait en *stand-by*.

La femme se renfrogna.

— Je suis navrée de ne pas pouvoir vous répondre. Plusieurs billets sans réservation ont été vendus ce soir, mais il y a une clause de confidentialité qui...

— C'est vraiment important, insista Becker. Je veux juste savoir si elle a pris l'avion. C'est tout.

La femme hocha la tête d'un air compatissant.

— Querelle d'amoureux ?

Becker réfléchit un instant. Puis il répondit avec un sourire contrit.

— Ça se voit tant que ça ?

Elle lui fit un clin d'œil.

— Quel est son nom ?

— Megan, murmura-t-il d'un air attristé.

L'hôtesse sourit.

— Votre petite amie doit avoir aussi un nom de famille ?

Becker tressaillit. Sûrement, mais lequel ? !

— En fait, c'est une situation un peu compliquée. Vous disiez que l'avion était presque vide. Peut-être pourriez-vous...

— Sans son nom de famille, je ne peux...

— Il me vient une idée, l'interrompit Becker. Vous étiez ici toute la soirée ?

La femme acquiesça.

— Mon service est de sept à sept.

— Dans ce cas, peut-être l'avez-vous aperçue ?

Une jeune fille. Quinze ou seize ans. Avec des cheveux...

Mais, avant d'avoir pu finir sa phrase, Becker réalisa son erreur.

L'Andalouse plissa les yeux et le fixa du regard.

— Votre petite amie a quinze ans ?

— Non ! hoqueta Becker. En fait...

Et merde...

— Aidez-moi, je vous en prie, c'est très important.

— Désolée, rétorqua-t-elle sèchement.

— Ce n'est pas du tout ce que vous pensez. Je vous demande juste...

— Au revoir, monsieur.

La femme abaissa d'un geste sec la grille de métal sur le guichet et disparut dans une arrière-salle.

Becker grogna et leva les yeux au ciel. Du calme, du calme... Il parcourut du regard la salle des pas perdus. Personne. Elle a vendu la bague et s'est envolée. Il marcha vers l'homme de ménage.

— *¿ Ha visto usted una chica joven ?* cria-t-il pour couvrir le bruit de la cireuse.

Le vieil homme se pencha et éteignit sa machine.

— Quoi ?

— *¿ Una chica ?* répéta Becker. *El cabello rojo, azul, y blanco.* Avec des cheveux rouge, blanc et bleu.

L'homme se mit à rire.

— *¡ Qué horror !*

Et il retourna à son travail.

David Becker, planté au milieu de l'aéroport désert, ne savait plus que faire. Durant toute la soirée, il avait accumulé les erreurs. Les mots de Strathmore résonnaient dans sa tête : « Inutile de me rappeler tant que vous n'avez pas la bague. » Un abattement profond s'empara de lui. Si Megan avait vendu l'anneau et pris l'avion, la piste était définitivement perdue.

Becker ferma les yeux. Que faire maintenant ? Mais il décida de remettre cette question à plus tard. Pour l'heure, il avait une affaire urgente qu'il ne pouvait plus ajourner : aller aux toilettes.

64.

Susan se retrouva seule dans la pénombre et le silence du Nodal 3. Sa mission était simple : entrer dans le terminal de Hale et localiser la clé avant d'effacer l'intégralité de sa correspondance avec Tankado. Il ne resterait alors nulle trace de Forteresse Digitale.

Mais ses appréhensions persistaient à l'idée de récupérer la clé pour débloquer l'algorithme. C'était jouer avec le feu. Jusqu'à présent, la chance avait été de leur côté. North Dakota était miraculeusement apparu sous leur nez, et désormais coincé au sous-sol. Le reste dépendait de David. Il devait mettre la main sur l'autre exemplaire de la clé. Susan espérait qu'il était en bonne voie.

En avançant vers le cœur du Nodal 3, Susan essayait de mettre ses idées au clair. Curieusement, elle se sentait mal à l'aise dans cet espace pourtant si familier. Le Nodal 3, ainsi plongé dans le noir, était méconnaissable. Mais ce n'était pas simplement l'obscurité... Elle hésita un instant, et jeta un regard vers les portes bloquées. Aucun moyen de sortir. Vingt minutes, pensa-t-elle. Une éternité...

Arrivée à deux mètres du terminal de Hale, Susan perçut une odeur musquée, une senteur inhabituelle dans le Nodal 3. Le déionisateur était peut-être déréglé ? L'odeur lui était vaguement familière, et un frisson glacial parcourut son corps. Elle songea à Hale, prisonnier de sa geôle embrumée. Aurait-il déclenché un incendie en bas ? Elle huma l'air en direction des grilles d'aération. Non, cela provenait de plus près.

Susan jeta un coup d'œil vers la porte saloon du coin-cuisine. Et, soudain, elle identifia l'odeur : un mélange d'eau de toilette... et de sueur.

D'instinct, elle fit un pas en arrière. Derrière les lattes du battant, deux yeux la fixaient. L'évidence la frappa de plein fouet : Greg Hale n'était pas enfermé dans les sous-sols – il était là, dans le Nodal 3 ! Il s'était glissé hors de la trappe avant que Strathmore ne la referme et, grâce à ses gros biceps, il était parvenu à ouvrir les portes tout seul.

On dit que la terreur paralyse, mais c'est un mythe. À la seconde où l'information parvint à son cerveau, le corps de Susan se mit en mouvement. Elle fit demi-tour et s'éloigna dans le noir, trébuchant, avec une seule idée en tête : fuir. Aussitôt un grand fracas retentit dans son dos. Hale, qui, jusqu'alors, était resté assis en silence sur la cuisinière, étendit brusquement ses jambes pour s'en servir comme d'un bélier. Sous le choc, les portes volèrent en éclats et sortirent de leurs gonds. Hale fondit sur elle, à grandes enjambées.

Susan renversa une lampe sur son passage, dans l'espoir de le faire trébucher. Mais il l'évita d'un bond. Il la rattrapait.

Quand Hale lui ceintura la taille de son bras droit, elle eut l'impression qu'une mâchoire de fer se refermait sur son ventre. La douleur lui coupa le souffle. Un biceps lui comprimait la cage thoracique.

Susan se débattit. Son coude heurta quelque chose... il y eut un bruit de cartilage brisé... Hale lâcha prise, pour porter la main à son nez. Il s'effondra à genoux, le visage niché dans ses paumes.

— Espèce de salope..., grogna-t-il de douleur.

Susan se rua vers les portes, priant pour qu'au moment où elle foulerait les contacts au sol, Strathmore rétablisse le courant et que les panneaux s'escamotent devant elle. Mais aucun miracle ne se produisit ; elle se retrouva en train de tambouriner sur les parois de verre.

Hale marcha vers elle en titubant, le nez en sang. Il l'attrapa de nouveau – un bras pressant fermement son sein gauche, l'autre son ventre – et l'arracha de la porte. Elle hurla, s'arc-boutant dans une vaine résistance. Il la tirait en arrière, sa boucle de ceinturon s'enfonçait dans sa colonne vertébrale. Susan ne pouvait lutter. Lorsqu'il la traîna à l'autre bout de la salle, elle perdit ses chaussures. D'un coup de hanche, Hale la souleva de terre et la plaqua au sol, à côté de son terminal.

Susan se retrouva étendue sur le dos, sa jupe relevée sur les cuisses. Le bouton du haut de son chemisier avait sauté et sa poitrine se soulevait sous la lumière bleutée. Ses yeux se figèrent de terreur quand Hale la chevaucha. Elle ne parvenait pas à déchiffrer l'expression de son regard. Était-ce de la peur ? de la colère ? Ses yeux se baladaient sur son corps. Une nouvelle panique l'envahit.

Hale était assis sur elle, la fixant de ses prunelles glacées. Tout ce qu'elle avait appris pendant ses cours d'autodéfense lui revinrent à l'esprit, mais en vain – son corps ne répondait plus. Il était trop engourdi. Elle ferma les yeux.

Non, mon Dieu, par pitié. Non !

65.

Brinkerhoff tournait en rond dans le bureau de Midge.

— Personne ne peut passer au-dessus de Gauntlet. C'est impossible !

— Faux, lâcha-t-elle d'un ton cinglant. Je viens de parler à Jabba. Il a installé un shunte l'année dernière.

Brinkerhoff fronça les sourcils.

— Première nouvelle.

— Personne n'est au courant. C'est top secret.

— Midge, argumenta Brinkerhoff. Jabba est totalement obsédé par la sécurité. Jamais il n'aurait installé un système qui permette de...

— C'est Strathmore qui le lui a demandé ! l'interrompit-elle.

Brinkerhoff pouvait presque entendre les rouages cliqueter dans le cerveau de Midge.

— Tu te souviens, l'an dernier, quand Strathmore travaillait sur un réseau terroriste antisémite en Californie ?

Brinkerhoff acquiesça. Cette affaire avait été l'un des plus beaux coups de Strathmore. En faisant décrypter par TRANSLTR un message codé que la NSA avait intercepté, il avait découvert qu'un groupe s'apprêtait à faire exploser une bombe dans une école hébraïque de Los Angeles. Il cassa le code seulement douze minutes avant l'explosion prévue, et rien qu'avec son téléphone il sauva la vie de trois cents enfants.

— Tiens-toi bien..., reprit Midge en baissant inutilement la voix. Jabba m'a appris que Strathmore était en possession du code six heures avant la fin du compte à rebours.

La mâchoire de Brinkerhoff s'ouvrit sous le choc.

— Mais... pourquoi a-t-il attendu...

— Parce qu'il n'arrivait pas à charger le cryptogramme dans TRANSLTR. Gauntlet le rejetait systématiquement. Il était encodé à l'aide d'un nouvel algorithme à clé publique que Gauntlet ne reconnaissait pas. Il a fallu presque six heures à Jabba pour reconfigurer les filtres.

Brinkerhoff était abasourdi.

— Strathmore était furieux. Il a exigé que Jabba installe une passerelle pour passer outre Gauntlet, afin que l'incident ne se reproduise plus jamais.

— Nom de Dieu, siffla Brinkerhoff. Je ne savais rien de tout ça...

Il marqua une pause et plissa les yeux.

— Et selon toi, il se passe quoi ?

— Je pense que Strathmore a utilisé ce système aujourd'hui... pour entrer un fichier que Gauntlet rejetait.

— Et alors ? C'est bien à ça que sert la passerelle, non ?

Midge secoua la tête.

— À condition que le fichier en question ne soit pas un virus.

Brinkerhoff sursauta.

— Quoi ? Mais qui a parlé de virus ?

— Je ne vois pas d'autre explication. Selon Jabba, c'est la seule chose qui puisse faire tourner TRANSLTR aussi longtemps, donc...

— Tout doux, Midge ! Tout doux ! Strathmore dit que tout va bien, je te le rappelle.

— Il ment.

Brinkerhoff était perdu.

— Tu veux dire que Strathmore a mis exprès un virus dans TRANSLTR ?

— Bien sûr que non ! répliqua-t-elle avec impatience. Il ne savait pas que c'était un virus... Je crois qu'il s'est fait berner.

Brinkerhoff restait sans voix. Midge perdait définitivement les pédales.

— Ça explique tout ! insistait-elle. Voilà pourquoi il a passé toute la nuit ici !

— Pour introduire des virus dans son propre ordinateur ?

— Mais non ! Pour essayer de couvrir son erreur ! Et maintenant il ne peut plus arrêter TRANSLTR et libérer le courant auxiliaire. Parce que le virus a bloqué les processeurs !

Les yeux de Brinkerhoff roulaient dans leurs orbites. Midge avait déjà eu des crises de paranoïa, mais à ce point ! Il tenta de la faire revenir sur terre.

— Jabba n'avait pas l'air trop inquiet.

— Jabba est un imbécile ! persifla-t-elle.

Brinkerhoff accusa le coup. Personne n'avait jamais

traité Jabba d'imbécile – de porc, peut-être, mais sûrement pas d'imbécile.

— Qui est le plus fiable ? Toi et ton intuition féminine ou Jabba, l'expert en antivirus ?

Elle lui lança un regard assassin. Brinkerhoff leva les bras, en signe de capitulation.

— D'accord. Je retire ce que je viens de dire...

Il n'avait aucune envie qu'elle lui rappelle tous les épisodes où son incroyable flair avait fait mouche.

— Midge, reprit-il d'un ton suppliant. Je sais que tu détestes Strathmore mais...

— Ça n'a rien à voir !

Midge la tigresse était de retour !

— D'abord, nous devons avoir la confirmation qu'il a désactivé Gauntlet ! Ensuite, on appelle Fontaine.

— Ben voyons..., grommela Brinkerhoff. Je vais appeler Strathmore pour lui demander des aveux écrits !

— Non ! lança-t-elle sans relever la plaisanterie. Strathmore nous a déjà menti une fois.

Elle vrilla son regard dans le sien.

— Tu as les clés du bureau de Fontaine ?

— Bien sûr. Je suis son secrétaire personnel.

— J'en ai besoin !

Brinkerhoff la dévisagea d'un air incrédule.

— Midge, il n'est pas question que je te laisse entrer dans le bureau de Fontaine.

— Il le faut !

Midge se retourna et commença à pianoter sur le clavier de Big Brother.

— Je demande l'historique des commandes de

TRANSLTR. Si Strathmore a contourné Gauntlet manuellement, ce sera écrit.

— Quel rapport avec le bureau de Fontaine ?

Elle fit volte-face et lui adressa un regard furieux.

— Ce rapport ne sort que sur l'imprimante de Fontaine. Tu le sais parfaitement !

— Parce que ce genre de document est classé top secret, Midge !

— C'est un cas d'urgence. Je dois voir ce listing.

Brinkerhoff posa les mains sur les épaules de Midge.

— Calme-toi, je t'en prie. Je n'ai pas le droit de...

Elle poussa un soupir agacé et pivota vers son clavier.

— Je lance l'impression de cet historique. Je fais juste un aller-retour dans le bureau pour le récupérer. Alors, donne-moi cette clé.

— Midge...

Elle termina sa frappe et se retourna vers lui.

— Chad, le rapport sera imprimé dans trente secondes. Voilà ce que je te propose : tu me donnes la clé. Si Strathmore a désactivé Gauntlet, on appelle la sécurité. Si je me suis trompée, je m'en vais sur-le-champ et tu pourras aller tartiner Carmen Huerta de confiture.

Elle lui adressa un regard malicieux et tendit sa paume ouverte.

— J'attends !

Brinkerhoff grogna. Pourquoi l'avait-il rappelée pour lui montrer le rapport de la Crypto ? Il regardait sa main tendue.

— Tu veux aller voler des informations classées secret-défense dans le bureau personnel du directeur de la NSA.... Tu imagines ce qui pourrait arriver si on nous prenait la main dans le sac ?

— Fontaine est en Amérique du Sud.

— Je suis désolé. Mais je ne peux pas.

Brinkerhoff croisa les bras en signe de refus catégorique et sortit du bureau. Midge le regarda s'en aller, ses yeux gris luisant d'une colère sourde.

— Et moi, je vais te prouver le contraire..., murmura-t-elle.

Elle retourna vers Big Brother et ouvrit les archives vidéo.

Midge s'en remettra, songea Brinkerhoff en s'installant à son bureau pour examiner le reste des rapports. Pas question de confier les clés du directeur, même pour apaiser les délires paranoïaques de Midge !

Il commençait tout juste à vérifier les pannes de la COMSEC quand des éclats de voix provenant d'une pièce attenante attirèrent son attention. Il posa ses dossiers et s'avança dans le couloir.

La suite directoriale était plongée dans le noir – à l'exception d'un faible rayon de lumière provenant de la porte entrouverte du bureau de Midge. Il tendit l'oreille. Toujours des voix – fébriles, agitées...

— Midge, tout va bien ?

Aucune réponse. Dans le noir, il avança jusqu'au fief de la responsable de la sécurité interne. Les voix lui semblaient vaguement familières. Il poussa la porte. Midge n'était pas dans son fauteuil. La pièce était déserte. Le son provenait d'en haut. Brinkerhoff leva les yeux vers les moniteurs et se sentit pris de vertige. Sur les douze écrans, la même scène défilait – un ballet d'images savamment orchestrées. Brinkerhoff se retint au dossier du siège et contempla les écrans, horrifié.

— Chad ? susurra une voix dans son dos.

Il se retourna et plissa les yeux dans l'obscurité. Midge se tenait dans l'angle opposé, devant la double porte du bureau de Fontaine. Elle tenait sa main, paume ouverte.

— La clé, Chad.

Brinkerhoff rougit et se retourna vers les moniteurs. Il tenta de masquer les images, mais c'était impossible. Il était partout, poussant des gémissements de plaisir, caressant avidement les petits seins de Carmen Huerta couverts de miel.

66.

Becker traversa le hall en direction des toilettes. Un chariot de nettoyage, débordant de bidons, de balais et de serpillières, interdisait l'accès aux toilettes pour hommes. Il obliqua vers les toilettes des dames et toqua à la porte.

— ¡ Hola ! ¿ Hay alguien ? demanda-t-il en entrouvrant la porte. Il y a quelqu'un ?

Pas de réponse. Il entra. Des toilettes typiques des lieux publics en Espagne – un carré parfait, carrelé de blanc, avec une ampoule solitaire au plafond. Un aménagement spartiate : une cabine, un urinoir. Les urinoirs étaient parfaitement inutiles dans des toilettes de femme, mais comme ils étaient moins onéreux qu'une cabine supplémentaire, les entrepreneurs en mettaient partout.

Becker grimaça en découvrant les lieux. C'était dégoûtant. Le lavabo était bouché et rempli d'un liquide marronnasse. Le sol, trempé, était jonché de serviettes en papier. Le sèche-mains antédiluvien était maculé de traces de doigts verdâtres.

Becker s'avança vers le miroir et poussa un soupir en apercevant son reflet. Ses yeux, pétillants d'ordinaire, étaient mornes et éteints. Ça fait combien de temps que je cours ainsi ? Il n'eut pas le courage d'effectuer le calcul. Par réflexe, il rajusta son nœud de cravate – un professeur ne se montrait jamais débraillé – puis se dirigea vers l'urinoir. Tandis qu'il se soulageait, il se demandait si Susan était encore chez elle. Elle est peut-être partie au Stone Manor sans moi ?

— Eh ! Faut pas vous gêner ! s'écria une voix féminine juste derrière lui.

Becker sursauta.

— Je... Je..., bredouilla-t-il en remontant à toute vitesse sa fermeture Éclair. Je suis désolé... Je...

Becker se retourna vers la jeune femme qui venait d'entrer. C'était une adolescente bcbg, qui semblait tout droit sortie des pages « mode » de *Jeune et Jolie*. Elle était vêtue d'un pantalon écossais à pinces et d'un chemisier blanc sans manches, et avait à la main un sac de voyage L.L. Bean rouge. Le brushing de ses cheveux blonds était impeccable.

— Je suis désolé, ânonna Becker en bouclant sa ceinture. Les toilettes des hommes étaient... enfin je... je sors tout de suite.

— Putain d'enculé de pervers.

Becker sursauta. Comment de tels mots pouvaient-ils sortir d'une bouche aussi délicate – c'était aussi surprenant que de voir des eaux d'égout couler d'une carafe de cristal. Mais en l'observant bien, il s'aperçut que la jeune fille n'était pas aussi cristalline qu'il ne l'avait cru de prime abord. Ses yeux étaient bouffis et injectés de sang, et son avant-bras gauche était tout boursouflé. Sous la marque rouge d'irritation, sa chair était bleutée. Mon Dieu, songea Becker. Elle se pique. Qui aurait pu s'en douter ?

— Barrez-vous ! cria-t-elle. Foutez le camp !

À cet instant, Becker oublia la bague, la NSA, et tout le reste. Il fut pris d'un élan de compassion pour cette jeune fille. Ses parents l'avaient sans doute envoyée ici dans le cadre d'un séjour linguistique en lui confiant leur carte VISA – et elle finissait seule au beau milieu de la nuit, en train de se shooter dans des toilettes d'aéroport.

— Ça va aller ? lui demanda-t-il en se dirigeant vers la sortie.

— Très bien, merci ! lâcha-t-elle avec arrogance. Maintenant, au revoir !

Becker continua son chemin, en jetant un dernier coup d'œil vers l'avant-bras de l'adolescente. Tu ne peux rien y faire, David. Laisse tomber.

— Allez, ouste ! s'impatienta-t-elle.

Becker hocha la tête. En sortant, il lui adressa un sourire désolé.

— Au revoir et faites attention à vous.

— Susan ?

Hale haletait, son visage tout près du sien. Il était assis à califourchon sur elle, pesant de tout son poids sur son bassin. L'os de son coccyx lui comprimait le pubis à travers le tissu fin de sa jupe. Son nez pissait le sang partout sur elle. Un goût de vomi monta à sa gorge. Hale avait les mains posées sur sa poitrine.

Elle ne sentait plus rien. Est-ce qu'il me touche ? Il lui fallut un moment pour réaliser qu'il était, en fait, en train de reboutonner son chemisier pour la rhabiller.

— Susan, reprit-il, le souffle coupé. Il faut que je sorte d'ici.

Susan était hébétée. Elle ne comprenait plus rien.

— Susan, il faut que tu m'aides ! Strathmore a tué Chartrukian !

Le sens de ces mots parvint lentement jusqu'à son cerveau. Strathmore a tué Chartrukian ? De toute évidence, Hale ignorait qu'elle l'avait vu dans les sous-sols.

— Strathmore sait que je l'ai vu ! insista-t-il. Il va me tuer, moi aussi.

Si elle n'avait pas été tétanisée de terreur, Susan lui aurait ri au nez. C'était la bonne vieille tactique du « diviser pour mieux régner » ! Guère surprenant de la part d'un ancien marine. Mentez, et montez vos ennemis les uns contre les autres.

— C'est la vérité ! hurla-t-il. Il faut appeler de l'aide ! Nous sommes tous les deux en danger !

Elle n'en croyait pas un traître mot.

Hale avait des crampes aux jambes ; il se souleva

légèrement pour détendre ses muscles et s'apprêta à poursuivre sa plaidoirie, mais il n'en eut pas le loisir...

Quand Hale se décolla d'elle, Susan sentit le sang circuler à nouveau dans ses jambes. Sans qu'elle ait le temps de réaliser ce qu'elle faisait, son genou gauche, dans un réflexe pavlovien, jaillit vers l'entrejambe de Hale. La rotule percuta les bourses. Un choc mou. Hale poussa un gémissement de douleur. Il s'affaissa sur le côté en portant les mains à ses parties. Susan se contorsionna pour se dégager de ce poids mort et fonça vers la porte. Jamais elle n'aurait la force d'ouvrir les battants...

En une fraction de seconde, une idée lui vint... Elle se positionna derrière la grande table de réunion et banda ses muscles. Dieu merci, la table était munie de roulettes... Susan s'élança de toutes ses forces en direction du mur vitré, poussant la table devant elle. Les roulements à billes étaient de bonne qualité. À la moitié du parcours, elle avait déjà atteint une vitesse honorable.

Deux mètres avant les vitres, Susan donna une dernière impulsion sur la table et fit un bond de côté, en mettant son bras devant ses yeux. Le choc fut assourdissant. La paroi explosa en une pluie d'éclats de verre. Pour la première fois depuis sa construction, le son de la Crypto envahit le Nodal 3.

Susan releva la tête. De l'autre côté, la table continuait sa course dans une série de tête-à-queue avant de disparaître dans l'obscurité. Susan renfila ses Ferragamo déchiquetées, jeta un coup d'œil vers Hale, qui se tordait encore de douleur, puis s'élança dans le trou, sautant par-dessus le tapis de verre brisé pour disparaître à son tour dans les ténèbres de la Crypto.

68

— Tu vois, ce n'était pas bien compliqué, dit Midge d'un ton sarcastique en saisissant les clés que lui tendait Brinkerhoff.

Il semblait totalement abattu.

— J'effacerai les images avant de partir, lui promit-elle. À moins que toi et ta femme ne désiriez les garder pour votre collection personnelle ?

— Va récupérer ce foutu rapport, répondit-il d'un ton glacial. Et reviens immédiatement !

— *Sí señor*, minauda-t-elle en singeant l'accent portoricain de Carmen.

Elle lui fit un clin d'œil et se dirigea vers la double porte. Le bureau privé de Leland Fontaine ne ressemblait en rien au reste de la suite directoriale. Pas de tableaux de maître aux murs ni de fauteuils de cuir luxueux, pas de ficus luxuriant ni de pendule ancienne. C'était un espace entièrement dédié au travail. La table au plateau de verre et le fauteuil noir du maître faisaient face à une fenêtre monumentale. Dans un coin, trois armoires renfermant des dossiers. Juste à côté, une desserte avec une cafetière italienne. La lune était haute dans le ciel de Fort Meade, et la lumière laiteuse qui filtrait de la baie accentuait les lignes épurées de l'ameublement.

Dans quel pétrin me suis-je fourré ? se lamentait Brinkerhoff.

Midge avança jusqu'à l'imprimante et s'empara de l'historique des commandes. Elle cligna des yeux dans l'obscurité.

— Je ne peux pas lire ! se plaignit-elle. Allume.

— Tu liras ça dehors. Viens !

Mais Midge s'amusait comme une gamine, elle prenait plaisir à titiller Brinkerhoff. Elle se rapprocha de la fenêtre et tourna le rapport vers la lumière pour pouvoir le déchiffrer.

— Midge, s'il te plaît...

Imperturbable, elle continuait à lire. Brinkerhoff, inquiet, piaffait d'impatience sur le seuil.

— Midge... Allez. C'est un bureau privé.

— C'est forcément écrit là, quelque part, murmurait-elle en épluchant les données. Strathmore a contourné Gauntlet, j'en mets ma main à couper !

Elle se plaqua carrément contre la vitre.

Brinkerhoff transpirait à grosses gouttes. Midge poursuivait sa lecture, comme si de rien n'était. Quelques secondes plus tard, elle lâcha dans un souffle :

— Je le savais ! Il l'a fait ! Il l'a vraiment fait ! Quel imbécile ! (Elle agita la feuille d'un air triomphal.) Il a shunté Gauntlet ! Viens voir ça !

Brinkerhoff resta un moment interdit, puis il traversa à grands pas le bureau de Fontaine. Il vint se coller à Midge, devant la fenêtre. Elle pointa du doigt le bas de la liste. Brinkerhoff lisait, abasourdi.

— Mais pourquoi... ?

Le rapport affichait la liste des trente-six derniers fichiers entrés dans TRANSLTR. À la suite de chacun d'eux, un code émis par Gauntlet indiquait qu'ils étaient sans virus. Mais aucun code n'était inscrit pour le dernier. À la place, figurait la mention : DÉSACTIVATION MANUELLE.

Nom de Dieu, pensa Brinkerhoff. Midge a mis dans le mille, encore une fois.

— Quel idiot ! pesta Midge, bouillant de colère.

Regarde ça ! Gauntlet avait rejeté le fichier deux fois auparavant ! Parce qu'il avait repéré des fonctions illicites ! Et malgré ça, il l'a désactivé ! Il est devenu fou ou quoi ?

Brinkerhoff sentait ses jambes le lâcher. Pourquoi Midge avait-elle toujours raison ? Ils ne remarquèrent ni l'un ni l'autre la silhouette qui venait d'apparaître en reflet sur la vitre ; une ombre massive, qui se tenait sur le pas de la porte.

— Merde, souffla Brinkerhoff. Alors, on aurait un virus ?

Midge soupira.

— C'est évident.

— Ce qui est évident, c'est que ça ne vous regarde pas ! tonna une voix dans leur dos.

Midge, dans un sursaut, se cogna la tête contre la vitre. Brinkerhoff, quant à lui, heurta le fauteuil en se retournant dans la direction de la voix. Au premier coup d'œil, il reconnut cette silhouette.

— Monsieur le Directeur ! hoqueta Brinkerhoff. (Il traversa la pièce et lui tendit la main.) Vous êtes revenu ? Bienvenue...

Le grand homme resta de marbre.

— Je... Je pensais que..., bredouilla Brinkerhoff, en baissant sa main. Je vous croyais en Amérique du Sud.

Leland Fontaine baissa les yeux vers son assistant, et le fusilla du regard.

— Mais maintenant, je suis de retour...

69

— Eh, m'sieur !

Becker traversait le hall en direction d'une rangée de cabines téléphoniques. Il s'arrêta et se retourna. C'était la fille qu'il venait de surprendre dans les toilettes.

— M'sieur, attendez !

Que me veut-elle ? Me poursuivre pour « attentat à la pudeur » ? L'adolescente traînait son sac derrière elle. Quand elle arriva à sa hauteur, elle lui fit un grand sourire.

— Pardon de vous avoir insulté tout à l'heure. Mais vous m'avez surprise.

— Pas de problème, assura Becker, un peu décontenancé. C'est moi qui étais dans les toilettes des femmes...

— Je sais que ça peut paraître bizarre de demander ça..., commença la fille en battant des paupières sur ses yeux injectés de sang. Mais pourriez-vous me prêter un peu d'argent ?

Becker la regardait, incrédule.

— Pour quoi faire ? demanda-t-il.

Pas question de financer ta dope, jeune fille !

— Je voudrais rentrer chez moi, reprit la blondinette. Vous voulez bien m'aider ?

— Vous avez raté votre avion ?

Elle acquiesça.

— J'ai perdu mon billet. Et ils n'ont pas voulu me laisser embarquer, ces salauds. Je n'ai pas d'argent pour m'en acheter un autre.

— Où sont vos parents ?

— Aux États-Unis.

— Et vous ne pouvez pas les joindre ?

— Non. J'ai essayé déjà. J'imagine qu'ils sont partis passer le week-end sur le yacht d'un ami.

Becker observa les habits chic de la demoiselle.

— Vous n'avez pas de carte de crédit ?

— Si, mais mon père l'a bloquée. Il croit que je me drogue.

— Et ce n'est pas le cas ? répliqua Becker, en désignant son avant-bras boursouflé.

La fille lui jeta un regard indigné.

— Bien sûr que non !

Elle se paie ma tête...

— Allez. Vous avez l'air de quelqu'un de riche. Vous pourriez me prêter un peu d'argent pour que je rentre chez moi... Je vous rembourserai.

Cet argent finirait sans nul doute entre les mains d'un dealer.

— D'abord, je ne suis pas riche... Je suis enseignant. Mais je veux bien faire quelque chose pour vous...

Vous faire passer l'envie de mentir ! songea-t-il.

— Je vais vous acheter moi-même ce billet, se contenta-t-il de dire.

La blondinette resta clouée sur place, sous le choc.

— Vous feriez ça pour moi ? bredouilla-t-elle, le regard illuminé d'espoir. Vous me paieriez un billet retour ? Oh, merci, merci.

Becker était sans voix. Apparemment, il avait mal jugé la situation.

L'adolescente se jeta dans ses bras.

— J'ai passé un été de merde ! s'exclama-t-elle, au

bord des larmes. Oh, merci ! Je veux tellement partir d'ici !

Becker répondit timidement à son embrassade. Lorsque l'adolescente se détacha de lui, il ne put s'empêcher de regarder son avant-bras.

— C'est pas beau, hein ?

Becker hocha la tête.

— Et vous soutenez ne pas vous droguer ?

La fille éclata de rire.

— C'est du marqueur magique ! Je me suis à moitié arraché la peau en essayant d'effacer ce machin. Et ça a bavé partout.

Becker examina de plus près les boursouflures. Sous les lumières fluorescentes, il aperçut, derrière la peau à vif, des traces – des fantômes de lettres.

— Et vos yeux ? demanda Becker, perplexe. Pourquoi sont-ils si rouges ?

La jeune fille rit encore.

— Je n'ai pas arrêté de pleurer. À cause de l'avion que j'ai raté.

Becker observa une nouvelle fois les restes d'inscriptions sur son bras.

Elle se renfrogna, gênée.

— On arrive encore à lire, hein ?

Il se pencha. Oui, c'était tout à fait lisible. En découvrant le message, Becker se retrouva projeté dix heures en arrière... Il était de retour dans la chambre d'hôtel de l'Alfonso XIII, avec ce gros Allemand se touchant l'avant-bras et son accent à couper au couteau...

— Ça va pas ? demanda la fille devant le trouble soudain de Becker.

Celui-ci restait les yeux rivés sur le bras de la

blonde, pris de vertige, lisant en boucle le message laconique : FUCK OFF AND DIE.

La jeune fille était embarrassée.

— C'est mon ami qui a écrit ça... c'est un peu crétin, je sais...

Becker en avait le souffle coupé. « Fock off und die »... l'Allemand n'avait pas voulu l'insulter, mais l'aider, au contraire... Becker leva les yeux vers le visage de la jeune fille. À la lueur des tubes fluorescents, il distinguait à présent des traces de couleurs dans ses cheveux.

— C'est v-vous..., bégaya-t-il en regardant ses lobes d'oreilles intacts. Vous ne portez pas de boucles d'oreilles ?

Elle le regarda d'un air étrange, puis tira de sa poche un petit pendentif qu'elle lui montra. Becker observa la tête de mort qui se balançait dans ses doigts.

— C'est un clip ? bredouilla-t-il.

— Évidemment ! répliqua-t-elle. J'ai une peur bleue des aiguilles.

70.

David Becker était planté au milieu du hall de l'aéroport, les jambes flageolantes. La présence de cette jeune fille en face de lui marquait la fin de sa longue quête. Elle s'était changée et lavé les cheveux – dans l'espoir, peut-être, de vendre la bague plus facilement – mais elle n'avait pu embarquer pour New York.

Becker avait du mal à contenir son excitation. Sa course folle allait aboutir, il touchait enfin au but. Il observa les doigts de l'adolescente. Rien. Son attention se reporta sur le sac. L'anneau est là. Il doit forcément être là ! Il sourit, faisant un effort pour garder bonne contenance.

— Ça va vous paraître dingue... Mais je crois que vous avez quelque chose que je recherche.

— Ah ?

Megan sembla soudain sur ses gardes. Becker sortit son portefeuille.

— Bien entendu, je vous paierai pour ça.

Il commença à compter les billets qui lui restaient.

Aussitôt, Megan tressaillit. Elle interpréta mal les intentions de Becker. Elle lança un regard effrayé vers la porte à tambour... pour mesurer la distance à parcourir. Environ cinquante mètres.

— Je peux vous donner de quoi payer votre billet retour si vous...

— Inutile d'en dire plus, dit-elle d'une voix hachée. Je sais très bien ce que vous voulez.

Elle se pencha vers son sac et fouilla ses poches. Les efforts de Becker allaient être enfin récompensés. Elle l'a ! Elle a ma bague ! Comment avait-elle deviné ? Peu importait, au fond, il était trop épuisé pour chercher à comprendre. Tous ses muscles se relâchaient d'un coup. Il se voyait déjà en train de tendre l'anneau à un Strathmore fou de joie. Puis Susan et lui fileraient au Stone Manor, s'étendraient sur le grand lit à baldaquin, et rattraperaient le temps perdu...

L'adolescente finit par trouver ce qu'elle cherchait : sa bombe au poivre – la masse d'armes des temps modernes, légère et écologiquement correcte, qui projetait un mélange corsé de poivre de Cayenne et de poudre de piment oiseau. D'un geste rapide, elle brandit la bombe et aspergea une grande giclée de produit dans les yeux de Becker. Elle ramassa son sac et s'élança vers la sortie. Un coup d'œil jeté derrière son épaule lui confirma que David Becker était à terre, se tordant de douleur, les mains sur le visage.

71.

Tokugen Numataka faisait les cent pas en allumant son quatrième cigare. Il décrocha son téléphone pour appeler le standard.

— Vous avez du nouveau sur l'origine du numéro ? demanda-t-il avant que la réceptionniste ait le temps de prononcer un mot.

— Pas encore, Honorable Président. C'est plus long que prévu, car il s'agit d'un téléphone portable.

Un portable ? Il aurait dû s'en douter... L'Occident et son appétit insatiable pour les gadgets électroniques en tout genre... Voilà un vice qui faisait le bonheur de l'économie japonaise !

— Nous savons que la borne émettrice se situe dans la zone 202, mais nous ignorons toujours le numéro.

— 202 ? Ça correspond à quel secteur au juste ?

— À Washington D.C.

Numataka haussa les sourcils, surpris.

— Rappelez-moi dès que vous avez du nouveau.

72.

Susan Fletcher avançait en tâtonnant dans la Crypto, en direction de l'escalier de fer menant au bureau de Strathmore. Par chance, la passerelle du Pacha se trouvait à l'autre bout, au plus loin de Hale et du danger...

En arrivant au sommet des marches, Susan constata que la porte était entrouverte. Depuis la coupure du circuit principal, la fermeture électronique ne fonctionnait plus. Elle entra.

— Chef ?

La seule source de lumière provenait de l'écran d'ordinateur de Strathmore.

— Chef ! appela-t-elle à nouveau. Commandant ?

Strathmore, bien sûr, se trouvait encore dans la salle de la Sys-Sec... Elle tourna sur elle-même, ne sachant que faire au milieu de ce bureau vide, encore sous le choc après sa lutte avec Hale. Il fallait qu'elle s'échappe de la Crypto. Forteresse Digitale ou pas, il était temps d'agir, d'arrêter TRANSLTR et de prendre la poudre d'escampette. Elle s'installa derrière le moniteur et pianota nerveusement sur le clavier. Vite, annuler le décryptage en cours ! C'était un jeu d'enfant, car l'accès aux commandes de TRANSLTR était autorisé à partir de ce terminal. Susan ouvrit la fenêtre *ad hoc* et tapa :

SUSPENDRE EXÉCUTION

Son doigt allait presser la touche ENTER quand une voix se fit entendre sur le seuil de la porte.

— Susan !

La jeune femme tressaillit – Hale ? Mais non, c'était Strathmore. Il était là, haletant, pâle, presque un spectre dans la lueur falote de l'écran.

— Que se passe-t-il ?

— Ch... Chef ! hoqueta Susan. Hale est dans le Nodal 3 ! Il m'a sauté dessus !

— Quoi ? Mais c'est impossible ! Il est au...

— Non ! Il s'est échappé ! Il faut appeler la sécurité ! J'arrête TRANSLTR !

Elle se pencha à nouveau sur le clavier.

— Ne touchez pas à ça !

Le commandant bondit vers le terminal et repoussa la main de Susan. Elle recula sous le choc, et dévisagea le directeur adjoint. Pour la seconde fois aujourd'hui, elle ne le reconnaissait pas. Elle se sentit soudain seule et abandonnée de tous.

Strathmore aperçut le sang sur le chemisier de Susan, et regretta immédiatement sa brusquerie.

— Mon Dieu, Susan. Vous êtes blessée ?

Elle ne répondit pas.

Il aurait dû garder son calme, au lieu de lui faire peur ainsi... Ses nerfs étaient à vif. Trop de stress, trop de problèmes à gérer... Ses pensées se bousculaient dans sa tête – des pensées dont Susan ne pouvait soupçonner la teneur... À son grand dam, il était temps de lui en dire davantage.

— Je suis désolé, reprit-il d'une voix douce. Racontez-moi ce qui s'est passé.

Elle se détourna.

— C'est sans importance. Ce sang n'est pas le mien. Je veux juste sortir d'ici.

— Il vous a fait mal ?

Le commandant posa une main sur son épaule. Elle recula. Il retira son bras en baissant les yeux. Quand il releva la tête, il s'aperçut qu'elle fixait du regard quelque chose par-dessus son épaule. Là, sur le mur, dans le noir, un petit boîtier était allumé. Strathmore se renfrogna. Trop tard. Elle l'avait vu... C'était le clavier de commande de son ascenseur privé. Le commandant et ses invités importants l'utilisaient pour passer inaperçus du reste de l'équipe. L'ascenseur plongeait à la verticale à une quinzaine de mètres sous le dôme de la Crypto, puis se déplaçait latéralement sur cent mètres dans un tunnel en béton armé pour déboucher dans les sous-sols du QG de la NSA. Son alimentation en courant dépendait du bâtiment principal. C'est pourquoi il continuait à fonctionner, malgré le black-out de la Crypto.

Strathmore savait tout cela, depuis le début... Et quand Susan tapait à grands coups sur la porte d'entrée de la Crypto pour tenter de s'échapper, il n'avait rien dit. Il ne pouvait la laisser partir – pas encore. Qu'allait-il devoir lui révéler au juste pour qu'elle accepte de rester ?

Susan écarta Strathmore de son chemin pour se diriger vers l'ascenseur. Elle enfonça avec fureur le bouton d'appel.

— Allez ! supplia-t-elle.

Mais les portes restaient closes.

— Susan, dit Strathmore calmement. Il y a un mot de passe.

— Quoi ? s'exclama-t-elle avec colère.

Elle regarda le bloc de contrôle. Sous le bouton d'appel, se trouvait un petit clavier, avec des touches minuscules. Chacune portant une lettre de l'alphabet. Susan se retourna vers lui.

— Donnez-moi ce mot de passe !

Le commandant resta silencieux un moment, puis poussa un long soupir.

— Asseyez-vous, Susan.

Susan le regardait avec de grands yeux.

— Asseyez-vous, répéta-t-il avec fermeté.

— Je veux m'en aller d'ici !

Susan jeta des regards inquiets vers la porte du bureau. Strathmore comprit la panique de la jeune femme. Calmement, il sortit sur la passerelle et sonda la Crypto depuis le garde-fou. Aucune trace de Hale. Il revint dans la pièce, saisit une chaise et la plaça devant la porte pour la tenir fermée ; puis il se rendit à sa table de travail et sortit quelque chose d'un tiroir. À la lueur blafarde du moniteur, Susan reconnut l'objet. Elle pâlit dans l'instant. Un pistolet ! Le commandant tira deux chaises, les disposa face à la porte, et s'installa sur l'une d'elles. Il pointa le Beretta semi-automatique scintillant en direction du battant légèrement entrouvert. Après un moment, il posa l'arme sur son genou.

— Susan, nous sommes ici en sécurité, déclara-t-il. Nous devons parler. Si Greg Hale essaie d'entrer...

Il laissa ses mots en suspens. Susan était sans voix. Le commandant lui adressa un regard dans la pénombre et tapota la chaise à côté de lui.

— Asseyez-vous. J'ai quelque chose d'important à vous dire.

Elle resta immobile.

— Quand j'aurai fini, reprit-il, je vous donnerai le

mot de passe de l'ascenseur. Vous serez libre de partir ou de rester. À votre guise.

Un long silence suivit. Susan, dans un état second, alla s'asseoir près de lui.

— Susan, commença-t-il. Je n'ai pas été tout à fait honnête avec vous...

73.

David Becker avait l'impression qu'on avait aspergé son visage d'essence enflammée. Il roula sur le sol et distingua, dans un halo trouble, la jeune fille qui se dirigeait vers la porte à tambour. Elle marchait à pas vifs, traînant son sac derrière elle. Becker voulut se relever, mais il en était incapable. Ses brûlures l'aveuglaient. Il ne pouvait pourtant pas la laisser partir !

Il tenta de l'appeler, lui crier de rester, mais ses poumons aussi étaient en feu, un nœud de douleur irradiant.

— Non..., bredouilla-t-il en toussant.

Le son étouffé mourut sur ses lèvres. Elle allait passer la porte, disparaître à jamais. Il fit une nouvelle tentative pour l'appeler, mais sa gorge était un tison ardent ; aucun son n'en sortait.

L'adolescente avait presque rejoint la sortie. Becker se remit tant bien que mal sur ses jambes et essaya de reprendre son souffle. Il avança à pas laborieux dans sa direction. La fille s'engouffra dans le premier compartiment de la porte à tambour qui se présenta, traînant son sac dans son sillage. Vingt mètres derrière elle, Becker titubait, aveuglé et suffoquant.

— Attendez ! hoqueta-t-il. Attendez !

La fille poussa le battant pour rejoindre la sortie. La porte commença à tourner, mais s'immobilisa soudain. Son sac empêchait la rotation. Prise de panique, la fille s'agenouilla et tira sur la sangle de toutes ses forces.

Becker concentra sa vision sur cette portion de sac. Un petit carré de nylon rouge l'hypnotisant comme la *muleta* d'un matador. Il plongea, bras en avant, pour l'attraper. Quand il retomba sur le carrelage, les mains à quelques centimètres de la porte, le sac rouge glissa dans la fente et disparut. Ses doigts agrippèrent le vide, et le tambour se remit en mouvement. La jeune fille, avec son sac, se retrouva de l'autre côté, dans la rue.

— Megan ! hurla Becker en se traînant au sol.

Un éclair de douleur, aveuglant, le transperça de part en part. Puis ce fut le trou noir. Le vertige, une spirale sans fin qui l'emportait... sa voix se perdit dans le néant.

— Megan... Megan...

Combien de temps David Becker resta-t-il ainsi inconscient, étendu par terre, avant de percevoir à nouveau le bourdonnement des néons au-dessus de sa tête ? Tout semblait immobile autour de lui. À travers le silence, il entendit une voix. Quelqu'un l'appelait. Il essaya de décoller sa tête du sol. Il flottait dans une sorte de nébuleuse. À nouveau, cette voix... Il cligna des yeux et aperçut une silhouette dans le hall, à une dizaine de mètres de lui.

— M'sieur ?

Becker reconnut cette voix. C'était son adolescente. Elle se tenait postée devant une autre porte, plus loin, serrant son sac contre sa poitrine. Elle semblait terrorisée.

— M'sieur ? répéta-t-elle d'une voix chevrotante. Je ne vous ai pas dit comment je m'appelle. Comment vous connaissez mon nom ?

74.

Le directeur Leland Fontaine était aussi impressionnant qu'une montagne. C'était un homme de soixante-trois ans, avec une coupe de cheveux et un port tout militaires. Ses yeux, d'un noir de jais, ressemblaient à deux billes de charbon quand il était irrité, ce qui était le cas la plupart du temps. Il avait gravi tous les échelons de la NSA à la force du poignet – grâce à sa capacité de travail phénoménale, à son sens infaillible de l'organisation et parce qu'il était un disciple respecté de ses pairs. Il était également le premier directeur afro-américain de l'agence, mais personne n'évoquait jamais cette particularité. La race et la couleur de peau n'intervenant jamais dans les jugements du directeur, tout le personnel à l'agence suivait son exemple.

Fontaine avait laissé Midge et Brinkerhoff plantés dans son bureau tandis qu'il se préparait son légendaire café guatémaltèque. Il s'installa ensuite derrière sa table de travail, sans leur proposer de s'asseoir, et les interrogea comme deux gamins convoqués chez le principal.

Midge prit la parole. Elle énuméra la suite d'événements qui les avait conduits à violer le sanctuaire de Fontaine.

— Un virus ? demanda le directeur froidement. Vous pensez sérieusement que nous sommes infectés ?

Brinkerhoff tressaillit.

— Oui, patron, affirma Midge.

— Et cela, parce que Strathmore a contourné Gauntlet ? reprit-il en jetant un coup d'œil à l'historique des commandes posé devant lui.

— Oui, dit Midge. Et il y a un fichier qui tourne depuis plus de vingt heures sans avoir été décodé !

Fontaine fronça les sourcils.

— C'est en tout cas ce que prétendent vos données...

Midge ouvrit la bouche pour protester, mais elle retint sa langue.

— La Crypto est plongée dans le noir, ajouta-t-elle.

Fontaine leva les yeux, visiblement étonné. Midge opina d'un léger mouvement de tête.

— Le courant est coupé. Jabba pense que ça peut être dû à...

— Vous avez appelé Jabba ?

— Oui, patron. Je...

— Jabba ? répéta Fontaine en se levant, furieux. Et pourquoi n'avez-vous pas contacté le commandant ?

— C'est ce que nous avons fait ! se défendit Midge. Mais il a répondu que tout allait bien.

Fontaine était campé en face d'eux, sa poitrine se soulevait comme un soufflet de forge.

— Je ne vois pas pourquoi nous mettrions sa parole en doute, rétorqua-t-il d'un ton sans appel.

Il but une gorgée de café...

— À présent, si vous voulez bien m'excuser... du vrai travail m'attend.

Midge en resta bouche bée.

— Vous n'allez rien faire ?

Brinkerhoff se dirigeait vers la porte de son bureau, pour l'inciter à partir, mais Midge restait plantée devant Fontaine.

— L'entretien est terminé, mademoiselle Milken. Vous pouvez disposer.

— Mais... Mais, patron, bégaya-t-elle. Je... Je proteste. Je pense que...

— Vous protestez ? s'étonna-t-il en posant son café. Il se trouve que c'est moi qui aurais des raisons de protester ! Je proteste contre votre intrusion dans mon bureau. Je proteste contre vos insinuations laissant entendre que le directeur adjoint de l'agence nous mentirait. Et je proteste...

— Nous avons un virus, patron ! Mon instinct me dit que...

— Votre instinct vous trompe, mademoiselle Milken ! Cette fois, il se fourvoie !

Midge ne voulait pas baisser pavillon...

— Le commandant Strathmore a contourné Gauntlet !

Fontaine fondit sur elle et lui hurla sous le nez :

— Cela fait partie de ses prérogatives ! Je vous paie pour surveiller les agissements du personnel, pas pour espionner mon directeur adjoint ! Sans lui, nous en serions encore à décrypter les codes avec un papier et un stylo ! Maintenant, dehors !

Il se retourna vers Brinkerhoff, qui attendait, tout pâle et tremblant, sur le seuil de la porte :

— Tous les deux !

— Avec tout le respect que je vous dois, monsieur, insista Midge, je ne saurais trop vous recommander d'envoyer une équipe de la Sys-Sec là-bas pour vous assurer que...

— C'est hors de question !

Après un silence de tension extrême, Midge acquiesça.

— Comme vous voudrez, monsieur le directeur. Bonne nuit.

Elle fit volte-face et s'en alla. Brinkerhoff vit dans les yeux de sa collègue qu'elle n'avait nullement l'intention de baisser les bras. Pas avant d'être allée au bout de ce que lui dictait son intuition. Puis il observa un instant son patron, cet être massif qui était retourné derrière son bureau, bouillant de colère. Ce n'était pas l'homme qu'il connaissait. D'ordinaire, le directeur était quelqu'un de pointilleux, qui aimait que les choses soient nettes et carrées. Il encourageait toujours son équipe à lever toutes les zones d'ombre, si minimes fussent-elles. Et voilà qu'il leur demandait de fermer les yeux sur une série d'incongruités manifestes.

Nul doute que Fontaine leur cachait quelque chose, mais Brinkerhoff était payé pour l'assister, et non pour poser des questions. Son patron avait prouvé à maintes reprises qu'il avait à cœur de servir l'intérêt général. Si l'assister aujourd'hui signifiait se mettre des œillères, il en serait ainsi. Malheureusement, Midge, elle, était payée pour poser des questions... Et Brinkerhoff craignait qu'elle ne fasse du zèle et ne se rende à la

Crypto. Je suis bon pour ressortir mon CV et me chercher une nouvelle place, songea amèrement Brinkerhoff au moment de quitter la pièce.

— Chad ! lança Fontaine dans son dos.

Le directeur aussi avait remarqué le regard déterminé de Midge.

— Ne la laissez pas sortir d'ici.

Brinkerhoff acquiesça et pressa le pas pour rattraper Midge.

Fontaine soupira et appuya son front dans le creux de ses mains. Ses yeux étaient cernés de fatigue. Le voyage de retour, imprévu, lui avait paru sans fin. Le mois qui venait de s'écouler avait mis ses nerfs à rude épreuve. De récents événements à la NSA étaient en passe de bouleverser le cours de l'histoire. Et, ironie du sort, c'est par pur hasard qu'il en avait eu vent...

Trois mois auparavant, Fontaine avait entendu dire que la femme de Strathmore demandait le divorce. Il avait aussi eu des échos attestant que le commandant travaillait plus que de raison et semblait au bord de la dépression. Malgré leurs nombreuses divergences dans le travail, Fontaine tenait son directeur adjoint en haute estime. Strathmore était un homme brillant, probablement le meilleur élément de la NSA. Mais, depuis le fiasco de Skipjack, le commandant semblait constamment sous tension. Fontaine était inquiet. Strathmore connaissait nombre de secrets inavouables et la mission du directeur de la NSA, était, avant tout, de protéger l'agence.

Il souhaitait donc garder le commandant à l'œil, pour s'assurer qu'il restait fiable et opérationnel à cent pour cent. Mais comment procéder ? Le directeur adjoint était un homme fier et puissant ; il fallait trouver un moyen de le surveiller sans remettre en question sa confiance et son autorité. Fontaine décida donc, par respect pour son directeur adjoint, de s'en charger lui-même. Un mouchard installé sur l'ordinateur de Strathmore lui permit de tout contrôler : ses e-mails, ses correspondances internes, ses simulations sur BrainStorm et tout le reste. Si le commandant était sur le point de craquer, il y aurait forcément dans son travail des signes avant-coureurs. Mais, loin de le voir vaciller, Fontaine découvrit, au contraire, que Strathmore le géant travaillait sur un projet qui allait révolutionner le monde du renseignement. Le commandant était donc plus motivé que jamais. S'il arrivait à mener à bien son projet, le fiasco de Skipjack deviendrait purement anecdotique.

Fontaine en était convaincu : Strathmore était toujours dévoué à l'agence, à cent dix pour cent. Il restait le patriote avisé et intelligent qu'il avait toujours été. La meilleure conduite à suivre, jugeait Fontaine, était de laisser l'homme travailler et d'attendre qu'il fasse une nouvelle fois des prodiges. Trevor Strathmore avait un plan... Et Fontaine n'avait nullement l'intention de lui mettre des bâtons dans les roues.

75.

Le Beretta était toujours posé sur les genoux de Strathmore. Malgré sa fureur, il savait garder la tête froide. Que Greg Hale s'en soit pris physiquement à

Susan le rendait malade. Et le pire, c'est qu'il en était responsable. Il avait envoyé Susan dans le Nodal 3 ! Mais le commandant avait appris à gérer ses émotions. Rien ne saurait saper sa détermination concernant Forteresse Digitale. Il était directeur adjoint de la NSA. Et la situation, aujourd'hui, était plus critique que jamais.

— Susan ? articula-t-il. (Sa voix était posée et claire.) Vous avez effacé les mails de Hale ?

— Non, répondit-elle.

— Vous avez la clé ?

Elle secoua la tête.

Strathmore fronça les sourcils et se mordit les lèvres. Ses pensées se bousculaient. Il était en plein dilemme. Bien sûr, il pouvait taper le code pour ouvrir l'ascenseur, et laisser partir Susan. Mais il avait besoin d'elle. Il lui fallait la clé que détenait Hale ! Contrairement à ce qu'il avait dit à la jeune femme, ce n'était pas par simple curiosité scientifique qu'il voulait ouvrir Forteresse Digitale... C'était, pour lui, une nécessité impérieuse. Strathmore aurait pu utiliser le programme de Susan pour trouver lui-même cette clé d'accès. Mais les problèmes qu'il avait rencontrés avec le pisteur l'avaient échaudé. Il ne pouvait se permettre d'échouer. Il poussa un soupir, se résolvant à lâcher des informations...

— Susan... j'aimerais que vous restiez pour m'aider à trouver la clé de Hale.

— Quoi ? s'écria Susan en se levant, les yeux brillant de colère.

Strathmore résista au désir de se lever aussi. Il était expert dans l'art de la négociation : la position assise était toujours celle du pouvoir.

— Asseyez-vous, Susan..., demanda-t-il pour lui montrer qu'il avait l'ascendant.

Mais elle ne réagit pas.

— Asseyez-vous !

Susan restait toujours debout.

— Chef, si vous tenez tant à ouvrir cet algorithme, faites-le vous-même. Moi, je m'en vais.

Le commandant rejeta la tête en arrière et prit une grande inspiration. Il devait à Susan une explication. Restait à savoir s'il n'allait pas le regretter...

— Susan... les choses n'auraient jamais dû en arriver là... (Il se passa nerveusement la main dans les cheveux.) En vérité, je ne vous ai pas tout dit. Parfois, un homme dans ma position... (Le commandant hésitait... une confession difficile...) Parfois, un homme dans ma position est obligé de mentir, même aux personnes qu'il aime. Et cela a été le cas aujourd'hui. (Il lui adressa un regard triste.) Ce que je vais vous avouer, je comptais ne jamais avoir à le dire... Ni à vous... Ni à quiconque.

Susan sentit un frisson la parcourir. Le commandant avait un ton très solennel. À l'évidence, il y avait une face cachée dont elle ignorait tout. Elle s'assit.

Pendant un long moment, Strathmore fixa du regard le plafond.

— Susan, articula-t-il enfin dans un filet de voix. Je n'ai pas de famille. Mon mariage est un fiasco. Le seul vrai amour de ma vie est celui que je porte à ce pays. C'est mon travail, ici, à la NSA.

Susan l'écoutait en silence.

— Comme vous l'avez sans doute compris, j'envisage de prendre bientôt ma retraite. Mais je voudrais partir la tête haute. En me disant que j'ai vraiment apporté ma pierre à l'édifice.

— Mais c'est déjà le cas..., s'entendit dire Susan. Vous avez construit TRANSLTR.

Strathmore ne semblait pas l'entendre.

— Ces dernières années, notre travail à la NSA est devenu de plus en plus difficile. Nous avons dû nous défendre contre de nouveaux ennemis dont jamais je n'aurais soupçonné l'existence. Nos propres citoyens ! Les avocats, les fanatiques des libertés civiles, l'EFF, tous ont joué un rôle, certes... mais le mal est bien plus profond. Il s'agit de la population tout entière. Les gens n'ont plus confiance. Ils sont devenus paranoïaques. Pour eux, nous sommes l'ennemi. Des personnes comme vous et moi, entièrement dévouées aux intérêts de la nation, avons de plus en plus de mal à servir notre pays, parce qu'on ne cesse de nous poignarder dans le dos... Aux yeux du peuple, nous ne sommes plus des artisans de la paix, mais des espions, des indics, des despotes en puissance.

Strathmore poussa un long soupir.

— Malheureusement, nos citoyens sont bien naïfs... ils n'imaginent pas les horreurs qu'ils endureraient si nous n'étions pas là pour garder la maison. Et c'est notre devoir de les sauver de leur propre ignorance, avec ou sans leur consentement.

Susan attendait la suite... Le commandant regarda le sol un moment, d'un air las, puis releva les yeux vers la jeune femme.

— Chère Susan..., lui dit-il avec un sourire plein de tendresse. Je sais que vous allez être tentée de m'interrompre, mais je vous demande, cette fois encore, de m'écouter jusqu'au bout... J'ai intercepté les mails de

Tankado, il y a environ deux mois. Comme vous l'imaginez, j'étais estomaqué quand j'ai découvert sa correspondance avec North Dakota... Forteresse Digitale, un algorithme de codage incassable ! Je n'y croyais pas. Mais à chaque nouveau mail, Tankado semblait de plus en plus confiant. Quand j'ai lu qu'il comptait utiliser des codes mutants pour engendrer une variabilité des textes clairs, j'ai pris conscience qu'il avait des années-lumière d'avance sur nous. C'était une approche totalement visionnaire. Personne chez nous n'y avait songé...

— Évidemment... le principe même est à peine crédible.

Strathmore se leva et commença à arpenter la pièce, tout en surveillant la porte des yeux.

— Il y a quelques semaines, quand j'ai appris que Forteresse Digitale allait être mise aux enchères sur le Net, j'ai bien été obligé de me rendre à l'évidence : Tankado avait réussi son pari. Et si des développeurs japonais faisaient l'acquisition de cet algorithme, nous étions finis... J'ai donc essayé de trouver une parade. J'ai bien pensé à faire disparaître Tankado, mais avec toute la publicité faite autour de ce programme et ses récentes déclarations concernant TRANSLTR, nous aurions été les premiers suspects. Et c'est alors que l'idée m'est venue...

Strathmore se tourna vers Susan.

— Je me suis dit qu'il ne fallait surtout pas tenter d'arrêter Forteresse Digitale.

Susan le regarda, étonnée.

— Qu'elle était, au contraire, la chance de notre vie. L'algorithme allait travailler pour nous, et non contre nous.

C'était absurde, pensa Susan, Forteresse Digitale était un algorithme incassable, qui ne pouvait que mener la NSA à sa perte...

— À condition, précisa Strathmore, de pouvoir visiter le programme... avant que Forteresse Digitale soit lancée sur le marché...

Il lança à Susan un regard malicieux.

— Une porte secrète ! lâcha la jeune femme, oubliant les mensonges de Strathmore, soudain gagnée par une bouffée d'excitation. Comme pour Skipjack...

— Tout juste. Mais pour cela, il me faut la clé pour décoder notre copie de Forteresse Digitale... Une fois les modifications effectuées, il nous suffira de remplacer le fichier mis à disposition par Tankado sur Internet par notre version. Forteresse Digitale étant un algorithme *made in Japan*, personne ne soupçonnera la NSA d'avoir piégé le programme.

Le plan était ingénieux. C'était du grand Strathmore. Faciliter la diffusion d'un algorithme de chiffrement que la NSA pourrait décoder à loisir !

— Accès libre, pour tous, précisa-t-il. Forteresse Digitale deviendra en un rien de temps le standard mondial de cryptage.

— Vous croyez ? Même si Forteresse Digitale est disponible gratuitement, la plupart des utilisateurs préféreront, pour des questions pratiques, continuer à utiliser leur programme de codage actuel. Je ne vois pas pourquoi ils en changeraient...

Strathmore sourit.

— Pour une raison toute simple : il y aura une fuite chez nous. Le monde entier va apprendre l'existence de TRANSLTR...

Susan ouvrit de grands yeux.

— La nouvelle va se répandre comme une traînée de poudre : la NSA possède une machine capable de casser n'importe quel algorithme, tous, sauf Forteresse Digitale !

— Alors tout le monde se rabattra sur le programme de Tankado..., termina Susan, admirative. Sans savoir que nous pouvons le décoder !

Strathmore acquiesça.

Il y eut un long silence.

— Je suis désolé d'avoir dû vous mentir, reprit-il. Réécrire Forteresse Digitale est une manœuvre plutôt risquée. Je ne voulais pas vous impliquer là-dedans.

— Je... Je comprends, répondit-elle doucement, encore sonnée par l'ingéniosité de ce plan. Vous êtes plutôt doué pour les cachotteries.

— J'ai des années de culte du secret derrière moi. C'était le seul moyen de vous protéger.

Susan hocha la tête.

— Qui d'autre est au courant ?

— Personne.

— Le contraire m'eût étonnée, répliqua Susan, esquissant son premier sourire depuis bien longtemps.

— Dès que tout ça sera fini, j'en informerai bien entendu le directeur.

Susan était impressionnée. Le plan de Strathmore était sans précédent ; le coup porté aux ennemis de la démocratie serait presque fatal. Le commandant s'était lancé dans cette aventure tout seul... et il était sur le point de réussir ! La clé était dans le Nodal 3. Tankado était mort. Et son complice avait été identifié...

Susan réfléchit. La mort de Tankado facilitait effectivement bien les choses... La jeune femme frissonna.

Le commandant lui avait menti sur de nombreux points. Elle le regarda, mal à l'aise.

— Vous avez tué Ensei Tankado ?

Strathmore secoua énergiquement la tête.

— Bien sûr que non ! C'était tout à fait inutile. Pour tout dire, je préférerais qu'il soit encore en vie ! Sa mort pourrait rendre les gens suspicieux à l'égard de Forteresse Digitale. Je voulais intervertir les deux versions de l'algorithme de la manière la plus discrète possible. Dans mon plan original, je procédais au changement et je laissais Tankado vendre la clé.

C'était logique. Tankado n'avait aucune raison de soupçonner que l'algorithme sur Internet n'était pas la version originale. Personne ne pouvait l'ouvrir, à part North Dakota et lui-même. À moins que Tankado n'épluche les lignes d'instruction après la mise sur le marché de Forteresse Digitale, il n'aurait jamais connu l'existence de la porte secrète. Et il avait tellement trimé sur ce programme qu'il n'allait pas s'y replonger de sitôt...

Les pièces du puzzle se mettaient en place. Voilà pourquoi le commandant avait souhaité rester seul dans la Crypto. Placer une porte dérobée dans un algorithme complexe et procéder à un échange discret des programmes sur Internet était une tâche délicate et ardue. Le maître mot était la confidentialité. La moindre fuite laissant entendre que Forteresse Digitale ait pu être retouchée faisait tomber toute l'opération à l'eau.

Il était normal, également, que Strathmore tienne tellement à laisser TRANSLTR tourner. Si Forteresse Digitale était destinée à devenir le nouveau bébé caché de la NSA, le commandant devait avoir la certitude qu'il était réellement incassable !

— Alors, Susan ? Vous désirez toujours vous en aller ? demanda le commandant.

La jeune femme releva la tête. Assise ainsi, dans le noir, à côté du génial Trevor Strathmore, ses appréhensions venaient de s'envoler. Modifier Forteresse Digitale, c'était saisir la chance d'écrire une page d'histoire, de faire avancer le bien sur Terre. Elle voulait être de cette bataille.

— C'est quoi la suite du programme ? répondit-elle dans un sourire.

Le visage de Strathmore s'illumina. Il se pencha et posa une main sur son épaule.

— Merci, Susan.

Un sourire, puis il reprit son air sérieux.

— On retourne au Nodal 3. Vous allez fouiller le terminal de Hale. Et moi, je vous couvre, ajouta-t-il en montrant son Beretta.

Susan en eut la chair de poule.

— Ne peut-on pas attendre que David retrouve la copie de Tankado ?

Strathmore secoua la tête.

— Nous devons procéder à l'échange des algorithmes. Le plus tôt sera le mieux. Rien ne nous garantit que David arrivera à récupérer l'autre exemplaire. Si jamais la clé vient à tomber entre de mauvaises mains, il vaut mieux que nous ayons déjà fait la substitution. De cette manière, c'est notre version qu'on téléchargera.

Strathmore se leva, arme au poing.

Le commandant avait raison. Il fallait agir. Au plus vite. Quand Susan se leva à son tour, ses jambes flageolaient. Pourquoi n'avait-elle pas carrément assommé Hale pour de bon ? Elle regarda l'arme de Strathmore et eut soudain le vertige.

— Vous seriez prêt à tuer Greg ?

Strathmore s'arrêta devant la porte.

— Bien sûr que non. Mais j'espère qu'il est persuadé du contraire.

76.

Un taxi attendait, garé devant l'aéroport de Séville. Le compteur tournait. Derrière ses lunettes à monture de métal, le passager observait ce qui se passait dans le hall, de l'autre côté des baies vitrées. Il était arrivé juste à temps. Une jeune fille blonde aidait David Becker à s'asseoir. Apparemment, il souffrait. Il ne sait pas encore ce qu'est la vraie douleur, songea le passager.

La fille sortit de sa poche un petit objet et le remit à Becker. Il le leva à la lumière pour l'examiner. Puis le glissa à son doigt. Ensuite, il donna à la fille une petite liasse de billets. Ils parlèrent encore quelques instants, et l'adolescente le serra un court instant dans ses bras. Elle lui fit un signe d'adieu, passa son sac sur l'épaule, et se dirigea vers les comptoirs à l'autre bout du hall.

Enfin, se dit l'homme à l'arrière du taxi. Enfin...

77

Strathmore sortit de son bureau, son arme pointée devant lui. Susan lui emboîtait le pas. Hale était-il toujours dans le Nodal 3 ?

La lumière du moniteur derrière eux projetait des ombres fantomatiques sur la passerelle. Susan se rapprocha du commandant. Au fur et à mesure qu'ils s'éloignaient du bureau, la lumière déclinait. Bientôt, ils furent plongés dans le noir total. Le seul éclairage dans la Crypto provenait du ciel étoilé et du faible halo qui filtrait du trou dans la paroi vitrée du Nodal 3.

Strathmore tâtonnait, à la recherche de la première marche de l'escalier. Il changea son Beretta de main pour attraper la rampe sur sa droite. Il était sans doute un piètre tireur de la main gauche, mais il avait besoin de s'assurer pendant la descente. Tomber de cette hauteur était un coup à s'estropier à vie. Et Strathmore avait d'autres ambitions pour sa retraite que de la passer dans un fauteuil roulant.

Susan, à l'aveuglette, descendait derrière Strathmore, une main sur son épaule. Même à cinquante centimètres de lui, elle ne pouvait distinguer sa silhouette. À chaque nouvelle marche de métal, elle sondait l'obscurité de son pied pour repérer le bord.

Retourner dans le Nodal 3 ne lui disait rien qui vaille... Le commandant semblait convaincu que Hale n'aurait pas le courage de s'en prendre à eux, mais elle n'en était pas certaine. Hale était en mauvaise posture. Les deux seules options possibles, pour lui, étaient s'échapper de la Crypto, ou aller en prison. Susan avait un mauvais pressentiment... ils auraient dû attendre l'appel de David et utiliser sa clé. Mais pour-quoi n'avaient-ils aucune nouvelle de lui ? Pourquoi cela prenait-il autant de temps ? Susan chassa ses appréhensions de son esprit et continua d'avancer.

Strathmore descendait à pas de loup. Inutile de pré-venir Hale de leur arrivée. Alors qu'ils étaient presque arrivés en bas de l'escalier, Strathmore ralentit, cher-chant du pied l'extrémité du dernier échelon. Quand il le trouva, le talon de son mocassin claqua sur le carre-lage noir. Suzan sentit, sous sa main, l'épaule du com-mandant se raidir... Ils pénétraient maintenant en zone dangereuse. Hale pouvait être n'importe où.

Loin devant, caché à présent derrière la silhouette de TRANSLTR, se trouvait le Nodal 3 : leur destina-tion. Pourvu que Hale soit encore là-bas, songea Susan. Étendu sur le sol et gémissant de douleur. C'est tout ce qu'il méritait...

Strathmore lâcha la rampe et reprit son arme dans la main droite. En silence, il s'enfonça dans les ténèbres. Susan se cramponnait à son épaule. Si elle venait à perdre son guide, elle serait obligée de l'appeler. Et Hale les repérerait aussitôt... Alors qu'ils quittaient la sécurité de l'escalier, Susan songea à son enfance quand elle jouait, tard le soir, à chat perché. Elle venait de quitter son perchoir, et avançait à terrain découvert. Vulnérable.

TRANSLTR se dressait comme une île dans ce vaste océan noir. Strathmore progressait de quelques pas, puis s'arrêtait, arme au poing, et tendait l'oreille. Le seul bruit audible était le ronronnement affaibli des générateurs en sous-sol. Susan avait envie de le tirer en arrière, de le ramener là-haut, sur la passerelle.

Dans le noir, elle avait l'impression de voir partout des visages.

Ils étaient arrivés à mi-chemin de TRANSLTR. Soudain, quelque part dans la pénombre, tout près d'eux, des bips déchirèrent le silence. Strathmore pivota, et Susan perdit contact avec lui. Apeurée, elle tendit son bras, tâtonnant devant elle. Mais le commandant avait disparu. À la place de son épaule, elle étreignait le néant.

Les bips continuaient. Le son était tout près. Susan se retourna dans le noir. Il y eut un bruit de vêtements froissés, puis plus rien – le silence total. Susan se figea. Soudain, une vision de cauchemar lui apparut, comme dans ses terreurs enfantines. Un visage se matérialisa sous son nez. Un masque spectral aux tons verdâtres. Une figure démoniaque aux traits déformés, creusés par des flaques d'encre. Elle fit un bond en arrière. Elle voulut prendre la fuite, mais une main agrippa son bras.

— Ne bougez pas ! lui ordonna une voix.

L'espace d'un instant, elle fut persuadée que les deux yeux luisants en face d'elle étaient ceux de Hale. Mais ce n'était pas sa voix. Et le contact sur son bras était trop doux. C'était Strathmore. Il était éclairé en contre-plongée par un objet qu'il venait de tirer de sa poche. Susan se détendit. Elle put à nouveau respirer. L'objet dans la main de Strathmore était équipé d'un écran phosphorescent.

— C'est mon nouvel Alphapage ! pesta-t-il entre ses dents.

Il regardait l'appareil avec dégoût. Il avait oublié de désactiver la sonnerie ! Pour préserver l'anonymat, il l'avait acheté dans un magasin tout à fait ordinaire et avait payé en liquide... Strathmore savait mieux que personne combien la NSA surveillait ses poulains, et les messages qu'il recevait sur cet appareil devaient rester à tout prix confidentiels...

Susan sondait l'obscurité du regard, inquiète. Si Hale ignorait encore leur approche, ce n'était plus le cas ! Strathmore consulta le message qu'il venait de recevoir. Il poussa un petit grognement de déception. Encore de mauvaises nouvelles d'Espagne – pas de David Becker, mais de son autre agent qu'il avait envoyé aussi à Séville.

À quatre mille cinq cents kilomètres de là, un camion de surveillance arpentait les rues sombres de Séville. L'équipe, missionnée par la NSA, était venue dans le plus grand secret de la base militaire de Rota. À l'intérieur, les deux hommes étaient tendus. Ce n'était pas la première fois qu'ils recevaient des ordres de Fort Meade, mais habituellement, ils provenaient de gens moins haut placés. L'agent qui était au volant questionna son acolyte par-dessus son épaule.

— Toujours aucun signe de notre homme ?

Les yeux de son collègue ne quittaient pas le retour vidéo de la caméra grand-angle montée sur le toit.

— Non. Continue à rouler.

78.

Plongé jusqu'à la taille sous un entrelacs de câbles, Jabba était en sueur. Il était toujours allongé sur le dos, sa lampe serrée entre les dents. Travailler tard le week-end était pour lui une habitude : c'était souvent le seul moment où il pouvait se consacrer à la maintenance du matériel. Il maniait le fer à souder avec beaucoup de précaution. Brûler une gaine pouvait causer des dommages irréversibles.

J'y suis presque... Ce travail lui avait donné du fil à retordre et s'était révélé plus long que prévu.

Brusquement, alors qu'il levait la panne brûlante de l'outil pour procéder à une dernière soudure, son téléphone portable sonna. Jabba sursauta, et une grosse goutte d'étain liquide tomba sur son bras.

— Merde !

Sous la douleur, il lâcha le fer à souder et faillit avaler sa lampe. D'un geste furieux, il frotta les éclaboussures de métal fondu. Il parvint à s'en débarrasser, mais sa peau était bel et bien brûlée. La puce qu'il comptait connecter se détacha et lui tomba sur la tête.

— Et remerde !

Son téléphone sonna une seconde fois. Il ne répondit pas.

— Midge, marmonna-t-il entre ses dents. Va au diable ! Tout va bien à la Crypto !

Encore une sonnerie. Jabba se concentra sur son travail et entreprit de remettre la puce en place. Une minute plus tard, le travail était fini, mais son téléphone continuait à sonner.

— Nom de Dieu, Midge ! Laisse tomber !

Cela sonna encore pendant quinze secondes puis le silence revint enfin. Jabba poussa un soupir de soulagement. Une minute plus tard, ce fut l'interphone qui bourdonna au-dessus de sa tête.

— Le chef de la Sys-Sec est prié de contacter d'urgence le standard pour un message.

Jabba leva les yeux au ciel. Elle n'abandonnera donc jamais ? Il choisit d'ignorer l'appel.

79.

Strathmore remisa son Alphapage dans sa poche et scruta l'obscurité en direction du Nodal 3. Il tendit la main vers Susan.

— Allons-y.

Mais leurs doigts n'eurent pas le temps de se rejoindre. Un long cri guttural déchira les ténèbres. Une silhouette jaillit, énorme, aussi rapide que l'éclair, comme un camion surgissant dans la nuit tous feux éteints. Dans la collision, Strathmore fut projeté au sol.

C'était Hale. L'appareil avait trahi leur présence.

Susan entendit le Beretta tomber sur le sol. Pendant un instant, elle resta figée sur place, ne sachant que faire. La raison lui dictait de prendre la fuite, mais elle ne connaissait pas le code de l'ascenseur. Son cœur lui intimait de venir en aide à Strathmore, mais comment ? Elle tournait sur elle-même, affolée, impuissante. Elle s'attendait à percevoir les sons d'une lutte à mort. Mais au lieu de ça, rien. Soudain, tout était redevenu silencieux, comme si Hale avait foncé sur le commandant avant de s'évanouir dans la nuit.

Susan plissait les yeux dans l'espoir de percer les ténèbres. Pourvu que le commandant ne soit pas blessé ! Après un temps qui lui parut une éternité, elle murmura :

— Chef ?

Elle comprit immédiatement son erreur. La seconde suivante, elle sentit l'odeur de Hale juste derrière elle. Elle n'eut pas le temps de se retourner. Des bras l'enserrèrent aussitôt, lui coupant la respiration. Une nouvelle clé au cou, par trop familière, et elle se retrouva la joue plaquée contre la poitrine de Hale.

— Tu m'as mis les couilles en compote, lui glissa-t-il à l'oreille. d'une voix haletante.

Susan sentit ses jambes défaillir. Les étoiles du dôme se mirent à tournoyer au-dessus d'elle.

80.

Hale serra le cou de Susan et cria dans l'obscurité :

— Commandant, je tiens votre petite chérie ! Laissez-moi sortir d'ici !

Ses paroles se perdirent dans le vide. Hale resserra la pression.

— Je vais lui briser les cervicales !

Derrière lui, on entendit le bruit d'un pistolet qu'on arme. Strathmore parla d'une voix calme et posée.

— Laissez-la partir.

— Commandant ! lança Susan en grimaçant de douleur.

Hale vit volte-face et interposa le corps de la jeune femme entre lui et le Beretta.

— Si vous tirez, vous risquez de toucher votre chère Susan. Vous êtes prêt à prendre ce risque ?

La voix de Strathmore se rapprochait.

— Laissez-la partir.

— Pour que vous me descendiez après !

— Je n'ai aucune intention de tuer qui que ce soit.

— Ah oui ? Allez donc raconter ça à Chartrukian !

Strathmore se rapprochait encore.

— Chartrukian est mort.

— Évidemment ! C'est vous qui l'avez tué. J'ai tout vu !

— Arrêtez vos salades, Greg, répliqua calmement Strathmore.

Hale agrippa Susan et murmura à son oreille :

— Strathmore a poussé Chartrukian dans le vide. Je te jure que c'est la vérité !

— Inutile de tenter de semer le doute dans son esprit... elle ne tombera pas dans le panneau.

Strathmore s'avança encore de quelques pas.

— Lâchez-la.

— Chartrukian n'était qu'un gamin, nom de Dieu ! lança Hale. Pourquoi avez-vous fait ça ? Pour protéger votre petit secret ?

Strathmore conservait un calme olympien.

— De quel petit secret voulez-vous parler ?

— Vous savez très bien de quoi je parle ! Forteresse Digitale !

— Bien, lâcha Strathmore d'un ton glacial et méprisant. Donc, vous êtes au courant pour Forteresse Digitale. Je me demandais si vous alliez nier ça aussi.

— Allez vous faire foutre !

— Il y a mieux comme système de défense...

— Vous êtes un dangereux malade, cracha Hale.

Et pour votre gouverne, je vous annonce que TRANSLTR est en surchauffe.

— Vraiment ? ricana Strathmore. Laissez-moi deviner la suite : il faut que j'ouvre les portes et que j'appelle la Sys-Sec, c'est ça ?

— Exactement. Seul un idiot s'entêterait.

Cette fois, Strathmore laissa éclater un rire sonore.

— Vous n'avez vraiment rien trouvé de mieux ? TRANSLTR surchauffe... vite, ouvrons les portes et sauve-qui-peut !

— Mais c'est vrai, bon sang ! J'étais dans les sous-sols ! Le courant auxiliaire ne pompe pas assez de fréon.

— Merci du renseignement. Mais il se trouve que TRANSLTR est équipé d'une coupure automatique. En cas de problème, le système quittera Forteresse Digitale et tout rentrera dans l'ordre.

Hale eut un petit rire sarcastique.

— Vous avez vraiment pété les plombs. J'en ai rien à foutre que TRANSLTR parte en poussière ! De toute façon, cette putain de machine devrait être interdite.

Strathmore soupira.

— Épargnez-moi, s'il vous plaît, vos puériles théories libertaires... Maintenant, lâchez-la.

— Pour que vous me tiriez dessus ?

— Loin de moi cette idée. Tout ce que je veux, c'est la clé.

— Quelle clé ?

Strathmore poussa un nouveau soupir.

— La clé que Tankado vous a envoyée.

— Je ne sais pas de quoi vous voulez parler.

— Menteur ! intervint Susan. J'ai lu les mails que t'a envoyés Tankado !

Hale se raidit soudain. Il força Susan à le regarder.

— Tu as osé fouiller dans mon courrier ?

— Et toi, tu as bien annulé mon pisteur !

Hale sentit le sang lui monter à la tête. Il pensait avoir suffisamment brouillé les pistes, mais Susan avait visité son disque dur... Pas étonnant qu'elle ne croie pas un traître mot de ce qu'il lui disait... Hale sentait l'étau se resserrer sur lui. Jamais il ne pourrait convaincre Susan, du moins pas à temps... Il murmura, désespéré :

— Susan... Strathmore a tué Chartrukian !

— Inutile, répéta calmement le commandant. Elle connaît votre fourberie.

— Forcément, vous lui avez lavé le cerveau ! Vous ne lui dites que ce qui vous arrange ! Elle connaît votre véritable projet concernant Forteresse Digitale ? Vous voulez que je le lui dise ?

— Allez-y, elle est tout ouïe, se moqua Strathmore.

Hale savait que ses prochaines paroles seraient son passeport pour la liberté ou pour l'échafaud. Il prit une profonde inspiration...

— Vous avez prévu d'ajouter une porte secrète à Forteresse Digitale.

Un silence de plomb accueillit les mots de Hale. Il avait mis dans le mille.

Le flegme de Strathmore était mis à rude épreuve.

— Qui vous a dit ça ? demanda-t-il d'une voix blanche.

— Je l'ai lu, répliqua Hale d'un ton hautain, essayant de profiter de son ascendant. Dans l'une de vos simulations sur BrainStorm.

— Impossible. Je ne les imprime jamais.

— Je sais. Mais j'ai consulté vos fichiers personnels.

Strathmore était perplexe.

— Vous êtes entré dans mon bureau ?

— Non. Je vous ai piraté depuis le Nodal 3.

Hale se força à rire pour feindre l'assurance. Il allait devoir mettre en œuvre tous ses talents de négociateur acquis chez les marines s'il voulait sortir de la Crypto vivant.

Strathmore, le Beretta pointé dans le noir, s'approchait encore.

— Comment êtes-vous au courant pour la porte secrète ?

— Je vous l'ai dit : j'ai piraté vos fichiers.

— Impossible.

Hale ricana.

— C'est là l'inconvénient majeur quand on n'engage que les meilleurs... Il faut s'attendre un jour ou l'autre à ce que les employés soient plus futés que le patron.

— Jeune homme, s'impatienta Strathmore, j'ignore où vous avez appris ça, mais vous nagez en plein délire... Maintenant, vous allez lâcher Mlle Fletcher ou je me charge d'appeler la sécurité et de vous faire croupir en prison pour le reste de vos jours.

— Vous ne ferez pas ça, déclara tranquillement Hale. Cela ruinerait votre plan. Je n'aurais d'autre choix que de tout leur révéler.

Hale prit un temps avant de continuer.

— Laissez-moi sortir d'ici, et je serai muet comme une carpe sur Forteresse Digitale.

— Pas question. Je veux la clé d'accès.

— Je n'ai pas cette putain de clé !

— Assez de mensonges ! s'impatienta Strathmore. Où est-elle ?

Hale resserra son étreinte sur le cou de Susan.

— Laissez-moi sortir, ou je la tue !

Le commandant Trevor Strathmore avait mené suffisamment de négociations à haut risque dans sa carrière pour savoir que Hale était dans une position délicate. Le jeune cryptologue s'était mis tout seul dans une impasse, et il n'existait pas plus dangereux qu'un adversaire acculé : ses réactions seraient désespérées et, par conséquent, imprévisibles. Strathmore se trouvait donc à un tournant décisif : de sa réponse dépendait la vie de Susan, ainsi que l'avenir de Forteresse Digitale.

La priorité, pour l'instant, était de faire baisser la tension. Après un long moment, Strathmore poussa un soupir de regret.

— Très bien, Greg. Vous avez gagné. Que voulez-vous que je fasse ?

Silence. Hale semblait déstabilisé par le ton coopératif du commandant. Il desserra légèrement son étreinte sur le cou de Susan.

— Je... je veux..., bégaya-t-il d'une voix soudain hésitante. D'abord, vous allez me donner votre arme. Et vous allez me suivre tous les deux.

— Vous voulez nous prendre en otages ? se moqua Strathmore. Greg, il va falloir trouver mieux que ça. Il y a environ une douzaine de gardes armés entre ici et le parking.

— Je ne suis pas idiot, jeta-t-il. J'utiliserai votre ascenseur. Susan vient avec moi ! Vous, vous restez ici !

— Je regrette d'avoir à vous l'apprendre, objecta Strathmore, mais il n'y a pas de courant dans l'ascenseur.

— C'est du pipeau ! lâcha Hale. Cet appareil est branché sur le circuit du bâtiment principal ! J'ai vu les plans !

— Nous avons déjà essayé, intervint Susan. Il ne fonctionne pas.

— Vous êtes vraiment deux belles ordures, c'est pas croyable !

Hale resserra de nouveau son étreinte sur la gorge de la jeune femme.

— Si l'ascenseur ne marche pas, j'arrête TRANSLTR et je rétablis le courant.

— Il faut un mot de passe pour l'appeler, avança courageusement Susan.

— Et alors ? Je suis sûr que le commandant se fera un plaisir de m'aider. Pas vrai, patron ?

— N'y comptez pas, siffla Strathmore.

— Ça suffit, mon petit vieux. C'est moi qui pose les termes du marché ! Vous me laissez prendre l'ascenseur avec Susan. Et dans quelques heures, je la relâche. Point final.

Strathmore sentait la pression qui montait. C'est lui qui avait entraîné Susan dans cette histoire, il devait la sortir de là...

— Et pour mon projet avec Forteresse Digitale ? s'enquit-il d'une voix dure comme le roc.

Hale ricana.

— Faites-la, votre porte secrète. Je ne dirai rien à personne.

Puis son ton se fit menaçant :

— Mais si jamais vous me cherchez des noises, je

dévoile tout à la presse. Je leur dis que Forteresse Digitale est piégée, et je fais couler cette putain d'agence !

Strathmore étudia la proposition de Hale. Elle était simple et honnête. Susan en vie, Forteresse Digitale munie d'une porte secrète. Tant que Strathmore ne poursuivait pas Hale, il ne ferait aucune révélation. Le commandant doutait que Hale puisse tenir sa langue bien longtemps. Quoique... Forteresse Digitale était sa seule garantie... Ça pourrait marcher. Au pire, Hale pourrait être supprimé plus tard si nécessaire.

— Décidez-vous, mon vieux ! C'est d'accord ou pas ?

Hale resserrait encore son bras sur Susan comme un étau.

Strathmore pouvait aussi décrocher son téléphone pour appeler la sécurité... Hale ne tuerait pas Susan, quoi qu'il en dise... Strathmore était prêt à parier sur sa propre vie. Hale serait totalement pris de court. Il paniquerait. Une fois face aux gardes, il n'aurait jamais le cran de passer à l'acte. Et finalement, après quelques pourparlers, il se rendrait. Mais si je fais ça, songea Strathmore, je peux dire adieu à mon projet.

Hale appuya encore plus fort sur la glotte de Susan, qui laissa échapper un cri de douleur.

— Alors ? Je la tue ?

Strathmore pesait le pour et le contre. En laissant Hale quitter la Crypto avec Susan, il n'avait aucune garantie. Hale pouvait rouler un certain temps, se garer en pleine forêt. Il serait alors armé... L'estomac de Strathmore se retourna. Ils seraient tous à sa merci jusqu'à ce que Hale libère Susan... Si tant est qu'il tienne parole. Je dois appeler la sécurité, décida-t-il, il n'y a pas d'autre solution. Il imagina Hale au tribunal, vidant son sac à propos de Forteresse Digitale.

Tout sera perdu ! Il y a forcément un meilleur moyen...

— Décidez-vous ! cria Hale, traînant Susan vers l'escalier.

Mais Strathmore ne l'écoutait pas. S'il fallait, pour sauver Susan, abandonner son projet, qu'il en soit ainsi. La perdre serait pire que tout. Strathmore n'était pas prêt à la sacrifier.

Hale tordait le bras de Susan derrière son dos et commençait à comprimer les cervicales.

— C'est votre dernière chance, mon vieux ! Passez-moi le flingue !

Le cerveau de Strathmore était en ébullition, à la recherche d'une option de rechange. Il existe toujours une autre solution ! Finalement, il se décida à parler, tout doucement, avec une pointe de tristesse.

— Non, Greg. Je suis désolé. Je ne peux pas vous laisser partir.

Hale eut un hoquet de stupeur.

— Quoi ?

— J'appelle la sécurité.

Susan tressaillit.

— Trevor ! Non !

Hale augmenta la pression sur le cou de la jeune femme.

— Ne me tentez pas !

Strathmore sortit son portable de sa poche et ouvrit le capot.

— Greg, je sais que vous bluffez.

— Vous ne pouvez pas faire ça ! cria Hale. Je dirai tout ! Je ruinerai votre projet ! Vous êtes à deux doigts de réaliser votre rêve ! Contrôler tous les échanges du monde ! Plus besoin de TRANSLTR, plus de limites. Toutes les informations accessibles. C'est une chance qui ne se présente qu'une fois dans une vie ! Vous ne pouvez pas la laisser s'échapper !

La voix de Strathmore était tranchante comme du métal.

— Ah oui ? Regardez-moi bien.

— Mais... Mais... Et Susan ? Si vous faites ça, je vais la tuer !

Strathmore resta de marbre.

— Je suis prêt à prendre ce risque.

— Foutaises. Vous tenez plus à elle qu'à Forteresse Digitale ! Elle vous fait trop bander pour que vous risquiez sa peau, je vous connais ! (Il se tourna vers la jeune femme.) C'est vrai Susan, il est dingue de toi !

Susan s'apprêtait à se révolter contre cette assertion, mais le commandant fut plus prompt qu'elle.

— Jeune homme ! Vous ne me connaissez pas ! Toute ma vie, j'ai pris des risques. Vous voulez mettre la barre plus haut, très bien, allons-y !

Il commença à composer un numéro sur le clavier de son téléphone.

— Vous m'avez grandement sous-estimé, mon p'tit gars. Personne ne peut menacer la vie de mes employés et s'en sortir indemne !

Il porta l'appareil à son oreille et aboya :

— Standardiste ! Passez-moi la sécurité !

Hale tordit encore le cou de Susan.

— Je... Je vais la tuer. Je jure que je vais le faire !

— Non, vous ne le ferez pas, affirma Strathmore. Tuer Susan ne ferait qu'aggraver la... (Il s'interrompit et approcha le téléphone de sa bouche.) Allô ? La sécurité ? Ici le commandant Strathmore. Nous avons affaire à une prise d'otage dans la Crypto ! Envoyez-nous des hommes ! Oui, tout de suite, nom de Dieu ! Nous avons aussi une panne de courant. Balancez-nous tout le jus que vous trouverez. Je veux que tout remarche dans cinq minutes ! L'employé Greg Hale a tué un technicien de la Sys-Sec. Il retient la cryptologue en chef prisonnière. Je vous autorise à utiliser les gaz lacrymogènes sur nous tous, s'il le faut. Et si M. Hale refuse d'obtempérer, que vos snipers le descendent. J'en assumerai l'entière responsabilité. Dépêchez-vous !

Hale était pétrifié. Il n'en croyait pas ses oreilles. Son étreinte s'était un peu relâchée.

Strathmore fit claquer le rabat de son téléphone et le raccrocha à sa ceinture.

— À vous de jouer, Greg.

81.

Dans le hall de l'aéroport, Becker se tenait à côté de la cabine téléphonique, la vision encore trouble. Malgré son visage qui le brûlait et un reste de nausée, il était sur un petit nuage. Tout était fini. Vraiment fini. Il allait pouvoir rentrer chez lui. À son doigt : la bague – son Graal du jour ! Il leva la main à la lumière, et observa l'anneau d'or. Sa vue était trop brouillée... il ne parvenait pas à lire l'inscription, mais cela ne semblait pas être de l'anglais. Le premier symbole pouvait être un Q, un O ou un zéro. Becker examina les caractères suivants. C'était absolument incompréhensible. Un vrai charabia... Cela ressemblait donc à ça, un secret d'État ?

Becker se dirigea vers la cabine téléphonique pour appeler Strathmore. Sitôt qu'il eut fini de composer le préfixe international, une voix de synthèse lui répondit :

— *Todas las líneas están ocupadas.* Veuillez renouveler votre appel ultérieurement.

Dans un marmonnement d'irritation, Becker raccrocha. Il avait oublié ce détail : obtenir l'international depuis l'Espagne était une loterie. Tout était une question de hasard et de persévérance. Il retenterait sa chance dans quelques minutes.

Il faisait de son mieux pour oublier les tisons ardents dans ses yeux. Megan l'avait prévenu : s'il se frottait, la douleur empirerait, à un point inimaginable. Impatient, il composa à nouveau le numéro. Toujours pas de ligne ! Becker ne pouvait attendre plus longtemps. Ses yeux étaient en feu, il devait les rincer à l'eau. Strathmore patienterait encore une ou deux minutes. À moitié aveugle, Becker se dirigea vers les toilettes.

Dans un halo flou, il reconnut la silhouette du chariot de nettoyage bloquant la porte ; il bifurqua, encore une fois, vers le panneau SEÑORAS. Il crut percevoir du bruit à l'intérieur. Il frappa.

— *¿ Hola ?*

Silence.

C'est probablement Megan, songea-t-il. Son avion ne décollait que dans cinq heures ; elle avait sans doute décidé de nettoyer son bras jusqu'à ce qu'il ne subsiste plus la moindre trace du message.

— Megan ? appela-t-il.

Il toqua encore. Aucune réponse. Becker se décida à ouvrir la porte.

— Il y a quelqu'un ?

Apparemment, les toilettes étaient vides. Il haussa les épaules et se dirigea vers le lavabo. Ce dernier était toujours aussi dégoûtant, mais l'eau était fraîche. Becker s'aspergea les yeux. La douleur reflua, et le brouillard qui l'entourait se dissipa. Becker se regarda dans le miroir. On aurait dit qu'il venait de pleurer plusieurs jours d'affilée. Il s'essuya le visage sur la manche de sa veste, et eut soudain une illumination. Dans la fièvre de l'action, il avait oublié où il était. L'aéroport ! Quelque part sur le tarmac, dans l'un des trois hangars privés du terminal de Séville, un Lear-jet 60 l'attendait pour le ramener chez lui. Le pilote avait été formel : il avait reçu l'ordre de ne pas quitter les lieux jusqu'à son retour.

C'était incroyable : après toute son épopée, il était revenu à son point de départ. À quoi bon attendre ? Le pilote pouvait sûrement passer un message radio à Strathmore !

Avec un sourire de satisfaction, Becker jeta un coup d'œil dans le miroir pour rajuster sa cravate. Il allait partir quand quelque chose, en reflet dans la glace, attira son regard. Il se retourna. Il s'agissait du sac de Megan, qui dépassait de la cabine dont la porte était entrouverte.

— Megan ? appela-t-il.

Toujours pas de réponse...

— Megan ?

Becker s'approcha. Il frappa sur le côté de la cabine. Rien. Il poussa doucement la porte, dont le battant pivota. Et étouffa un cri d'horreur. Megan était sur la cuvette, les yeux exorbités tournés vers le plafond. Du sang dégoulinait sur sa figure, provenant d'un impact de balle, juste au milieu de son front.

— Oh mon Dieu ! s'écria-t-il sous le choc.

— *Está muerta*, confirma derrière lui une voix étrange, à peine humaine.

Comme dans un cauchemar, Becker fit volte-face.

— *¿ Señor Becker ?* demanda la voix sinistre.

Hébété, Becker regarda l'homme qui pénétrait dans les toilettes. Il avait l'impression de l'avoir déjà vu... mais où ?

— *Soy Hulohot*, annonça le tueur. Je m'appelle Hulohot.

Les sons distordus semblaient provenir des profondeurs de son estomac. Hulohot tendit la main.

— *El anillo*. L'anneau.

Becker le regardait, déconcerté.

L'homme sortit un revolver de sa poche. Il leva l'arme à hauteur de la tête de Becker.

— *El anillo*.

Dans une sorte de flash lumineux, Becker éprouva une sensation qui lui était inconnue. Mû par un instinct de survie remontant de son tréfonds, tous ses muscles se bandèrent à l'unisson. Dans l'instant, ses pieds avaient cessé de toucher terre. Il avait plongé sur le côté alors que le coup de feu éclatait. Becker retomba lourdement sur le corps de Megan et la balle percuta le mur derrière lui.

— *¡ Mierda !* s'exclama Hulohot.

Comment Becker avait-il fait pour bondir ainsi au tout dernier instant ? L'assassin se reprit et s'avança.

Becker se dégagea du corps de l'adolescente. Des bruits de pas. Une respiration. Un chien qu'on relève...

— *Adiós*, murmura l'homme en s'approchant telle une panthère.

L'arme pointa son nez dans l'encadrement de la porte et la déflagration retentit. Il y eut un flash rouge. Mais ce n'était pas du sang. C'était autre chose. Surgissant de la cabine, un objet s'était matérialisé devant le tueur, avait heurté son bras, faisant partir le coup de feu une fraction de seconde plus tôt que prévu. Le sac de Megan !

Becker bondit de la cabine, donna un grand coup d'épaule dans la poitrine de l'homme et le projeta contre le lavabo. Un bruit d'os cassé. Un miroir qui vole en éclats. Le revolver qui tombe. Les deux hommes se retrouvèrent à terre. Becker se releva et se précipita vers la sortie. Hulohot rampa vers son arme, la récupéra et fit feu encore. La balle traversa la porte au moment où elle claquait.

Le grand hall vide de l'aéroport s'ouvrait devant Becker comme un désert sans fin. Ses jambes le portaient à une vitesse qu'il n'aurait jamais imaginé pouvoir atteindre.

Alors qu'il obliquait vers la porte à tambour, un nouveau coup de feu retentit ; la baie vitrée, derrière lui, vola en éclats. Becker s'engouffra dans le tambour qui pivota. L'instant d'après, il débouchait à l'extérieur.

Un taxi attendait.

— ¡ *Déjeme entrar !* cria Becker en s'acharnant sur la portière verrouillée. Ouvrez !

Le chauffeur refusa : son client aux lunettes lui avait

demandé de l'attendre. Becker se retourna et vit Hulo-hot qui s'élançait dans le hall, revolver en main. Il jeta un regard vers sa petite Vespa sur le trottoir. Je suis mort...

Hulohot s'élança dans les battants de la porte à tambour, au moment où Becker essayait en vain de faire démarrer le moteur de sa Vespa. Le tueur sourit et leva son arme.

Le starter ! Becker farfouilla les leviers situés sous le réservoir et sauta de nouveau sur le kick. Le moteur toussota, puis s'éteignit.

— *¡ El anillo !*

La voix était toute proche.

Becker releva la tête. Il vit la gueule noire du canon. Juste derrière, le barillet qui tournait. Il donna un nouveau coup de kick. La balle manqua de peu la tête de Becker au moment où le petit scooter s'élançait dans un soubresaut. Becker s'accrocha au guidon de la Vespa comme à la vie tandis que l'engin dévalait un talus d'herbe et disparaissait derrière le bâtiment.

Fou de rage, Hulohot se précipita vers le taxi. Quelques secondes plus tard, le chauffeur, médusé, se retrouvait étalé sur le trottoir, et regardait son taxi s'éloigner dans un nuage de poussière.

82.

Greg Hale commençait à entrevoir les conséquences de l'appel du commandant, et sentait monter en lui une vague de terreur. La sécurité allait arriver !

Susan en profita pour tenter d'échapper à son étreinte. Hale revint à lui et la rattrapa par la taille.

— Lâche-moi ! cria-t-elle, sa voix résonnant dans le dôme.

La décision du commandant avait totalement pris de court Hale. Strathmore avait appelé les gardes ! Il sacrifiait Forteresse Digitale ! Jamais il n'aurait imaginé que Strathmore en soit capable. Cette porte secrète était la chance de sa vie...

La panique l'envahit, et son esprit commença à lui jouer des tours. Partout où il posait son regard, il croyait apercevoir le canon du Beretta. Il se mit à tourner sur lui-même, tenant fermement Susan contre lui, pour dissuader le commandant de tirer. Guidé par la peur, Hale entraîna Susan vers l'escalier. Dans quelques minutes, la lumière allait revenir, les portes s'ouvriraient sur un détachement de soldats du SWAT.

— Tu me fais mal ! hoqueta Susan.

Elle avait peine à respirer, et trébuchait à cause des pirouettes désespérées de Hale.

Et s'il la laissait partir pour foncer vers l'ascenseur de Strathmore ? Non, c'était du suicide... Il ignorait le mot de passe. De plus, une fois hors de la NSA sans otage, sa mort devenait inéluctable. Même sa Lotus ne pourrait semer la flotte d'hélicoptères que la NSA enverrait à sa poursuite. Seule la présence de Susan à ses côtés les empêcherait de le canarder à la roquette !

— Susan, souffla-t-il en la traînant vers les marches. Laisse-toi faire ! Je te promets que je ne te ferai aucun mal !

Mais elle se défendait bec et ongles, et Hale commençait à prendre la mesure du problème. Même s'il parvenait à prendre l'ascenseur avec Susan, elle conti-

nuerait à se débattre. L'ascenseur n'avait qu'une destination : « l'autoroute souterraine » – un labyrinthe de
tunnels où les cerveaux de la NSA pouvaient circuler
dans le plus grand secret. Hale n'avait nullement
l'intention de finir perdu dans ce dédale avec une
tigresse pour otage. C'était un piège qui pouvait se
révéler mortel. Et même s'il parvenait à sortir... Il
n'avait pas d'arme. Comment traverser le parking
avec Susan se débattant dans ses bras ? Comment
conduire ?

Hale crut entendre la voix d'un de ses professeurs
de stratégie militaire chez les marines lui dicter la
réponse : « Si tu utilises la force, elle se retournera
contre toi. Mais si tu parviens à convaincre ton ennemi
de penser comme toi, il se transformera en allié. »

— Susan, s'entendit dire Hale, Strathmore est un
tueur ! Tu es en danger ici !

Mais Susan restait sourde à cet argument. De toute
façon, c'était une idée absurde. Strathmore ne ferait
jamais de mal à Susan, et elle le savait bien.

Hale plissait des yeux dans le noir. Où le commandant se cachait-il ? Strathmore était devenu soudain
silencieux, ce qui était encore plus effrayant. Le
compte à rebours allait bientôt prendre fin. La sécurité
pouvait débarquer d'un instant à l'autre. Rassemblant
ses forces, Hale souleva Susan par la taille, et la hissa
dans l'escalier. Elle agrippa avec ses talons la première marche, et tira dans l'autre sens. Rien à faire,
Hale était plus fort qu'elle.

Avec précaution, Hale remontait l'escalier à recu-
lons, Susan plaquée contre lui. Il aurait été plus facile
de la faire passer en premier et de la pousser, mais la
passerelle en haut était éclairée par le halo de l'ordina-

teur de Strathmore. Si Susan ouvrait la marche, Strathmore aurait un angle dégagé pour tirer sur Hale. En procédant ainsi, Susan lui servait de bouclier humain. Alors qu'il avait déjà gravi les deux tiers des marches, Hale perçut un mouvement au bas de l'escalier. Strathmore !

— Ne faites pas ça, commandant, lança-t-il. Vous risquez de la tuer.

Hale attendit. Mais le silence était revenu. Il tendit l'oreille. Plus aucun bruit. Était-ce le fruit de son imagination ? Peu importe. Tant qu'il tenait Susan devant lui, Strathmore ne tirerait pas.

Mais lorsqu'il reprit son ascension, un événement improbable se produisit : il y eut un bruit étouffé derrière lui, sur la passerelle. Hale se figea, sentant l'adrénaline inonder ses veines. Strathmore aurait-il pu se faufiler là-haut ? Non, son instinct lui disait qu'il se trouvait toujours au pied des marches. Soudain, cela recommença, plus fort cette fois – des bruits de pas sur le palier !

Terrorisé, Hale comprit son erreur. Strathmore est là, juste derrière moi ! Mon dos est à découvert ! Paniqué, il pivota, avec Susan, de cent quatre-vingts degrés et battit en retraite. Arrivé au bas de l'escalier, il scruta la passerelle au-dessus de lui et cria :

— N'avancez pas, commandant ! Reculez, ou je lui brise le...

La crosse du Beretta fendit alors l'air derrière lui et s'abattit sur son crâne. Hale s'effondra. Susan se retourna, terrifiée. Strathmore la prit dans ses bras.

— Chhhut, murmura-t-il pour la calmer. C'est moi. Tout va bien.

Susan tremblait des pieds à la tête.

— Ch... Chef, balbutia-t-elle, perdue. Je... Je croyais que vous étiez là-haut... J'ai entendu...

— Du calme, c'est fini, murmura-t-il. Ce que vous avez entendu, c'est l'impact de mes chaussures que j'ai lancées là-haut.

Dans le même temps, le rire et les larmes vinrent... Le commandant venait de lui sauver la vie. Au milieu de cette obscurité, un immense soulagement la gagna. Et pourtant une pointe de culpabilité demeurait. Les gardes allaient débarquer. Stupidement, elle s'était laissé piéger par Hale, et il s'était servi d'elle pour faire plier Strathmore. Et le commandant, pour cet altruisme, allait payer le prix fort.

— Pardon... Pardon...

— Pourquoi donc ?

— Votre projet... Tout va tomber à l'eau à cause de moi.

Strathmore secoua la tête.

— Pas le moins du monde.

— Mais... Mais la sécurité ? Ils vont arriver d'une minute à l'autre. Nous n'aurons pas le temps de...

— La sécurité ne viendra pas. Nous avons tout notre temps.

Susan était désarçonnée.

— Mais votre appel...

— Une vieille ruse de Sioux. J'ai fait semblant, répondit Strathmore en riant.

83

La Vespa de Becker était sans doute le plus petit véhicule à s'élancer sur le tarmac de l'aéroport de Séville. L'engin ne dépassait pas les soixante kilomètres à l'heure et le moteur, poussé à plein régime, émettait davantage un bruit de tronçonneuse que de réacteur. Quitter le plancher des vaches était donc une douce illusion.

Dans son rétroviseur, Becker vit le taxi surgir sur la piste, environ quatre cents mètres derrière lui. Et l'image grossissait rapidement. Becker fonçait droit devant. Les silhouettes des hangars se découpaient dans le ciel à moins d'un kilomètre. Arriverait-il à temps ? Susan, la surdouée, aurait fait le calcul en deux secondes pour évaluer ses chances. Jamais Becker n'avait eu aussi peur de sa vie.

Il baissa la tête dans le guidon pour grappiller quelques précieux kilomètres à l'heure, mais la pauvre Vespa était à fond. Le taxi, lancé à ses trousses, devait avancer deux fois plus vite que lui. Becker fixait des yeux les trois structures qui grossissaient devant lui.

Le bâtiment du centre. C'est là qu'est l'avion !

Un coup de feu claqua. La balle vint se loger dans le bitume juste derrière lui. Becker regarda dans son rétroviseur. Le tueur était penché par la vitre ouverte et le tenait dans sa ligne de mire. Becker donna un coup de guidon et son rétroviseur explosa en mille morceaux. L'engin frémit sous l'impact. Il se coucha littéralement sur sa selle.

Seigneur, aidez-moi, je vous en prie... je ne vais pas y arriver !

Devant lui, le sol s'éclaircissait. Le taxi se rapprochait, et la lumière des phares dessinait des ombres mouvantes sur la piste. Encore un coup de feu. La balle ricocha sur le garde-boue arrière.

Le jeune homme lutta contre l'envie de zigzaguer. Garder son cap, à présent. Droit sur le hangar ! Le pilote du Learjet les avait-il vus ? Avait-il une arme ? Parviendrait-il à ouvrir la porte de la cabine à temps ? Maintenant qu'il gagnait la zone des hangars, ses interrogations perdirent toute raison d'être... Le Learjet n'était pas là ! Il plissa les yeux pour affiner sa vue. Faites qu'il s'agisse d'une hallucination ! Mais non. Le hangar était bel et bien vide.

L'avion ? Où est l'avion ?

Les deux véhicules s'engouffrèrent dans le hangar ; Becker chercha désespérément une issue du regard. Un vrai piège à rats. Devant lui, un mur de tôle ondulée, sans porte ni fenêtre. Le moteur du taxi rugit sur sa gauche ; Becker tourna la tête et vit Hulohot lever son arme vers lui. Dans un réflexe de survie, il écrasa les freins. Mais il ralentit à peine. Le sol du hangar était jonché de flaques d'huile et la Vespa se mit à glisser.

Un crissement retentit quand le taxi freina brutalement. Les pneus lisses perdirent à leur tour toute adhérence, la voiture fit un tête-à-queue, dans un nuage de fumée, manquant de peu d'accrocher au passage la jambe de Becker.

Côte à côte, les deux véhicules hors de contrôle se précipitaient vers le mur du fond. Becker appuyait désespérément sur les freins, mais en vain. C'était comme s'il conduisait sur de la glace. En face de lui, le mur de tôle se rapprochait, à une vitesse vertigineuse. Le taxi tournoyait comme une toupie à sa hauteur...

Becker se cramponna de toutes ses forces au guidon, se préparant à l'impact. Un fracas de tôles lui vrilla les tympans. Mais il n'y eut pas de choc. Becker se retrouva à l'air libre, comme par magie, toujours cramponné à sa Vespa qui cahotait à présent dans une prairie. Le mur s'était subitement volatilisé devant lui. Le taxi était toujours à côté de lui. Une grande plaque de tôle ondulée s'envola du capot du taxi et passa au-dessus de sa tête.

Le cœur battant, Becker remit les gaz et s'enfonça dans la nuit.

84.

Jabba laissa échapper un soupir de contentement quand il eut terminé son dernier point de soudure. Il éteignit son fer, posa sa petite lampe et resta un moment étendu dans le noir, sous l'unité centrale de l'ordinateur. Il était exténué. Son cou était douloureux. Ce type de réparation était toujours pénible physiquement, surtout pour un homme de sa corpulence.

Et dire qu'ils font des machines de plus en plus petites, songea-t-il avec amertume.

Alors qu'il fermait les yeux pour s'accorder un moment de détente bien mérité, quelqu'un le tira par les pieds.

— Jabba ! Sors de là ! lança une voix féminine.

Midge... Il poussa un grognement.

— Allez !

À contrecœur, il s'exécuta.

— Pour l'amour du ciel, Midge ! Je t'ai déjà dit...

Mais ce n'était pas Midge. Jabba leva les yeux, surpris.

— Soshi ?

Soshi Kuta, épaisse comme un fil de fer, pesait quarante-cinq kilos toute mouillée. Elle était le bras droit de Jabba, une technicienne hors pair venant du MIT. Elle travaillait souvent tard le soir à ses côtés, et c'était bien le seul membre de la Sys-Sec à ne pas être intimidé par lui. Elle le fixa du regard :

— Pourquoi donc n'as-tu pas décroché ton téléphone ? Ni répondu à mon appel sur l'inter ?

— C'était toi ? Je croyais que...

— Peu importe ! Il se passe un truc bizarre à la banque de données.

Jabba consulta sa montre.

— Comment ça « bizarre » ?

Une bouffée d'angoisse monta en lui.

— Tu peux être plus précise ?

Deux minutes plus tard, Jabba se ruait dans les couloirs souterrains.

85.

Greg Hale gisait recroquevillé sur le sol du Nodal 3. Strathmore et Susan l'avaient tiré à travers toute la Crypto et lui avaient ligoté les chevilles et les poignets avec des câbles pour imprimante.

Susan était encore sidérée par les talents de comédien de Strathmore... Il avait simulé une conversation au téléphone et, avec brio, était parvenu à ses fins : Hale était prisonnier, Susan était libre, et il avait encore tout le temps de modifier Forteresse Digitale.

Mal à l'aise, elle jeta un coup d'œil en direction de son collègue ficelé. Hale respirait lourdement. Strathmore était assis sur le canapé, son Beretta posé en équilibre sur ses genoux. Susan reporta son attention sur le terminal de Hale et poursuivit sa recherche de chaînes de caractères aléatoires.

Sa quatrième tentative fit encore chou blanc.

— Toujours rien, soupira-t-elle. Nous devrions peut-être attendre que David récupère l'exemplaire de Tankado.

Strathmore lui adressa un regard désapprobateur.

— Si jamais David échoue...

Strathmore n'avait pas besoin de finir sa phrase. Tant qu'ils n'auraient pas remplacé Forteresse Digitale sur Internet par leur version modifiée, la clé de Tankado représentait un danger potentiel.

— Quand nous aurons fait l'échange, ajouta Strathmore, peu importe le nombre de clés qui seront répandues dans la nature. Plus il y en aura, mieux ce sera.

Il lui fit signe de poursuivre ses recherches.

— Mais en attendant, c'est une course contre la montre...

Susan ouvrit la bouche pour abonder dans son sens, mais ses mots furent noyés dans un vacarme assourdissant. Des hurlements de sirènes, provenant des sous-sols, déchirèrent soudain le silence de la Crypto. Susan et Strathmore échangèrent des regards interloqués.

— Que se passe-t-il ? cria-t-elle, en essayant de caser ses mots entre les coups de sirène.

— TRANSLTR ! L'air est trop chaud ! Hale avait

peut-être raison quand il disait que le circuit auxiliaire ne fournissait pas assez de fréon.

— Et l'arrêt automatique ?

Strathmore réfléchit un instant, puis cria :

— Il y a sûrement eu un court-circuit !

Un gyrophare se mit à tourner dans le dôme, balayant le visage du commandant d'éclairs jaunes.

— Il faut tout arrêter ! lança Susan.

Strathmore acquiesça. Personne ne savait ce qui pourrait se passer si les trois millions de processeurs en silicium venaient à surchauffer... il devait aller dans son bureau et annuler le décryptage de Forteresse Digitale, avant que quelqu'un de l'extérieur ne s'aperçoive du problème et n'appelle la cavalerie.

Strathmore jeta un coup d'œil vers Hale toujours inconscient. Il posa le Beretta sur la table à côté de Susan et hurla pour se faire entendre malgré les sirènes :

— Je reviens tout de suite !

Au moment de se sortir du Nodal 3 par le trou dans la paroi vitrée, il lança :

— Trouvez-moi cette clé, Susan !

Susan contempla l'historique de ses recherches infructueuses en priant pour que Strathmore arrête TRANSLTR au plus vite. Le bruit, les lumières, la forme oblongue de la machine... on se serait cru sur le pas de tir d'un missile nucléaire.

Hale se mit à remuer. Son corps tressaillait à chaque hurlement de sirène. Susan, d'un geste réflexe, saisit le Beretta. Quand Hale ouvrit les yeux, il découvrit Susan Fletcher debout devant lui, le pistolet pointé sur son entrejambe.

— Où est la clé d'accès ?

Hale avait du mal à reprendre ses esprits.

— Que... Que s'est-il passé ?

— Tu as raté ton coup, voilà ce qui s'est passé. Où est cette clé ?

Hale voulut bouger les bras, et se rendit compte qu'il était attaché. Son visage fut traversé d'un éclair de panique.

— Laisse-moi partir !

— Pas avant d'avoir la clé.

— Je ne l'ai pas ! Libère-moi !

Hale tenta de se relever, mais ses efforts le firent rouler sur le ventre.

Susan hurla entre les rugissements des sirènes.

— Tu es North Dakota, et Ensei Tankado t'a envoyé la clé d'accès. Il me la faut, tout de suite !

— Tu es dingue ! hoqueta Hale. Je n'ai rien à voir avec North Dakota !

Il se débattit pour se libérer, en vain.

— Tu te fiches de moi ! Que fait alors l'adresse mail de North Dakota dans ta boîte d'e-mails ?

— Je l'ai déjà dit ! se défendit Hale, tandis que les sirènes beuglaient. J'ai piraté l'ordi de Strathmore ! Ces mails, je les ai trouvés sur son disque dur. Ce sont des courriers interceptés par le COMINT.

— Foutaises ! Tu n'as pas pu pirater l'ordinateur du commandant !

— Tu ne comprends pas ! Il y avait déjà un mouchard sur son terminal !

Hale parlait de façon hachée, tentant de se faire entendre entre les hurlements du système d'alarme.

— Quelqu'un d'autre l'avait installé. À mon avis, c'est un coup de Fontaine ! Il m'a suffi de me brancher dessus. Tu dois me croire ! C'est comme ça que j'ai appris qu'il voulait modifier Forteresse Digitale ! J'ai vu ses simulations...

À ce mot, Susan se figea. Strathmore avait évidemment utilisé BrainStorm pour tester son plan. Quiconque piratant le terminal du commandant avait *ipso facto* accès à son projet concernant Forteresse Digitale...

— Piéger l'algorithme... Il faut vraiment avoir pété les boulons pour se lancer dans un truc pareil ! cria Hale. Tu sais ce que ça signifie : l'accès total et planétaire pour la NSA !

Les sirènes continuaient de mugir, mais rien n'arrêtait Hale...

— Tu crois vraiment que nous pouvons assumer une telle responsabilité ? Que quelqu'un le peut ? Comment est-il possible de raisonner à si court terme ? Tu dis que notre gouvernement ne songe qu'à protéger les intérêts du peuple ? Parfait ! Mais si un gouvernement futur n'a pas les mêmes ambitions ? Qu'arrivera-t-il ? On ne pourra pas revenir en arrière !

Susan l'entendait à peine ; le bruit dans la Crypto était assourdissant.

Hale se débattit encore pour se libérer. Il riva son regard dans celui de Susan et recommença à hurler :

— Comment les gens pourront-ils se défendre contre un État policier si cet État a accès à toutes leurs communications ? Toute révolte sera tuée dans l'œuf !

Susan avait entendu maintes fois ce discours. C'était l'un des arguments classiques de l'EFF.

— Il faut arrêter Strathmore ! insistait-il.

Les sirènes hurlaient de plus belle...

— Je m'étais juré de le faire. Voilà à quoi j'ai consacré toute mon énergie ici : espionner son ordi, attendre qu'il ouvre Forteresse Digitale pour pirater ses modifs. Il me fallait des preuves... des signes patents qu'il avait ajouté une porte secrète. C'est pour cela que j'ai copié tous ses mails. Cela prouvait qu'il s'intéressait à Forteresse Digitale. Et puis j'aurais averti la presse...

Le cœur de Susan bondit dans sa poitrine. La presse ? C'était effectivement du Greg Hale tout craché... Une fois Hale au courant du projet de Strathmore, il n'avait plus qu'à attendre que le monde entier utilise la version modifiée de Forteresse Digitale pour larguer sa bombe. Preuves à l'appui !

Susan imaginait les gros titres des journaux : Le cryptologue Greg Hale révèle le stratagème de la NSA pour contrôler les communications du monde entier ! Le retour du syndrome Skipjack... Dévoiler une nouvelle porte secrète mise au point par la NSA ferait de Greg Hale un héros planétaire. Et ce serait, pour l'agence, le coup de grâce. Tout cela avait des accents troublants de vérité... Mais non, se reprit Susan. Hale mentait forcément !

Son collègue continuait d'argumenter.

— J'ai annulé ton pisteur parce que je pensais que c'était après moi que tu en avais ! J'ai cru que tu te doutais que Strathmore était piraté ! Et j'ai eu peur que tu découvres l'infiltration et que tu remontes jusqu'à moi.

C'était plausible, mais néanmoins peu probable...

— Dans ce cas, pourquoi éliminer Chartrukian ? rétorqua Susan.

— Ce n'est pas moi ! hurla Hale pour se faire entendre au-dessus du vacarme. C'est Strathmore qui l'a poussé dans le vide ! J'étais en bas, j'ai tout vu !

Chartrukian s'apprêtait à appeler la Sys-Sec, le plan de Strathmore serait tombé à l'eau !

Hale s'en sort plutôt bien, pensa Susan. Il a réponse à tout.

— Laisse-moi partir ! supplia Hale. Je n'ai rien fait !

— Rien, vraiment ? cria Susan, en se demandant pourquoi le commandant n'était pas de retour. Tankado et toi vouliez faire chanter la NSA ! Du moins, jusqu'à ce que tu lui fasses un enfant dans le dos. Au fait, Tankado est vraiment mort d'une crise cardiaque ou c'est un ami à toi qui s'est occupé de son cas ?

— Ouvre les yeux, nom de Dieu ! Je n'ai rien à voir là-dedans !.... Détache-moi, je t'en supplie ! Avant que la sécurité arrive !

— Elle ne viendra pas.

Hale pâlit dans l'instant.

— Quoi ?

— Le coup de fil de Strathmore était bidon.

Les yeux de Hale s'écarquillèrent. Puis il se mit à se débattre, en proie à la panique.

— Strathmore va me tuer ! Il va me tuer ! J'en suis certain !

— Du calme, Greg.

Les sirènes hurlaient sur les suppliques de Hale :

— Je suis innocent !

— Tu mens ! Et j'en ai la preuve ! répondit Susan en se dirigeant vers la table ronde des terminaux. Tu te souviens de mon pisteur, celui dont tu as annulé la recherche ?

Elle s'arrêta devant son poste de travail.

— Je l'ai relancé ! Tu veux qu'on regarde ce qu'il a trouvé ?

Une icône clignotait sur l'écran de Susan, indiquant que la sonde était revenue. Sans attendre la réponse de Hale, elle cliqua dessus.

On sera fixé une fois pour toutes... Hale ne pourra plus nier qu'il est North Dakota !

La fenêtre s'ouvrit et Susan s'arrêta net. Il devait y avoir une erreur. Le pisteur désignait quelqu'un d'autre... Une personne totalement improbable.

Elle s'installa derrière son écran pour relire les données. Strathmore avait reçu la même réponse lorsque, de son côté, il avait envoyé la sonde... Elle avait pensé qu'il avait commis une erreur, mais elle, en revanche, se souvenait d'avoir parfaitement configuré la recherche...

Et pourtant, elle ne rêvait pas :

NDAKOTA = ET@DOSHISHA.EDU

« ET ? » La tête lui tournait. Ensei Tankado était donc North Dakota ? Si les données étaient exactes, Tankado et son complice ne faisaient qu'un. Cela dépassait l'entendement. Susan avait du mal à se concentrer. Si seulement ces maudites sirènes pouvaient se taire ! Qu'attendait donc Strathmore pour arrêter ce vacarme ?

Hale se tortillait au sol, tentant de voir ce que faisait Susan.

— Alors, qu'est-ce que ça donne ? Raconte !

Susan ignora Hale comme le brouhaha environnant. Ensei Tankado est North Dakota...

Elle essayait d'assembler les pièces du puzzle. Si Tankado était North Dakota, il s'adressait des mails à lui-même... Il n'avait donc pas de complice. North Dakota serait un fantôme, un miroir aux alouettes.

Le stratagème était ingénieux. Strathmore ne voyait que la moitié du terrain de tennis. Comme la balle revenait, il en avait déduit qu'il existait un autre joueur en face. Mais Tankado jouait contre un mur. Il avait vanté les mérites de Forteresse Digitale auprès de lui-même... Une fois ses courriers rédigés, il les envoyait sur un serveur anonyme, qui les lui réexpédiait quelques heures plus tard.

Un point était clair : Tankado voulait que le commandant pirate sa correspondance, lise ses mails. Il avait créé de toutes pièces ce partenaire qui lui servait de garantie, sans avoir à partager la clé de codage avec quiconque. Et pour renforcer la crédibilité de son canular, il avait utilisé un serveur anonyme... afin que personne ne soupçonne la supercherie. Tankado était en réalité seul en scène.

Seul en scène...

Une idée subite lui glaça le sang... Tankado avait peut-être utilisé ce stratagème pour faire gober n'importe quoi au commandant Strathmore.

Susan se remémora sa réaction première, quand Strathmore lui avait parlé d'un algorithme de codage inviolable... Impossible ! s'était-elle écriée. Et maintenant, l'idée que toute cette histoire ne fût qu'un leurre commençait à lui vriller l'estomac. Après tout, qu'est-ce qui leur prouvait que Tankado avait vraiment créé Forteresse Digitale ? Des vantardises sur son e-mail ? Certes, il y avait TRANSLTR... L'ordinateur tournait en boucle depuis près de vingt heures. Mais il existait un autre type de programme capable d'occuper TRANSLTR aussi longtemps, des programmes beaucoup plus simples et sommaires qu'un algorithme incassable...

Un virus !

Un frisson glacé lui traversa le corps. Et comme une voix venue d'outre-tombe, les paroles de Phil Chartrukian lui revinrent à l'esprit : « Strathmore a contourné Gauntlet ! » L'évidence la frappa de plein fouet... Strathmore avait téléchargé Forteresse Digitale et l'avait entrée dans TRANSLTR pour la décrypter. Mais Gauntlet avait rejeté le fichier car il avait repéré des opérateurs de mutation dans le programme. En temps ordinaire, Strathmore s'en serait inquiété. Mais il avait lu le mail de Tankado... « les codes mutants étaient la clé de tout »... Convaincu que Forteresse Digitale était un fichier sain, Strathmore avait shunté Gauntlet pour l'entrer directement dans TRANSLTR.

— Forteresse Digitale n'existe pas ! articula-t-elle d'une voix blanche.

Prise de vertige, elle posa le front sur son écran. Tankado avait appâté la NSA... Et elle avait mordu à l'hameçon.

Soudain, un cri de fureur retentit, il venait du bureau de la passerelle. C'était Strathmore.

86.

Quand Susan, hors d'haleine, arriva à la porte du commandement, elle trouva Trevor Strathmore affalé sur son bureau, le visage luisant de sueur. Ici aussi, les sirènes étaient assourdissantes.

— Commandant ? lança Susan en se précipitant vers lui.

Strathmore ne réagit pas.

— Commandant ! Il faut éteindre TRANSLTR ! Nous avons un...

— Il nous a eus, annonça Strathmore sans relever les yeux. Tankado nous a tous bernés...

L'algorithme incassable qu'il se vantait d'avoir réalisé, la clé d'accès mise aux enchères sur Internet... le piège... Strathmore aussi venait de comprendre.

— Les codes mutants..., balbutia-t-il, encore sous le choc.

— Je sais.

Le commandant releva lentement la tête.

— Le fichier que j'ai téléchargé sur Internet... C'était un...

Susan s'efforçait de garder son calme. Toutes les pièces du jeu étaient truquées ! Il n'y avait jamais eu d'algorithme inviolable, Forteresse Digitale n'existait pas. Le fichier de Tankado n'était qu'un virus crypté, probablement chiffré avec un programme de codage classique existant sur le marché, assez performant pour donner du fil à retordre à tout le monde – sauf évidemment à la NSA... TRANSLTR avait craqué la clé en un rien de temps et libéré le virus.

— Des codes mutants..., reprit le commandant d'une voix éraillée. Tankado disait qu'ils n'étaient que des fonctions internes de l'algorithme.

Il se prit de nouveau la tête dans les mains.

Susan comprenait la douleur du commandant. Il avait marché à fond. Tout était faux. Forteresse Digitale était une chimère destinée à attirer la NSA dans un piège. À chaque action de Strathmore, Tankado était en coulisse, et tirait les ficelles.

— Je suis passé par-dessus Gauntlet...

— Vous ne pouviez pas savoir.

Strathmore donna un coup de poing sur son bureau.

— J'aurais dû savoir ! Son pseudonyme, bon sang ! NDAKOTA !

— Que voulez-vous dire ?

— Il se payait notre tête ouvertement ! C'est un anagramme, bordel !

Susan resta un instant interdite. Elle se représenta le mot « ndakota » et commença à permuter les lettres : okdatan... kadotan... Elle chancela soudain sur ses jambes. Seigneur... Strathmore avait raison. C'était évident... Comment avaient-ils pu rater ça ? North Dakota ne faisait pas référence à un État américain. C'était du sel jeté dans la plaie ! Le Japonais avait poussé la facétie jusqu'à leur envoyer un message d'alerte subliminal, un indice flagrant : NDAKOTA était l'anagramme de TANKADO ! Et la fine fleur des casseurs de codes était passée à côté – exactement comme il l'avait prévu !

— Il nous a ridiculisés, déclara Strathmore.

— Il faut arrêter TRANSLTR.

Strathmore fixait le mur d'un regard vide.

— Commandant. Coupez tout ! Il faut arrêter le massacre !

— J'ai essayé, murmura Strathmore, d'une voix de zombie.

— Comment ça, « vous avez essayé » ?

Strathmore tourna son écran vers la jeune femme. La lumière de l'ordinateur avait faibli, l'image était désormais marron sombre. Au bas, la zone de dialogue indiquait plusieurs tentatives pour couper TRANSLTR... Toutes suivies de la même réponse :

DÉSOLÉ : ARRÊT IMPOSSIBLE
DÉSOLÉ : ARRÊT IMPOSSIBLE
DÉSOLÉ : ARRÊT IMPOSSIBLE

Arrêt impossible ? Mais pourquoi ? Au fond d'elle-même, Susan connaissait la réponse. C'était donc ça, la grande vengeance de Tankado ? Détruire TRANSLTR ! Pendant des années, le Japonais avait voulu révéler au monde l'existence du grand ordinateur de décodage, mais personne ne l'avait cru. Alors il avait décidé de terrasser le dragon de ses propres mains. Un combat à mort pour ses idées : le droit du citoyen à la vie privée.

En bas, les sirènes continuaient leur charivari.

— Il faut couper au général, proposa Susan. On n'a pas d'autre solution !

S'ils se dépêchaient, ils pourraient encore sauver leur machine à deux milliards de dollars. Tous les ordinateurs du monde, des petits PC aux calculateurs surpuissants de la NASA, étaient équipés d'un système anti-panne de dernier recours... une procédure quelque peu rustique, mais qui marchait toujours... à savoir : débrancher la prise.

En coupant toute l'alimentation de la Crypto, ils forceraient TRANSLTR à s'éteindre. Ils pourraient éradiquer le virus plus tard. Il leur suffirait de réinitialiser les disques durs de TRANSLTR. Toutes les informations en mémoire seraient effacées : données, paramétrages, virus, tout. Dans la plupart des cas, un reformatage, en écrasant des milliers de fichiers, entraînait la perte de plusieurs années de travail. Mais la structure interne de TRANSLTR était différente : le système pouvait être totalement réinitialisé quasiment sans conséquence. Les processeurs en parallèle étaient conçus pour calculer, et non pour se souvenir. Rien n'était, à proprement parler, stocké dans TRANSLTR. Quand la machine cassait un code, elle envoyait le résultat directement à la banque de données centrale pour...

Susan sentit son sang se figer.

— Mon Dieu ! souffla-t-elle, en portant la main à sa bouche.

Le regard de Strathmore était figé dans la pénombre, sa voix désincarnée.

— Oui, Susan. La banque de données...

Tankado s'était servi de TRANSLTR pour introduire un virus dans la banque de données centrale.

D'un doigt fébrile, Strathmore désigna son écran. Sous la zone de dialogue, un message était apparu :

RÉVÉLEZ TRANSLTR AU MONDE
SEULE LA VÉRITÉ POURRA VOUS SAUVER...

Les informations les plus secrètes de la nation étaient stockées à la NSA : les protocoles de communication militaires, les codes SIGINT, l'identité des espions à l'étranger, les plans des nouvelles armes, les documents secret-défense, les accords commerciaux... La liste était sans fin.

— Il n'aurait pas osé ! bredouilla Susan. S'attaquer aux archives secrètes d'un pays !

Même de la part du bilieux Ensei Tankado, cela paraissait démesuré. Elle lut de nouveau le message.

— Quelle vérité ?

La respiration de Strathmore était sifflante.

— La vérité sur TRANSLTR.

Susan hocha la tête. C'était parfaitement logique. Tankado voulait obliger la NSA à révéler l'existence de TRANSLTR. Du pur chantage. Le choix était simple : lâcher l'info ou perdre la banque de données. Avec un mélange d'effroi et d'admiration, elle scrutait les lignes devant elle. Tout en bas, une inscription clignotait, menaçante :

ENTREZ LA CLÉ D'ACCÈS

Le virus, la clé d'accès, la bague de Tankado, l'ingénieux stratagème... le puzzle se mettait en place. La clé n'était pas le sésame d'un algorithme crypté, c'était la parade contre l'attaque virale ! Susan s'était documentée sur ce genre de virus : des programmes mortels portant, dans leur code, leur propre antidote, mais pour l'activer il fallait une clé.

Tankado n'avait nullement l'intention de détruire la banque de données. Ce qu'il désirait, c'était que le public apprenne l'existence de TRANSLTR ! Ensuite, il nous aurait donné la clé pour enrayer le mal ! Mais le plan de Tankado avait mal tourné. Mourir n'était pas prévu... Dans son idée, il s'imaginait assis dans un bar espagnol, devant CNN, en train d'assister à une conférence de presse extraordinaire sur la « Machine de décryptage ultrasecrète de la NSA ». Puis il aurait appelé Strathmore, lui aurait dicté la clé gravée sur son anneau, et la banque de données aurait été sauvée, juste à temps. Après un fou rire bien revigorant, il aurait disparu dans la nature et se serait gentiment fait oublier. Ainsi serait né le nouveau superhéros de l'EFF.

— Il nous faut cette bague ! pesta Susan. C'est le seul exemplaire !

Pas de North Dakota, pas de double de la clé. Et maintenant, même si la NSA acceptait de dévoiler l'existence de TRANSLTR, Tankado n'était plus de ce monde pour leur sauver la mise.

Strathmore restait plongé dans son mutisme.

L'affaire avait pris des proportions qui dépassaient l'entendement. Le plus curieux, aux yeux de Susan, c'était que Tankado avait laissé la situation dégénérer. Il savait parfaitement ce qui arriverait si la NSA ne récupérait pas la bague à temps. Et pourtant, au moment de mourir, il s'était débrouillé pour qu'elle leur échappe... Mais Susan le comprenait, au fond... Il n'allait tout de même pas la leur donner sur un plateau, alors qu'il était persuadé que la NSA venait de l'assassiner !

Malgré tout, Susan avait du mal à accepter cette version... Tankado était un pacifiste. Il n'avait jamais versé dans la destruction aveugle. Son cheval de bataille, c'était TRANSLTR. Son Graal : défendre le droit au secret pour tout individu et mettre en garde le monde contre la toute-puissance de la NSA. Détruire la banque de données était une agression manifeste. Cela ne collait pas avec le personnage.

Les sirènes ramenèrent Susan à la sinistre réalité. Strathmore était totalement amorphe. Elle devinait sans peine ses pensées. Non seulement son projet d'ajouter une porte secrète à Forteresse Digitale était tombé à l'eau, mais son imprudence avait placé la NSA au bord du plus gros désastre en matière de sécurité nationale de toute l'histoire des États-Unis.

— Commandant, ce n'est pas votre faute, insistat-elle au milieu des sirènes hurlantes. Si Tankado était encore de ce monde, nous pourrions marchander, nous aurions le choix !

Mais Strathmore n'entendait plus rien. Sa vie était finie. Pendant trente ans, il avait servi son pays. Ce devait être aujourd'hui son moment de gloire, son chef-d'œuvre absolu : une porte secrète dans le nouveau standard mondial de cryptage ! Mais au lieu de cela, il avait envoyé un virus dans la banque centrale... Et il n'y avait aucun moyen de l'arrêter, à moins de couper le courant et d'effacer, jusqu'au dernier, tous les octets infectés... ce qui revenait à perdre des millions de données. Seule la bague aurait pu les sauver, et pour l'heure, c'était le silence radio du côté de David...

— Je dois arrêter TRANSLTR ! annonça Susan, en prenant les choses en main. Je vais descendre au soussol et couper l'alimentation.

Strathmore se retourna vers elle au ralenti – un homme brisé.

— Je vais m'en charger..., annonça-t-il d'une voix chevrotante.

Il se leva, et chancela sur ses jambes.

Susan le fit se rasseoir.

— Pas question ! rétorqua-t-elle, d'un ton sans appel. C'est moi qui y vais.

Strathmore enfouit son visage dans ses mains.

— Entendu... C'est tout en bas, au dernier niveau. À côté des pompes à fréon.

Susan se dirigea vers la porte. À mi-chemin, elle se retourna vers lui.

— Commandant ! cria-t-elle dans le rugissement des sirènes. Rien n'est perdu ! Nous ne sommes pas encore vaincus. Si David retrouve la bague à temps, nous pourrons sauver les données !

Strathmore garda le silence.

— Appelez la banque ! ordonna-t-elle. Dites-leur pour le virus ! Vous êtes le directeur adjoint. Ne vous laissez pas aller. Vous êtes un battant !

Strathmore se redressa lentement. Comme un homme s'apprêtant à prendre la décision la plus importante de sa vie, il hocha la tête avec solennité.

D'un pas déterminé, Susan plongea dans l'obscurité.

87.

La Vespa roulait sur la voie de droite de la Carretera de Huelva. L'aube pâlissait à peine dans le ciel, mais la circulation était dense : les jeunes Sévillans rentraient en ville après avoir fait la fête toute la nuit sur la plage. Un minibus, bourré d'adolescents, klaxonna un grand coup et dépassa Becker comme une fusée. Le scooter faisait figure de jouet d'enfant, perdu ainsi sur la grande route.

Quatre cents mètres derrière lui, un taxi cabossé s'engagea sur la même artère dans une pluie d'étincelles. Hulohot accéléra et projeta, sur le terre-plein central, une Peugeot 504 qui tardait à se ranger.

Becker dépassa un panneau : SEVILLA CENTRO – 2 KM. S'il pouvait atteindre le centre-ville, il aurait peut-être une chance de s'en sortir. L'aiguille du compteur refusait toujours de dépasser les soixante kilomètres à l'heure... deux minutes avant la sortie... Il n'aurait jamais le temps ! Derrière lui, le taxi gagnait du terrain. Becker se focalisait sur les lumières de Séville en contrebas.

Faites que j'y parvienne vivant !

Il avait parcouru à peine un kilomètre, quand il entendit un fracas de métal derrière lui. Il s'aplatit sur son engin, et poussa le moteur à fond. Un coup de feu étouffé retentit ; une balle siffla à ses oreilles. Becker vira à gauche et commença à slalomer entre les files, dans l'espoir de gagner du temps. Mais c'était peine perdue. La rampe de sortie était encore à trois cents mètres quand il entendit le vrombissement du taxi, séparé de lui par seulement quelques voitures. Dans quelques secondes, Becker allait être abattu ou renversé. Il cherchait du regard une issue possible, mais le boulevard était bordé de chaque côté par un remblai de graviers. Une autre détonation claqua. Il fallait prendre une décision.

Dans un hurlement de gomme et une gerbe d'étincelles, il fit une brusque embardée sur sa droite, quitta la route, et fonça sur le terre-plein. La petite Vespa, dans une pluie de graviers, partit à l'assaut du talus avec force zigzags, tandis que Becker se démenait comme un diable pour rester en selle. Les pneus patinaient dans le sol meuble. Le petit moteur lançait des gémissements pathétiques sous l'effort. Le conducteur donnait des coups furieux d'accélérateur. Surtout, ne pas caler ! Il n'osait pas regarder derrière lui. Le taxi allait s'arrêter dans un dérapage, les balles allaient pleuvoir d'un instant à l'autre... c'était écrit...

Mais rien ne se produisit.

La Vespa atteignit enfin le sommet. Elle était là, juste de l'autre côté : la ville promise ! Les lumières s'étendaient devant lui comme un immense lit d'étoiles. Il se fraya un chemin au travers des taillis, et sauta du trottoir. La Vespa prit rapidement de la vitesse. L'avenue Luis Montoto se mit à défiler à toute allure sous ses roues. Puis le stade de football apparut sur sa gauche. Sauvé !

C'est à cet instant qu'il perçut le bruit de tôles familier. Il releva la tête. À une centaine de mètres devant lui, le taxi jaillissait de la bretelle de sortie. Le véhicule, dans un dérapage, s'engagea sur la calle Luis Montoto et fondit sur lui.

Becker aurait dû perdre tous ses moyens. Mais ce ne fut pas le cas. Tout était clair et limpide... Il prit à gauche, sur la calle Menéndez Pelayo, et remit les gaz. La Vespa, cahotant, traversa un petit parc avant de s'engouffrer dans la Mateos Gago : une petite voie à sens unique menant aux portes du quartier Santa Cruz.

Tu y es presque !

Le taxi suivait, de plus en plus près. Il traversa l'étroite porte de Santa Cruz, y laissant au passage ses rétroviseurs. Mais Becker savait qu'il avait remporté la bataille. Santa Cruz était le plus vieux quartier de Séville. Il n'y avait pas de rues entre les maisons, juste un labyrinthe de venelles datant de l'Empire romain. Seuls les piétons et quelques rares deux-roues pouvaient y circuler. Un jour, Becker s'était perdu pendant des heures dans ce dédale caverneux. Il accéléra dans la dernière partie de la Mateus Gago. La cathédrale gothique datant du xie siècle se dressa devant lui, telle une montagne. Juste à côté, la tour de la Giralda, du haut de ses cent mètres, perçait le ciel dans l'aube naissante. Santa Cruz ! berceau de la deuxième plus grande cathédrale du monde et des plus illustres familles de Séville.

Becker traversa le parvis. Il y eut un coup de feu, mais c'était trop tard. Becker et sa monture avaient disparu dans un minuscule passage.

88.

Les phares de la Vespa projetaient des ombres noires dans les ruelles. Le moteur, malmené par Becker, rugissait entre les maisons blanchies à la chaux. Un appel au réveil bien matinal pour les habitants de Santa Cruz, surtout un dimanche !

Cela faisait près d'une demi-heure que la course poursuite durait. Des questions passaient en boucle dans l'esprit de David : Qui essaie de me tuer ? Pourquoi cette bague est-elle si importante ? Où est passé l'avion de la NSA ? Il songea à Megan, morte dans la cabine des toilettes, et eut un haut-le-cœur.

Il espérait semer son poursuivant dans Santa Cruz et ressortir de l'autre côté, mais le quartier était un labyrinthe pernicieux, pimenté de renfoncements et de culs-de-sac. Il s'égara rapidement. Becker chercha du regard la tour de la Giralda pour se repérer, mais les murs autour de lui s'élevaient si haut qu'il n'apercevait qu'un mince ruban de ciel au-dessus de sa tête.

Où était passé le tueur aux lunettes ? Il était peu probable qu'il ait renoncé. Sans doute poursuivait-il la traque à pied... Becker, avec sa Vespa, peinait à avancer dans ce réseau chaotique de venelles. Les pétarades du moteur se perdaient en écho derrière lui. On devait l'entendre à des centaines de mètres à la ronde ! Son seul atout était la rapidité. Il devait vite sortir de cette souricière ! Après une longue succession de virages et de lignes droites, la Vespa déboucha sur l'Esquina de los Reyes, un carrefour de trois ruelles. Les choses s'annonçaient mal : il était déjà passé ici. Becker pila. De quel côté aller ? Soudain, son moteur cala. La jauge d'essence indiquait : *VACÍO*. Comme si le sort s'acharnait contre lui, une ombre, au même moment, apparut dans la rue sur sa gauche.

Le cerveau humain est l'ordinateur le plus rapide qui existe. En une fraction de seconde, celui de Becker avait scanné la forme des lunettes et la silhouette de l'homme, fouillé sa base de données interne à la recherche d'un fichier correspondant, identifié l'individu, envoyé un signal de danger et proposé une solution au problème. À savoir abandonner la Vespa et prendre ses jambes à son cou.

Malheureusement, Hulohot n'était plus ballotté dans un taxi bringuebalant, mais bien campé sur ses deux jambes. Calmement, il leva son arme et tira.

La balle atteignit Becker au flanc, juste au moment où il bifurquait à l'angle de la rue pour se mettre hors de portée. Ce n'est qu'après quelques foulées qu'il commença à sentir la douleur. Tout d'abord, il crut s'être fait un claquage musculaire, juste au-dessus de la hanche. Puis le point d'impact devint chaud et parcouru de picotements. Becker comprit quand il vit le sang. Non, il n'avait pas mal, il ne sentait rien, il fallait courir, courir tête baissée dans le dédale, surtout ne pas s'arrêter...

Hulohot s'élança à la poursuite de sa proie. Il aurait pu viser la tête, mais en bon professionnel, il avait joué la sécurité. Becker était une cible en mouvement ; en visant le milieu du corps, il optimisait sa marge d'erreur, tant verticalement qu'horizontalement. Le choix s'était révélé payant. Becker avait bifurqué au dernier moment, et si Hulohot avait visé la tête, il l'aurait sans doute manqué... Au lieu de ça, il avait fait mouche sur le côté de son corps. La balle avait à peine touché Becker et la blessure n'était pas mortelle, mais c'était un premier pas. Le contact avait été établi. La proie avait senti le doigt de la mort l'effleurer. Un nouveau jeu commençait.

Becker fonçait à l'aveuglette. Il changeait sans cesse de direction, faisait des tours et des détours, évitait les lignes droites. Mais les bruits de pas le suivaient, implacables. Peu importait où il était et qui le pourchassait ; son esprit était désormais vide, incapable de concevoir une pensée rationnelle. Même la douleur n'avait plus droit de cité. Il n'y avait plus que l'instinct de survie et la peur – celle qui donne des ailes.

Derrière lui, une balle percuta un azulejo. Des éclats de faïence colorée volèrent dans son cou. Il bifurqua à gauche, dans une autre ruelle. Il s'entendit crier à l'aide mais, hormis ses pieds qui claquaient sur les pavés et ses halètements, l'air matinal ne lui renvoyait qu'un silence de mort. À présent, un tison ardent fouillait son flanc. Il craignait de laisser une traînée rouge sur le blanc de la chaux. Il allait de porte en porte, dans l'espoir de trouver une ouverture pour s'échapper de ce boyau étouffant. Mais rien. Et la venelle se rétrécissait encore...

— ¡ *Socorro !* criait Becker hors d'haleine, d'une voix à peine audible.

Les murs se rapprochaient de plus en plus. Devant lui, le passage s'incurvait. Becker espérait déboucher sur une intersection, une patte-d'oie, n'importe quoi pour sortir de là... mais rien ! Que des portes closes. Des porches fermés. Et ces parois, de part et d'autre, toujours plus proches... ces pas, dans son dos, qui grandissaient... Droit devant, une ligne droite ! Plus loin, la ruelle se redressait – une pente raide. Becker sentit les muscles de ses jambes se tétaniser sous l'effort. Il perdait de la vitesse !

Et ce qui devait arriver arriva...

Comme une autoroute jamais achevée, faute de fonds, la venelle s'arrêtait d'un coup. Un haut mur, un banc de bois, et rien d'autre. Aucune issue. Becker leva les yeux sur l'immeuble de trois étages qui lui barrait la route, puis rebroussa chemin. Mais à peine avait-il fait quelques pas en sens inverse qu'il se figea net.

Au bas de la pente, l'homme apparut, avançant dans sa direction d'un pas déterminé. Dans sa main, le revolver, où se reflétait le soleil du matin.

Dans un éclair de lucidité, Becker se sut perdu. Il recula vers le mur, grimaçant sous la douleur qui se rappelait soudain à son souvenir. Il porta la main à sa blessure ; du sang s'écoulait entre ses doigts, maculant l'anneau d'or d'Ensei Tankado. Tout tournait dans sa tête. Il regarda ce cercle de métal gravé, interdit. Il avait oublié qu'il l'avait à son doigt, pourquoi il était venu à Séville... Il releva la tête vers la silhouette qui s'approchait, puis regarda à nouveau la bague. Était-ce pour cet objet que Megan était morte ? Pour cela qu'il allait, lui aussi, mourir ?

L'ombre gravissait la pente. Becker était dans un cul-de-sac ; autour de lui, un camaïeu de blancs de chaux... des portes de chaque côté, mais il était trop tard pour appeler à l'aide. Il se plaqua contre le mur du fond. Il avait l'impression de sentir chaque caillou sous les semelles de ses chaussures, chaque creux, chaque bosse de la paroi dans son dos. Les souvenirs défilaient dans sa tête, son enfance, ses parents... Susan.

Oh mon Dieu... Susan...

Pour la première fois depuis qu'il était adulte, Becker se mit à prier. Il ne priait pas pour échapper à la mort ; il ne croyait pas aux miracles. Mais il souhaitait, de toute son âme, que cette femme qu'il allait laisser derrière lui surmonte le chagrin et ne doute jamais qu'il l'avait aimée. Il ferma les yeux. Les souvenirs jaillirent en lui comme un torrent. Pas ceux de son travail à l'université – aucune image de réunions pédagogiques, ni de ses cours en amphithéâtre, rien de ce qui occupait pourtant quatre-vingt-dix pour cent de son existence... Mais des souvenirs d'elle. Des souvenirs tout simples. Le jour où il lui avait appris à manger avec des baguettes, leur balade en bateau à Cape Cod...

Je t'aime... ne l'oublie pas... je t'aime pour la vie.

Les faux-semblants, les façades, les masques et les déguisements, tout ce derrière quoi David Becker se cachait s'était soudain évanoui. Il se tenait là, nu, face à Dieu.

Je suis un homme, pensa-t-il. Et il ajouta, avec ironie : un homme sans cire.

Il se tenait immobile, les yeux fermés, tandis que le tueur à la monture de fer approchait. Quelque part, non loin d'eux, une cloche sonna. Becker attendait, derrière le rideau noir de ses paupières, la détonation qui allait mettre fin à ses jours.

89.

Le soleil perça le ciel, juste au ras des toits, et la lumière s'insinua dans les ruelles encaissées. Au sommet de la Giralda, les cloches appelaient à la première messe. Tous les habitants du quartier attendaient ce moment. Partout, les portes s'ouvraient, les gens, par familles entières, envahissaient les rues. Comme du sang neuf dans les veines du vénérable Santa Cruz, le flot humain s'écoulait vers le cœur de leur *pueblo*, vers le noyau de leur histoire, leur Dieu, leur terre d'asile – leur cathédrale.

Les tintements résonnaient dans la tête de Becker. Suis-je mort ? Ce fut presque à contrecœur qu'il ouvrit les yeux et battit des paupières, gêné par les premiers rayons du soleil. Il savait parfaitement où il était. Il releva la tête et chercha du regard son assaillant. Mais l'homme à la monture de fer avait disparu. D'autres gens avaient pris sa place. Hommes, femmes et enfants, dans leurs beaux habits du dimanche, émergeaient de leurs maisons pour se rejoindre dans la ruelle. Des gens qui parlaient, riaient...

Au pied de la pente, à l'abri du regard de Becker, Hulohot pestait de frustration. Il y avait eu d'abord un couple qui s'était interposé entre sa proie et lui. Ils allaient bien finir par s'éloigner... Mais la cloche avait continué à sonner, attirant d'autres gens à l'extérieur. Un autre couple, pour commencer, cette fois avec enfants. Les deux familles se saluèrent. Et ça bavardait, ça riait, ça s'embrassait – à la sévillane, trois bises chacun !..... Puis un autre groupe était apparu, et Hulohot avait perdu de vue sa proie. À présent, il fendait la foule qui grossissait d'instant en instant, bouillonnant de rage. Il devait retrouver David Becker !

Le tueur jouait des coudes pour se frayer un chemin vers le fond de l'impasse. Une marée humaine l'encerclait, une succession de complets veston pour les hommes, de robes et de mantilles de dentelle pour les femmes, têtes baissées, déjà recueillies. Personne ne prêtait attention à Hulohot ; les gens avançaient d'un pas nonchalant, tous vêtus de noir, se mouvant à l'unisson, comme un seul corps, et empêchaient sa progression. Hulohot bataillait comme un diable pour sortir de ce flot. Quand, enfin, il y parvint, il se précipita vers le bout de l'impasse, arme en main. Il laissa échapper un cri étouffé, inhumain. David Becker avait disparu.

Au milieu de la foule, Becker se laissait emporter, cahin-caha, par le courant humain.

Laisse-toi faire... eux connaissent le chemin...

À la première croisée, les gens prirent à droite et la ruelle s'élargit. Partout, les portes s'ouvraient, des familles envahissaient les trottoirs. Les cloches carillonnaient de plus belle.

Sa blessure le faisait toujours autant souffrir, mais le sang avait cessé de couler. Becker accéléra le pas. Quelque part derrière lui, tout près, il y avait un homme, un revolver à la main. Ballotté de groupe en groupe, il essayait de maintenir la tête baissée, hors de vue. Il ne devait plus être très loin maintenant... La foule avait encore grossi. Ils avaient quitté le ruisseau pour rejoindre la rivière. Au détour d'un méandre, Becker la vit soudain, se dressant devant lui : la Giralda !

Le carillon des cloches était assourdissant : le son tourbillonnait, prisonnier des hauts murs ceignant la place. Toute cette multitude vêtue de noir se déversait sur le parvis et convergeait vers les portes béantes de la cathédrale. Becker tenta de fendre la foule pour bifurquer vers la calle Mateos Gago, mais il était entraîné par le flot irrésistible. Épaule contre épaule, orteil contre talon. À l'inverse du reste de la planète, la promiscuité semblait ne pas gêner les Espagnols. Becker était coincé entre deux grosses femmes qui se laissaient porter par la foule, les yeux fermés. Elles marmonnaient des prières, égrenant leurs rosaires.

En arrivant à proximité de l'énorme édifice gothique, Becker tenta à nouveau de se dégager, mais le courant était encore plus fort. Le royaume du coude à coude et de la ferveur aveugle ! Becker se retourna, essaya de remonter le flot. Mais c'était comme nager à contre-courant aux abords d'une cataracte. Les portes de la cathédrale l'aspiraient irrémédiablement, telle la gueule noire d'un train fantôme. À son corps défendant, David Becker se rendait à la messe.

90.

Les alarmes de la Crypto hurlaient toujours à tue-tête. Depuis combien de temps Susan était-elle partie ? Strathmore n'en avait aucune idée. Il était assis, seul, ombre parmi les ombres. Le bourdonnement de TRANSLTR semblait lui murmurer à l'oreille : « Tu es un battant... tu es un battant... » Oui, songea-t-il, je suis un battant. Mais à quoi bon se battre quand l'honneur est perdu ? Plutôt mourir sur le champ de bataille que vivre dans l'infamie. Car c'est bien l'infamie qui l'attendait. Il avait dissimulé des informations au directeur, et fait entrer un virus dans l'ordinateur le plus sécurisé de la nation. On allait le clouer au pilori. Ses intentions avaient été patriotiques, mais rien ne s'était déroulé comme prévu. La mort et la trahison avaient fait leur entrée en scène. Que pouvait-il espérer ? Un procès, des sentences, l'opprobre public... Lui qui avait servi son pays avec honneur et intégrité depuis tant d'années... il ne pouvait pas finir ainsi.

Je suis un battant... Tu es un menteur, se répondit-il à lui-même.

C'était bien le cas. Il n'avait pas été honnête avec certaines personnes. Susan Fletcher était du nombre. Il lui avait caché tant de choses, des choses qui maintenant l'accablaient de honte. Pendant des années, elle avait été son miracle vivant, sa lumière... il rêvait d'elle, l'appelait dans son sommeil, en pleurait de frustration. C'était plus fort que lui, il n'y pouvait rien. Jamais il n'avait connu une femme si belle et si intelligente... Son épouse avait essayé de prendre son mal en patience, mais lorsqu'elle eut rencontré Susan, elle sut que les dés étaient pipés. Bev Strathmore n'avait jamais reproché à son mari ses sentiments. Elle avait enduré sa peine aussi longtemps que possible. Mais récemment, le fardeau était devenu trop lourd à porter. Elle avait demandé le divorce. Elle ne pouvait pas passer le reste de sa vie dans l'ombre d'une autre femme.

Peu à peu, le son des sirènes ramena Strathmore à la réalité. Son esprit d'analyse se mit en quête d'une solution pour sortir de cette impasse. Sa raison lui confirma ce que son cœur savait déjà. Il n'existait qu'une seule issue, une seule échappatoire.

Strathmore se pencha sur son terminal et se mit à pianoter sur le clavier ; il ne tourna pas même l'écran vers lui pour voir ce qui s'y affichait. Ses doigts tapaient les mots un à un, avec détermination :

« Mes chers amis, j'ai décidé, aujourd'hui, de mettre fin à mes jours... »

De cette façon, tout serait clair. Il n'y aurait pas de questions, pas d'accusations. Il raconterait ce qui s'était passé. Le monde saurait... Nombre de gens étaient morts déjà... mais il restait encore une vie à prendre.

91

Dans une cathédrale, il fait toujours nuit. La fournaise du jour cède la place à la fraîcheur et à l'humidité. Les bruits humains sont assourdis par les murs épais de granit. Les lustres, si nombreux soient-ils, ne parviennent jamais à éclairer l'immense voûte de ténèbres. Ici, la pénombre règne sans partage. Dans les hauteurs, les vitraux filtrent la laideur du monde extérieur et la transforment en délicats rayons tamisés rouges et bleus.

La cathédrale de Séville, comme toutes les grandes cathédrales d'Europe, est construite selon un plan cruciforme. L'autel et le chœur sont placés au-delà du transept et s'ouvrent sur la nef. Des bancs de bois y sont alignés, sur une centaine de mètres, jusqu'aux portes de l'édifice. À gauche et à droite de l'autel, le transept accueille les confessionnaux, les tombes, ainsi que des sièges supplémentaires.

Becker se retrouva coincé sur un long banc au milieu de la nef. Au-dessus, sous la gigantesque voûte, un énorme encensoir en argent, suspendu au bout d'une corde effilochée, décrivait des arcs de cercle en diffusant des volutes d'encens. Les cloches de la Giralda continuaient de sonner, et les ondes puissantes faisaient trembler tout l'édifice. Becker contempla le grand retable orné de dorures qui se dressait derrière l'autel. Il devait une fière chandelle à cette église. Il respirait. Il était en vie. Un miracle !

Alors que le prêtre allait entonner la première prière Becker jeta un coup d'œil à sa blessure. La plaie n'était pas profonde, une simple lacération. Il rangea sa chemise dans son pantalon, et tendit le cou pour regarder derrière lui. Les portes se refermaient. Si le tueur l'avait suivi, il était à présent pris au piège. La cathédrale de Séville ne possédait qu'une entrée. C'était un principe de construction courant, datant de l'époque où les églises servaient de refuge contre les attaques des Maures. De cette manière, il n'y avait qu'une seule issue à barricader. Aujourd'hui, cette entrée unique avait une autre fonction : s'assurer que tous les touristes qui pénétraient dans l'édifice avaient bien acheté leur ticket.

Les portes dorées, hautes de sept mètres, claquèrent. Becker était désormais enfermé dans la maison de Dieu. Il ferma les yeux et se tassa sur le banc. De toute l'assistance, il était le seul à ne pas être vêtu de noir. Des voix s'élevèrent en une psalmodie.

Dans le fond de la cathédrale, une silhouette se dirigeait lentement vers le transept, profitant de la pénombre. Elle s'était glissée à l'intérieur juste avant la fermeture des portes. Un rictus de plaisir zébrait son visage. La chasse devenait vraiment intéressante.

La bête est là... Je la flaire.

Il progressait avec méthode, travée par travée. Sous la voûte, l'encensoir décrivait de grandes courbes paresseuses. Un bel endroit pour mourir, songea Hulohot. La mise à mort se doit d'être parfaite.

Becker s'agenouilla sur le sol froid, et baissa la tête pour se mettre hors de vue. L'homme assis à son côté lui jeta un regard torve. Un geste de dévotion quelque peu ostentatoire.

— *Estoy enfermo*, expliqua Becker d'un ton d'excuse. Je suis malade.

Becker devait rester baissé. Il avait repéré la silhouette familière qui arpentait le bas-côté. C'est lui ! Il est là ! Malgré le monde autour de lui, Becker était une cible facile : sa veste kaki était comme une pancarte lumineuse au milieu de cette foule anthracite. Il aurait pu l'enlever, mais sa chemise Oxford blanche était encore plus voyante. Mieux valait s'aplatir au maximum.

L'homme derrière lui grommela :

— *¿ Turista ?*

Puis il murmura, avec une pointe de sarcasme :

— *¿ Llamo un médico ?* J'appelle un docteur ?

Becker releva la tête vers le vieil homme au visage parsemé de grains de beauté.

— *No, gracias. Estoy bien.*

L'homme lui renvoya un regard plein de colère.

— *¡ Entonces levántese !* Dans ce cas, relevez-vous !

Des gens autour lancèrent des « chuuut ». Le vieil homme serra les dents et reporta son regard droit devant lui. Becker ferma les yeux et s'aplatit de plus belle. Combien de temps l'office allait-il durer ? David, élevé dans une famille protestante, avait toujours trouvé les messes catholiques interminables. Faites que celle-ci dure une éternité ! Dès la fin de la messe, il serait obligé de se lever pour laisser passer les gens. Et ainsi vêtu de vert, il était un homme mort.

Pour l'heure, il n'avait d'autre solution que de rester recroquevillé sur les dalles froides de la cathédrale. Le vieil homme avait fini par se désintéresser de son sort. L'assemblée des fidèles se leva pour chanter un hymne. Becker resta agenouillé. Il commençait à ressentir des crampes dans les jambes. Mais il ne pouvait les étendre.

Patience... Patience...

Il ferma les yeux et respira profondément pour chasser la douleur.

À peine une ou deux minutes plus tard – c'est du moins l'impression qu'il eut –, Becker sentit que quelqu'un le bousculait. Il releva la tête. L'homme au visage tavelé, debout à sa droite, s'impatientait : il voulait quitter le banc. Becker fut pris de panique. Pourquoi voulait-il déjà partir ? Non, je ne veux pas me lever...

Becker se tassa et lui fit signe de l'enjamber. L'homme était rouge de colère. Il tira sur les manches de sa veste noire avec irritation et se pencha pour désigner la file de fidèles qui attendaient, derrière lui, pour sortir du rang. Becker regarda sur sa gauche et s'aperçut que la femme, qui était assise à côté de lui, avait disparu. Toute la partie gauche du banc, jusqu'à l'allée centrale, était vide.

L'office n'est quand même pas déjà fini ! C'est impossible ! On vient à peine d'arriver ! Mais en voyant l'enfant de chœur au bout de la rangée et les deux files de pénitents qui se dirigeaient vers l'autel, il comprit. La communion, songea-t-il, agacé. Ces maudits Espagnols commencent par ça !

92

Susan prit l'échelle, pour descendre vers les sous-sols. Une vapeur épaisse s'élevait maintenant de la coque bouillante de TRANSLTR. Les passerelles étaient luisantes de condensation. À plusieurs reprises, elle manqua de tomber, ses semelles n'ayant plus aucune adhérence sur les marches humides. Combien de temps encore TRANSLTR résisterait-elle ? Les sirènes continuaient leurs hurlements intermittents. Les gyrophares envoyaient des éclairs toutes les deux secondes. Trois étages plus bas, les générateurs auxiliaires gémissaient. Quelque part, au milieu de ce brouillard aveuglant, se trouvait un coupe-circuit. Plus que quelques minutes avant que l'irréversible se produise.

Au rez-de-chaussée, Strathmore tenait dans ses mains le Beretta. Il relut le message qu'il avait écrit, et le posa sur le sol à ses pieds. L'acte qu'il allait commettre était lâche, sans nul doute.

Je suis un battant...

Il songea au virus qui grignotait la banque centrale de données, à David Becker, envoyé en Espagne, à son projet de porte secrète... Il avait tellement menti ! Il était dix fois coupable... Son choix était le seul qui lui éviterait de connaître le déshonneur. Doucement, il arma le Beretta. Puis il ferma les yeux et pressa sur la détente.

Susan avait descendu seulement six volées de marches quand elle entendit la détonation étouffée. Le bruit venait de loin, et était à peine audible dans le vacarme des générateurs. Elle n'avait jamais entendu de coup de feu ailleurs qu'à la télévision ou au cinéma, mais elle n'avait pas l'ombre d'un doute...

Elle s'arrêta net. Le son résonnait dans ses oreilles. Une onde glacée la traversa. Elle se souvint du rêve brisé de Strathmore – installer une porte secrète dans Forteresse Digitale –, des grands espoirs qu'il avait fondés dans ce projet. Elle songea au virus qu'il avait introduit involontairement dans la banque de données, à son mariage qui partait à vau-l'eau, à ce dernier salut solennel qu'il lui avait adressé. Susan chancela sur ses jambes. Elle se retourna, s'accrochant à la rampe d'escalier. Commandant ! Non !

Elle était transie d'effroi, l'esprit vide. L'écho du coup de feu avait oblitéré le chaos environnant. Son cerveau lui dictait de continuer son chemin, mais ses jambes s'y refusaient.

Trevor !

Un instant plus tard, elle remontait les marches, oubliant l'embrasement imminent de TRANSLTR.

Elle courait à perdre haleine, les pieds glissant sur le métal mouillé. Au-dessus de sa tête, l'eau de condensation tombait en pluie. Quand elle atteignit l'échelle et commença à grimper, elle se sentit soulevée par une gigantesque vague de vapeur, qui l'éjecta quasiment à l'extérieur. Elle roula au sol ; l'air frais de la Crypto l'enveloppa aussitôt comme un cocon. Son chemisier blanc se colla à sa peau, trempé dans l'instant. Il faisait sombre. Susan tentait de recouvrer ses esprits. Le bruit du coup de feu l'obsédait. Une colonne de vapeur s'élevait de la trappe, comme la fumerolle d'un volcan sur le point d'exploser.

Pourquoi avait-elle laissé le Beretta à Strathmore ! Il l'avait bien quand elle avait quitté le bureau ? Ou était-il resté dans le Nodal 3 ? Ses yeux s'habituaient peu à peu à la pénombre. Elle observa les vitres brisées du Nodal 3. La lueur qui émanait des écrans était faible, mais elle apercevait Hale, toujours ligoté au sol, à l'endroit où elle l'avait laissé. Aucune trace de Strathmore. Terrifiée à l'idée de ce qu'elle allait découvrir, elle se tourna vers le bureau du commandant.

Mais à l'instant où elle allait se précipiter vers la passerelle, un détail incongru, à la périphérie de son champ de vision, attira son regard. Elle recula de quelques pas et scruta à nouveau le Nodal 3. Dans le trou de lumière, elle distinguait le bras de Hale. Il n'était plus ficelé derrière son corps, mais relevé au-dessus de sa tête ! Était-il parvenu à se libérer ? Aucun mouvement, pourtant, n'était perceptible. Hale gisait sur le dos, totalement immobile.

Susan leva les yeux vers le bureau de Strathmore.

— Commandant ?

Silence.

Hésitante, elle avança vers le Nodal 3. Hale tenait quelque chose dans sa main. L'objet brillait à la lueur des écrans. Susan se rapprocha encore... Le Beretta !

Ses yeux suivirent la ligne du bras jusqu'à la tête. Ce qu'elle vit était incompréhensible. La moitié du visage était couverte de sang et une flaque sombre maculait la moquette tout autour du crâne.

Susan recula d'un pas dans un hoquet de stupeur. Le coup de feu ne concernait pas le commandant, mais Hale ! Dans un état second, elle avança vers le mort. Apparemment, Hale avait réussi à détacher ses liens.

Les câbles d'imprimante étaient abandonnés au sol, à côté de lui. J'ai dû laisser le pistolet sur le canapé... Dans cette lumière bleue, le sang qui s'écoulait de l'impact paraissait noir comme de l'encre.

Par terre, à côté du corps, Susan aperçut une feuille de papier. Elle la ramassa d'une main tremblante. C'était une lettre.

« Mes chers amis, j'ai décidé aujourd'hui de mettre fin à mes jours, pour expier mes péchés... »

Abasourdie, Susan lut lentement cette lettre d'adieu. Elle n'en revenait pas. Cela ressemblait tellement peu à Hale de confesser ainsi ses crimes. Il reconnaissait tout : il avait découvert que NDAKOTA était un leurre, avait engagé un tueur pour supprimer Ensei Tankado et s'emparer de la bague, il avait poussé Phil Chartrukian dans le vide et voulait vendre Forteresse Digitale pour son propre compte.

Susan arrivait à la dernière ligne. Elle n'était pas préparée à un tel choc. Elle eut la sensation de tomber dans un gouffre vertigineux :

« ... Et par-dessus tout, je suis vraiment désolé pour David Becker. Je vous demande pardon. J'ai été aveuglé par l'ambition. »

Susan était debout, tremblante. Des bruits de pas s'approchaient dans son dos. Elle se retourna, son corps se mouvant au ralenti. Strathmore, pâle, le souffle court, apparut dans le trou béant de la paroi vitrée. Il regarda éberlué, Hale gisant au sol.

— Mon Dieu ! Que s'est-il passé ?

93

La Communion !

Hulohot repéra Becker au premier coup d'œil. La veste kaki était immanquable, surtout avec la petite tache de sang sur le côté. Elle remontait la travée centrale, au milieu du lent flot d'habits noirs. Hulohot eut un sourire de satisfaction.

Il ne sait pas que je suis ici... Monsieur Becker, vous êtes un homme mort.

Il tripotait les minuscules contacts au bout de ses doigts, impatient d'annoncer la bonne nouvelle à son employeur américain. Bientôt... très bientôt...

Comme un prédateur veillant à rester sous le vent, il obliqua vers le bas de la cathédrale et commença son approche par le fond de la nef. Hulohot n'avait aucune envie de traquer Becker quand la foule quitterait en masse l'église à la fin de l'office. Par un miraculeux concours de circonstances, sa proie s'était jetée toute seule dans un piège. Il lui suffisait, à présent, de la tirer discrètement. Son silencieux, le meilleur et le plus cher du marché, ne faisait pas plus de bruit qu'une petite toux. Un jeu d'enfant...

Hulohot se rapprochait de sa cible en veste kaki, sans prêter attention aux murmures réprobateurs des gens qu'il dépassait. Les fidèles pouvaient concevoir que l'on soit si impatient de recevoir l'hostie, mais il y avait un protocole à respecter... deux lignes de communiants en colonne par un !

Hulohot continuait d'avancer. Il touchait au but. Il mit son doigt sur la détente de son arme, dans la poche de sa veste. Jusqu'ici, la chance avait beaucoup souri

à David Becker, mais l'état de grâce était terminé...
Plus que dix personnes le séparaient de la cible kaki.
Becker se tenait devant lui, tête baissée. Hulohot répétait en pensée la phase de tir. Les images étaient claires : positionnement derrière Becker, arme en bas, hors de vue, deux balles... Becker s'écroule, il le soutient, l'emmène jusqu'à un banc, comme un ami attentionné. Puis se précipite vers les portes, officiellement pour chercher de l'aide. Dans la confusion générale, il disparaît avant que quiconque ait compris ce qui s'est passé.

Cinq personnes encore. Quatre. Trois...

Hulohot serra la crosse au fond de sa poche. En la tenant à hauteur de sa hanche, il viserait le dos de Becker, le canon pointé vers le haut. De cette manière, la balle soit traverserait la colonne, soit perforerait un poumon avant d'atteindre le cœur. Et, même s'il ratait le cœur, la mort serait inévitable. On ne survivait pas à un poumon perforé. Tout au moins pas en pleine messe, le temps qu'arrivent les secours.

Deux personnes. Une. Voilà, il y était. Comme un danseur maîtrisant une chorégraphie jusqu'au bout des ongles, il pivota d'un quart de tour, posa sa main sur l'épaule de sa proie, redressa le canon de l'arme, et tira. Deux crépitements étouffés.

Le corps se raidit immédiatement. Puis s'affaissa. Hulohot soutint sa victime par les aisselles. D'une rotation du buste, il l'installa sur un banc avant que la moindre trace de sang n'ait eu le temps d'apparaître dans son dos. Des gens se retournèrent pour observer la scène. Aucune importance. Dans un instant, Hulohot serait loin.

Il tâta la main du cadavre pour récupérer la bague.

Rien. Il palpa encore une fois les doigts un à un. Ils étaient nus. Furieux, Hulohot retourna l'homme. Un frisson d'horreur le parcourut. Ce n'était pas Becker.

Rafael de la Maza, un banquier résidant dans la banlieue de Séville, était mort sur le coup. Dans sa main, il tenait toujours les cinquante mille pesetas qu'un Américain excentrique lui avait offertes en échange de sa veste noire.

94.

Midge Milken enrageait, debout à côté de la fontaine de la salle de réunion. Quelle mouche pique Fontaine ? Elle écrasa son gobelet dans ses mains et le jeta avec agacement dans la corbeille. Bon sang, il se passe quelque chose d'anormal à la Crypto ! Je le sens !

Midge n'avait qu'un seul moyen de prouver qu'elle avait raison : inspecter la Crypto elle-même, et aller trouver Jabba le cas échéant ! Elle tourna les talons et se dirigea vers la porte.

Brinkerhoff surgit de nulle part, lui barrant le chemin.

— Où vas-tu ?

— Chez moi ! mentit Midge.

Mais Brinkerhoff refusait de la laisser passer.

Midge le fusilla du regard.

— C'est Fontaine qui t'a dit de me retenir ici ?

Brinkerhoff baissa les yeux.

— Chad, il faut me croire... Il y a un problème à la

Crypto. Un truc grave. J'ignore pourquoi Fontaine ne veut rien entendre, mais TRANSLTR est bel et bien en danger. Il se passe des choses !

— Midge...

Il traversa la grande salle de réunion avec une nonchalance affectée.

— Laissons le directeur régler ça.

Midge bouillait de colère.

— Tu sais ce qui risque d'arriver si le système de refroidissement de TRANSLTR tombe en rideau ?

Brinkerhoff haussa les épaules et s'approcha des baies vitrées.

— Le courant est sans doute rétabli à l'heure qu'il est.

Il écarta les rideaux et regarda au-dehors.

— Alors ? C'est toujours le noir total là-bas ? demanda Midge.

Brinkerhoff ne répondit pas. Il était pétrifié. Une vision de film catastrophe. Tout le dôme de la Crypto était saturé de lumières tourbillonnantes, de flashes stroboscopiques et de nuages de vapeur. Brinkerhoff, d'effroi, vacilla tête la première contre la vitre. Puis, pris de panique, il sortit de la pièce en courant.

— Monsieur Fontaine ! Monsieur Fontaine !

95.

Le sang du Christ... la coupe du salut...

Les gens s'attroupaient autour du corps effondré sur le banc. En l'air, l'encens décrivait de paisibles volutes. Hulohot, au milieu de la nef, tournait sur lui-même, scrutant l'assistance. Il est forcément là ! Quelque part ! Il se retourna vers l'autel.

Cinquante mètres plus loin, la communion suivait son cours. Le père Gustaphes Herrera, qui portait le calice, jetait des regards curieux vers l'agitation silencieuse qui régnait autour de l'un des bancs. Il n'était pas inquiet. Parfois, il arrivait qu'une personne âgée succombe à l'émotion suscitée par l'eucharistie, et perde connaissance. Un peu d'air frais suffisait d'ordinaire à la remettre sur pied.

Hulohot poursuivait ses recherches avec frénésie. Becker était introuvable. Une centaine de personnes venaient de s'agenouiller devant l'autel pour recevoir l'hostie. Becker était-il parmi elles ? Il scrutait leurs dos, prêt à tirer, malgré la distance. Quitte à piquer, après, un sprint vers la sortie...

El cuerpo de Jesús, el pan del cielo.

Le jeune prêtre qui officiait jeta un regard réprobateur à Becker. Il comprenait la ferveur, mais ce n'était pas une raison pour couper la file d'attente !

Becker se tenait tête baissée, mâchouillant son hostie. Derrière lui, il sentait de l'agitation. Pourvu que l'homme à qui il avait acheté la veste ait écouté son conseil et n'ait pas enfilé la sienne en échange ! Il fut tenté de se retourner, mais l'homme à la monture de fer risquait de le repérer. Il se tassa davantage...

Faites que la veste noire ne laisse pas apparaître le haut de mon pantalon kaki, pria-t-il.

Malheureusement, c'était le cas.

Le calice circulait rapidement sur sa droite, se rapprochait inexorablement... Déjà, les gens, après avoir bu le vin, faisaient le signe de croix et se levaient pour partir. Moins vite ! supplia Becker. Il n'était pas du tout pressé de quitter l'autel. Mais avec deux mille personnes qui attendaient leur tour et seulement huit prêtres pour officier, il était mal vu de lambiner devant son vin.

Le calice était juste à la droite de Becker quand Hulohot repéra le pantalon kaki non assorti à la veste.

— *Va a morir*, siffla-t-il entre ses dents.

Hulohot remonta l'allée centrale. Le temps n'était plus à la subtilité. Deux balles dans le dos, récupérer la bague et déguerpir. La plus grosse station de taxis de Séville se trouvait à cent mètres de là, calle Mateos Gago. Il referma ses doigts sur la crosse. *Adíos, señor Becker...*

La sangre de Cristo, la copa de la salvación.

L'odeur du vin rouge emplit les narines de Becker quand le père Herrera lui présenta le calice en argent, lustré comme un miroir. C'est un peu tôt pour boire du vin, songea Becker en se penchant vers la coupe. Mais quand le calice passa devant ses yeux, il entrevit un mouvement en reflet. Une silhouette, déformée par la surface convexe, fondant sur lui.

Becker vit un éclat métallique, celui d'une arme... par réflexe, comme un coureur dans les starting-blocks, Becker fit un bond en avant. Le prêtre tomba à la renverse, regardant avec horreur le calice voler dans les airs, répandant une pluie vineuse sur le marbre blanc. Les prêtres et les enfants de chœur s'écartèrent devant Becker qui sautait par-dessus la rambarde.

Le silencieux étouffa le coup de feu. Becker retomba lourdement au sol tandis que la balle soulevait une gerbe d'éclats de marbre à côté de lui. L'instant d'après, il dévalait les trois marches en granit qui menaient au passage étroit par lequel entraient les membres du clergé, et qui leur permettait d'apparaître à l'autel comme par l'opération du Saint-Esprit.

Au bas des marches, il trébucha, perdit l'équilibre sur le sol de pierre polie et fit un vol plané. Un éperon de douleur le traversa lorsqu'il atterrit lourdement sur son flanc blessé. Il se releva aussitôt et plongea dans une ouverture obstruée par des rideaux, qui donnait sur un escalier en bois.

La douleur. Becker courait, traversait une loge faisant office de vestiaire pour les curés. Il faisait noir. Des cris lui parvenaient de l'autel. Des pas le pourchassaient. Devant lui, une double porte. Il fonça, en serrant les dents, et déboucha dans une sorte de boudoir. Une pièce sombre, des meubles orientaux raffinés, en acajou. Sur le mur du fond, un crucifix de deux mètres de hauteur. Becker s'arrêta net. Il était tout au bout de la cathédrale. Une impasse ! La fin du voyage ! Hulohot se rapprochait. Becker fixa le crucifix du regard, maudissant son infortune.

— Et merde !

Soudain, il y eut un bruit de verre brisé sur sa gauche. Il fit volte-face. Un homme vêtu d'une robe rouge le regardait bouche bée. Comme un enfant surpris le doigt dans le pot de confiture, le saint homme essuya sa bouche en cachant la bouteille de vin de communion brisée à ses pieds.

— ¡ *La salida* ! demanda Becker. ¡ *La salida* ! ¡ *Rápido* ! La sortie !

Le cardinal Guerra n'écouta que son instinct. Un démon avait pénétré dans son antre sacré et hurlait pour qu'on le fasse sortir de la maison de Dieu. Guerra allait exaucer son vœu, et sans tarder ! Car le moment était des plus inopportuns. Livide, le cardinal pointa du doigt un rideau tiré sur sa gauche. Une porte dérobée y était cachée. Elle avait été installée trois ans plus tôt. L'accès donnait directement à l'extérieur, dans la cour – demande expresse du cardinal qui en avait assez de sortir par le fronton comme ses vulgaires ouailles.

96.

Susan, trempée et frigorifiée, s'était blottie sur le canapé du Nodal 3. Strathmore lui couvrit les épaules de sa veste. Le corps de Hale gisait devant elle. Les sirènes hurlaient. Comme une couche de glace en train de se fendiller, la coque de TRANSLTR émit un craquement sinistre.

— Je vais descendre couper le courant, annonça Strathmore en posant une main rassurante sur ses épaules. Je reviens tout de suite.

Susan regardait d'un air absent le commandant qui s'éloignait. Ce n'était plus l'homme abattu et prostré qu'elle avait quitté dix minutes plus tôt. Le grand Trevor Strathmore était de retour, avec son esprit logique, son contrôle de soi légendaire, et son sens inné du devoir.

Les derniers mots inscrits sur la lettre posthume de Hale hantaient Susan : *Et par-dessus tout, je suis vrai-*

ment désolé pour David Becker. Je vous demande pardon. J'ai été aveuglé par l'ambition.

Voilà pourquoi Susan avait un mauvais pressentiment... David était bien en danger... ou pire. Peut-être était-il déjà trop tard.... *Je suis vraiment désolé pour David Becker.*

Elle regarda avec attention le bout de papier. Hale ne l'avait même pas signé ; il s'était contenté de taper son nom à la fin : *Greg Hale.* Il avait vidé son sac, cliqué sur IMPRESSION et s'était tiré une balle dans la tête. Fin de l'histoire. Hale s'était juré de ne jamais retourner en prison ; il avait tenu promesse. Plutôt la mort que la geôle.

— David...

Les larmes perlèrent. David !

Au même moment, trois mètres sous la Crypto, le commandant Strathmore atteignait la première passerelle. Cette journée avait été une succession de fiascos. Son plan héroïque s'était transformé en Bérézina. Il avait dû faire face à des choix cornéliens, commettre des actes terrifiants qu'il se croyait incapable d'accomplir. Mais c'était la solution pour sortir de l'impasse. La seule issue possible ! Il y avait des priorités supérieures à considérer : l'honneur et la patrie. Tout n'était pas encore perdu. Strathmore pouvait éteindre TRANSLTR, et se servir de la bague pour sauver la banque de données. Non, se persuadait-il, il n'était pas trop tard.

Il poursuivit sa descente, plongeant dans le cauchemar... Les buses anti-incendie s'étaient déclenchées et vomissaient des trombes d'eau. TRANSLTR gémissait comme une baleine blessée. Les sirènes mugissaient.

Les lumières, tournoyant en tous sens, évoquaient une charge d'hélicoptères surgissant du brouillard. À chaque pas, Strathmore voyait flotter devant lui le visage de Greg Hale : la terreur du jeune cryptologue, ses yeux suppliants... juste avant le coup de feu. Hale était mort pour le pays... et pour l'honneur. La NSA n'aurait pas survécu à un nouveau scandale. Strathmore avait besoin d'un bouc émissaire. Et Greg Hale, vivant, était une bombe à retardement...

Les pensées du commandant furent interrompues par la sonnerie de son téléphone portable. Elle était à peine audible au milieu des sirènes et des sifflements de gaz. Sans ralentir l'allure, il décrocha l'appareil de sa ceinture.

— J'écoute.

— Où est ma clé ? lança une voix familière.

— Qui êtes-vous ? cria Strathmore par-dessus le vacarme.

— C'est moi, Numataka ! répondit la voix chargée de colère. Vous m'avez promis cette clé !

Strathmore continuait de descendre l'escalier.

— Je veux Forteresse Digitale !

— Forteresse Digitale n'existe pas !

— Quoi ?

— Il n'y a pas d'algorithme incassable !

— Bien sûr que si ! Je l'ai vu sur Internet ! Ça fait des jours que mes employés essaient de le déverrouiller !

— C'est un virus, un virus crypté, pauvre idiot ! Estimez-vous heureux de ne pas avoir réussi à l'ouvrir !

— Mais...

— Le marché est à l'eau ! hurla Strathmore. Je ne suis pas North Dakota. North Dakota n'a jamais existé. Oubliez tout ce que je vous ai dit !

Il raccrocha, et mit l'appareil en mode « silence » avant de le raccrocher à sa ceinture. On ne viendrait plus le déranger !

Dix-neuf mille kilomètres plus loin, Tokugen Numataka restait interdit devant sa baie panoramique. Son cigare Umami pendait mollement à ses lèvres. Le plus beau coup de sa carrière venait de partir en fumée sous ses yeux.

Le marché est à l'eau, se répétait Strathmore en s'enfonçant toujours plus loin dans les sous-sols de la Crypto. La Numatech Corp. n'aurait pas son algorithme incassable... Et la NSA n'aurait pas son accès secret aux échanges cryptés planétaires.

Strathmore avait pourtant bien préparé son affaire... Il n'avait pas choisi la Numatech au hasard. C'était une société prospère ; elle avait, officiellement, les moyens de remporter la mise aux enchères. Nul ne se serait étonné de la voir décrocher le gros lot. Autre avantage : personne ne suspecterait la Numatech d'une quelconque collusion avec les États-Unis. Tokugen Numataka était de la vieille école : la mort plutôt que le déshonneur. Il vouait une haine farouche aux Américains. Il détestait leur nourriture, leurs coutumes, et, par-dessus tout, il ne supportait pas leur hégémonie sur le marché des logiciels.

Strathmore avait été un visionnaire : un standard mondial de cryptage pourvu d'une porte secrète pour la NSA ! Il aurait tant désiré partager ce rêve avec

Susan, qu'elle soit sa partenaire et sa confidente dans cette aventure, mais c'était impossible. Susan n'aurait jamais consenti à la mort d'Ensei Tankado, même si cela devait sauver des centaines de vies dans le futur. Susan était une pacifiste dans l'âme.

Moi aussi, je suis un pacifiste ! pesta intérieurement Strathmore. Mais je ne peux m'offrir le luxe d'agir comme tel ! Le choix du tueur s'était imposé de lui-même... Tankado était en Espagne – le territoire de Hulohot. Le mercenaire portugais âgé de quarante-deux ans était un grand professionnel que Strathmore appréciait beaucoup. Il travaillait pour la NSA depuis de nombreuses années. Originaire de Lisbonne, Hulohot avait rempli des contrats pour la NSA à travers toute l'Europe. Pas une seule fois un lien n'avait été établi entre ses victimes et Fort Meade. Le seul inconvénient, c'était la surdité de Hulohot. Toute communication téléphonique avec lui était impossible. Récemment, Strathmore avait envoyé à son employé le tout dernier gadget de la NSA : le Monocle. Strathmore, de son côté, s'était acheté un Alphapage qu'il avait programmé sur la même fréquence. Depuis, ses communications avec Hulohot étaient non seulement instantanées mais totalement sécurisées.

Le premier message que Strathmore avait laissé à Hulohot était sans la moindre ambiguïté. Ils en avaient déjà discuté les détails... Éliminer Ensei Tankado. Récupérer la clé.

Strathmore ne savait comment s'y prenait Hulohot, mais la magie, encore une fois, avait opéré. Ensei Tankado était bel et bien mort, et les autorités étaient convaincues qu'il s'agissait d'une crise cardiaque. Un crime parfait, à un détail près... Hulohot n'avait pas choisi le bon emplacement pour la mise à mort. Certes, Tankado agonisant dans un endroit public participait à l'illusion, mais ledit public s'était manifesté plus tôt que prévu... Hulohot n'avait pu s'approcher de sa victime pour la fouiller. Et quand la première effervescence fut passée, le corps était déjà parti pour la morgue de Séville.

Strathmore était furieux. C'était la première fois que Hulohot avait failli à sa mission, et il avait fallu que cela se produise au pire moment ! La clé d'accès était vitale. Mais envoyer un tueur sourd à la morgue de Séville relevait du suicide. Il fallait envisager une autre stratégie. Peu à peu, un second plan était né dans son esprit. Strathmore pourrait peut-être même faire d'une pierre deux coups – réaliser deux rêves simultanément ! À six heures et demie du matin, il avait appelé David Becker.

97.

Fontaine fonça dans la salle de réunion, Midge et Brinkerhoff sur ses talons.

— Regardez ça ! articula Midge d'une voix étranglée en désignant la baie vitrée.

Fontaine découvrit le dôme de la Crypto et ses lumières stroboscopiques. Il écarquilla les yeux. Cela ne faisait absolument pas partie du plan !

— On dirait une boîte de nuit ! bredouilla Brinkerhoff.

Fontaine restait médusé. TRANSLTR était en service depuis plusieurs années, et jamais un tel phéno-mène ne s'était produit. TRANSLTR en surchauffe ! Qu'attend donc Strathmore pour l'éteindre ? Fontaine décrocha le téléphone interne posé sur la table de réu-nion et composa le poste de la Crypto. Le récepteur émit un bip continu, comme si la connexion était hors service. Fontaine raccrocha le combiné d'un geste rageur.

— Merde !

Il saisit à nouveau le poste, et composa le numéro de portable de Strathmore. Cette fois-ci, ça sonna. Six sonneries.

Brinkerhoff et Midge regardaient Fontaine faire les cent pas au bout du fil du téléphone, comme un tigre enchaîné. Fontaine raccrocha, le visage cramoisi de fureur.

— Je rêve ! rugit-il. La Crypto est sur le point d'exploser, et Strathmore ne décroche même pas !

98.

Hulohot sortit du boudoir du cardinal Guerra, pour se retrouver dans la lumière aveuglante du matin. Il cligna des yeux en jurant. Devant lui, un cloître ; un haut mur de pierre, la face ouest de la Giralda, et une grille en fer forgé. Le portail était ouvert. Il donnait sur le parvis. Désert. Au loin, les maisons de Santa Cruz. Becker n'avait pu parcourir une telle distance en si peu de temps. Hulohot se retourna et scruta le cloître.

Il est là, pensa-t-il. Il est forcément là !

Le *Jardín de los Naranjos*, la cour des Orangers, était célèbre à Séville. Ces arbres étaient renommés car on leur attribuait l'origine de la marmelade anglaise. Au XVIIIe siècle, un commerçant anglais avait acheté trois douzaines de boisseaux d'oranges provenant de l'église de Séville pour les ramener à Londres. Mais il trouva les fruits tellement amers qu'il les jugea immangeables. Il tenta de faire de la confiture avec l'écorce, mais il dut ajouter une quantité impressionnante de sucre pour en adoucir le goût. C'est ainsi que naquit la marmelade.

Hulohot se dirigea vers les orangers, arme à la main. Les arbres étaient vieux et très grands. Les premières branches étaient inaccessibles, et les troncs minces n'offraient aucune cachette possible. Becker ne pouvait se dissimuler dans ce patio. Il leva la tête vers la tour de la Giralda.

L'accès à la rampe hélicoïdale était condamné par une cordelette et un petit panneau de bois. La corde pendait, immobile. Hulohot parcourut du regard les cent mètres de l'ancien minaret. C'était ridicule. Jamais Becker ne choisirait une option aussi stupide. La rampe menait à une pièce carrée dans le clocher. Il y avait, certes, des ouvertures ménagées dans les murs, mais toutes donnaient sur le vide.

David Becker gravit les derniers mètres de la rampe et déboucha, hors d'haleine, dans un cul-de-sac – une petite salle percée de hautes fenêtres. Aucune issue.

Décidément, le destin s'acharnait sur lui. Lorsqu'il s'était élancé vers la sortie, le pan de sa veste s'était pris dans la poignée de la porte. Le tissu coincé l'avait fait pivoter sur la gauche avant de se déchirer. Becker, emporté par son élan, avait continué à courir, sous le soleil aveuglant. Lorsqu'il avait relevé la tête, il s'était aperçu qu'il se dirigeait droit vers une ouverture donnant apparemment dans une cage d'escalier. Sans réfléchir, il avait sauté par-dessus la corde et foncé dans la rampe. Le temps qu'il réalise où il se trouvait, il était trop tard pour faire demi-tour.

Maintenant, il était pris au piège. Il haletait. Son flanc lui faisait souffrir le martyre. Des lames de lumière filtraient par les hautes ouvertures. Il s'approcha de l'une d'entre elles. L'homme aux lunettes de fer était tout en bas ; il tournait le dos à Becker, et scrutait le parvis et la rue au-delà. Becker s'approcha encore, pour avoir un meilleur point de vue sur son assaillant.

C'est ça. Va voir là-bas si j'y suis...

L'ombre de la tour s'étendait en travers du parvis comme le tronc abattu d'un séquoia géant. Hulohot l'observait sur toute sa longueur. Au sommet, trois rais de lumière transperçaient la tour par les ouvertures et dessinaient des rectangles blancs sur les pavés. Un de ces rectangles venait juste d'être obstrué par une silhouette. Sans même jeter un regard vers le haut de la tour, Hulohot fit volte-face et se rua vers la rampe d'accès de l'ancien minaret.

99

Fontaine bouillait d'impatience ; il tournait en rond dans la salle de réunion en observant les lumières psychédéliques dans la Crypto.

— Éteins, nom de Dieu ! Éteins ça !

Midge apparut dans l'embrasure de la porte en brandissant un document.

— Chef ! Strathmore ne peut pas arrêter TRANSLTR !

Brinkerhoff et Fontaine sursautèrent de concert.

— Quoi ? !

— Il a essayé ! annonça Midge en brandissant le rapport. Quatre fois ! TRANSLTR ne répond plus ; elle est prise dans une sorte de boucle sans fin.

— Seigneur ! s'exclama Fontaine en tournant la tête vers la fenêtre.

Le téléphone se mit à sonner.

— C'est sûrement Strathmore ! lâcha Fontaine en levant les bras au ciel. Il était temps !

— Bureau du directeur...

Fontaine tendit la main pour prendre la communication. Mais Brinkerhoff, gêné, se tourna vers Midge.

— C'est Jabba. Et c'est à toi qu'il veut parler...

Le directeur se retourna vers Midge, qui se précipitait vers le combiné. Elle appuya sur la touche « haut-parleur ».

— Oui, Jabba. Je t'écoute.

La voix métallique de Jabba résonna dans la pièce.

— Midge, je suis à la banque centrale de données. Il se passe des choses étranges ici. Je me demande si...

— Merde, Jabba ! l'interrompit sèchement Midge. C'est ce que je me tue à te dire depuis des heures !

— Ce n'est peut-être pas grave, avança Jabba prudemment. Mais...

— Arrête tes salades ! Bien sûr que c'est grave ! Je ne sais pas ce qui se passe au juste, mais je peux te dire qu'on va droit au bouillon ! Et mes données ne puent pas ! Ça n'a jamais été le cas, et ça ne le sera jamais !

Elle s'apprêtait à raccrocher, mais elle n'en avait pas terminé :

— Et pour ta gouverne, Jabba... sache que Strathmore a shunté Gauntlet !

100.

Hulohot montait à grands pas la rampe de la tour Giralda. La seule lumière présente dans la spirale provenait d'ouvertures situées tous les cent quatre-vingts degrés. *Il est fait comme un rat ! David Becker va mourir !* Hulohot progressait dans l'hélice, arme levée devant lui, dos collé au mur extérieur, au cas où Becker tenterait une attaque désespérée. Les bougeoirs en fer, longs d'un mètre cinquante et disposés à chaque étage, pouvaient faire office d'épieu... Mais en rasant ainsi la paroi, Hulohot verrait le danger arriver. Une lance ne faisait jamais le poids face à une arme à feu !

Hulohot avançait à une allure rapide, tout en restant prudent. La pente était raide ; des touristes y avaient laissé la vie. Ici, ce n'était pas l'Amérique : pas de panneaux pour prévenir du danger, pas de corde ni de chaîne pour se retenir, aucune mise en garde déga-

geant la responsabilité de la ville en cas d'accident....
C'était la vieille Espagne. Si vous étiez assez stupide
pour tomber, c'était votre problème... Hulohot s'arrêta
devant l'une des ouvertures percées à hauteur d'épaules, et regarda au-dehors pour se repérer. Il était sur la
face nord, à peu près à mi-hauteur de la tour. Il reprit
son ascension.

Il aperçut bientôt l'entrée de la pièce cubique qui
servait de belvédère, juste après un dernier virage. Personne en vue sur l'ultime portion de rampe. David
Becker n'avait rien tenté contre lui. Peut-être même
ignorait-il qu'il était à ses trousses ? Dans ce cas,
Hulohot aurait l'avantage de la surprise. Un avantage
presque superflu ! C'est lui qui tenait toutes les cartes
en main. Même l'architecture de la tour jouait en sa
faveur : la rampe menait au belvédère par l'angle sud-
ouest. Hulohot pourrait avoir en ligne de mire les trois
autres coins de la pièce sans que Becker puisse le
surprendre par-derrière. Et, pour couronner le tout,
l'ombre masquerait son arrivée.

La souricière parfaite pour la mise à mort...

Hulohot évaluait le nombre de pas qui le séparait de
l'entrée. Il répéta mentalement la séquence du crime.
S'il restait sur sa droite en approchant de l'ouverture, il
pourrait voir l'angle gauche de la pièce avant d'entrer.
Si Becker était là, il ferait feu. Sinon, il pivoterait, se
plaquerait sur la paroi opposée et, sitôt passé le seuil,
foncerait vers le coin sud-est du belvédère, le seul angle
où pouvait encore se trouver Becker. Il sourit.

SUJET : DAVID BECKER – ÉLIMINÉ

L'heure était venue. Il vérifia son arme.

Et Hulohot s'élança. La pièce s'offrit à son regard. Personne dans le coin gauche. Comme prévu, Hulohot se plaqua contre la paroi intérieure de la rampe, surgit face au côté droit et tira dans la foulée. La balle ricocha sur la pierre nue et faillit le toucher au rebond. Hulohot poussa un feulement de stupeur en tournant sur lui-même. La pièce était vide. David Becker s'était volatilisé !

Trois niveaux plus bas, suspendu au-dessus de la cour des Orangers, David Becker se cramponnait à un appui de fenêtre sur la face sud de la Giralda, comme un culturiste ayant décidé de faire subitement une série de tractions. Lorsqu'il avait vu Hulohot se ruer vers la tour, Becker était redescendu de trois étages et s'était faufilé dans l'une des ouvertures. Juste à temps. L'instant suivant, le tueur passait à sa hauteur, mais il était trop pressé pour remarquer les phalanges agrippées au rebord de la fenêtre.

Une fois dans cette posture, Becker remercia le ciel : pour améliorer son service au squash, il faisait vingt minutes d'exercices quotidiens sur le Nautilus – une machine qui développait les biceps. Malheureusement, malgré sa musculature, Becker avait toutes les peines du monde à se hisser sur le rebord. Ses épaules étaient douloureuses. Sa blessure semblait une lame brûlante en train de le couper en deux. La pierre brute de l'appui de fenêtre offrait peu de prises et lui écorchait les doigts comme du verre pilé.

Dans quelques secondes, le tueur allait rebrousser chemin. Venant cette fois du palier supérieur, il apercevrait forcément les doigts de Becker cramponnés au rebord.

Ce dernier ferma les yeux et banda ses muscles. S'il s'en sortait vivant, ce serait un miracle. Il était sur le point de lâcher prise. Il regarda vers le sol... sous ses pieds, un gouffre de la taille d'un stade de football ! Une chute et c'était la mort assurée. La douleur à son flanc s'amplifiait encore. Des pas résonnaient dans la tour. Des pas lourds, pressés, qui venaient dans sa direction. C'était maintenant ou jamais. Il serra les dents et tira de toutes ses forces sur ses bras.

La pierre lui râpa la peau des poignets quand il se hissa. Les pas, au-dessus, étaient rapides. Becker tendit son bras à l'intérieur de la fenêtre, cherchant à tâtons le montant pour s'y agripper. Il pédalait contre le mur, essayant de repérer une prise pour ses pieds. Son corps était lourd comme du plomb ; il avait l'impression qu'une corde invisible était attachée à sa ceinture, et qu'à l'autre extrémité quelqu'un le tirait en arrière pour l'entraîner dans le vide. Tenir, lutter contre cet ennemi imaginaire... Il poussa sur ses coudes. Si Hulohot arrivait, il ne pouvait pas le manquer : sa tête dépassait de la fenêtre, comme un condamné, le cou sous le couperet de la guillotine. Il poussait sur ses jambes, se tortillait comme un diable pour se faufiler dans l'ouverture. Son corps était à moitié passé. Son torse pendait dans la cage de la rampe. Les pas étaient tout près. Becker prit appui sur les jambages de pierre et, d'une puissante impulsion, il se propulsa à l'intérieur et tomba violemment sur les dalles.

Hulohot entendit la chute de Becker juste sous lui. Il bondit, son arme levée. Il aperçut une fenêtre. C'était donc ça ! Hulohot se plaqua contre le mur extérieur, pour optimiser son angle de vue sur la rampe.

Une fraction de seconde, il entr'aperçut les jambes de Becker. Rageant de frustration, il tira. La balle ricocha sur les parois.

Veillant à raser la face externe pour gagner quelques précieux degrés de vision, Hulohot s'élança à la poursuite de sa proie. Mais Becker restait invisible ; il devait avoir un demi-tour d'avance et courir comme un dératé au plus près de la paroi intérieure. Hulohot suivait le train. Une seule balle suffirait. Même si Becker parvenait à atteindre la sortie, il n'avait nulle part où se mettre à couvert. Hulohot pourrait lui tirer dans le dos pendant qu'il tenterait de traverser le patio. La traque se déroulait en une spirale vertigineuse. Bientôt sonnerait l'hallali !

Hulohot prit finalement la corde pour aller plus vite. Oui, il gagnait du terrain... Il apercevait à présent l'ombre de Becker passant devant chaque fenêtre. Plus bas. Plus vite. Ne faire qu'un avec la spirale. Becker était toujours à l'orée de la rampe suivante. Hulohot surveillait l'ombre devant lui, tout en regardant où il mettait les pieds.

Soudain, Becker parut se tordre la cheville. L'ombre avait fait un brusque écart sur la gauche avant de reprendre sa trajectoire. Hulohot redoubla d'énergie.

Je le tiens !

Devant lui, il y eut un éclair d'acier. L'objet fendit l'air, jaillissant derrière l'angle du mur. C'était comme une lame d'épée, projetée à hauteur de sa cheville. Hulohot tenta d'esquiver le coup, mais c'était trop tard. L'objet était entre ses jambes. Son pied arrière, emporté par son élan, avança pour entamer la foulée suivante et le tibia heurta violemment la barre de fer. Hulohot tendit les bras pour s'agripper à quelque chose, mais il n'y avait rien que le vide. Il décolla de terre, plana dans l'air dans une vrille improbable. Dans sa chute, il entrevit David Becker, sous lui, recroque-villé au sol, les bras encore tendus en avant, ses mains ouvertes qui venaient de lancer le long bougeoir de fer entre ses jambes...

Hulohot s'écrasa contre le mur extérieur avant de retomber sur la rampe et de dégringoler dans la pente. Son arme cliqueta sur les dalles derrière lui. Hulohot fit plusieurs violents tonneaux avant que sa chute ne prît fin. Quelques mètres de plus, et il aurait atterri dans le patio...

101.

David Becker n'avait jamais tenu d'arme de sa vie, mais il fallait un début à tout. Le corps de Hulohot gisait sur les dalles sombres, tel un pantin désarticulé. Becker plaqua le canon sur la tempe du tueur, et s'age-nouilla prudemment. Au moindre geste, il faisait feu. Mais le corps demeura parfaitement immobile. Hulo-hot était mort.

Becker lâcha le revolver et s'effondra au sol. Pour la première fois depuis bien longtemps, il sentit les larmes l'envahir. Il les refoula. Trop tôt pour se laisser aller à l'émotion ; d'abord rentrer à la maison... Becker tenta de se lever, mais il était trop épuisé pour bouger. Il resta ainsi un long moment, à bout de forces, dans la pénombre de la tour.

Il contempla le cadavre gisant devant lui. Les yeux

du tueur commençaient à devenir vitreux, fixant le néant. Curieusement, ses lunettes étaient intactes. Des lunettes vraiment bizarres... Un fil partait derrière l'oreille, relié à un boîtier accroché à la ceinture. Mais Becker était trop épuisé pour pousser plus loin ses investigations.

Tandis qu'il était ainsi assis, à mettre de l'ordre dans ses pensées, son regard se porta sur l'anneau enfilé à son doigt. Les effets de la bombe au poivre s'étaient dissipés et il put, cette fois, lire l'inscription. Il ne s'était pas trompé : ce n'était pas de l'anglais. Il observa les caractères gravés un long moment, et fronça les sourcils. Cela valait-il une vie humaine ?

David Becker fut aveuglé par le soleil quand il quitta la Giralda pour rejoindre la cour des Orangers. Son côté lui faisait moins mal, et sa vision était revenue à la normale. Il resta un moment immobile, un peu étourdi, à humer le parfum envoûtant des fleurs. Puis, lentement, il traversa le patio.

Pendant que Becker s'éloignait de la tour, une camionnette, non loin de là, s'arrêta dans un crissement de pneus. Deux hommes sautèrent du véhicule. Ils étaient jeunes, et en tenue de commando. Ils marchèrent droit sur Becker, avec la précision de machines bien huilées.

— David Becker ? demanda l'un d'eux.

L'interpellé s'arrêta, surpris que ces hommes connaissent son nom.

— Qui... Qui êtes-vous ?

— Veuillez nous suivre, je vous prie.

Cette rencontre semblait irréelle. Becker sentit sa

peau fourmiller. Il eut un mouvement de recul instinctif.

Le plus petit des deux lui lança un regard glacial.

— Par ici, monsieur Becker. Sans discuter.

Becker se retourna pour s'enfuir. Mais il n'avait pas fait deux pas que l'autre soldat sortait son arme et faisait feu.

Becker sentit une onde brûlante irradier sa poitrine. L'instant suivant, le feu atteignait son crâne. Ses doigts se figèrent, devinrent tout raides. Becker tomba à terre et ce fut le trou noir.

102.

Strathmore arrivait au dernier sous-sol de la Crypto. Le sol était noyé sous trois centimètres d'eau. L'ordinateur géant frémissait sous le déluge ; l'averse, que libéraient les buses anti-incendie, semblait naître des nuages de gaz tourbillonnant au-dessus de lui. Et les sirènes hurlaient toujours comme mille coups de tonnerre.

Le commandant lança un coup d'œil sur le générateur principal, qui ne fonctionnait plus. Phil Chartrukian gisait sur les ailettes de refroidissement, ses restes carbonisés. On eût dit une mise en scène macabre pour Halloween. La mort de ce jeune homme était bien triste. Mais il s'agissait d'un « cas de force majeure ». Phil Chartrukian ne lui avait pas laissé le choix. Quand le technicien de la Sys-Sec avait surgi des profondeurs, hurlant qu'il y avait un virus, Strathmore l'avait rejoint sur la passerelle et avait tenté de lui faire entendre raison. Mais Chartrukian était hystérique. « Nous avons un virus ! criait-il. Je vais prévenir Jabba ! » Il avait voulu passer, mais le commandant lui avait barré la route. La passerelle était étroite. Il y avait eu une petite lutte... le garde-fou était bien bas.... L'ironie du sort, songea Strathmore, c'est que Phil Chartrukian avait vu juste...

La chute avait été effrayante : un long hurlement de terreur, et puis un grand silence... Mais ce que le commandant avait vu ensuite lui avait glacé le sang bien davantage. Tapi dans l'ombre, au-dessous de lui, Greg Hale le regardait fixement avec une expression d'horreur sur le visage. C'est à ce moment-là que l'ex-marine avait signé son arrêt de mort.

TRANSLTR émit des craquements sinistres ; Strathmore reporta son attention sur la tâche à accomplir : couper le courant. L'interrupteur général se trouvait de l'autre côté des pompes à fréon, juste à gauche du cadavre. Tout ce qu'il devait faire, c'était abaisser la manette, et tout s'éteindrait dans la Crypto. Il attendrait dix secondes et relancerait le générateur principal. Les systèmes et les machines de la Crypto rebooteraient et tout reviendrait à la normale. Le fréon circulerait à nouveau, et TRANSLTR serait sauvée.

Mais en avançant vers le coupe-circuit, Strathmore prit conscience qu'il restait un obstacle majeur à ce *happy end* : le corps de Chartrukian obstruait toujours les ailettes de refroidissement. Le générateur principal se couperait de nouveau, sitôt relancé. Il fallait, d'abord, enlever le corps. Strathmore, prenant son courage à deux mains, s'approcha du cadavre carbonisé. Il attrapa un poignet. La chair était comme du polystyrène chaud. Les tissus avaient cuit et le corps était desséché. Le commandant ferma les yeux, et tira sur l'avant-bras. Le corps glissa sur quelques centimètres et s'immobilisa. Strathmore s'arc-bouta. Le corps bougea encore un peu. Rassemblant toutes ses forces, il tira un grand coup. Le directeur adjoint tomba à la renverse et son dos heurta violemment un boîtier électrique. Alors qu'il se relevait en grimaçant de douleur, pataugeant dans l'eau qui lui montait désormais jusqu'aux chevilles, il regarda, horrifié, ce qu'il tenait dans la main : un morceau de bras. Le coude n'avait pas résisté.

En haut, Susan attendait. Elle était assise sur le canapé du Nodal 3, tétanisée. Hale reposait à ses pieds. Pourquoi était-ce aussi long ? Qu'attendait donc Strathmore ? Les minutes s'écoulaient. Elle tentait de ne pas penser à David, mais c'était plus fort qu'elle. Comme un leitmotiv, elle entendait la phrase de Hale : « ... je suis vraiment désolé pour David Becker... » Susan avait l'impression de devenir folle.

Elle était sur le point de se lever et de s'enfuir du Nodal quand tout s'éteignit. Strathmore avait enfin coupé le courant.

Immédiatement, un grand silence tomba sur la Crypto. Le cri des sirènes fut étranglé en plein *forte*, et les lumières des moniteurs s'éteignirent d'un coup. Le corps de Greg Hale s'évanouit dans l'obscurité. D'un geste instinctif, Susan replia ses jambes sous elle et se blottit dans la veste de Strathmore.

Le noir total.

Le silence.

Jamais elle n'avait connu la Crypto ainsi, sans le

bourdonnement grave des générateurs. Seule la bête géante poussait un long soupir de soulagement. Elle craquait, sifflait en se refroidissant lentement.

Susan ferma les yeux et pria pour David. Sa prière était simple : Que Dieu protège l'homme que j'aime. N'étant pas croyante, Susan ne s'attendait pas à ce que quelque entité supérieure confirme réception du message. Pourtant quand elle sentit une trépidation contre sa poitrine, elle sursauta. Puis la raison cartésienne s'imposa : les vibrations n'étaient pas d'origine divine, mais provenaient de la poche de la veste du commandant. Son Alphapage était réglé en mode vibreur. Quelqu'un venait de lui envoyer un message...

Six niveaux plus bas, Strathmore se tenait près du coupe-circuit. Les abysses de la Crypto étaient plongés dans l'obscurité. Pendant un moment, il resta immobile, savourant ce silence et cette paix. Il pleuvait. Une pluie invisible. Comme une averse une nuit d'été. Strathmore releva la tête et laissa les gouttelettes chaudes le laver de ses péchés. Il s'agenouilla et se lava les mains pour enlever les derniers bouts de chair de Chartrukian accrochés à ses doigts.

Son projet de contrôler Forteresse Digitale avait échoué. Il s'en remettrait... À présent, seule Susan comptait. Pour la première fois depuis des dizaines d'années, il se rendit compte que la vie ne se limitait pas à défendre son honneur et sa patrie.

Je leur ai sacrifié mes plus belles années... Et l'amour dans tout ça ?

Il s'était interdit d'aimer depuis trop longtemps. Et pour quoi ? Pour voir un jeune professeur débarquer et le spolier de son rêve ? Strathmore s'était dévoué corps et âme pour Susan. Il l'avait tenue sous son aile, nourrie, protégée... Il l'avait « méritée ». Et il allait, enfin, avoir son dû. Maintenant qu'elle n'avait plus personne vers qui se tourner, elle viendrait se réfugier dans ses bras. Elle serait un petit animal démuni, blessé par la perte de Becker. Avec le temps, il lui prouverait que l'amour peut guérir tous les maux.

L'honneur. La patrie. L'amour. C'est au nom des trois que David Becker allait mourir.

103.

Le commandant sortit des sous-sols comme Lazare de son tombeau. Malgré ses vêtements trempés, son pas était léger. Il marchait à vive allure en direction du Nodal 3. Vers Susan. Vers son futur.

La Crypto était à nouveau baignée de lumière. Le fréon s'écoulait à travers TRANSLTR comme un sang salvateur. Dans quelques minutes, le fluide réfrigérant atteindrait la base de la coque, et empêcherait les processeurs enfouis au plus profond de la machine de prendre feu. Strathmore pensait avoir agi à temps et savourait sa victoire.

Je suis un battant...

Ignorant le trou béant dans la paroi vitrée du Nodal 3, il se présenta devant les portes électroniques qui s'ouvrirent aussitôt dans un doux chuintement.

Susan se tenait debout devant lui, les habits trempés et les cheveux en bataille, emmitouflée dans sa veste. Elle ressemblait à une jeune étudiante qui s'était fait surprendre par la pluie. Et lui, il était l'étudiant de dernière année qui lui avait prêté son sweat-shirt à l'effigie de l'université. Pour la première fois depuis bien longtemps, Strathmore se sentait jeune. Son rêve était à portée de main.

Quand il s'approcha, ce n'était pas la Susan qu'il connaissait qui se tenait devant lui, mais une tout autre femme... Son regard était différent et glacial. Toute douceur s'en était allée. Elle se tenait raide, telle une statue. Le seul mouvement perceptible était les larmes qui perlaient dans ses yeux.

— Susan ?

Une larme roula sur sa joue.

— Que se passe-t-il ? demanda-t-il avec inquiétude.

La flaque de sang autour de Hale s'était étalée sur la moquette. Strathmore jeta un regard mal à l'aise sur le corps, puis se tourna à nouveau vers la jeune femme.

Était-elle au courant ? Non. Bien sûr que non. Il n'avait rien laissé au hasard, n'avait commis aucune négligence.

— Susan ? répéta-t-il. Je vous en prie, dites-moi ce qui se passe.

Susan restait muette et immobile.

— Vous vous faites du souci pour David ?

La lèvre supérieure de la jeune femme trembla légèrement.

Strathmore s'approcha encore. Il voulait la toucher, la prendre dans ses bras, mais il hésita. Quelque chose s'était fissuré en elle quand il avait prononcé le nom de David. L'effet, d'abord, fut subtil – un frémissement léger, un tremblement. Puis une vague de souffrance se propagea dans tout le corps de la jeune

424

femme. Ses lèvres furent parcourues de spasmes. Quand elle voulut parler, aucun son ne put sortir de sa bouche. Mais son regard restait de glace. Elle sortit la main de la poche du veston de Strathmore. Dans sa paume, il y avait un objet. Elle le tendit vers lui, d'un bras tremblant.

C'est le Beretta, pensa Strathmore l'espace d'un instant. Elle va le braquer sur moi !

Mais l'arme était toujours par terre, astucieusement glissée dans la main de Hale. L'objet que tenait Susan était plus petit. Strathmore le fixa du regard. Soudain, il comprit.

Sous ses yeux, une nouvelle réalité s'incarnait, chassant l'autre. Le temps s'étirait, ralentissait sa course. Il ne percevait plus que les battements de son cœur. L'homme qui avait terrassé des géants durant toutes ces années était désormais un lilliputien. Perdu par l'amour, par son aveuglement. Dans un simple geste de galanterie, il avait donné sa veste à Susan. Sa veste... avec son Alphapage.

Strathmore se raidit à son tour. La main de la jeune femme tremblait et le petit boîtier tomba aux pieds de Hale. Le regard de Susan... l'incrédulité, la douleur de la trahison... Jamais Strathmore n'oublierait ces yeux-là. D'un pas rapide, elle passa devant lui et sortit du Nodal 3.

Le commandant ne fit aucun geste pour la retenir. Lentement, il se baissa et ramassa l'Alphapage. L'appareil indiquait qu'il n'y avait aucun nouveau message : Susan les avait tous lus. Strathmore les fit défiler, désespéré.

SUJET : ENSEI TANKADO — ÉLIMINÉ
SUJET : PIERRE CLOUCHARDE — ÉLIMINÉ
SUJET : HANS HUBER — ÉLIMINÉ
SUJET : ROCÍO EVA GRANADA — ÉLIMINÉE

La liste n'était pas terminée. Strathmore sentit une vague d'horreur l'envahir. Je peux expliquer tout ça ! Je suis sûr qu'elle comprendra ! L'honneur ! La patrie !

Mais il restait un message qu'il n'avait pas encore lu, et celui-ci, il ne parviendrait jamais à l'expliquer... Tremblant, il afficha la dernière transmission.

SUJET : DAVID BECKER — ÉLIMINÉ

La tête de Strathmore retomba d'un seul coup. Son rêve avait les ailes brisées.

104.

Susan quitta le Nodal 3, encore sous le choc. Comme dans un cauchemar, elle marchait vers la porte principale de la Crypto. La voix de Greg Hale résonnait dans sa tête : « Susan, Strathmore va me tuer !.... Susan, il est dingue de toi ! »

La jeune femme arriva devant l'énorme porte circulaire et pianota désespérément sur le pavé numérique. Rien ne se passa. Elle fit un nouvel essai, mais le battant géant refusait de pivoter. Susan poussa un gémissement étouffé : la coupure de courant avait effacé les codes d'accès. Elle était toujours prisonnière.

Soudain, deux bras surgirent dans son dos et se refermèrent sur elle. Le contact était familier, mais il n'en était pas moins révoltant. Les bras qui l'enserraient n'avaient pas la force brute de Greg Hale. Mais l'étreinte était puissante, fébrile, et témoignait d'une détermination d'airain.

Elle se retourna. Elle avait devant elle un homme abattu et terrorisé. Un visage qu'elle ne lui connaissait pas.

— Susan, implora Strathmore sans lâcher prise. Je peux tout vous expliquer.

Elle voulut crier, mais aucun son ne sortit. Elle voulut s'enfuir, mais deux mains puissantes l'en empêchèrent et la tirèrent en arrière.

— Je vous aime, murmurait la voix dans sa nuque. Je vous ai toujours aimée.

Susan se sentait prise de nausées.

— Restez avec moi.

Dans sa tête, des images macabres tourbillonnaient : les yeux vert clair de David se refermant pour la dernière fois ; Greg Hale, qui se vidait de son sang sur la moquette ; le corps carbonisé de Phil Chartrukian, gisant sur les générateurs.

— Vos douleurs finiront par s'atténuer, continuait la voix. Et vous pourrez aimer à nouveau.

Susan n'entendait plus rien.

— Restez auprès de moi, suppliait la voix. Je guérirai vos blessures.

Elle se débattait, impuissante.

— C'est pour nous que j'ai fait tout ça. Nous sommes faits l'un pour l'autre, Susan. Je vous aime.

Les mots jaillissaient syncopés, comme s'il les avait retenus prisonniers depuis trop d'années.

— Je vous aime, Susan ! Je vous ai toujours aimée !

Brusquement, trente mètres derrière eux, comme pour interrompre la sinistre déclaration de Strathmore, TRANSLTR poussa un sifflement animal. Un son jusqu'alors inconnu : une stridulation inquiétante, venue du tréfonds de la machine, comme si un crotale géant s'était éveillé dans ses entrailles de métal et montait vers la surface. Apparemment, le fréon n'était pas arrivé à temps...

Le commandant lâcha Susan et se retourna vers son calculateur à deux milliards de dollars. Ses yeux s'écarquillèrent d'épouvante.

— Non ! hurla-t-il en prenant sa tête dans ses mains. Non !

La fusée d'acier et de céramique, haute de six étages, commença à s'ébranler. Strathmore fit un pas en avant et s'écroula à genoux, comme un pécheur devant un dieu furieux. Mais cela ne changea rien. Au fond du puits, les processeurs en titanate de strontium venaient de s'enflammer.

105.

Un mascaret de feu, se propageant à travers trois millions de puces de silicone, produisait un son unique au monde... entre les crépitements d'une forêt en feu, le hurlement d'une tornade et le rugissement d'un geyser... le tout accentué par la réverbération de la coque d'acier. C'était le souffle du diable, prisonnier d'une caverne, cherchant à s'échapper. Strathmore restait immobile, prostré sous cette tempête hurlante. L'ordinateur le plus cher du monde allait se transformer en un grand brasier.

Lentement, le commandant releva la tête vers Susan. Elle se tenait à côté de la porte de la Crypto, impuissante, prisonnière. Son visage était strié de larmes. Il semblait nimbé d'une aura dans la lumière fluorescente.

Un ange..., pensa-t-il.

Il plongea dans son regard à la recherche du paradis, mais tout ce qu'il y vit était la mort. La mort définitive de la confiance. L'amour et le respect étaient partis à jamais. Le rêve qui l'avait fait avancer toutes ces années n'était qu'un mirage. Susan Fletcher ne serait jamais sienne. Jamais. Un gouffre s'ouvrit en lui, vertigineux – un abîme sans fond.

Susan observait TRANSLTR. Confinée dans sa gangue de céramique, la boule de feu remontait des profondeurs, de plus en plus vite, de plus en plus grosse, se nourrissant de l'oxygène dégagé par la combustion des puces. Bientôt, la coque allait exploser comme un volcan et le feu des enfers allait se déverser dans la Crypto.

Son esprit lui ordonnait de s'enfuir, mais la mort de David pesait sur elle comme une chape de plomb. David lui parlait, l'appelait, lui disait de s'échapper... mais pour aller où ? Elle était enfermée ici. Le dôme serait son tombeau. Mais tout cela n'avait plus d'importance ; l'idée de mourir ne l'effrayait pas. La mort mettrait fin à sa douleur. Elle allait rejoindre David.

Le sol de la Crypto commença à trembler, comme

si un monstre marin remontant des profondeurs allait faire surface d'un instant à l'autre. La voix de David l'appelait toujours : « Cours, Susan ! Cours ! »

Strathmore se rapprochait d'elle ; Susan ne reconnaissait plus ce visage... Ses yeux gris avaient perdu leur éclat. Le grand patriote, le héros qu'il avait été, n'était plus... il n'était qu'un meurtrier ! Le commandant la prit dans ses bras dans une étreinte désespérée, embrassa ses joues.

— Pardon... Pardon...

Susan voulut se dégager, mais Strathmore s'agrippait à elle.

TRANSLTR se mit à trembler tel un missile sur le point de décoller. Le sol de la Crypto était parcouru de secousses. Et Strathmore la serrait de plus en plus fort.

— Prenez-moi dans vos bras. J'ai tant besoin de vous, Susan...

Une vague de fureur déferla dans tout le corps de la jeune femme. La voix de David ne cessait de l'appeler : « Je t'aime ! Sauve-toi ! » Dans un sursaut d'énergie, Susan se libéra de son soupirant. Le grondement de TRANSLTR se fit assourdissant. Le magma avait atteint le sommet du silo. TRANSLTR gémissait sous la pression.

La voix de David lui donnait des ailes ; elle était sa lumière, son guide... Elle traversa à toute vitesse la Crypto et s'élança dans l'escalier menant au bureau de Strathmore. Derrière elle, TRANSLTR laissa échapper une plainte déchirante.

Quand la dernière puce de silicium se désintégra, une nuée ardente éventra le sommet du silo, projetant une gerbe de céramique à dix mètres de hauteur.

Instantanément, l'air de la Crypto, riche en oxygène, s'engouffra dans le cratère béant.

Susan se cramponna à la rambarde de la passerelle quand l'immense appel d'air la frappa de plein fouet. Juste avant d'être plaquée sur le caillebotis, elle eut le temps d'apercevoir le directeur adjoint de la NSA, immobile à côté de TRANSLTR ; il la regardait, ne la quittait pas des yeux. C'était l'apocalypse autour de lui, et pourtant il paraissait serein. Ses lèvres s'entrouvrirent, et il articula un dernier mot : « Susan. »

L'air, en pénétrant dans TRANSLTR, s'enflamma aussitôt. Noyé dans une explosion de lumière, le commandant Trevor Strathmore devint une silhouette... puis une légende.

Quand la déflagration heurta Susan, elle fut projetée cinq mètres en arrière, dans le bureau de Strathmore. Son dernier souvenir fut ce mur de chaleur, fulgurant.

106.

Derrière la fenêtre de la salle de réunion, loin au-dessus du dôme de la Crypto, trois visages – pétrifiés. L'explosion avait fait trembler tout Fort Meade. Leland Fontaine, Chad Brinkerhoff et Midge Milken étaient muets d'horreur.

La Crypto était en feu. La voûte en polycarbonate était toujours intacte, mais dessous, l'incendie faisait rage. Des volutes de fumée noire tourbillonnaient et roulaient contre l'enveloppe transparente du dôme.

Tous les trois observaient la scène. Le spectacle

était à la fois terrible et envoûtant. Fontaine resta immobile un long moment. Quand il trouva la force de parler, sa voix était blanche, mais son ton ferme :

— Midge, envoyez une équipe sur place...

Dans la suite directoriale, le téléphone de Fontaine sonna.

C'était Jabba.

107.

Combien de temps Susan était-elle restée inconsciente ? C'est la douleur, une sensation de brûlure dans la gorge, qui la fit revenir à elle. Elle ouvrit les yeux, désorientée. Elle était étendue par terre, sur de la moquette, derrière un bureau. La pièce était baignée d'une étrange lueur orange. Une odeur de plastique brûlé flottait autour d'elle. Ce n'était pas vraiment une pièce d'ailleurs, plutôt un espace dévasté. Les rideaux étaient en feu, et les parois de Plexiglas fondaient comme de la glace au soleil.

Puis la mémoire lui revint d'un coup.

David !

Prise de panique, elle se releva. L'air était âcre et lacérait sa trachée à chaque inspiration. En titubant, elle se dirigea vers la porte... Quand elle franchit le seuil, ses jambes rencontrèrent le vide ; elle se rattrapa *in extremis* au chambranle. La passerelle avait disparu. Quinze mètres plus bas, un enchevêtrement de métal tordu et fumant. Susan se figea, horrifiée. La Crypto était un océan de feu. Les restes des trois millions de puces s'étaient écoulés comme la lave en fusion. Une fumée épaisse et acide s'en élevait. Susan connaissait cette odeur. Des vapeurs de silicium. Un poison mortel.

Elle battit en retraite dans les vestiges du bureau de Strathmore. Elle commençait à avoir des vertiges. Sa gorge était à vif. Le bâtiment n'était plus qu'un chaudron ardent. C'était la fin de la Crypto. Et elle allait disparaître avec elle... Pendant un moment, elle songea à emprunter la seule issue possible : l'ascenseur de Strathmore. Mais il était inutilisable ; les circuits électroniques n'avaient pu résister à l'explosion.

Tandis qu'elle titubait dans la fumée épaisse, les paroles de Hale lui revinrent en mémoire : « Cet appareil est branché sur le circuit du bâtiment principal ! J'ai vu les plans ! » C'était la vérité. Et Susan savait que la cage d'ascenseur était enchâssée dans du béton armé.

Les fumerolles tourbillonnaient tout autour d'elle. Cahin-caha, elle parvint jusqu'à la porte de l'ascenseur. Elle appuya sur le bouton d'appel, en vain. Elle s'écroula sur les genoux et cogna à la porte.

Elle s'arrêta net ; il y avait un ronronnement derrière la paroi métallique. Ahurie, elle releva les yeux. Un bruit de moteur... comme si la cabine se trouvait juste derrière. Une nouvelle fois, elle enfonça le bouton d'appel. Le même petit ronronnement lui répondit. Soudain, elle comprit. Le bouton d'appel n'était pas éteint, mais simplement recouvert de suie. Elle le voyait luire à présent sous ses doigts maculés de noir. L'alimentation fonctionnait ! Dans un élan d'espoir, elle appuya à nouveau sur le bouton. Chaque fois, quelque chose s'enclenchait derrière la porte. Elle entendait même le ronron de la ventilation. La cabine était juste là ! Pourquoi cette maudite porte ne s'ouvrait-elle pas ?

À travers la fumée, elle aperçut le clavier minuscule, avec ses touches imprimées de A à Z. Une vague de désespoir l'envahit. Le mot de passe !

Les vapeurs nocives s'insinuaient à travers les parois de Plexiglas fondues. De rage et de frustration, elle tambourinait contre la porte de l'ascenseur.

Le mot de passe ! Strathmore ne me l'a pas donné !

Les effluves de silicium envahissaient le bureau. Asphyxiée, Susan renonça et s'effondra le long de l'ascenseur. La ventilation du puits soufflait, tout près, et elle allait mourir là, asphyxiée.

Elle ferma les yeux, vaincue, mais une fois de plus, la voix de David la secoua : « Sauve-toi, Susan ! Ouvre cette porte ! Sors de là ! » Elle souleva les paupières pour voir son visage, ses yeux d'un vert profond, son sourire joyeux. Mais ce furent les lettres du clavier qui emplirent son champ de vision. Le mot de passe... Susan fixait les touches. Elle les distinguait à peine dans la fumée. Sur le cadran situé sous le clavier, cinq petits points attendaient le code.

Une clé de cinq caractères...

Vingt-six puissance cinq possibilités. Soit, onze millions huit cent quatre-vingt un mille trois cent soixante-seize combinaisons. Si elle en essayait une par seconde, elle en aurait pour dix-neuf semaines...

Effondrée devant le clavier, Susan croyait encore entendre les suppliques pathétiques de Strathmore :

« Je vous aime, Susan ! J'ai tant besoin de vous, Susan... »

Même dans la mort, il continuait à la harceler ! Elle l'entendait répéter son nom sans cesse.

Susan... Susan...

Puis, soudain, un éclair de lucidité la traversa.

Faible et tremblante, elle se hissa vers le clavier et tapa le sésame :

S... U... S... A... N

Et les portes s'ouvrirent.

108.

L'ascenseur de Strathmore était rapide. Dans la cabine, Susan emplissait ses poumons de grandes goulées d'air frais. Étourdie, elle dut se cramponner quand l'ascenseur décéléra. Il y eut une courte pause, puis elle entendit un bruit d'engrenage, et le voyage reprit, cette fois à l'horizontale. L'accélération plaqua Susan contre la paroi quand la cabine s'élança dans un grondement vers le bâtiment principal de la NSA. Après quelques instants, l'engin s'arrêta pour de bon. Terminus.

Susan Fletcher sortit de la cabine en toussant et déboucha dans un tunnel de ciment plongé dans la pénombre. C'était un conduit étroit et bas de plafond. Une double ligne jaune médiane s'étendait devant elle, et disparaissait dans l'obscurité.

L'autoroute souterraine...

Elle s'avança d'un pas incertain dans le boyau,

s'appuyant au mur pour se guider. Derrière elle, les portes de l'ascenseur se refermèrent. Une fois de plus, Susan se retrouva dans les ténèbres.

Le silence. Hormis un lointain bourdonnement courant le long des murs. Et qui s'amplifiait...

Soudain, comme si l'aube se levait, la nuit se transforma en un halo grisonnant. Autour d'elle, la forme des murs se dessinait. Bientôt, un petit véhicule déboucha en vrombissant d'un virage, aveuglant Susan dans le faisceau de ses phares. Elle se plaqua contre le mur et porta le bras devant ses yeux. Le véhicule passa devant elle dans un souffle d'air chaud.

Un instant plus tard, des pneus crissèrent sur le ciment. Le vrombissement reprit, dans l'autre sens. Le véhicule s'arrêta à sa hauteur.

— Mademoiselle Fletcher ! s'exclama une voix stupéfaite.

Susan observa la silhouette vaguement familière installée au volant d'une voiturette électrique de golf.

— Mon Dieu ! hoqueta l'homme. Vous allez bien ? Nous vous croyions morte !

Susan resta muette.

— Je suis Chad Brinkerhoff, bredouilla-t-il devant l'air hébété de la cryptologue. Je suis le secrétaire particulier du directeur.

Susan parvint tout juste à émettre un gémissement :

— TRANSLTR...

Brinkerhoff acquiesça.

— Nous sommes au courant. Montez !

Les lumières de la voiturette glissaient sur les murs de ciment.

— Il y a un virus dans la banque de données, lâcha Brinkerhoff.

— Je sais, s'entendit murmurer Susan.

— Nous avons besoin de votre aide.

Susan faisait son possible pour refouler ses larmes.

— Strathmore... il...

— Nous savons. Il a contourné Gauntlet.

— Oui... et...

Les mots restaient coincés dans sa gorge : Et il a tué David ! cria-t-elle en pensée. Brinkerhoff lui posa une main sur l'épaule.

— On est presque arrivé, mademoiselle Fletcher. Tenez bon.

La voiture électrique prit un virage et s'arrêta dans un dérapage. À côté d'eux, perpendiculaire au tunnel, se trouvait un couloir faiblement éclairé par des diodes rouges au sol.

— Venez, dit Brinkerhoff en l'aidant à descendre.

Il l'entraîna dans le passage. Susan le suivait comme une automate. Le couloir carrelé s'incurva et se mit à descendre. La pente était raide et Susan s'agrippa à la rambarde. L'air commençait à se rafraîchir.

Plus ils s'enfonçaient sous terre, plus le tunnel devenait étroit. Derrière eux, quelqu'un approchait... Des pas puissants et déterminés. Brinkerhoff et Susan s'arrêtèrent et firent volte-face.

Un homme noir gigantesque venait à leur rencontre. Susan ne l'avait encore jamais vu. En arrivant à leur hauteur, l'inconnu la dévisagea d'un œil pénétrant.

— Qui est-ce ? demanda-t-il.

— Susan Fletcher, répondit Brinkerhoff.

Le géant haussa les sourcils. Même trempée et couverte de suie, elle était plus belle qu'il ne l'avait imaginé.

— Et le commandant ? reprit-il.

Brinkerhoff secoua la tête.

L'homme resta un moment silencieux, accusant le coup, puis il se tourna vers Susan.

— Leland Fontaine, annonça-t-il en lui tendant la main. Content de vous savoir saine et sauve.

Susan avait toujours pensé qu'un jour elle finirait par rencontrer le grand manitou de la maison. Mais elle n'avait jamais envisagé que ce serait en de telles circonstances.

— Venez avec nous, mademoiselle Fletcher, dit Fontaine en ouvrant le chemin. Toutes les aides sont les bienvenues désormais.

Au bout du couloir, un mur de métal se dressait, leur barrant le passage. Fontaine s'en approcha et entra un code sur un boîtier installé dans une niche. Puis il plaqua sa main droite sur une petite plaque de verre. Un faisceau de lumière balaya sa paume. L'instant d'après, la paroi épaisse s'escamotait dans un grondement.

Il existait à la NSA un sanctuaire encore plus sacré que la Crypto, et Susan Fletcher était sur le point d'y entrer.

109

Le centre de commande de la banque de données de la NSA ressemblait, en modèle réduit, à la salle de contrôle de Cap Canaveral. Une douzaine de postes informatiques faisaient face à un écran vidéo de treize mètres sur dix. Sur l'écran, des chiffres et des diagrammes se succédaient rapidement, apparaissant et disparaissant comme si un lutin facétieux s'amusait à zapper avec une télécommande. Des techniciens s'affairaient de poste en poste et hurlaient des ordres, traînant derrière eux de longs listings de données. Un grand chaos !

Susan contemplait l'installation high-tech. Il avait fallu extraire une quantité phénoménale de terre pour créer cet espace. La salle était située à une profondeur de soixante-dix mètres, elle pouvait donc résister aux bombes magnétiques et nucléaires.

Au centre de la salle, Jabba trônait derrière un poste de travail surélevé. Il mugissait ses instructions du haut de sa plate-forme comme un roi à ses sujets. Derrière lui, un écran scandait un message que Susan ne connaissait que trop bien... Le texte, de la taille d'un slogan publicitaire, semblait suspendu au-dessus du chef de la Sys-Sec comme une épée de Damoclès :

SEULE LA VÉRITÉ POURRA VOUS SAUVER
ENTREZ LA CLÉ D'ACCÈS :

Dans un état second, Susan suivit Fontaine en direction de l'estrade. Elle avait l'impression que le temps s'était soudain ralenti. À leur approche, Jabba se retourna comme un taureau furieux.

— Si j'ai construit Gauntlet, ce n'est pas pour rien !

— Gauntlet, c'est de l'histoire ancienne, rétorqua Fontaine d'un ton égal.

— Merci, je suis au courant ! J'en suis encore sur le cul ! Où est Strathmore ?

— Le commandant Strathmore est décédé.

— Au moins il y a une justice !

— Ça va, Jabba... Faites-nous plutôt un topo. Il est comment ce virus ? Vraiment méchant ?

Jabba dévisagea un long moment le directeur, puis partit d'un fou rire qui résonna dans toute la salle.

— Un virus ? Vous n'êtes pas naïf au point de croire à ces conneries !

Fontaine garda son calme. L'insolence de Jabba dépassait les bornes, mais l'heure n'était pas aux rappels à l'ordre. Ici, Jabba était au-dessus de Dieu lui-même. Les problèmes informatiques avaient ce pouvoir particulier de bouleverser toutes les chaînes hiérarchiques.

— Ce n'est donc pas un virus ? avança Brinkerhoff, plein d'espoir.

Jabba poussa un grognement plein de mépris.

— Les virus, sont, par essence, dotés d'un code de reproduction, coco ! Rien à voir avec ça !

Susan, en plein vertige, était incapable de se concentrer.

— Que se passe-t-il, alors ? demanda Fontaine. Je croyais que nous étions contaminés.

Jabba prit une longue inspiration et baissa d'un ton.

— Les virus, expliqua-t-il en essuyant la sueur sur son visage, essaiment par duplication. Ils créent des

440

clones. Ils sont bêtes et stupides : des obsédés sexuels du monde binaire, des égotistes monomaniaques qui ne pensent qu'à se reproduire, comme des lapins. Et c'est là leur faiblesse : il est possible de les croiser avec d'autres codes afin de les rendre doux comme des agneaux, à condition, bien sûr, de savoir y faire. Mais là, on a affaire à un programme totalement unique en son genre... il ne cherche pas à se reproduire aveuglément. Il est perspicace, fait preuve de discernement et reste concentré sur son objectif. Et quand il l'aura atteint, il est fort probable qu'il s'autodétruise.

Jabba tendit une main tremblante vers l'écran qui affichait le bilan prévisionnel des dégâts.

— Mesdames et Messieurs... Dans la famille des envahisseurs d'ordinateurs, je vous présente le kamikaze... Le ver qui se suicide ! Aucune structure complexe, rien d'autre que du pur instinct : il ne fait que manger, chier et avancer. C'est tout. La simplicité même. Une simplicité mortelle. Il se contente de faire ce pour quoi il est programmé et puis il se fait sauter le caisson !

Fontaine regarda Jabba d'un air sévère.

— Et pour quoi est-il programmé ce ver ?

— Aucune idée. Pour le moment, il grandit et se fixe à toutes nos données secrètes. Après, il pourra faire n'importe quoi. Effacer les fichiers, ou simplement imprimer des smiley sur nos transcriptions pour la Maison-Blanche.

Fontaine conservait son ton neutre et concentré.

— Vous pouvez l'arrêter ?

Jabba laissa échapper un soupir et se tourna vers l'écran.

— Je ne sais pas. Ça dépend à quel point son concepteur nous en veut.

Il pointa du doigt le message sur l'écran géant...

— Quelqu'un va-t-il enfin me dire ce qui se passe ?

SEULE LA VÉRITÉ POURRA VOUS SAUVER
ENTREZ LA CLÉ D'ACCÈS :

Personne ne lui répondit.

— On dirait que notre gugusse veut jouer avec nous, reprit-il. Nous faire chanter. Ça pue la demande de rançon à dix pas !

La voix de Susan n'était plus qu'un souffle vide et creux :

— C'est... Ensei Tankado.

Jabba se tourna vers elle, interdit.

— Tankado ?

Susan hocha la tête faiblement.

— Il voulait nous faire avouer... pour TRANSLTR... Mais ça lui a coûté la...

— Quoi ? l'interrompit Brinkerhoff, d'un air abasourdi. Tankado veut qu'on reconnaisse l'existence de TRANSLTR ? C'est un peu tard, non ? !

Susan ouvrit la bouche pour parler, mais Jabba intervint.

— Apparemment, Tankado a mis un antidote, annonça-t-il en regardant le message sur l'écran.

Tout le monde se tourna vers lui.

— Un antidote ? répéta Brinkerhoff.

— Oui. Un code pour stopper le ver. En gros, si nous dévoilons l'existence de TRANSLTR, Tankado nous donne l'antidote en échange. On l'entre dans

442

l'ordi et la banque de données est sauvée. Bienvenue au royaume du braquage informatique !

Fontaine restait imperturbable.

— De combien de temps disposons-nous ?

— À peu près une heure, répondit Jabba. Juste assez pour convoquer la presse et vider notre sac.

— Vous avez une idée ? demanda Fontaine. Une proposition pour nous sortir de là ?

— Une proposition ? balbutia Jabba, incrédule. C'est pourtant évident... Arrêtez d'ergoter ! La voilà ma proposition !

— Tenez-vous, Jabba.

— Écoutez, chef... Tankado a la banque de données entre ses mains ! Quoi qu'il demande, accordez-le-lui. S'il veut que le monde soit au courant pour TRANSLTR, appelez CNN, et baissez votre froc ! De toute façon, TRANSLTR n'est plus qu'un trou dans le sol... alors qu'avez-vous à perdre ?

Il y eut un grand silence. Fontaine réfléchissait. Susan voulut parler, mais Jabba reprit :

— Vous espérez quoi, chef ? Appelez Tankado ! Dites-lui que vous cédez ! Il nous faut cet antidote, sinon, je ne réponds de rien.

Personne ne réagit.

— Vous êtes tous devenus fous ou quoi ? cria Jabba. Appelez Tankado, je vous dis ! Donnez-lui ce qu'il veut ! Rapportez-moi ce foutu antidote ! Allez !

Jabba saisit son téléphone portable et l'ouvrit brusquement.

— Très bien ! Je vais l'appeler moi-même ! Donnez-moi le numéro de ce connard...

— Inutile, lâcha Susan dans un murmure. Tankado est mort.

Jabba vacilla sous le choc, comme s'il avait reçu une balle en plein ventre. Le géant de la Sys-Sec était sur le point de s'écrouler.

— Mort ? Ça veut donc dire... qu'on ne peut pas...

— Ça veut dire... qu'il faut trouver une autre solution ! répliqua Fontaine, pragmatique.

Soudain, une voix retentit au fond de la salle :

— Jabba ! Jabba !

C'était Soshi Kuta, sa technicienne en chef. Elle se précipita vers eux, avec un long listing, l'air terrifié.

— Jabba ! dit-elle hors d'haleine. Le ver... Je viens de trouver ce pour quoi il est programmé !

Soshi remit le document à Jabba.

— J'ai extrait ça du rapport d'activité système. Nous avons isolé les commandes d'exécution du ver... regardez ces instructions ! Regardez ce qu'il va faire !

Le chef de la Sys-Sec étudia le document, puis s'accrocha à la rampe, pris de vertige.

— Oh mon Dieu, balbutia-t-il. Tankado... espèce de salaud !

110.

Jabba regardait fixement le document que Soshi venait de lui remettre. Livide, il s'épongea le front du revers de sa manche.

— Chef, nous n'avons pas le choix. Il faut débrancher la banque de données.

— Hors de question, répliqua Fontaine. Ce serait un désastre.

Le directeur avait raison. La banque gérait plus de trois mille connexions haut débit provenant des quatre coins de la planète. Chaque jour, les forces militaires consultaient les clichés des satellites espions pour suivre les mouvements ennemis en temps réel. Des ingénieurs téléchargeaient une partie des plans ultrasecrets d'une nouvelle arme en cours de construction. Des agents de terrain venaient y chercher leur ordre de mission. La banque de données de la NSA était la colonne vertébrale de milliers d'opérations américaines à travers le globe. L'éteindre brusquement rendrait le renseignement américain muet et aveugle.

— Je suis conscient des implications, chef, insista Jabba. Mais nous n'avons pas le choix.

— Expliquez-vous ! ordonna Fontaine.

Le directeur lança un coup d'œil vers Susan qui paraissait totalement ailleurs...

Jabba prit une profonde inspiration et s'épongea à nouveau le front. À voir l'expression de son visage, tout le monde devinait que l'explication allait être douloureuse à entendre.

— Ce ver... Ce ver n'est pas un programme de destruction ordinaire. C'est un prédateur sélectif. En d'autres termes, il choisit ses mets.

Brinkerhoff ouvrit la bouche pour parler, mais Fontaine l'arrêta d'un mouvement de bras.

— La plupart des applications destructrices font le grand nettoyage dans les banques de données, continua Jabba. Mais celle-ci est plus complexe. Ce ver ne va manger que les fichiers comportant certains paramètres spécifiques.

— Vous voulez dire qu'il ne va pas s'attaquer à

toutes les données ? demanda Brinkerhoff avec une lueur d'espoir. C'est plutôt une bonne nouvelle, non ?

— Non ! explosa Jabba. C'est une très mauvaise nouvelle, bordel de merde !

— Du calme ! ordonna Fontaine. Quelles sont les infos qu'il recherche ? Les données militaires ? Les missions secrètes ?

Jabba secoua la tête. Il jeta un regard vers Susan, totalement absente, puis releva les yeux vers le directeur.

— Comme vous le savez, tous les gens de l'extérieur qui veulent accéder aux données doivent franchir une série de portails de sécurité.

Fontaine acquiesça. Les hiérarchies d'accès étaient sans faille. Les personnes autorisées pouvaient consulter la banque *via* le Web. En fonction de leurs codes d'accès, il leur était permis de ne voir que les informations les concernant.

— Comme nous sommes reliés au réseau mondial, expliqua Jabba, les pirates, les puissances ennemies, l'EFF et autres requins, harcèlent la banque de données vingt-quatre heures sur vingt-quatre dans l'espoir de percer une brèche.

— Oui, dit Fontaine. Et, vingt-quatre heures sur vingt-quatre, nos filtres de sécurité les empêchent d'entrer. Où voulez-vous en venir, au juste ?

Jabba observa le document.

— À ceci : le ver de Tankado ne vise pas nos données. (Il s'éclaircit la gorge.) Sa cible, ce sont nos filtres.

Fontaine pâlit en mesurant les conséquences. Ces défenses garantissaient la confidentialité des données. Sans elles, n'importe qui pouvait y avoir accès.

— Voilà pourquoi il faut tout couper, insista Jabba. Dans une heure environ, n'importe quel gamin muni d'un PC pourra lire les informations top secrètes des États-Unis.

Fontaine resta silencieux. Le moment s'éternisa... Jabba, n'y tenant plus, se tourna vers Soshi.

— Soshi, envoie la RV ! Tout de suite !

Soshi se précipita.

Jabba avait souvent recours aux vertus pédagogiques d'une RV. Dans le milieu informatique, RV signifiait « réalité virtuelle ». Mais à la NSA, on l'employait pour « Représentation Visuelle ». Dans ce microcosme où se côtoyaient techniciens et politiciens, ayant des niveaux de compétences divers et variés, un bon vieux graphique était souvent l'unique moyen de clarifier les choses. L'impact d'un simple schéma était dix fois supérieur à celui de pages entières de données. Encore une fois, la RV ferait mouche, Jabba en était certain...

— RV lancée ! cria Soshi d'un poste de travail au fond de la salle.

Un diagramme conçu par ordinateur apparut sur l'écran mural. Susan y jeta un regard absent, insensible à la panique générale. Tous les gens présents dans la pièce levèrent la tête vers l'écran. La figure qu'ils observaient ressemblait à une cible de tir à l'arc. Au centre, un point rouge où était inscrit : « données ». Autour, cinq cercles de différentes largeurs et couleurs. Le cercle le plus à l'extérieur était pastel, presque invisible.

— Notre système de défense comporte cinq niveaux, commenta Jabba. D'abord, un bastion Internet, deux séries de filtres FTP et X-11, un tunnel sécurisé et enfin un portail de reconnaissance et d'authentification. Le cercle presque effacé représente le bastion Internet. Il a quasiment disparu. Dans moins d'une heure, les cinq strates auront totalement disparu. Et tout le monde pourra s'engouffrer dans la place. Les données de la NSA tomberont dans le domaine public !

Fontaine scrutait le graphique.

— Ce virus est vraiment capable de rendre accessible notre banque de données au monde entier ? gémit Brinkerhoff.

— C'est un jeu d'enfant pour Tankado ! lança Jabba d'un ton cinglant. Gauntlet était notre rempart. Et Strathmore l'a fait sauter.

— C'est une déclaration de guerre, murmura Fontaine.

— Je ne crois pas que Tankado avait l'intention d'en arriver là, répliqua Jabba. Il comptait arrêter les dégâts bien avant.

Là-haut, sur l'écran, le premier des cinq cercles acheva de disparaître.

— Le bastion est tombé ! cria un technicien du fond de la salle. Le second étage est exposé !

— Il faut couper l'alimentation, pressa Jabba. D'après la simulation, il nous reste un peu moins de quarante-cinq minutes. On ne peut pas attendre... la procédure d'extinction est très longue.

C'était la vérité. La banque de données de la NSA avait été conçue de telle sorte qu'elle ne puisse jamais manquer de courant, que ce soit par accident ou à la suite d'une attaque ennemie. Les multiples dispositifs de sécurité pour les lignes téléphoniques et l'alimentation électrique étaient profondément enterrés dans des caissons blindés. À la batterie de générateurs de Fort Meade s'additionnaient divers branchements au réseau public. Couper toutes les arrivées énergétiques impliquait de nombreuses confirmations et des protocoles fastidieux. C'était une manœuvre plus complexe que le lancement d'un missile nucléaire dans un sous-marin.

— Nous avons encore le temps, déclara Jabba. Si nous nous dépêchons. Une coupure manuelle prend environ une demi-heure.

Fontaine avait toujours les yeux rivés sur l'écran, pesant le pour et le contre.

— Chef ! explosa Jabba. Quand toutes ces barrières auront sauté, le monde entier aura accès à nos informations ! À toutes nos informations ! Les missions secrètes ! Les identités de nos agents outre-Atlantique ! Les noms et les adresses de tous les témoins sous protection fédérale ! Les codes de lancement de nos missiles ! Il faut couper ! Et tout de suite !

Le directeur restait imperturbable.

— Il doit exister un autre moyen...

— Oui, rétorqua Jabba d'un ton cinglant. Il y en a un autre ! Entrer l'antidote ! Mais il se trouve que le seul gars qui le connaisse est mort !

— Et la force brute ? intervint Brinkerhoff. On ne peut pas l'employer pour trouver la formule ?

Jabba leva les bras au ciel.

— Nom de Dieu ! il s'agit d'une clé : une chaîne de caractères aléatoires ! Si vous connaissez le moyen de tester six cents billions de combinaisons en moins de quarante-cinq minutes, on est tout ouïe !

— La formule est en Espagne, articula Susan faiblement.

Tout le monde se tourna vers elle. Elle n'avait pas dit un mot depuis si longtemps...

Susan leva les yeux, son regard était vague.

— Tankado s'en est débarrassé avant de mourir.

Personne ne semblait comprendre.

— La clé d'accès..., expliqua Susan en réprimant un frisson. Le commandant Strathmore a envoyé quelqu'un à sa recherche.

— Et ? demanda Jabba. Est-ce que l'homme de Strathmore l'a trouvée ?

Susan tenta de retenir ses larmes, mais en vain.

— Oui, dit-elle d'une voix étranglée. Je pense que oui.

111.

Un cri perçant résonna dans la salle de contrôle :

— Requins en vue !

C'était Soshi. Jabba se tourna vers l'écran. Deux choses filiformes étaient apparues à l'extérieur des cercles. On aurait dit deux spermatozoïdes fondant vers un ovule.

— Ça urge, les gars ! lança Jabba en se tournant vers le directeur. Il faut prendre une décision. Si nous ne commençons pas à débrancher maintenant, nous n'y arriverons jamais. Quand ces deux intrus auront constaté que le bastion Internet est tombé, ils vont battre le tambour pour rameuter tout le monde.

Fontaine demeura silencieux, plongé dans ses réflexions. La nouvelle de Susan Fletcher... la formule est en Espagne... lui semblait être un signe. Il jeta un regard dans sa direction ; la jeune femme semblait perdue dans son monde, effondrée sur une chaise au fond de la salle, la tête entre les mains. Fontaine ignorait ce qui la mettait dans un tel état, mais l'heure était à l'action, non aux conjectures.

— Prenez une décision ! insista Jabba. Il est temps !

Fontaine se tourna vers Jabba :

— Très bien, voilà ma décision. On ne bouge pas. On attend.

La mâchoire de Jabba en tomba.

— Mais c'est...

— Un va-tout, l'interrompit Fontaine. Un va-tout que nous devons gagner.

Il prit le téléphone portable de Jabba et composa un numéro.

— Midge, c'est Fontaine. Écoutez-moi attentivement...

112.

— J'espère que vous savez ce que vous faites, chef, siffla Jabba. Il nous reste encore une chance de couper à temps, et vous allez la laisser passer...

Fontaine resta muet.

Comme en réponse, la porte du fond de la salle s'ouvrit et Midge entra en trombe. Elle se précipita vers l'estrade, hors d'haleine.

— C'est fait, monsieur le directeur ! Le standard nous le bascule ici.

Fontaine se tourna avec impatience vers l'écran. Quinze secondes plus tard, une image apparut sur le mur, tout d'abord neigeuse, déformée, puis elle se précisa. C'était une transmission en QuickTime, avec seulement cinq images par seconde. Deux hommes étaient dans le cadre. L'un d'eux avait le teint pâle et les cheveux rasés, l'autre était un blondinet tout bronzé. Ils étaient assis face à la caméra, comme deux présentateurs télé attendant le début du direct.

— Qu'est-ce que c'est que ces guignols ? lâcha Jabba.

— Taisez-vous, ordonna Fontaine.

Les deux hommes se trouvaient apparemment à l'arrière d'une camionnette. Autour d'eux, un fouillis de câbles électriques. La connexion audio démarra par un bruit blanc qui résonna dans la salle de contrôle.

— On a un retour audio, annonça un technicien derrière eux. Encore cinq secondes pour qu'ils nous reçoivent aussi.

— Qui sont ces personnes ? demanda Brinkerhoff mal à l'aise.

— Mes yeux, répondit Fontaine en regardant les deux hommes qu'il avait envoyés en Espagne.

Il avait agi ainsi par précaution. Fontaine avait compris la plupart des aspects du plan de Strathmore : la nécessaire, quoique regrettable, élimination de Tankado, la falsification de Forteresse Digitale, tout cela se tenait... Mais un point le chagrinait : l'engagement d'Hulohot. Hulohot était hautement qualifié, mais c'était un mercenaire. Pouvait-on lui faire confiance ? N'allait-il pas s'emparer du code pour son propre compte ? Fontaine tenait à garder Hulohot à l'œil, au cas où. Il avait donc pris les mesures qui s'imposaient.

113

— Vous pouvez toujours courir ! s'emportait l'homme aux cheveux rasés, face à la caméra. Nous avons reçu des ordres ! Nous devons rendre des comptes au directeur Leland Fontaine en personne, et à lui seul !

Fontaine esquissa un sourire amusé.

— Je vois que vous ignorez qui je suis.

— On s'en bat l'œil ! rétorqua le blond de plus en plus énervé.

— Je vais néanmoins éclairer votre lanterne, jeune homme...

Quelques secondes plus tard, les deux hommes, rouges de confusion, s'apprêtaient à faire leur rapport au directeur de la National Security Agency.

— M... Monsieur le directeur, bégaya le blond, je suis l'agent Coliander. Et voici l'agent Smith.

— Voilà qui est mieux, dit Fontaine. Je vous écoute.

Au fond de la salle, Susan Fletcher luttait contre la chape de solitude qui pesait sur ses épaules, mais elle n'était pas de taille. Les yeux fermés, elle n'entendait plus rien ; il n'y avait plus que son chagrin, et ce sifflement dans ses oreilles. Tout son corps était engourdi. La frénésie régnant dans la salle de contrôle n'était qu'une agitation lointaine, provenant d'un autre monde.

Le petit groupe sur l'estrade écoutait attentivement le rapport de l'agent Smith.

— Comme vous l'avez ordonné, monsieur le directeur, nous sommes arrivés à Séville il y a deux jours pour suivre M. Ensei Tankado.

— Parlez-moi du meurtre, demanda Fontaine, impatient. Les circonstances ?

— Nous surveillions Hulohot depuis l'arrière de la camionnette, à une distance d'environ cinquante mètres. Ça s'est passé en douceur. C'est un professionnel. Mais ensuite, ça a mal tourné. Des gens sont arrivés. Et Hulohot n'a pas pu récupérer l'objet.

Fontaine acquiesça. Les agents l'avaient déjà contacté alors qu'il était en Amérique du Sud pour lui dire que les choses ne s'étaient pas passées comme prévu. C'est pour cette raison qu'il avait écourté son voyage.

Coliander continua.

— Nous avons alors filé Hulohot, selon vos ordres. Mais il ne s'est jamais rendu à la morgue. Au lieu de ça, il a suivi la piste d'un autre type. Un civil, apparemment. Avec veste et cravate.

— Un civil ?

Cela ressemblait bien à Strathmore, songea Fontaine... veiller à impliquer le moins possible la NSA dans cette histoire.

— Les filtres FTP flanchent ! annonça un technicien dans la salle.

— Il nous faut l'objet, dit Fontaine d'un ton pressant. Où est Hulohot à présent ?

Smith jeta un regard par-dessus son épaule.

— Eh bien... Il est là, avec nous, monsieur.

Fontaine retint son souffle.

— Où ?

C'était la première bonne nouvelle de la journée.

Smith se pencha vers l'objectif de la caméra. L'image

pivota vers l'arrière du camion, révélant la présence de deux corps inertes appuyés sur la paroi du fond. L'un d'eux était massif et portait de grosses lunettes à monture métallique. L'autre était jeune, avec des cheveux noirs en bataille ; sa chemise était tachée de sang.

— Hulohot, c'est celui de gauche, annonça Smith fièrement.

— Il est mort ? demanda Fontaine.

— Oui, monsieur le directeur.

Ce n'était pas le moment de demander des explications. Fontaine jeta un regard vers les barrières de filtres qui s'amenuisaient.

— Agent Smith, articula-t-il d'une voix claire. Cet objet... j'en ai grand besoin.

Smith prit un air penaud.

— En fait, nous ne savons toujours pas à quoi il ressemble. Nous cherchons.

114.

— Cherchez encore ! déclara Fontaine.

Sur des charbons ardents, le directeur regardait les deux agents qui fouillaient les corps à la recherche d'une liste de chiffres et de lettres.

Jabba était livide.

— Oh mon Dieu ! S'ils ne le trouvent pas, on est perdus !

— Les filtres FTP sont tombés ! cria une voix. Le troisième niveau est à nu !

Cette annonce déclencha un regain d'activité dans la salle de contrôle. Sur l'écran géant, l'agent au crâne rasé leva les bras d'un air fataliste.

— Monsieur, la clé n'est pas là. Nous les avons fouillés tous les deux. Leurs poches, leurs vêtements, leurs portefeuilles. Aucune trace. Hulohot avait un Monocle, et nous l'avons examiné aussi. Mais il n'a jamais transmis quoi que ce soit qui ressemble à une succession de caractères aléatoires. Juste la liste des meurtres qu'il a commis.

— Bon sang ! lâcha Fontaine, qui perdait son calme. Elle est forcément là ! Continuez à chercher !

Jabba en avait assez vu : Fontaine avait perdu son va-tout. Il décida de prendre les choses en main. Le géant descendit de son estrade telle une avalanche dévalant une montagne, se déployant au milieu de son armée de programmeurs, criant ses ordres :

— Commencez la procédure d'extinction ! On coupe tout ! Dépêchez-vous !

— C'est injouable ! cria Soshi. Ça prend une demi-heure ! Le temps de débrancher, il sera trop tard !

Jabba ouvrit la bouche pour lui répondre, mais il fut interrompu par un cri de douleur provenant du fond de la salle. Tout le monde se retourna. Pâle comme un spectre, Susan Fletcher avait quitté sa position prostrée et s'était levée. Ses yeux écarquillés fixaient le corps de David Becker, qui gisait, inerte et sanglant, sur le sol de la camionnette.

— Vous l'avez tué ! C'est vous qui l'avez tué !

Elle avança en titubant.

— David...

Tout le monde la regardait, sans comprendre. Susan s'avançait, sans quitter l'écran des yeux.

— David, répétait-elle d'une voix bouleversée. Comment ont-ils pu...

Fontaine semblait totalement perdu.

— Vous connaissez cet homme ?

Susan contourna l'estrade en tremblant. Elle s'arrêta à quelques mètres de l'écran géant. Bouleversée et perdue, elle ne cessait de prononcer le nom de l'homme qu'elle aimait.

115.

David Becker flottait dans le néant. Je suis mort... Et pourtant, un son lointain lui parvenait. Une voix...

— David...

Sous ses bras, un fourmillement chaud... Tout son sang était un magma bouillonnant. Ce n'est pas mon corps... Mais il y avait encore cette voix, cet appel – un son faible et lointain, qui résonnait faiblement en lui. Il y avait aussi d'autres voix, des voix inconnues, sans importance. Elles appelaient aussi. Il les chassa de son esprit. Seule la première comptait pour lui. Des échos qui allaient et venaient...

— David... Pardon...

Une lumière. D'abord faible. Un simple trait de gris, qui s'élargissait. Becker voulut bouger, mais la douleur était trop forte. Il tenta de parler. Mais rien, le silence. La voix continuait à prononcer son nom.

Quelqu'un, à côté de lui, le soulevait. Becker s'approchait de la voix. Est-ce qu'on le portait ? Et cet appel, toujours. Il posa un regard absent sur un rectangle lumineux. Elle était là, sur un petit écran. Une femme, qui le regardait depuis les confins du cosmos.

Est-ce qu'elle me voit mourir ?

— David...

Il reconnaissait cette voix. C'était celle d'un ange, qui était venu le chercher. L'ange lui parlait encore :

— David, je t'aime.

Soudain, il comprit.

Susan avançait vers l'écran, pleurant, riant, emportée dans un torrent d'émotions. Elle chassait fébrilement les larmes qui coulaient sur son visage.

— David, je... je croyais que...

L'agent Smith installa David sur le siège en face du moniteur.

— Il est encore sonné, m'dame. Laissez-lui le temps de reprendre ses esprits.

— Mais... mais..., bégaya Susan, j'ai lu un message qui disait que...

Smith acquiesça.

— Nous l'avons lu aussi. Apparemment, Hulohot a vendu un peu vite la peau de l'ours.

— Mais le sang...

— La blessure est superficielle. Nous lui avons fait un pansement.

Susan était sans voix. Celle de l'agent Coliander intervint hors de l'image.

— Nous avons utilisé un Taser J23 : un nouveau pistolet paralysant longue action. Cela fait un mal de chien, mais on n'a pas eu le choix.

— Ne vous inquiétez pas, m'dame, affirma Smith. Bientôt, il ira bien.

David Becker regarda le moniteur en face de lui. Il était désorienté, son esprit embrumé. À l'image, il voyait une salle de commande en pleine effervescence. Et Susan était là, se tenant sur un carré de sol vide, comme sur une île au milieu de la tempête, les yeux levés vers lui.

Elle pleurait et riait à la fois.

— David. Tu es vivant... vivant !

Becker se frotta les tempes, s'approcha de l'écran et plaça le micro devant sa bouche.

— Susan ?

La jeune femme était saisie d'émerveillement. Le visage de David emplissait maintenant le mur devant elle. Sa voix résonnait.

— Susan, j'ai une question à te poser.

La voix de Becker, si proche, si intime, suspendit toute activité dans la salle de contrôle. Les techniciens se tournèrent vers l'écran.

— Susan Fletcher, reprit la voix. Veux-tu m'épouser ?

Partout autour, le silence se fit.

Une pochette à documents et un pot de stylos tombèrent dans un cliquetis sur les dalles. Personne ne se baissa pour les ramasser. Il n'y avait plus que le faible murmure des ordinateurs, et la respiration de David Becker dans le micro.

— D... David, bredouilla Susan, faisant abstraction des trente-sept personnes qui se tenaient tout autour, rivées à ses paroles. Tu m'as déjà posé cette question, tu te souviens ? Il y a cinq mois. Et j'ai dit oui.

— Je sais, lâcha-t-il dans un sourire. Mais cette fois-ci...

Il tendit sa main gauche vers la caméra et montra un anneau d'or à son annulaire.

— Cette fois-ci, j'ai une bague.

116.

— Lisez, monsieur Becker, ordonna Fontaine.

Jabba suait à grosses gouttes, ses doigts suspendus au-dessus du clavier.

— Oui, dit-il. Donnez-nous cette formule magique !

Susan se tenait à côté d'eux, les jambes en coton et le cœur léger. Dans la salle, tout le monde s'était arrêté, les regards étaient rivés sur l'image géante de David Becker. Le professeur retira la bague de son doigt et examina l'inscription.

— Et ne vous plantez pas ! ajouta Jabba. Une seule erreur, et on est foutu !

Fontaine jeta à Jabba un regard réprobateur. Il avait déjà connu des moments critiques durant sa carrière. Ajouter une pression supplémentaire était la dernière chose à faire...

— Détendez-vous, monsieur Becker. En cas d'erreur, nous entrerons à nouveau le code, jusqu'à ce qu'il soit correct.

— Ne l'écoutez pas, reprit Jabba d'un ton tranchant. La première doit être la bonne. Les antidotes sont généralement à injection unique, cela afin d'éviter les essais multiples. Si on commet une erreur, le processus d'infection s'accélère. À la deuxième, le système se verrouille. Et tout est fini.

Fontaine poussa un soupir agacé et se tourna à nouveau vers l'écran.

— Monsieur Becker ? Au temps pour moi. Veillez à lire attentivement. Très attentivement.

Becker acquiesça et observa la bague un long moment. Puis il commença calmement à épeler les caractères :

— Q... U... I... S... espace... C...

Jabba et Susan réagirent en même temps. Jabba arrêta de taper.

— Il y a un espace ?

Becker haussa les épaules et vérifia l'inscription.

— Oui. Il y en a même plusieurs.

— Quoi ? Où est le problème ? s'impatienta Fontaine. Qu'attendez-vous pour continuer ?

— Monsieur, répondit Susan, troublée. C'est... C'est juste que...

— C'est effectivement bizarre, confirma Jabba. Il n'y a jamais d'espace dans une clé.

Brinkerhoff déglutit avec difficulté.

— Et alors, qu'est-ce que vous en concluez ?

— Cela signifie, intervint Susan, qu'il ne s'agit probablement pas de l'antidote.

— Bien sûr que c'est la formule ! s'emporta Brinkerhoff, à bout de nerfs. Que voulez-vous que ce soit ? Pourquoi, sinon, Tankado aurait-il voulu s'en débarrasser avant de mourir ? Qui serait assez tordu pour faire graver sans raison une suite de signes aléatoire sur un anneau ?

Fontaine fit taire son assistant d'un regard assassin.

— Euh... les amis..., intervint Becker, qui hésitait à

461

s'en mêler. Vous parlez d'une suite aléatoire. Je crois qu'il faut que je vous dise... ces lettres... elles ont un sens.

Tous les gens présents sur l'estrade s'exclamèrent à l'unisson :

— Quoi ?

Becker était mal à l'aise.

— Je suis désolé, mais elles forment des mots. J'admets qu'ils sont presque collés les uns aux autres, et qu'au premier coup d'œil, ça peut sembler ne rien vouloir dire. Mais si on y regarde de plus près, on s'aperçoit que c'est du latin.

Jabba était bouche bée.

— Vous vous payez ma tête ?

— Non. C'est écrit « *Quis custodiet ipsos custodes* ». En gros, ça peut se traduire par...

— Qui gardera les gardes ! compléta Susan à la place de David.

Becker la regarda avec de grands yeux.

— Susan, j'ignorais que tu...

— C'est une phrase tirée des *Satires* de Juvenal, reprit-elle. Qui gardera les gardes ? Qui surveillera la NSA pendant que la NSA surveillera le monde ? C'était la maxime fétiche de Tankado !

— Alors, demanda Midge. C'est la formule, oui ou merde ?

— Bien sûr que c'est la formule ! s'entêta Brinkerhoff.

Fontaine restait silencieux, analysant ce nouvel élément.

— Je doute qu'il s'agisse de la clé, Midge, répondit Jabba. Une suite logique... Jamais Tankado n'aurait pris un tel risque.

— Enlevez donc les espaces ! brailla Brinkerhoff. Et entrez ce foutu code !

Fontaine se tourna vers Susan.

— Quelle est votre opinion, mademoiselle Fletcher ?

Quelque chose clochait, mais elle ne parvenait pas à mettre le doigt dessus... Tankado, en programmation, recherchait la simplicité lumineuse, l'épure. Ses programmes étaient toujours des diamants parfaitement ciselés. Le fait qu'il soit nécessaire de supprimer les espaces ne collait pas avec le personnage. C'était certes un détail, mais néanmoins un défaut, un accroc choquant à sa réputation d'orfèvre.

— Ça ne tient pas debout, répondit-elle finalement. Je ne pense pas non plus que ce soit l'antidote.

Fontaine prit une profonde respiration et plongea ses yeux noirs dans ceux de Susan.

— Mademoiselle Fletcher, si ce n'est pas la clé, dans ce cas pourquoi pensez-vous que Tankado ait voulu s'en débarrasser ? Sachant qu'on l'avait assassiné, son seul moyen de se venger était de la faire disparaître...

Une voix l'interrompit :

— Excusez-moi... monsieur le directeur...

Tous les regards se tournèrent vers l'écran. C'était l'agent Smith, à Séville... Il se tenait penché au-dessus de l'épaule de Becker et parlait dans le micro.

— Je ne sais pas si ça a une importance quelconque, mais je ne crois pas que Tankado ait su qu'il s'agissait d'un meurtre.

— Comment ça ? lâcha Fontaine.

— Hulohot était un professionnel. Nous avons assisté à la scène, postés à cinquante mètres à peine de là. À l'évidence, Tankado ne s'est douté de rien.

— Ah oui ? railla Brinkerhoff. Vous en avez la preuve ? Tankado a donné la bague, c'est bien le signe qu'il avait compris !

— Agent Smith, coupa Fontaine. Qu'est-ce qui vous fait penser que Tankado n'a rien vu venir ?

Smith s'éclaircit la gorge.

— Hulohot a utilisé une balle furtive : c'est une ogive de caoutchouc à haute vélocité qui, en touchant la poitrine, se désintègre et propage une onde de choc mortelle. C'est parfaitement silencieux. Du travail propre. M. Tankado a dû ressentir une grande douleur sur le coup, juste avant que survienne la crise cardiaque.

— Une balle en caoutchouc, murmura Becker pour lui-même. Voilà qui explique l'hématome sur le torse...

— Je doute fort que Tankado ait associé cette sensation au tir d'une arme à feu, ajouta Smith.

— Et pourtant, il a donné la bague, dit Fontaine.

— C'est exact, monsieur. Mais à aucun moment il n'a cherché le tueur des yeux. Une victime cherche toujours à voir qui lui a tiré dessus. C'est un réflexe instinctif.

Fontaine était déconcerté.

— Tankado n'a vraiment pas regardé vers Hulohot ?

— Non, monsieur. Nous avons filmé la scène et si vous voulez...

— Les filtres X-11 cèdent ! s'écria un technicien. Le ver est à mi-chemin !

— Laissez tomber le film, déclara Brinkerhoff. Entrons ce maudit code et finissons-en !

Jabba soupira. À présent, c'était lui l'élément zen du groupe.

— Chef, si nous entrons la mauvaise formule...

— Monsieur le directeur..., intervint Susan. Si Tankado a cru mourir de mort naturelle, cela remet pas mal de choses en question.

— Combien de temps nous reste-t-il, Jabba ? s'enquit Fontaine.

Le géant leva les yeux vers le graphique.

— Vingt minutes. Mettons ce temps à profit. Nous n'avons pas droit à l'erreur.

Fontaine poussa un soupir.

— Très bien. Visionnons cette scène.

117.

— Transmission vidéo dans dix secondes, annonça la voix de l'agent Smith. On garde toutes les autres fenêtres ouvertes, ainsi que le retour audio, pour que nous puissions continuer à communiquer en direct.

Sur l'estrade, tout le monde attendait en silence. Jabba, en quelques clics, fit le ménage sur l'écran mural. Le message de Tankado s'inscrivit à l'extrême gauche :

SEULE LA VÉRITÉ POURRA VOUS SAUVER

À droite se trouvait une vue de l'intérieur de la camionnette, avec Becker et les deux agents regroupés devant l'objectif. Au centre, un cadre empli de neige s'ouvrit. Puis le noir se fit, et enfin une image en noir et blanc apparut – des arbres, un bassin, une vaste esplanade.

— Je lance la transmission, annonça l'agent Smith.

L'image saccadée évoquait celle des vieux films, un effet secondaire du traitement du signal, qui supprimait une trame sur deux pour augmenter la rapidité de la transmission.

Un panoramique montrait une grande place, fermée d'un côté par un grand bâtiment semi-circulaire. Au premier plan, des arbres. Le parc était désert.

— Les filtres X-11 sont tombés ! annonça un technicien. Ce maudit ver est un vrai glouton !

Smith commentait les images, avec un détachement tout professionnel.

— Ces images ont été prises depuis la camionnette, à environ cinquante mètres du lieu du crime. Tankado va arriver sur la droite. Hulohot est à couvert sous les arbres, à gauche.

— Notre temps est compté, le pressa Fontaine. Au fait ! Au fait !

L'agent Coliander passa en avance rapide. Tous les gens présents sur l'estrade regardèrent avec intensité leur ancien collègue, Ensei Tankado, entrer dans le cadre. La projection en accéléré donnait à l'image un caractère comique. Tankado se dandinait par brèves saccades sur la place et admirait le décor. Il protégeait ses yeux de la lumière pour regarder le sommet de l'imposante façade.

— C'est là, annonça Smith. Hulohot est un pro. Il atteint sa cible du premier coup.

Smith avait raison. Un éclair lumineux jaillit de derrière les arbres, sur la gauche de l'écran. L'instant suivant, Tankado portait les mains à sa poitrine. Il vacilla. La caméra fit un zoom sur lui, instable, le temps de faire le point.

Tandis que les images défilaient rapidement, Smith continuait son commentaire d'un ton neutre.

— Comme vous pouvez le constater, Tankado est instantanément en arrêt cardiaque.

Susan était écœurée par ces images. Tankado, ses mains difformes pressées sur sa poitrine, cette terreur dans ses yeux...

— Vous remarquerez, ajouta Smith, qu'il a la tête baissée, les yeux rivés à sa poitrine. Pas un instant, il ne cherche à regarder autour de lui.

— Et c'est révélateur ? demanda Jabba à demi convaincu.

— Tout à fait, affirma Smith. Si Tankado avait eu le moindre soupçon, il aurait aussitôt balayé la place du regard. Et on voit bien, qu'il n'en fait rien.

À l'écran, Tankado s'écroulait sur les genoux, les mains toujours appuyées sur sa poitrine. À aucun moment il ne relevait la tête. Ensei Tankado se croyait seul, terrassé par une crise cardiaque parfaitement naturelle.

— C'est bizarre, commenta Smith, troublé. D'ordinaire, ce genre de balles ne tue pas si vite. Parfois même, si le client est costaud, on peut survivre.

— Tankado avait le cœur fragile, précisa Fontaine.

Smith leva les sourcils, l'air impressionné.

— Dans ce cas, Hulohot a vraiment choisi l'arme idéale...

Susan regardait Tankado qui basculait sur le côté, puis roulait sur le dos. Il était allongé, les yeux tournés vers le ciel, les mains crispées sur son sternum. Soudain, la caméra pivota vers le bosquet d'arbres. Quelqu'un apparut. Un homme portant des lunettes à monture de fer, avec, à la main, une grosse mallette. Il avançait vers la place, en direction de Tankado qui se tordait de douleur. Ses doigts entamèrent alors une petite danse silencieuse.

— Il se sert du Monocle, annonça Smith. Il informe son contact de l'élimination de Tankado...

Smith se tourna vers Becker et lâcha un petit rire :

— Apparemment, c'est une habitude chez lui d'annoncer la mort de ses victimes avant qu'elles aient rendu leur dernier souffle !

Coliander fit avancer l'enregistrement, sur lequel on voyait Hulohot traverser la place. Soudain, un vieil homme surgit d'une cour située à proximité et courut vers Tankado pour lui porter secours. Hulohot ralentit aussitôt le pas. L'instant d'après, deux autres personnes suivirent l'exemple du vieil homme : un homme obèse accompagné d'une jolie rousse. Ils s'attroupèrent autour du Japonais.

— En revanche, le lieu était bien mal choisi, dit Smith. Hulohot devait croire sa victime toute seule.

Sur l'écran, Hulohot observa la scène quelques instants, puis battit en retraite vers le bosquet d'arbres, pour attendre un moment plus propice.

— Voilà l'épisode de la bague ! lâcha Smith. Nous n'avions rien vu au premier visionnage.

Susan avait du mal à regarder ces images de souffrance. Tankado n'arrivait plus à respirer, il essayait de dire quelque chose aux gens agenouillés près de lui. Ne parvenant pas à se faire comprendre, il leva, en désespoir de cause, son bras gauche, manquant de heurter le visage du vieil homme. Il tendait son membre estropié juste sous son nez... La caméra zooma sur les trois doigts difformes de Tankado. Sur l'un d'eux, miroitant sous le soleil d'Espagne, l'anneau d'or... Tankado tendait son bras comme un noyé. Le vieil homme eut un mouvement de recul. Tankado se tourna alors vers la femme. Il agitait ses trois doigts infirmes sous ses yeux, comme s'il la suppliait de comprendre. La bague étincelait. Terrifiée, la femme détourna la tête. Tankado suffoquait, incapable de parler. Il reporta ses efforts vers l'homme obèse – sa dernière chance. Le vieil homme se redressa soudain, et s'éloigna en courant, sans doute pour aller chercher des secours. Tankado était de plus en plus faible, mais il brandissait encore sa main devant le visage de l'homme obèse. L'homme se pencha pour soutenir le poignet du mourant. Tankado sembla fixer du regard son anneau puis les yeux de l'homme. Comme une ultime supplique, le mourant hocha la tête faiblement, un signe d'acquiescement presque imperceptible. Puis son corps s'affaissa.

— Nom de Dieu, marmonna Jabba.

Soudain, la caméra pivota vers l'endroit où se cachait Hulohot. Mais le tueur avait disparu. Un motard de la police déboulait sur l'Avenida Firelli. La caméra revint sur Ensei Tankado. La femme rousse agenouillée près de lui se redressa en entendant les sirènes de police ; elle jeta des regards nerveux alentour, attrapa son compagnon obèse par la manche et lui fit comprendre qu'il valait mieux quitter les lieux. Le couple s'éloigna d'un pas rapide.

Le cadre se resserra sur Tankado, ses bras repliés sur sa poitrine immobile. L'anneau avait disparu de son doigt.

118

— La preuve est faite ! conclut Fontaine. Tankado a délibérément donné la bague. Il voulait s'en débarrasser, pour qu'on ne puisse mettre la main dessus.

— Cela n'a aucun sens, monsieur, argumenta Susan. Puisque Tankado pensait avoir une crise cardiaque, il n'avait aucune raison de vouloir s'en séparer...

— Je suis d'accord avec elle, intervint Jabba. Ce type était peut-être un rebelle, mais ce n'était pas un chien fou. Nous obliger à reconnaître publiquement l'existence de TRANSLTR est une chose ; livrer à nos ennemis les secrets de notre banque de données en est une autre...

Fontaine ouvrait de grands yeux.

— Vous pensez vraiment que Tankado avait l'intention d'occire ce ver ? Que ses dernières pensées avant de mourir ont été pour le salut de l'agence ?

— Le tunnel sécurisé s'écroule ! annonça un technicien. Dans quinze minutes au maximum, on est à découvert !

— Autrement dit, déclara Fontaine, dans un quart d'heure, n'importe quel pays du tiers-monde saura comment construire un missile balistique intercontinental. Si quelqu'un dans cette salle a une meilleure proposition que cette bague comme code antidote, je suis tout ouïe.

Le directeur attendit. Personne ne prit la parole. Il se tourna alors vers Jabba et le fixa droit dans les yeux.

— Tankado avait forcément une bonne raison de se séparer de cette bague. Peut-être voulait-il la faire disparaître à tout jamais, ou pensait-il que le gros type allait se précipiter dans une cabine pour nous communiquer l'information... Je n'en sais rien, et je m'en contrefiche. Ma décision est prise. Nous entrons ce code. Et tout de suite.

Jabba prit une grande inspiration. Fontaine avait raison : il n'y avait pas d'autre option. Et le temps était compté. Jabba s'installa à son clavier.

— D'accord... Allons-y. Monsieur Becker ? Veuillez lire l'inscription, je vous prie. Lentement, et en articulant bien.

David épelait les lettres, Jabba les tapait à la volée. Une fois la lecture achevée, ils vérifièrent la clé, lettre par lettre, et retirèrent tous les espaces. Sur le panneau central du mur écran, tout en haut, le message s'afficha :

QUISCUSTODIETIPSOSCUSTODES

— Ça ne colle pas, murmura Susan. La morphologie n'est pas parfaite.

Jabba hésita, son doigt suspendu au-dessus de la touche ENTER.

— Allez-y, ordonna Fontaine.

Jabba enfonça la touche. Le résultat ne se fit pas attendre...

119.

— Le processus s'accélère ! cria Soshi du fond de la salle. Le code est faux !

Tout le monde resta pétrifié d'effroi.

Sur le mur vidéo, le message d'erreur s'affichait :

CODE ERRONÉ. SAISIE NUMÉRIQUE OBLIGATOIRE.

— Du numérique ! explosa Jabba. C'est un putain de chiffre qu'il faut chercher ! On s'est fait avoir par cette bague de merde !

— Le ver avance deux fois plus vite ! s'affola Soshi. C'est la sanction qui tombe !

Sur l'écran central, juste sous le message d'erreur, le graphique dépeignait une situation terrifiante. Le troisième niveau de sécurité était tombé, et une demi-douzaine de fines lignes noires, représentant les hackers à l'affût, s'enfonçaient implacablement vers le centre. À chaque instant, un nouveau trait apparaissait.

— Ça grouille de partout ! hurla Soshi.

— Des gens tentent de se connecter depuis l'étranger ! cria un autre technicien. Toute la planète est au courant !

Susan détourna les yeux de l'image montrant la chute des murs de protection, et se tourna vers la vignette latérale. La séquence du meurtre d'Ensei Tankado y repassait en boucle – Tankado portait les mains à sa poitrine, s'écroulait au sol et, le regard paniqué, obligeait de braves touristes à accepter sa bague.

C'est absurde... puisqu'il ne soupçonne rien... Nous passons à côté de quelque chose.

Sur la RV, le nombre de hackers harcelant la place avait doublé. La progression promettait d'être exponentielle. Les hackers, comme les vautours, formaient une grande famille : sitôt qu'ils repéraient une carcasse

472

à curer, ils se passaient le mot. Leland Fontaine n'y tenait plus.

— Coupez tout, capitula-t-il. Arrêtez-moi ce merdier !

Jabba, la tête haute, ressemblait à un capitaine prêt à sombrer avec son navire.

— Trop tard. La banque est perdue.

120.

Le grand manitou de la Sys-Sec, malgré ses cent quatre-vingts kilos, chancelait sur ses jambes, les mains plaquées sur ses joues en une expression d'horreur et d'incrédulité. Il pouvait ordonner de couper le courant, mais l'extinction surviendrait vingt minutes trop tard. Dans l'intervalle, les requins, armés de modems haut débit, auraient tout le loisir de télécharger une quantité phénoménale de données secrètes. Il fut tiré de son cauchemar par Soshi, qui accourait avec un nouveau document imprimé.

— J'ai trouvé des codes orphelins ! annonça-t-elle tout excitée. Des groupes de lettres. Il y en a un peu partout !

— Nous cherchons un chiffre, nom de Dieu ! Pas des lettres. L'antidote est un nombre ! Il faut te le dire combien de fois ?

— Mais ces orphelins ! Tankado est bien trop scrupuleux pour en laisser traîner dans un programme... surtout en si grand nombre !

Un « code orphelin » désignait, d'une façon générale, une ligne de programme qui ne servait à rien. Elle n'avait aucune utilité, n'était reliée à aucune fonction, ne donnait ni ne recevait la moindre instruction. Le plus souvent, ces lignes étaient supprimées lors du déboguage et de la compilation finale.

Jabba examina le document. Fontaine choisit de ne pas intervenir. Susan s'approcha pour lire le listing par-dessus l'épaule de Jabba.

— Tankado nous aurait envoyé un brouillon, pas même une version finalisée ? demanda-t-elle dubitative.

— Peaufinée ou pas, rétorqua Jabba, cette saloperie est en train de nous bouffer tout crus !

— Je n'y crois pas, insista Susan. Tankado était un perfectionniste. Vous le savez aussi bien que moi. Il n'aurait jamais laissé des bugs dans son programme.

— Surtout qu'il y en a plein ! reprit Soshi.

Elle prit le document des mains de Jabba pour le tendre à Susan :

— Regardez ça !

Susan acquiesça. Toutes les vingt lignes environ, une chaîne de quatre caractères isolée... Susan étudia les premières occurrences :

DCRL
ELON
IEEE

— Des suites de lettres... et qui ne font absolument pas partie du programme...

— Laissez tomber, grogna Jabba. Vous vous montez la tête pour rien.

— Ce n'est pas si sûr, répondit Susan. Beaucoup

de systèmes de chiffrement font appel à des groupes de quatre caractères. Il pourrait s'agir d'un code.

— C'est ça, grogna Jabba. Et une fois décrypté, le message dira : « Ah ! ah ! je vous ai bien eus ! » (Il leva les yeux vers le graphique.) Et tout ça, dans neuf minutes...

Susan se tourna vers Soshi.

— Combien d'orphelins en tout ?

Soshi s'installa au clavier de Jabba et tapa tous les groupes de caractères. L'opération achevée, elle envoya l'information sur l'écran.

DCRL ELON IEEE SESA FPEM PSHG FRNE ODIA
EETN NEMS RMRT SHAA EIES AIEK NEER BRTI

Susan fut la seule à sourire.

— C'est quasiment un cas d'école ! Des groupes de quatre lettres... On dirait du code Enigma.

Le directeur approuva d'un hochement de tête. Enigma, la machine de cryptage la plus célèbre de l'histoire, employée par les Allemands pendant la Seconde Guerre mondiale et qui ne pesait que douze kilos... Les transmissions nazies, interceptées par les Alliés, étaient chiffrées par blocs de quatre lettres...

— Génial, gémit-il. Et vous croyez qu'on a une Enigma sous la main ?

— Là n'est pas la question ! répliqua Susan, toute ragaillardie de se retrouver en terrain connu. L'important, c'est qu'il s'agisse d'un code. Tankado nous donne un indice ! Il nous nargue, nous met au défi de trouver la clé à temps. « La serrure est là, les gars, allez-y, ouvrez-la ! » Voilà ce qu'il nous dit !

— C'est absurde, lâcha Jabba. Tankado ne nous a

laissé qu'une échappatoire : révéler l'existence de TRANSLTR. Point barre. C'était notre seule chance et on l'a laissée filer.

— Je suis effectivement d'accord avec lui, articula Fontaine. Pourquoi Tankado aurait-il joué à ce petit jeu ? Il n'avait aucun intérêt à ce qu'on puisse se tirer d'affaire sans son antidote.

Susan n'était guère convaincue par ce raisonnement... Tankado leur avait déjà fait le coup avec NDA-KOTA... Elle observa les lettres sur l'écran. Était-ce encore l'une des facéties du Japonais ?

— Le tunnel est à moitié bouffé ! annonça un technicien.

Sur le graphique, la myriade de traits noirs pénétrait plus avant, vers le cœur du système.

David, qui avait jusque-là observé en silence le drame qui se jouait dans la salle de contrôle, prit la parole :

— Susan... J'ai une idée. Ce texte est bien composé de seize groupes de quatre lettres ?

— Oh, pitié ! soupira Jabba. Pourquoi ne pas demander au concierge son avis pendant qu'on y est !

Susan ignora la pique de Jabba et compta les blocs.

— Oui, c'est bien ça... seize.

— Supprime les espaces, dit Becker d'un ton assuré.

— David, répondit Susan d'un air embarrassé. Je ne crois pas que tu saisisses le problème. Ces groupes de lettres sont...

— Supprime les espaces, répéta-t-il.

Après un instant d'hésitation, Susan fit un signe à Soshi, qui s'exécuta. Le résultat n'était guère probant :

Jabba explosa de colère.

— Ça suffit les conneries ! On arrête de faire mumuse ! Le ver avance deux fois plus vite ! Il nous reste à peine huit minutes ! C'est un chiffre qu'on cherche ! On joue pas au mot mystérieux !

— Quatre fois seize, continua David, imperturbable. Tu n'as pas fait le calcul, Susan ?

Susan regardait David, interloquée. C'est lui qui me dit ça ? David était, certes, capable de mémoriser les conjugaisons et le vocabulaire de langues exotiques en un éclair, mais il était une nullité en calcul mental...

— Tes tables de multiplication..., ajouta-t-il.

Mais où voulait-il en venir ?

— On nous les fait apprendre par cœur en primaire, insista le professeur...

Susan se représenta le grand tableau des tables de multiplication.

— D'accord... soixante-quatre, récita-t-elle machinalement. Et alors ?

David se pencha vers la caméra. Son visage emplit tout l'écran.

— Soixante-quatre lettres, Susan...

La jeune femme se figea soudain...

— Nom de Dieu ! David, tu es un génie !

121

— Plus que sept minutes ! annonça un technicien.

— Un tableau huit par huit ! ordonna Susan à Soshi.

Fontaine observait la scène en silence. L'avant-dernière muraille se réduisait à une peau de chagrin.

— Soixante-quatre lettres ! répéta Susan, qui avait repris confiance. Un carré parfait !

— Et alors ? demanda Jabba.

Dix secondes plus tard, Soshi avait réorganisé sur l'écran la suite apparemment aléatoire. Les lettres étaient rangées sur huit lignes. Jabba les examina et leva les bras au ciel d'un air désespéré.

D	C	R	L	E	L	O	N
I	E	E	E	S	E	S	A
F	P	E	M	P	S	H	G
F	R	N	E	O	D	I	A
E	E	T	N	N	E	M	S
R	M	R	T	S	H	A	A
E	I	E	S	A	I	E	K
N	E	E	R	B	R	T	I

— Du charabia ! grogna Jabba.

— Mademoiselle Fletcher, demanda Fontaine. Expliquez-vous...

Ignorant les regards braqués sur elle, Susan déchiffrait le tableau de caractères, hochant la tête au fur et à mesure de sa lecture. À la fin, sourire aux lèvres, elle s'exclama :

— David, tu m'étonneras toujours !

Sur l'estrade, tout le monde échangea des regards déconcertés. David, à l'écran, lui lança un clin d'œil :

— Ce bon vieux Jules....

Midge était perdue.

— Mais de quoi parlez-vous ?

— Le carré de César, répondit Susan, rayonnante. Lisez à la verticale. Tankado nous envoie un message !

122.

— Six minutes ! lança le technicien.

Susan reprenait les choses en main...

— Transcrivez le message ! Colonne par colonne ! De haut en bas !

Soshi retapait les lettres fébrilement.

— Jules César envoyait des messages de cette façon ! expliqua Susan d'une voix hachée. Le nombre de caractères de ses missives représentait toujours un carré parfait !

— C'est fait ! s'écria Soshi.

Tout le monde leva les yeux vers la longue ligne de lettres affichée à l'écran.

— Encore du charabia ! railla Jabba avec dégoût. Regardez-moi ce ramassis de...

Les mots s'étouffèrent dans sa gorge. Il plissa les yeux :

— Oh... non...

Fontaine aussi avait lu. Les yeux écarquillés, il regardait la phrase, impressionné... Midge et Brinkerhoff psalmodièrent à l'unisson :

— Putain de merde...

Les soixante-quatre lettres disaient à présent :

DIFFERENCEPREMIEREENTREELEMENTS

RESPONSABLESDEHIROSHIMAETNAGASAKI

— Ajoutez les espaces, ordonna Susan. Nous avons une énigme à résoudre !

123.

Un technicien accourut, il était blême :

— Le tunnel a quasiment disparu !

Jabba se tourna vers le graphique. Les assaillants s'approchaient de plus en plus de la dernière des cinq enceintes, prêts à livrer l'assaut final. La banque de données vivait ses derniers instants.

Susan s'efforçait de faire abstraction du chaos ambiant et relisait l'étrange message de Tankado.

DIFFÉRENCE PREMIÈRE ENTRE ÉLÉMENTS

RESPONSABLES DE HIROSHIMA ET NAGASAKI

— Ce n'est même pas une question ! se lamenta Brinkerhoff. Que voulez-vous qu'on réponde à ça ?

— Nous cherchons un nombre, rappela Jabba. L'antidote est une chaîne numérique.

— Silence, tout le monde, ordonna Fontaine.

Il se tourna vers Susan.

— Mademoiselle Fletcher, c'est vous qui nous avez menés jusqu'ici. À vous de jouer, maintenant.

Susan prit une profonde inspiration.

— Seuls les chiffres sont acceptés. C'est un indice irréfutable. Nous cherchons bien un nombre. Le texte évoque Hiroshima et Nagasaki, les deux villes touchées par la bombe atomique. Le code est peut-être en relation avec le nombre de victimes, ou le coût des dégâts évalués en dollars...

Elle s'interrompit pour relire une fois encore le message.

— Le mot « différence » me semble crucial. « La différence première entre Hiroshima et Nagasaki ». Apparemment, Tankado pense que les deux événements diffèrent en quelque chose de précis...

Le visage de Fontaine restait impassible. Mais, à l'intérieur, ses espoirs s'amenuisaient à pas de géant. Il allait falloir analyser, quantifier et comparer une foule de données économiques et géopolitiques avant et après les deux bombardements les plus dévastateurs de l'Histoire... Pour en déduire une sorte de chiffre magique... Et tout cela, en moins de cinq minutes...

124.

— Le dernier rempart est attaqué !

Sur la RV, le portail de sécurité commençait à se consumer. Les lignes noires s'engouffraient progressivement dans le dernier champ de protection, forçant la route vers le donjon.

Les hackers s'agglutinaient, se pressaient aux portes, venant des quatre coins de la planète. Et leur nombre ne cessait d'augmenter. Bientôt, espions, terroristes et activistes de tout poil auraient accès à l'ensemble des informations *secret umbra* des États-Unis.

Pendant que des techniciens s'employaient en vain à accélérer la procédure d'extinction, les personnes juchées sur l'estrade étudiaient le contenu du message. Même David et les deux agents de la NSA, depuis leur camionnette en Espagne, tentaient de trouver la clé.

DIFFÉRENCE PREMIÈRE ENTRE ÉLÉMENTS RESPONSABLES DE HIROSHIMA ET NAGASAKI

Soshi réfléchissait à voix haute.

— Les éléments responsables... Pearl Harbor ? Le refus de Hirohito de...

— C'est un chiffre qu'il nous faut ! répéta Jabba. Pas un contexte politique. Il s'agit de mathématiques, pas d'histoire !

Soshi se tut.

— Il pourrait s'agir des effets secondaires, avança Brinkerhoff. En nombre de morts, en coût des soins.

— Nous cherchons un chiffre exact, rappela Susan. Ces estimations varient toujours selon les sources.

Elle releva les yeux vers le message.

— Les « éléments responsables »...

Cinq mille kilomètres plus loin, le visage de David Becker s'éclaira :

— Ce sont des maths, pas de l'histoire, vous avez raison !

Toutes les têtes pivotèrent vers la petite fenêtre vidéo.

— Tankado joue sur les mots ! s'écria-t-il. Le terme « élément » a plusieurs significations ! Il peut désigner, certes, une personne ou encore une donnée dans une...

— Allez au fait, monsieur Becker ! l'enjoignit Fontaine d'un ton sec.

— Ce à quoi Tankado fait référence, c'est aux éléments chimiques !

La révélation de Becker les laissa interdits.

— Les éléments chimiques ! répéta-t-il devant leur manque de réaction. Le tableau périodique et tout le tintouin ! Aucun d'entre vous n'a vu *Les Maîtres de l'ombre* sur le projet Manhattan ? Les deux bombes atomiques étaient différentes ! Elles n'utilisaient pas les mêmes produits radioactifs, autrement dit, pas les mêmes éléments chimiques !

— Il a raison ! s'écria Soshi, en tapant dans ses mains. J'ai lu ça quelque part ! Les composants des bombes étaient différents ! L'une marchait avec de l'uranium, et l'autre, celle de Nagasaki, avec du plutonium ! Deux éléments différents !

Un grand silence parcourut la salle.

— Uranium et plutonium, répéta Jabba, avec un soudain regain d'espoir. Tankado parle de « différence » !

Il se tourna vers ses techniciens.

— Quelqu'un parmi vous connaît-il la différence entre l'uranium et le plutonium ?

Tout le monde resta bouche bée.

— Allez, bon sang ! reprit Jabba. Il y en a bien un,

ici, qui soit allé à la fac ! Il me faut cette différence !
Vite !

Personne ne pipait mot. Susan se tourna vers Soshi.

— Internet ! Il y a un navigateur ici ?

Soshi acquiesça.

— Netscape. Le meilleur.

— Alors, on tente le coup ! répliqua Susan en
entraînant Soshi vers un clavier.

125.

— Combien de temps ? demanda Jabba, du haut de
l'estrade.

Aucun technicien ne lui répondit. Tous avaient les
yeux rivés sur la RV. La dernière barrière pâlissait
dangereusement.

Juste à côté, Susan et Soshi étaient plongées dans
les résultats de leur recherche.

— *Outlaw Labs* ? s'étonna Susan. Qui sont ces
gens ?

Soshi haussa les épaules.

— Vous voulez que j'aille voir ?

— Plutôt deux fois qu'une ! décida Susan. Il y a
six cent quarante-sept références à leurs articles en ce
qui concerne l'uranium, le plutonium et les bombes
atomiques. C'est notre meilleure option.

Soshi ouvrit le lien. Un avertissement apparut à
l'écran.

Les informations contenues sur ce site sont communiquées dans le seul but d'élargir le champ des connaissances humaines. Toute personne qui tenterait de construire l'un des dispositifs décrits encourrait un risque mortel par irradiation et/ou explosion accidentelle.

— Ça promet ! commenta Soshi.

— Commencez la recherche, ordonna Fontaine par-dessus son épaule. Voyons ce que ça dit.

Soshi parcourait le contenu du site. Elle passa rapidement une notice de fabrication de nitrate d'urée, un explosif dix fois plus puissant que la dynamite. Les ingrédients et les instructions se succédaient, comme s'il s'agissait d'une recette de brownies.

— Concentrons-nous sur le plutonium et l'uranium ! insista Jabba.

— Retournez à la page d'accueil ! ordonna Susan. Le site est trop vaste. Il faut trouver l'index.

Soshi revint en arrière et trouva dans le sommaire :

I – Description d'une bombe atomique.

A) Altimètre déclencheur
B) Détonateur par pression
C) Têtes du détonateur
D) Charge explosive
E) Réflecteur de neutrons
F) Uranium & plutonium
G) Coque de plomb
H) Fusibles d'armement
II – Fission nucléaire/Fusion nucléaire

A) Fission (Bombe A) & fusion (Bombe H)
B) U-235, U-238, et plutonium

III – Histoire des armes atomiques

A) Développement (le Projet Manhattan)
B) Explosion atomique
1) Hiroshima
2) Nagasaki
3) Effets secondaires
4) Zones de destruction

— Section deux ! s'écria Susan. Uranium et plutonium. Envoyez !

Tout le monde attendait fébrilement que Soshi ouvre le document.

— J'y suis ! Attendez un peu...

Elle parcourut des yeux les différentes données.

— Il y a une tonne d'informations là-dedans. Comment savoir quelle différence on cherche au juste ? L'uranium est naturel, le plutonium fabriqué par l'homme. Le plutonium a été synthétisé pour la première fois par...

— Un nombre ! s'impatienta Jabba. C'est un nombre qu'on doit trouver !

Susan relut une nouvelle fois le message de Tankado. La différence première entre les éléments... La différence... Un nombre...

— Attendez ! dit-elle. Le mot « différence » aussi a plusieurs significations... nous sommes dans le domaine mathématique, rappelez-vous... C'est encore un jeu de mots de Tankado... « différence » signifie ici « soustraction ».

— Bien vu, Susan ! approuva Becker sur l'écran mural. Les éléments ont peut-être un nombre différent de particules, ou quelque chose comme ça ? En soustrayant...

— Il a raison ! s'exclama Jabba.

Il se tourna vers Soshi.

— Il y a un tableau avec des chiffres dans votre machin ? Nombre de protons ? Demi-vies des isotopes ? N'importe quoi qu'on puisse soustraire ?

— Trois minutes ! annonça un technicien.

— Que dites-vous de la masse critique de l'uranium et du plutonium ? proposa Soshi. Pour ce dernier, c'est seize kilos.

— Parfait ! s'écria Jabba. Et pour l'uranium... vite !

Soshi chercha un moment...

— Cinquante kilos !

— Très bien. Cinquante moins seize...

— Ça fait trente-quatre, répondit Susan, mais je ne crois pas que...

— Poussez-vous ! lança Jabba en se ruant sur le clavier. C'est forcément l'antidote ! Trente-quatre !

— Pas de précipitation, intervint Susan, penchée au-dessus de l'épaule de Soshi. Il y a un tas d'autres données possibles. Le poids des atomes, le nombre de neutrons. Les taux de concentration...

Elle lisait le tableau en diagonale.

— L'uranium se scinde en baryum et krypton, mais la fission du plutonium produit autre chose.... L'uranium contient quatre-vingt-douze protons et cent quarante-six neutrons, mais le plutonium...

— Nous cherchons la différence la plus évidente, l'interrompit Midge. La différence principale, nous dit Tankado...

— Nom de Dieu ! jura Jabba. Ça peut être n'importe quoi ! On n'est pas devin !

— En fait, rectifia David, les termes exacts sont : différence « première », pas « principale »...

Susan chancela sous le choc, comme si elle venait de recevoir une gifle...

— Première..., bredouilla-t-elle. Première !

Elle fit volte-face et se planta devant Jabba :

— L'antidote est un nombre premier ! Bien sûr ! Ça tombe sous le sens !

Jabba sut d'instinct que Susan avait raison. Ensei Tankado avait bâti toute sa carrière grâce aux nombres premiers. Ils étaient les briques élémentaires de la cryptologie moderne : des nombres uniques en leur genre, qui ne pouvaient être divisés que par un ou par eux-mêmes. Ils intervenaient dans nombre de systèmes de codage parce que l'une des tâches les plus ardues, même pour un supercalculateur, restait la décomposition des grands nombres en facteurs premiers.

Soshi abonda dans leur sens :

— Mais oui ! Ça colle parfaitement... les nombres premiers sont omniprésents dans la culture japonaise ! Dans les haiku, par exemple. Trois lignes, respectivement de cinq, sept et cinq syllabes. Que des nombres premiers. Les temples de Kyoto, aussi... Ils ont tous...

— C'est bon ! trancha Jabba. Admettons que l'antidote soit un nombre premier, nous voilà bien avancés !

Jabba avait raison. L'ensemble des nombres premiers était infini... Entre zéro et un million, il y en avait déjà près de quatre-vingt mille. La taille du nombre en question était cruciale. Plus il serait grand, plus il serait difficile à deviner.

— Et connaissant Tankado, grogna Jabba, il a dû choisir du lourd !

Une voix cria du fond de la salle :

— Plus que deux minutes !

Jabba regarda la RV d'un air abattu. Le dernier rempart achevait de s'écrouler. Les techniciens s'affairaient dans tous les sens.

Mais Susan sentait qu'ils touchaient au but.

— Nous pouvons y arriver ! De toutes les différences qui existent entre l'uranium et le plutonium, je parie qu'il n'y en a qu'une seule qui donne un nombre premier ! L'indice de Tankado n'est pas là pour rien.

Jabba parcourut des yeux le tableau du plutonium et de l'uranium et leva les bras en signe d'impuissance.

— Il y a des centaines de données ! Nous n'aurons jamais le temps de faire toutes les soustractions et de vérifier si le résultat est premier !

— Beaucoup d'entre elles ne sont pas numériques, l'encouragea Susan. On peut les laisser de côté. L'uranium est naturel, le plutonium est fabriqué par l'homme. La réaction en chaîne de l'uranium est déclenchée par insertion au moyen d'un canon, celle du plutonium par implosion. Tout ça réduit le champ des possibilités...

— Très bien, tentez le coup, ordonna Fontaine.

Sur le graphique, le dernier rempart avait presque disparu.

Jabba s'épongea le front.

— Au point où nous en sommes, nous n'avons rien à perdre. Commençons les soustractions. Je m'occupe du premier tiers. Susan, attaquez le milieu. Les autres, partagez-vous le tiers restant. Nous cherchons un nombre premier !

Mais, en quelques secondes, ils comprirent que l'opération était vouée à l'échec. Les chiffres étaient colossaux et, dans la plupart des cas, les unités étaient incompatibles.

— On ne mélange pas des torchons avec des serviettes ! se lamenta Jabba. D'un côté, j'ai des rayons gamma, de l'autre des impulsions électromagnétiques. Du pouvoir fissible contre du pouvoir absorbant. Parfois des valeurs absolues, parfois des pourcentages. Un vrai bordel !

— Ce nombre existe pourtant, il doit être là, affirma Susan. Il y a une différence qui nous échappe ! Quelque chose de simple ! Il faut chercher encore...

— Euh... j'ai quelque chose à vous dire..., annonça Soshi.

La jeune technicienne avait ouvert une seconde fenêtre dans le document qu'elle lisait attentivement.

— Quoi ? s'enquit Fontaine. Vous avez trouvé quelque chose ?

— Si l'on veut, répondit-elle mal à l'aise. Tout à l'heure, je vous ai dit que la bombe lâchée sur Nagasaki était une bombe au plutonium...

— Oui, et alors ? répondirent-ils à l'unisson.

— Eh bien... (Soshi prit une grande respiration.) Apparemment, je me suis trompée.

— Quoi ? ! s'écria Jabba, le souffle coupé. Vous voulez dire que, depuis tout à l'heure, on cherche dans la mauvaise direction ?

Soshi désigna un paragraphe du doigt. Tous s'agglutinèrent autour de l'écran :

... contrairement à une idée reçue, la bombe utilisée sur Nagasaki contenait très peu de plutonium, mais une importante quantité d'uranium. De ce point de vue, elle était la grande sœur de la bombe d'Hiroshima...

— Mais... hoqueta Susan. S'il y a de l'uranium dans les deux cas, comment peut-on trouver une différence ?

— Tankado s'est peut-être trompé ? avança Fontaine. Il ignorait peut-être lui aussi ce détail...

— Non, répliqua Susan. Ces bombes sont responsables de ses malformations... on peut être certain qu'il sait tout à leur sujet.

126.

— Une minute ! avertit un technicien.

Jabba leva les yeux sur la RV.

— Le portail d'authentification disparaît à vue d'œil. C'est notre ultime ligne de défense. Et derrière, ça se bouscule au portillon !

— Restez concentrés ! ordonna Fontaine.

Soshi lisait le contenu du site Internet à haute voix :

... en outre, le plutonium de la bombe de Nagasaki était produit artificiellement en bombardant de neutrons de l'U238.

— Bon sang ! enragea Brinkerhoff. Deux bombes à l'uranium. Les éléments responsables de Hiroshima et Nagasaki sont les mêmes. Pas de différence !

— Nous sommes foutus, marmonna Midge.

— Une seconde, dit Susan. Relisez-moi la fin, Soshi :

— ... produit artificiellement en bombardant de neutrons de l'U238.

— U238 ! Je crois me souvenir que la bombe d'Hiroshima fonctionnait avec une autre sorte d'uranium... j'ai lu ça, quelque part plus haut...

Tous échangèrent des regards interloqués. Soshi remonta le document, à toute vitesse, et retrouva le passage en question.

— Bien vu ! La bombe larguée sur Hiroshima utilisait un autre isotope. C'est écrit là !

Midge n'en croyait pas ses oreilles.

— Elles fonctionnaient toutes deux avec de l'uranium... Mais de deux types différents !

— Montrez-moi ça ! lança Jabba en se ruant sur l'écran. Ça y est, des serviettes avec des serviettes ! Enfin !

— En quoi diffèrent-ils ? questionna Fontaine. Ce doit être quelque chose de basique.

Soshi parcourut les données.

— Attendez... Je regarde...

— Quarante-cinq secondes ! annonça une voix.

Susan releva la tête. Le dernier cercle était presque invisible à présent.

— J'ai trouvé ! s'écria Soshi.

— Lisez ! dit Jabba qui suait à grosses gouttes. La différence ? Vite !

— Là, affirma Soshi en pointant du doigt un paragraphe. Regardez !

Tous se plongèrent dans la lecture :

... Les deux bombes utilisaient deux combustibles différents... ayant des propriétés chimiques identiques. Par des procédés classiques, on ne peut séparer les deux isotopes. Ils sont, à l'exception d'une très légère différence de poids, parfaitement similaires.

— Le poids ! lança Jabba avec excitation. C'est ça ! La seule différence, c'est leur poids ! Faisons la soustraction !

— C'est parti, répondit Soshi en parcourant le document. J'y suis presque... ça y est, j'ai les chiffres !

Tout le monde examina les nouvelles informations :

... différence de masse infime...
... séparation par diffusion gazeuse...
*... respectivement 39,529891.10^{-23} g * et 39,030582.10^{-23} g *...*

— Les voilà enfin ! s'écria Jabba. Ce sont bien des poids !

— Trente secondes !

— Allez, murmura Fontaine. Faites la soustraction. Vite !

Jabba saisit sa calculatrice et entra les chiffres.

— C'est quoi, ces astérisques ? demanda Susan. Vous les voyez, juste après chaque nombre !

Jabba ne l'écoutait pas. Il tapotait sur son clavier avec frénésie.

— Pas de faute de frappe, surtout ! le pressa Soshi. Il nous faut le chiffre exact.

— S'il y a des astérisques, continuait Susan, c'est qu'il doit y avoir un renvoi en bas de page...

Soshi cliqua sur la fin du texte.

Susan lut la note. Elle blêmit.

— Oh... Mon Dieu...

— Quoi ? demanda Jabba.

Tous se penchèrent, et poussèrent un soupir de désespoir. Le minuscule alinéa indiquait :

* valeurs indicatives. Les résultats diffèrent suivant les laboratoires.

127

Une chape de plomb s'abattit sur le groupe. Ils étaient silencieux et recueillis, comme les premiers hommes à l'imminence d'une éclipse ou d'une éruption volcanique, prêts à subir une succession d'événements contre lesquels ils ne pouvaient rien. Le temps semblait s'étirer à l'infini.

— Le dernier rempart tombe ! cria un technicien. C'est la foire d'empoigne. On est assailli de partout !

Sur l'écran situé à l'extrême gauche du mur, David et les agents Smith et Coliander assistaient à la scène, dans un silence médusé. Sur la RV, le mur n'était plus qu'un cercle pâle, cerné par un essaim noir et grouillant, des centaines de pillards qui attendaient l'ouverture de la brèche. À la droite de cet écran, l'image de Tankado, ses derniers instants diffusés en boucle. Son regard désespéré, sa main tendue, l'anneau qui étincelait au soleil...

La caméra zoomait, faisait le point... Susan voyait le regard du Japonais, ses yeux remplis de regrets. Il ne voulait pas que les choses aillent si loin. Il voulait nous sauver... Sans cesse, elle le voyait tendre ses doigts, agiter sa bague sous le nez des gens. Il voulait parler, mais n'y parvenait pas. Tout ce qu'il pouvait faire, c'était tendre cette main.

À Séville, le cerveau de Becker était en ébullition.

— Comment s'appellent ces deux isotopes ? U238 et...

Il soupira. Cela ne mènerait à rien. Il était linguiste, et non physicien.

— Les assaillants se préparent à entrer !

— Nom de Dieu ! rugit Jabba, fou de frustration. Quelle est la différence entre ces deux uraniums ? Il n'y a pas une seule personne ici qui puisse répondre ?

L'assemblée restait muette. Tous les techniciens présents dans la salle observaient la RV, impuissants. Jabba se retourna vers l'écran de l'ordinateur et leva les bras au ciel.

— Pour une fois qu'on a besoin d'un scientifique, on n'en voit pas la queue d'un !

Susan scrutait l'enregistrement QuickTime. Les dés étaient jetés... La mort de Tankado, rejouée dans un ballet sans fin. Il voulait parler, mais les mots ne sortaient pas, il tendait sa main estropiée... comme s'il voulait dire quelque chose. Il espérait encore sauver la banque de données... et on ne saura jamais comment.

— Les loups sont aux portes !

— C'est la fin ! articula Jabba, l'œil rivé à l'écran, le visage ruisselant de sueur.

Sur le graphique, le dernier mur avait quasiment disparu. La pelote de lignes noires agglutinées autour du noyau formait une masse opaque et fourmillante. Midge détourna la tête. Fontaine se tenait raide comme une statue. Brinkerhoff était au bord de l'évanouissement.

— Dix secondes !

Susan ne quittait pas des yeux l'image de Tankado. Le désespoir. Le regret. Sa main tendue, encore et encore, l'anneau étincelant, les doigts déformés présentés à la face des touristes.

Il essaie de leur dire quelque chose... Mais quoi ?

Sur l'écran de gauche, David était abîmé dans ses pensées.

— La différence, murmurait-il pour lui-même. La différence entre l'U238 et l'U235. Ce devrait être pourtant évident...

Un technicien commença le compte à rebours :

— Cinq... Quatre... Trois...

Le décompte parvint en Espagne avec un dixième de seconde de décalage. Cinq... Quatre... Trois...

David eut l'impression de recevoir à nouveau une décharge de pistolet électrique. Le monde s'arrêta de tourner. Trois... 238 moins 235... Trois ! Lentement, il se pencha vers le micro...

Au même instant, Susan fixait du regard la main infirme de Tankado. Soudain, elle oublia la bague... Elle oublia l'anneau gravé pour ne voir que la chair meurtrie... Les doigts. Trois doigts. Ce n'était pas l'anneau qui importait, mais les doigts ! Tankado n'essayait pas de dire quelque chose, il montrait la solution. Il révélait son secret, le nombre premier, l'antidote ! Il suppliait les gens de comprendre... Il priait pour que son secret parvienne d'une manière ou d'une autre à la NSA.

— Trois, murmura Susan, abasourdie.

— Trois, souffla Becker depuis l'Espagne.

Mais dans le chaos, personne ne réagit.

— Ils entrent ! cria un technicien.

La RV se mit à clignoter tandis que le noyau était submergé. Des sirènes se mirent à hurler.

— Les données sortent !

— Ça télécharge de partout !

Susan se mouvait comme dans un rêve. Elle se tourna vers le clavier de Jabba. Dans son mouvement, son regard croisa celui de son fiancé, David Becker.

Sa voix résonna une nouvelle fois dans les haut-parleurs.

— Trois ! La différence entre 238 et 235 !

Tout le monde leva les yeux.

— Trois ! cria aussi Susan pour se faire entendre dans la cacophonie générale.

Elle pointa le doigt vers l'écran. Tous les regards suivirent son geste et s'arrêtèrent sur la main de Tankado, qui agitait désespérément ses trois doigts tordus sous le soleil de Séville.

— Nom de Dieu ! souffla Jabba en pâlissant.

Le génie estropié n'avait cessé de leur montrer la solution...

— Trois est premier ! lâcha Soshi. C'est un nombre premier !

Fontaine était abasourdi.

— Ça pourrait être aussi simple ?

— Les données se barrent tous azimuts ! cria encore un technicien. C'est de la folie !

Sur l'estrade, tout le monde plongea en même temps vers l'ordinateur : une armée de mains se tendirent vers le clavier. Mais Susan fut la plus rapide ; comme une flèche, fondant vers sa cible, son doigt frappa la touche « 3 ». Les regards se tournèrent vers l'écran mural. Au-dessus du chaos, une simple phrase :

ENTREZ LA CLÉ D'ACCÈS : 3[?]

— Confirmez ! ordonna Fontaine. Confirmez !

Susan retint son souffle et pressa la touche ENTER. L'ordinateur émit un bip.

Personne ne bougea dans la salle.

Trois secondes interminables s'écoulèrent... rien ne se passait...

Les sirènes hurlaient toujours. Cinq secondes. Six.

— Les téléchargements continuent !

— Ça n'a rien changé !

Soudain, Midge pointa du doigt l'écran :

— Regardez !

Un message venait de s'afficher.

ANNULATION CONFIRMÉE

— Rebootez les pare-feu ! ordonna Jabba.

Mais Soshi l'avait devancé. Elle avait déjà lancé la commande.

— Téléchargements interrompus ! cria un technicien.

— Connexions coupées !

Sur le graphique, le premier des cinq cercles commençait à réapparaître. Les lignes noires attaquant le noyau furent instantanément sectionnées.

— Les filtres réapparaissent ! cria Jabba. Nom de Dieu, tout revient en place !

Pendant un moment, personne n'osa y croire. Comme si c'était trop beau pour être vrai.... Mais, bientôt le second mur réapparut... Puis le troisième. Quelques instants plus tard, le jeu de filtres était de nouveau au complet. La banque de données était sauvée.

Des vivats fusèrent dans la salle. Une vague de joie irrépressible. Les techniciens se jetaient dans les bras les uns des autres, lançaient en l'air leurs liasses de documents, pour célébrer l'instant. Les sirènes se turent. Brinkerhoff serra Midge dans ses bras. Soshi éclata en sanglots.

— Jabba ? demanda Fontaine. Qu'ont-ils réussi à télécharger ?

— Pas grand-chose, répondit le chef de la Sys-Sec en consultant son écran. Et surtout, rien de complet.

Fontaine hocha la tête lentement, un petit sourire satisfait au coin des lèvres. Il chercha Susan du regard, mais elle se dirigeait déjà vers l'écran, vers le visage de David qui le remplissait...

— David ?

— Bravo, ma belle, lui dit-il dans un sourire.

— Rentre à la maison. Vite !

— On se retrouve au Stone Manor ?

Elle hocha la tête, au bord des larmes.

— D'accord.

— Agent Smith ? appela Fontaine.

Smith apparut à l'écran, juste derrière Becker.

— Oui, monsieur le directeur ?

— Il semblerait que M. Becker ait un rendez-vous urgent. Je compte sur vous pour qu'il ne soit pas en retard.

Smith acquiesça.

— Notre avion est à Málaga.

L'agent donna une tape dans le dos de Becker.

— Vous allez adorer, professeur. Vous êtes déjà monté à bord d'un Learjet 60 ?

Becker eut un petit rire.

— Pas depuis hier.

128

Susan s'éveilla. Le soleil brillait. Ses rayons filtraient à travers les rideaux et caressaient la couette douillette. Elle étendit le bras, à la recherche de David.

Je suis réveillée ou je rêve ?

Elle resta immobile, encore étourdie par leurs retrouvailles nocturnes.

— David ? marmonna-t-elle.

Pas de réponse. Elle ouvrit les yeux. À côté d'elle, les draps étaient froids. David était parti. Non, c'est un rêve... Elle s'assit. La chambre était de style victorien, décorée d'antiquités et de dentelles : la plus belle suite du Stone Manor. Son sac de voyage était posé sur le parquet, au milieu de la chambre... Ses sous-vêtements abandonnés sur un fauteuil ayant appartenu à la reine Anne.

David l'avait-il vraiment rejointe ? Elle se souvenait de son corps contre le sien ; il l'avait réveillée avec de doux baisers... Avait-elle rêvé tout cela ? Elle se tourna vers la table de nuit. Dessus, une bouteille de champagne vide, deux coupes... Et un mot.

Susan frotta ses yeux tout ensommeillés, s'enroula dans la couette et lut le message.

> *Susan, mon amour,*
> *Je t'aime.*
> *Sans cire, David.*

Le visage de Susan s'éclaira ; elle serra la note contre son cœur. C'était bien David cette nuit. Sans cire... Le code qu'elle n'avait toujours pas cassé ! Elle perçut alors un mouvement à la périphérie de son champ de vision et tourna la tête. Assis sur un joli divan, profitant des rayons du soleil, David Becker, dans un peignoir de coton, l'observait d'un air tranquille. Elle lui tendit les bras pour qu'il vienne la retrouver.

— Sans cire ? roucoula-t-elle, en se lovant contre lui.

— Sans cire, affirma-t-il dans un sourire.

Elle l'embrassa.

— Dis-moi ce que ça veut dire.

— Pas question ! Un couple a besoin de secrets, ça met du piment dans les relations.

— Si tu considères que la nuit était fade, je me fais nonne !

David la serra contre lui. Il se sentait comme en état d'apesanteur. La veille, il était passé à deux doigts de la mort. Et aujourd'hui, il était là, plus vivant que jamais...

Susan, la tête posée contre sa poitrine, écoutait battre son cœur. Et dire qu'elle avait pensé ne plus jamais le revoir !

— David, soupira-t-elle en regardant le petit mot du coin de l'œil. Explique-moi ce « sans cire ». Je déteste les codes qui me résistent !

David garda le silence.

— Allez, insista-t-elle en faisant la moue. Sinon je fais chambre à part.

— Tu bluffes.

Susan lui tapa dessus avec son oreiller.

— Allez ! Dis-le-moi !

Mais il ne lui dirait jamais. Le secret caché derrière ce « sans cire » était bien trop innocent. Son origine était ancienne. À l'époque de la Renaissance, les

501

sculpteurs espagnols qui commettaient des erreurs en taillant le marbre, un matériau très coûteux, dissimulaient souvent ces défauts en apposant de la *cera* : de la cire. Une statue sans le moindre défaut était acclamée et déclarée « sculpture *sin cera* », autrement dit « sans cire ». Au fil du temps, cette expression devint synonyme d'honnêteté et de vérité. Le mot « sincère » découlait de l'expression espagnole *sin cera* – sans cire. Le code secret de David ne recelait aucun grand mystère : c'était comme s'il terminait ses lettres par « sincèrement », rien de plus. Susan aurait sans doute été déçue par cette explication.

— J'ai une nouvelle qui va te faire plaisir..., commença-t-il pour changer de sujet. J'ai téléphoné au président de l'université dans l'avion.

Susan le regarda, pleine d'espoir.

— Tu renonces à la direction du département ?

David acquiesça.

— Je reprends le chemin des amphis dès le prochain semestre.

Elle poussa un soupir, soulagée.

— C'est là qu'est ta place.

— Oui, répondit David avec un doux sourire. Mon petit séjour en Espagne m'a remis les idées au clair. Maintenant, je sais ce qui est important.

— Briser le cœur de tes étudiantes, par exemple ? plaisanta Susan en l'embrassant sur la joue. Au moins, ça te laissera du temps pour m'aider à boucler mon manuscrit.

— Ton manuscrit ?

— Oui... J'ai décidé de publier.

— Comment ça ? demanda-t-il interloqué. Qu'est-ce que tu veux « publier » ?

— J'ai quelques idées sur les protocoles de filtres variants et les codes de résidus quadratiques.

Il grogna.

— Ça sent le best-seller...

— Va savoir ! répondit-elle en riant.

David plongea sa main dans la poche de son peignoir et en sortit un petit objet.

— Ferme les yeux. J'ai quelque chose pour toi.

Susan s'exécuta.

— Laisse-moi deviner. C'est un anneau d'or un peu criard avec une inscription en latin tout autour ?

— Non, répliqua David avec un petit rire. J'ai convaincu Fontaine de le renvoyer à la famille d'Ensei Tankado.

Il prit la main de Susan et glissa quelque chose à son doigt.

— Menteur, plaisanta-t-elle en ouvrant les yeux. Je le savais, tu l'as...

Mais elle s'arrêta net. La bague autour de son doigt n'était pas celle de Tankado. C'était un anneau de platine dans lequel était enchâssé un diamant.

Susan resta muette de surprise.

David riva ses yeux dans les siens.

— Veux-tu m'épouser ?

Susan en avait le souffle coupé. Son regard passa de David à la bague. Ses yeux s'embuèrent de larmes.

— Oh, David... Je ne sais pas quoi dire.

— Oui, ça suffira...

La jeune femme détourna les yeux sans dire un mot. David attendait.

— Susan Fletcher, je vous aime. Épousez-moi.

Elle releva la tête. Les larmes ruisselaient sur ses joues.

— Je suis désolée, David, murmura-t-elle. Je... Je ne peux pas.

David était pétrifié, sous le choc. Il scrutait les yeux de Susan, à la recherche d'une lueur malicieuse. Mais non, elle était sérieuse.

— S... Susan, bégaya-t-il. Je... Je ne comprends pas.

— C'est impossible. Je ne peux pas t'épouser.

Elle lui tourna le dos. Ses épaules étaient parcourues de soubresauts. Elle cacha sa tête dans ses mains.

David était abasourdi.

— Mais Susan... Je croyais...

Il posa ses mains sur ses épaules tremblantes, et la fit pivoter face à lui. C'est alors qu'il comprit. Susan Fletcher n'était pas en pleurs : elle riait.

— Je ne t'épouserai pas ! déclara-t-elle en lui assenant un grand coup d'oreiller. Pas tant que tu ne m'auras pas expliqué « sans cire » ! Ça t'apprendra !

Épilogue

C'est dans la mort, paraît-il, que la vérité se fait jour. Tokugen Numataka en avait maintenant la confirmation. Debout, face au cercueil, dans les locaux de la douane d'Osaka, la vérité soudaine qui l'envahissait avait un goût bien amer. Sa religion parlait de cercles, et du lien qui unissait toutes choses dans la vie. Mais Numataka n'avait jamais pris le temps de s'y intéresser.

Les douaniers venaient de lui remettre une enveloppe contenant des papiers d'adoption ainsi qu'un acte de naissance.

— Vous êtes la seule famille qui lui reste, avaient-ils déclaré. Nous avons eu du mal à vous retrouver.

Numataka se remémorait cette nuit de pluie torrentielle, trente-deux ans plus tôt, cette chambre d'hôpital où il avait abandonné son fils infirme et sa femme mourante. Il avait agi ainsi pour l'honneur : le *menboku*. Une notion qui paraissait, à présent, tellement dérisoire.

Dans l'enveloppe, avec les papiers, il trouva un anneau d'or. Une inscription y était gravée, que Numataka ne comprenait pas. Cela n'avait pas d'importance ; les mots n'avaient plus aucune valeur désormais. Il avait abandonné son unique enfant. Et le destin, dans sa cruauté infinie, le lui rendait maintenant.

113–19–5–28–5–53–66–113–76–19–128–10–92–15–19–128

REMERCIEMENTS

Un grand merci à mes éditeurs de St. Martin's Press, Thomas Dunne et la talentueuse Melissa Jacobs, à mes agents à New York, George et Olga Wieser et Jake Elwell, à tous ceux qui ont lu et travaillé sur le manuscrit jusqu'à sa version définitive, et en particulier à mon épouse, Blythe, pour son enthousiasme et sa patience.

Et aussi, un merci silencieux à deux anciens cryptologues de la NSA qui m'ont fourni, incognito, des renseignements précieux *via* des serveurs anonymes. Sans eux, ce livre n'aurait pu être écrit.

Dan Brown
dans Le Livre de Poche

Anges et Démons n° 33703

Robert Langdon, le célèbre spécialiste de symbologie religieuse, est convoqué par le Conseil européen pour la recherche nucléaire à Genève. Le physicien Leonardo Vetra a été retrouvé assassiné dans son laboratoire. Sur son corps, gravé au fer rouge, un seul mot : Illuminati.

Da Vinci Code n° 33451

Robert Langdon est convoqué d'urgence au Louvre. On a découvert un message codé sur le cadavre du conservateur en chef, retrouvé assassiné au milieu de la Grande Galerie.

Deception Point

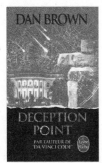

Un satellite de la NASA détecte une météorite d'une exceptionnelle rareté enfouie sous les glaces du cercle polaire. À la veille de l'élection présidentielle, le président des États-Unis envoie dans l'Arctique Rachel Sexton, analyste des services secrets, vérifier l'authenticité de cette découverte.

Inferno

n° 33364

Robert Langdon se réveille à l'hôpital de Florence. Il comprend vite qu'il est en possession d'un message codé, créé par un scientifique qui a consacré sa vie à éviter la fin du monde, une obsession qui n'a d'égale que sa passion pour « Inferno », le poème de Dante.

Le Symbole perdu

n° 32075

Robert Langdon est convoqué d'urgence par son ami Peter Solomon, maçon de haut grade, pour une conférence à donner le soir même. En rejoignant la rotonde du Capitole, il fait une macabre découverte.

Le Livre de Poche s'engage pour l'environnement en réduisant l'empreinte carbone de ses livres. Celle de cet exemplaire est de :

630g éq. CO_2

Rendez-vous sur
www.livredepoche-durable.fr

PAPIER À BASE DE
FIBRES CERTIFIÉES

Composition réalisée par NORD COMPO

Achevé d'imprimer en janvier 2016 en Espagne par
Black Print CPI Iberica, S.L.
Sant Andreu de la Barca (08740)
Dépôt légal 1re publication : janvier 2009
Édition 14 - janvier 2016
LIBRAIRIE GÉNÉRALE FRANÇAISE – 31, rue de Fleurus – 75278 Paris Cedex 06

31/2707/3